In Liebe und Mord

Ein Oxford-Krimi

Bridget Hart Buch 4

M S MORRIS

Veröffentlicht von Landmark Media, einer Division
von Landmark Internet Ltd.

Bridget Hart® und M S Morris® sind eingetragene
Marken von Landmark Internet Ltd.

msmorrisbooks.com

KAPITEL 1

„Ist Faust durch seinen Pakt mit dem Teufel für seinen eigenen Untergang verantwortlich?"

Dr. Nathan Frost blickte aus seinem kleinen, schmalen Fenster auf den Innenhof des Colleges unter ihm, während seine beiden Studentinnen im zweiten Studienjahr eifrig den Titel der Aufsatzfrage notierten, die sie in der nächsten Woche im Tutorium beantworten sollten.

Es war eine Standardfrage, die er immer zu Goethes *Faust* stellte, und die, wenn man sie gründlich bearbeitete, direkt zum Kern des Textes führte. Die Frage gab dem wissbegierigen Studenten die Möglichkeit, alle großen Themen zu erforschen: die moralischen Verpflichtungen der Liebe, die Arroganz menschlichen Lernens, Gewissen, Leidenschaft, Weisheit, Schicksal. Das Böse.

Und doch.

In den mehr als dreißig Jahren, in denen er an der Universität Oxford deutsche Literatur unterrichtete, in denen er dieselben Aufsatzfragen zu denselben klassischen Texten stellte, in einem endlosen Kreislauf von Semestern, die längst ineinander zu verschwimmen begannen, konnte

Frost die Zahl der Texte, die ihn wirklich beeindruckt hatten, an einer Hand abzählen, und er hätte immer noch Finger übrig.

Widerwillig hatte er sich damit abgefunden, dass die meisten Aufsätze von Studenten oberflächlich und abgekupfert waren. In der Regel konnte er schon an den ersten Absätzen erkennen, welche Bücher – wenn überhaupt – zur Recherche herangezogen worden waren. Heutzutage schienen Studenten einfach keine originellen Ideen mehr zu haben. War das Internet daran schuld? Er stieß einen langen Seufzer aus.

So hatte er sich das akademische Leben in Oxford nicht vorgestellt, als er vor all den Jahren – so jung und naiv – auf diese Stelle berufen worden war. Er hatte sich anregende Tutorien mit den klügsten und besten jungen Talenten ausgemalt, die wissbegierig waren und vor frischen Ideen nur so strotzten. Er hatte damit gerechnet, Zeit für seine eigene Forschung über die deutsche Romantik und das Zeitalter der Aufklärung zu haben, die ihm ein Bücherregal voller von Kritikern hochgelobter Titel, Vorträge an Universitäten in aller Welt und schließlich eine Professur einbringen würde.

Daraus war nicht viel geworden. Und was genau hatte er in seinem Leben in der akademischen Welt gelernt? Um Faust selbst in einer der Eröffnungsszenen des Stücks zu zitieren: Je mehr man nach Wissen strebte, desto mehr kam man zu der Erkenntnis, dass Unwissenheit immer des Menschen Schicksal war. Kein Wunder, dass Faust von den dunklen Künsten und Mephistopheles' falschen Versprechungen in Versuchung geführt worden war.

Eine der Studentinnen – war es Lizzie oder Lucy? Er verwechselte die beiden immer – räusperte sich, und Frost wurde jäh in die Gegenwart zurückgeholt, zurück in sein Zimmer im College mit den altmodischen Möbeln, dem verblichenen Teppich und den Bücherregalen, die unter dem Gewicht der staubigen Bände von Johann Wolfgang von Goethe, Thomas Mann, Günter Grass und anderen deutschen Schriftstellern und Philosophen ächzten.

Außerhalb der Fakultät für Sprachwissenschaften hatten die meisten Menschen die Namen dieser großen Denker kaum gehört, geschweige denn ihre Texte gelesen. Bedeutete das, dass sein lebenslanges Studium in der modernen Welt irrelevant war? War alles umsonst gewesen?

Die Studentinnen sahen ihn erwartungsvoll an und warteten darauf, dass er noch etwas sagen würde. Vielleicht etwas Tiefgründiges und Erhellendes. Wie jung sie aussahen, mit ihrem aufrichtigen Glauben an den Wert der Bildung. Die Erfahrung hatte sie noch nicht gelehrt, dass sie das in einen endlosen Kreislauf bitterer Leere führen würde.

„Wenn Sie also Ihre Aufsätze zum Tutorium nächste Woche mitbringen könnten ..."

Seine Stimme verstummte, als sie begannen, ihre Sachen zusammenzupacken, offensichtlich erpicht darauf wegzukommen. Warum auch nicht? Er wollte ihnen sagen: „Verschwindet von hier! Packt eure Sachen und macht etwas Besseres aus eurem Leben!"

„Vielen Dank, Dr. Frost", riefen sie im Chor. Dann waren sie weg, ihre Füße hallten die Holztreppe hinunter, ihre Stimmen schnatterten aufgeregt.

Von seinem Fenster aus beobachtete er, wie sie über den Front Quad zum Junior Common Room liefen. Es war fünf Uhr am Freitagnachmittag, am Ende der ersten Woche des Michaelmas-Trimesters.

Die Trimester in Oxford waren bekanntlich sehr kurz – nur acht Wochen, was ihnen eine intensive, fieberhafte Note verlieh. Zu Beginn eines neuen akademischen Jahres herrschte im College stets eine aufgeladene Atmosphäre. Die frischgebackenen Studenten trafen aus allen Teilen des Vereinigten Königreichs ein, ja sogar aus der ganzen Welt, da die Universität an den lukrativen Studiengebühren für ausländische Studenten interessiert war. Für sie war diese erste Woche eine aufregende Zeit – ein Wirbelsturm aus Geselligkeit und nächtlichen Trinkgelagen, ganz zu schweigen von der Lektüre der ersten Texte des akademischen Jahres und dem Schreiben des ersten wöchentlichen Essays.

Von seinem Aussichtspunkt am Fenster im Obergeschoss aus, der hinter staubigen Samtvorhängen verborgen war, die früher einmal rot gewesen, in der Sonne aber längst zu einem Altrosa verblasst waren, beobachtete er einige Studenten, die gerade den Innenhof überquerten: Naturwissenschaftler auf dem Rückweg vom Labor und Geisteswissenschaftler, die mit Büchern beladen aus der Bibliothek kamen. Einige winkten ihren Freunden zu oder blieben stehen, um sich zu unterhalten, vielleicht um sich für den Abend zu verabreden.

Im Laufe der Jahre hatte er viele Studenten kommen und gehen sehen. Die meisten von ihnen waren in seinem Kopf zu einer undefinierbaren Masse verschmolzen. Wie in allen Colleges der Universität gab es auch am Wadham College Studenten aller Fachrichtungen, was bedeutete, dass in jedem Jahrgang nur wenige ein bestimmtes Fach studierten. Er hatte nur mit den drei oder vier Studenten jedes Jahrgangs, die Deutsch studierten, direkten Kontakt. Diejenigen, die andere Fächer belegten, waren ihm fremd.

Aber es gab immer ein, zwei Studenten, deren Gesichter er kannte, auch wenn er ihnen keine Namen zuordnen konnte: diejenigen, die durch ihr extrovertiertes Verhalten auffielen, diejenigen, die immer für irgendeine Sache kämpften, und diejenigen, die einfach ein natürliches Charisma hatten, so dass man sie, wenn man sie einmal gesehen hatte, nicht mehr vergaß.

Eine dieser Studentinnen blieb gerade im Hof stehen, um sich mit ihren Freundinnen zu unterhalten. Die Psychologiestudentin im letzten Studienjahr war sofort aufgefallen, als sie vor etwas mehr als zwei Jahren ans College gekommen war. Gina Hartman. Er kannte ihren Namen nur, weil ihr Tutor, Dr. Ashley, sie manchmal bei einem Glas Portwein im Senior Common Room erwähnte. Sie galt nicht nur als akademisch begabt, sondern übte auch eine magnetische Anziehungskraft aus, mit ihrer selbstbewussten Persönlichkeit, den langen roten

Korkenzieherlocken, die ihr über die Schultern fielen, und ihrem herzhaften Lachen, das über den Hof hallte und die alten Mauern zum Leben zu erwecken schien.

Natürlich hatte Frost nie ein Wort mit ihr gewechselt. Warum auch? Er hatte weder mit Psychologiestudenten noch mit Studenten anderer Fakultäten als der für Sprachwissenschaften etwas zu tun. Aber sie erregte seine Aufmerksamkeit, wann immer sie unter seinem Fenster vorbeiging.

Er konnte das Gespräch zwischen Gina und den beiden anderen Mädchen nicht hören, aber aus ihrer Körpersprache schloss Frost, dass diese erwarteten, dass sie mit ihnen irgendwo hingehen würde. Gina schaute auf ihre Uhr und schüttelte den Kopf. Sie hob einen Finger, als wollte sie sagen, dass sie in einer Stunde nachkommen würde, und machte sich dann auf den Weg zum Nachbarhof. Ihre Freundinnen tauschten einen Blick, zuckten mit den Schultern und entfernten sich in Richtung Pförtnerloge. Frost blieb hinter seinem geschlossenen Fenster stehen, ein stiller Beobachter des Lebens.

Es wurde jetzt dunkel. Er sah auf die Uhr an der Wand und stellte fest, dass es schon fast sechs Uhr war. Der Sand rieselte durch die Sanduhr seines Lebens, so wie er es in den letzten fünfzig Jahren getan hatte.

Um diese Zeit versammelten sich seine Kollegen normalerweise im Senior Common Room zu einem Aperitif vor dem Abendessen, zumindest diejenigen, die keine Partner und Familien hatten, zu denen sie nach Hause gehen konnten, und die es stattdessen vorzogen, im College zu essen, anstatt sich ihr trauriges, einsames Dasein einzugestehen. Er war, leider, einer von ihnen, denn er hatte nie eine Frau gefunden, mit der er seine Leidenschaft für die Werke von Johann Wolfgang von Goethe teilen konnte. Gewöhnlich unterhielt er sich höflich mit dem College-Direktor beim Beef Bourguignon, das der Koch jeden Freitag zubereitete, und zog sich danach wieder in den SCR zurück, um den Rest des Abends damit zu verbringen, dem Tutor für Klassische

Philologie zuzuhören, der über Cicero schwadronierte, während die Sanduhr sich langsam leerte und sein Leben dahinschwand.

Aber heute Abend hatte er ausnahmsweise eine Verabredung, zu der er gehen musste.

Er trat vom Fenster zurück und ging in das kleine Nebenzimmer, in dem ein Einzelbett, ein Waschbecken und eine Kommode standen. In diesem Raum schlief er, wenn im College eine Veranstaltung anstand oder wenn er nicht die Energie aufbringen konnte, mit dem Fahrrad den Hügel zu seinem kleinen Reihenhaus in Headington hinaufzufahren.

Sein Smoking, sein Hemd und seine Fliege lagen auf dem Bett, wo er sie am Morgen für die Veranstaltung hingelegt hatte. Ein Paar elegante schwarze Schuhe stand auf dem Boden neben dem Nachttisch.

Frost zog sich bis auf seine Feinripp-Unterhose aus und machte sich am Waschbecken mit einem Stück College-Seife und einem verschlissenen Handtuch frisch. Dann zog er seinen Smoking an und überprüfte sein Aussehen in dem kleinen Spiegel über dem Waschbecken. Mit dem schütteren Haaransatz und den ersten Falten um Augen und Mund sah er aus wie der Junggeselle mittleren Alters, der er war. Aber er war im Begriff, sich zu verwandeln.

Er öffnete eine Schublade des Nachttischs und holte einen in einen schwarzen Samtbeutel eingewickelten Gegenstand heraus, den er erst vor wenigen Tagen für viel Geld bei einem spezialisierten Internethändler gekauft hatte. Er wickelte ihn aus und hielt ihn hoch, um ihn genau zu betrachten. Seine Hände zitterten leicht, was seine wachsende Aufregung verriet.

Die venezianische Gesichtsmaske, die er vor sich hielt, war von einzigartiger Handwerkskunst und seltsamer Schönheit, mit einem schwarzen, cremefarbenen und goldenen Rautenmuster um Augen und Nase. Wie es seine Art war, hatte er sich vor dem Kauf eingehend mit venezianischen Masken beschäftigt. Schließlich hatte er sich für eine im Bauta-Stil entschieden, die sein ganzes

Gesicht bedeckte und so seine Identität verbarg, ihm aber dennoch ermöglichte, zu sprechen, zu essen und zu trinken, da der untere Teil der Maske spitz zulief. Er probierte sie an und betrachtete sich erneut im Spiegel.

Jetzt war er ein völlig anderer Mensch.

Die Maske verbarg nicht nur sein Alter, sondern auch seine Müdigkeit und Enttäuschung über das Leben. Unter der Maske konnte er ein viel jüngerer Mann sein, ein gutaussehender Mann, ein Mann, der noch voller Energie und Entschlossenheit war. Jemand, der sich auf das freute, was die Zukunft bringen mochte.

Er nahm die Maske ab und steckte sie zurück in den Samtbeutel. Er konnte nicht mit ihr durch das College laufen. Man würde ihn auslachen. Er schaute noch einmal auf die Uhr. Es war fast Zeit für das formelle Abendessen. Er überquerte den Hof und schloss sich der Gruppe Tutoren an, die vom Senior Common Room zum Speisesaal gingen, wo er am High Table neben dem Tutor für Klassische Philologie Platz nahm.

„Sieh an, sieh an", sagte Dr. Slater und betrachtete Frosts Smoking und schwarze Fliege über die silberne Lesebrille hinweg, die ständig auf der Knollennase des Dozenten saß, ob er nun ein Buch vor sich hatte oder nicht. „Sie sehen aus, als würden Sie den Abend in der Oper verbringen, mein Lieber."

„Nicht die Oper", antwortete Frost, „sondern eine … eine Versammlung."

Dr. Slaters buschige Augenbrauen wölbten sich in einer Weise, die vermuten ließ, dass er die Vorstellung, Frost sei zu irgendeiner „Versammlung" eingeladen worden, für eher unwahrscheinlich hielt. „Eine Versammlung?", fragte er neugierig.

„Genau."

„Nun, amüsieren Sie sich gut", sagte Slater widerstrebend, als klar wurde, dass Frost keine weiteren Details zu dieser Angelegenheit preisgeben würde, „und denken Sie auch an uns arme Seelen, die den Abend hier verbringen müssen." Nach dem Abendessen humpelte der ältere Tutor ungewöhnlich schnell in Richtung SCR davon, zweifellos in der Absicht, diesen neuesten Klatsch zu verbreiten.

Verdammt, dachte Frost. Jetzt würde sein Abend das Gesprächsthema im Common Room sein. Die Colleges in Oxford waren so inzestuös, man konnte keinen Bleistift fallen lassen, ohne dass das ganze College davon erfuhr. Jetzt wünschte er, er wäre zum Essen nach Hause gegangen, aber dafür war es zu spät. Er holte seine Maske aus dem Zimmer, eilte dann durch die Pförtnerloge und trat auf die Straße. Zu seiner Erleichterung sah er das Taxi, das er bestellt hatte, pünktlich vorfahren.

Er kletterte auf den Rücksitz des Mini-Cabs und gab dem Fahrer die Adresse. Dann lehnte er sich zurück und versuchte, etwas von dem Gleichgewicht wiederzufinden, das durch die Begegnung mit dem alten Slater aus dem Lot geraten war. Das war ein Mann, der nie aus dem Elfenbeinturm der Wissenschaft ausbrechen würde. Wahrscheinlich würde er in der Bodleian Library sterben, umgeben von den Werken von Vergil und Homer. Frost erschauderte bei dem Gedanken. Sein Leben in der Welt der Bücher zu verbringen und nie etwas aus erster Hand zu erleben. Nun, er war im Begriff, das zu ändern.

„Sie gehen wohl zu einer schicken Veranstaltung?", fragte der Fahrer, ein junger Inder. Er blinkte rechts, nachdem er die rote Backsteinfassade des Keble College passiert hatte, und bog auf die Banbury Road in Richtung Norden.

„Verzeihung, wie bitte?"

„Sie müssen doch an einen besonderen Ort gehen, wenn Sie sich so herausputzen", sagte der Fahrer und seine Augen funkelten Frost im Rückspiegel an.

Frost warf einen nervösen Blick auf den Samtbeutel, den er auf seinem Schoß festhielt. „Nur eine kleine Versammlung", sagte er in einem Tonfall, von dem er hoffte, dass er weiteren Nachfragen und Spekulationen ein Ende setzen würde. Er schaute demonstrativ aus dem Beifahrerfenster, um weitere Fragen abzuwehren, und der

Fahrer schien den Wink zu verstehen und stellte das Radio auf Heart Oxfordshire, das irgendeine Popmusik spielte, die Frost nicht kannte.

Die Wahrheit war, dass er kaum eine Vorstellung davon hatte, auf was für einen Abend er sich da eingelassen hatte. Die Einladung war völlig unerwartet gekommen.

Er hatte seinen Sonntagsbrunch im Bear Inn eingenommen, wie er es seit Jahren jede Woche tat, und war gerade mit seinem üblichen Pint Bitter von der Theke zurückgekehrt, als ihn ein stämmiger Kerl in der Enge des alten Pubs anrempelte, so dass er etwas von seinem Getränk verschüttete.

Frost war nicht der Typ, der viel Aufhebens machte, er hätte sich einfach die Hand mit einem Taschentuch abgewischt und sein Glas zurück an den Tisch gebracht, aber der Kerl bestand darauf, ihm ein neues Pint zu spendieren und ihn in ein Gespräch zu verwickeln. Trotz seiner üblichen Zurückhaltung und Schüchternheit ließ sich Frost von der überschwänglichen Art des Mannes mitreißen. Er stellte sich als Nick Damon vor und sagte, er sei in der Baubranche tätig. Er fragte, womit Frost seinen Lebensunterhalt verdiene, und zeigte höfliches Interesse, als dieser in seiner selbstironischen Art zugab, dass er deutsche Literatur an der Universität lehre und den Namen seines Colleges nannte. Die Erwähnung von Frosts Fachgebiet war normalerweise ein Showstopper, wenn es um Gespräche in der Öffentlichkeit ging, aber Mr. Damon – „Nennen Sie mich Nick", hatte er kurz nach ihrem Kennenlernen angeboten – zeigte sich überraschend begeistert. „Ich sehe, Sie sind ein sehr kultivierter und gebildeter Mann", hatte er zu Frost mit einem freundschaftlichen Klaps auf den Rücken gesagt. „Sie müssen mir alles darüber erzählen."

„Und Sie sind in der Baubranche?", erkundigte sich Frost, unsicher, ob er den Mann richtig verstanden hatte. Seine Erfahrungen mit Handwerkern waren äußerst begrenzt, aber er bezweifelte, dass viele von ihnen daran interessiert waren, etwas über deutsche Literatur zu erfahren.

Nick lächelte. „Ich leite mein eigenes Bauunternehmen."

Das Gespräch hatte damit geendet, dass Nick ihn für Freitagabend zu einer Party in seinem Landhaus eingeladen hatte. Da war er nun, herausgeputzt bis zum Gehtnichtmehr, eine Maske in einem Samtbeutel auf dem Schoß, auf dem Weg zu einem unbekannten Ziel, ohne zu wissen, was ihn erwartete.

Als das Taxi Oxford verließ, konnte Frost nicht anders, als sich der Fantasie hinzugeben, dass er in die Rolle des Faust geschlüpft war und nun zum ersten Mal die sinnlichen Freuden des Lebens erleben würde, und dass Nick Damon Mephistopheles war, der ihn für seine eigenen teuflischen Zwecke zu einem Leben voller Laster und Versuchungen verführte. Er lächelte bei der Vorstellung, wie Faust einer schönen jungen Frau zu begegnen, sich in sie zu verlieben und eine leidenschaftliche Affäre zu haben. Aber dann wollte man die Analogie nicht zu weit treiben. Fausts Mädchen hatte ein böses Ende genommen, das arme Ding, ganz zu schweigen von Faust selbst.

Dennoch war er begeistert von der Aussicht, die trockene, staubige Welt der Bücher hinter sich zu lassen und sich, wie Nietzsche es ausdrücken würde, *durch Selbstverwirklichung eine eigene Identität zu schaffen*. Gott war tot. Nietzsche hatte stets dafür plädiert, die materielle Welt zu umarmen, und Frost hatte die Absicht, den Rat des Philosophen zu befolgen.

Das Taxi schlängelte sich durch das Herz des ländlichen Oxfordshire, durch Dörfer aus dem lokalen gelben Cotswold-Stein, vorbei an einsamen Gehöften und endlosen, nachtschwarzen Feldern. Das Haus von Mr. Damon war definitiv abgelegen. Frost fragte sich, wie lange die Fahrt wohl noch dauern würde.

Sein Handy summte mit einer eingehenden Nachricht und er erinnerte sich daran, dass Nick versprochen hatte, ihm ein Passwort für die Party zu schicken. Frost fand die

Idee etwas absurd, aber Nick hatte ihm erklärt, dass man in Sachen Sicherheit nicht zu vorsichtig sein konnte. Ungebetene Gäste wollte er unbedingt vermeiden. Als Frost jetzt auf sein Handy schaute, sah er, dass das Passwort für den Zugang zum Haus *Fidelio* war, der Name von Beethovens einziger Oper.

Er beugte sich vor und versuchte, auf dem Display des Navigationssystems abzulesen, wie weit sie noch fahren mussten. Sie schienen meilenweit von allem entfernt zu sein und die Landschaft um sie herum war bis zum Horizont in Dunkelheit getaucht. Dann bog der Wagen von der Hauptstraße auf einen kurvigen, einspurigen Weg ab. Er verspürte einen plötzlichen Anflug von Angst. Hatte Nick Damon ihn an einen abgelegenen Ort gelockt, um – was? Um ihn zu kidnappen? Das wäre absurd. Er war kein reicher Mann. Niemand würde ein Lösegeld für seine Freilassung zahlen.

Ihn schauderte bei der Erkenntnis, dass niemand wusste, wohin er ging. Vielleicht hätte er gesprächiger sein sollen, als der Tutor für Klassische Philologie ihn nach seinen Plänen für den Abend gefragt hatte. Vielleicht hätte er wenigstens eine Notiz in seinem Zimmer hinterlassen sollen. Der Taxifahrer murmelte beiläufig etwas davon, dass *dieser Ort im hinteren Teil des Jenseits liege*. Und dann hielten sie plötzlich vor zwei schmiedeeisernen Toren. Ein paar hell erleuchtete Laternen, die an einer Steinmauer befestigt waren, boten einen einladenden Anblick.

„Das ist es also?", fragte der Fahrer skeptisch.

„Das muss es wohl sein", sagte Frost. So abgelegen hatte er es sich nicht vorgestellt.

Der Taxifahrer kurbelte das Fenster herunter und drückte auf den Summer einer Sprechanlage, die an der Mauer befestigt war. Im Fond des Wagens konnte Frost nicht verstehen, was die Stimme am anderen Ende sagte.

„Sie fragen nach einem Passwort", sagte der Fahrer zu Frost in einem Tonfall, der vermuten ließ, dass er das Ganze für einen Scherz hielt.

„Fidelio", sagte Frost.

Der Fahrer schüttelte den Kopf, als wollte er andeuten, dass ihn nun nichts mehr überraschen könne, und wiederholte das Passwort in die Sprechanlage.

Die Tore schwangen auf, der Fahrer legte den Gang ein und fuhr an einem kleinen Backsteinhaus mit zinnenbewehrtem Dach vorbei. Vermutlich ein Pförtnerhäuschen. Sie fuhren weiter auf das Gelände des Anwesens.

„Meine Güte", murmelte der Fahrer, als das Hauptgebäude in Sicht kam. „Wer wohnt hier?" Er hielt vor einem Haus, das viel größer war, als Frost es sich vorgestellt hatte. Es war ein dreistöckiges Herrenhaus im jakobinischen Stil mit Zinnen und hohen Schornsteinen. Als Nick von seinem Unternehmen erzählt hatte, hatte er seinen Erfolg eindeutig heruntergespielt.

Frost zählte sechs Zehn-Pfund-Noten ab und reichte sie dem Fahrer. „Behalten Sie den Rest", sagte er und stieg aus.

„Danke, Kumpel", sagte der Fahrer, „und viel Glück."

Frost stand da und sah zu, wie das Taxi wendete und schnell zu den Toren zurückfuhr. Zum ersten Mal fragte er sich, wie er später nach Hause kommen sollte. Das Haus war viel abgeschiedener, als er erwartet hatte. Er glaubte nicht, dass dieser Fahrer darauf erpicht sein würde, die Tour ein zweites Mal an diesem Abend zu fahren. Aber egal, jetzt war er hier, und nur das zählte. Um eine lässige Haltung bemüht, stieg er die kurze Steintreppe zum Hauseingang hinauf, wo er von einem großen Mann mit Bürstenhaarschnitt und kantigem Kinn in dunklem Anzug mit Krawatte begrüßt wurde, wenn man das so sagen konnte.

„Keine Maske, kein Zutritt", sagte der Mann, ohne zu lächeln. Das war kein besonders verheißungsvoller Start in den Abend.

„Sorry", sagte Frost, nahm seine Maske aus der Tasche und fummelte am Gummiband herum, während er sie aufsetzte. Sobald er angemessen gekleidet war, trat der Mann an der Tür zur Seite und ließ ihn eintreten.

Eine junge Frau mit einer silbernen Katzenmaske, die mit winzigen funkelnden Kristallen besetzt war, trat vor, um ihn in dem langen Flur zu begrüßen, und Frosts Nerven begannen sich zu beruhigen. Offensichtlich hatte der Gastgeber den unfreundlichen Türsteher draußen postiert, um unerwünschte Eindringlinge fernzuhalten.

„Willkommen", sagte die Frau. Unter der Maske, die Augen und Nase bedeckte, lächelten ihn ihre rot geschminkten Lippen an, die eine Reihe perfekter weißer Zähne enthüllten. „Mit welchem Namen möchten Sie heute Abend angesprochen werden?"

„Angesprochen werden?" Die Frage verwirrte ihn und er wusste nicht, wie er darauf reagieren sollte.

„Ja, wir lassen hier unsere alten Identitäten hinter uns."

„Verstehe, nun, in diesem Fall ...", überlegte Frost. Und dann, vielleicht weil es seinem eigenen Namen so ähnlich war, oder vielleicht weil er es gerade am Nachmittag unterrichtet hatte, oder weil es für den Anlass so passend schien, antwortete er: „Faust. Ich werde den Namen Faust verwenden."

„Eine ausgezeichnete Wahl", sagte die Frau. „Sie dürfen mich Cassandra nennen."

Die Frau, die sich Cassandra nannte, führte ihn in einen weitläufigen, holzgetäfelten Raum mit einer hohen Decke und freiliegenden Balken. Etwa dreißig maskierte Gäste hatten sich dort bereits mit Champagnergläsern in der Hand versammelt. Cassandra stellte ihn einem großen, stattlichen Mann mit einer anzüglich grinsenden Teufelsmaske vor, der nach vorne trat und ihm fest die Hand schüttelte.

Erneut fühlte sich Frost deutlich fehl am Platz und verunsichert. Die bemalte Maske mit den starren, unbeweglichen Lippen wirkte seltsam unheilvoll. Doch sobald der Mann hinter der Maske sprach, erkannte Frost die Stimme seines Gastgebers, Nick Damon. Er hatte keinen Zweifel daran, dass Damon auch wusste, wer er war, obwohl er Frosts richtigen Namen nicht nannte. Es war alles sehr seltsam.

„Willkommen, Faust. Bitte nehmen Sie einen Drink", sagte Damon.

Eine Kellnerin in einem kurzen schwarzen Kleid kreiste mit einem Tablett Champagner. Sie trug eine kleine silberne, filigrane Maske über den Augen, aber ansonsten waren ihre Gesichtszüge klar zu erkennen. Damon schnippte mit den Fingern und sie kam zu ihnen herüber. Als Frost die Hand ausstreckte, um ein Glas kühlen Champagner zu nehmen, stellte er zu seinem Entsetzen fest, dass es sich bei der Frau um niemand Geringeren als Gina Hartman handelte, die Psychologiestudentin mit dem atemberaubenden roten Haar und dem tiefkehligen Lachen, das Verehrer anzog wie Motten das Licht.

Er gaffte sie an, bevor er verlegen den Mund schloss. Was würde sie von ihm denken? Dann fiel ihm ein, dass sie seinen Gesichtsausdruck unter der Maske nicht sehen konnte. Hatte sie ihn erkannt? Aber warum sollte sie? Er glaubte nicht, dass sie ihm jemals auch nur einen Augenblick Beachtung geschenkt hatte.

„Danke", sagte er, und seine Stimme klang heiser.

Sie blieb stehen und musterte ihn aufmerksam, einen Moment zu lange, als es ihm angenehm gewesen wäre, bevor sie sich wieder in das Gedränge der Gäste begab und ihn zurückließ, während er ihr nachschaute.

Plötzlich überkam ihn der Gedanke, dass dies seine Chance war. Wie der frustrierte Gelehrte Faust war er von Mephistopheles in Gestalt von Nick Damon hereingelegt und der Frau vorgestellt worden, die er heimlich bewunderte. Zugegeben, für Faust war die Sache nicht gut ausgegangen, aber das war nur ein Theaterstück, nicht das echte Leben. Es gab keinen Grund, warum seine eigene Geschichte auf dieselbe Weise enden sollte. Damon war kein Teufel, sondern nur der Besitzer einer Baufirma.

Er nahm einen dringend benötigten Schluck Champagner und schaute sich im Raum um, auf der Suche nach einem flüchtigen Blick auf Ginas rote Haare. Zwei weitere, identisch gekleidete Kellnerinnen kamen mit Tabletts voller Canapés herein, und mit einem Mal wurde ihm klar, dass es sich um Ginas Freundinnen vom College handelte, mit denen sie sich früher am Abend im Hof unterhalten hatte. Er wandte sich von ihnen ab und versuchte, sich in einer Ecke des Raumes unter einer Gruppe feiernder Gäste zu verstecken, die über irgendetwas lachten.

Obwohl er von Natur aus schüchtern war, fand Frost, dass die Maske ihm ein gewisses Selbstvertrauen verlieh, so als würde er eine Rolle spielen, wie der Held in Thomas Manns großem Roman *Der Zauberberg*, wenn er sich in der Karnevalsnacht verkleidete. Hinter der Maske konnte er sich unbeobachtet in diesem Raum voller Fremder bewegen, mit jedem sprechen, mit dem er wollte, und zu dem Mann werden, der er immer sein wollte. Er trank sein Glas Champagner aus und nahm sich ein neues von einem Tablett auf einem Tisch in der Nähe.

Er mischte sich unter die anderen Gäste, nippte am Champagner, aß Canapés und begann sich bald zu entspannen. Die Gesellschaft war sympathisch, die Stimmung heiter. Die Masken verliehen dem Ganzen eine unwirkliche Atmosphäre. Er mischte sich unter die verkleideten Gäste – Harlekine, Joker, Katzen und mindestens ein halbes Dutzend Pierrots mit pantomimischen Clownsgesichtern. Fast alle Masken waren farbenfroh, gemustert oder mit Juwelen und Federn verziert. Ein einzelner Pestdoktor setzte mit seiner langen, schnabelartigen Nase und dem schwarzen Hut einen düsteren Akzent. Aber von Gina war immer noch nichts zu sehen.

Zwischen den Gästen bewegte sich eine Reihe schöner Frauen mit statuenhaften Formen, die bezaubernde, mit Gold, Silber und Kristallen verzierte Colombina-Masken trugen. Frost starrte auf ihre spärlich bekleideten Körper. Waren das Prostituierte? Jedenfalls verhielten sie sich allen Männern gegenüber äußerst freundlich. Seine eigenen Erfahrungen mit dem anderen Geschlecht beschränkten sich auf eine kurze Affäre als Student in der deutschen Stadt Bremen mit einem Fräulein, das gerne wanderte und eine Leidenschaft für Bach hatte. Sie war sehr ernst und ihre kurze Romanze war intensiv gewesen, mit wenigen Lachern. Er hatte es nicht allzu sehr bedauert, als die Zeit gekommen war, nach England zurückzukehren.

Er spürte einen Klaps auf der Schulter, drehte sich um und fand sich Auge in Auge mit Gina Hartman, die mit einem leeren Tablett vor ihm stand. Sie beugte sich dicht zu ihm und flüsterte ihm etwas zu, das er inmitten der Geräuschkulisse aus Geschnatter und Gelächter nicht ganz verstehen konnte.

„Wie bitte?", fragte er.

„Ich sagte, es ist keine gute Idee, hier zu bleiben", wiederholte sie etwas lauter. „Es wäre besser zu gehen."

Verärgert stellte er fest, dass sie seine Verkleidung durchschaut hatte und wusste, wer er war. Doch dann kam ihm ein zweiter, hoffnungsvollerer Gedanke. *Sie hat mich erkannt.* Gina wusste, wer er war! Und es kam nicht in Frage, die Party zu verlassen, er war ja gerade erst angekommen. Sein ganzes Leben hatte er auf eine solche Gelegenheit gewartet. Doch bevor er ein Wort sagen konnte, drehte sie sich um und verschwand wieder in der Menge.

Jemand drückte ihm ein Glas in die Hand, das er in einem Zug austrank. Dann fragte ihn eine der Frauen mit Colombina-Masken, ob er tanzen wolle, und obwohl er so etwas normalerweise nie tun würde, gesellte er sich zu ihr auf die Tanzfläche und tanzte einen unbeholfenen und unsicheren Walzer. Die Frau war sehr aufmerksam und hielt ihn dich bei sich. Doch schon bald begann sich der Saal zu drehen und er löste sich aus ihrer Umarmung mit der Begründung, er müsse sich kurz ausruhen. Er hatte keine Ahnung, wie viel er getrunken hatte, aber offensichtlich viel mehr, als er gewohnt war. Er stolperte aus dem Raum und fand sich am Fuße einer großen Holztreppe im Flur wieder. Er lehnte sich an das geschnitzte Treppengeländer und hatte noch genügend geistige Klarheit, um sich zu sagen, dass er oben vielleicht einen Platz finden würde, wo er sich eine Weile ausruhen konnte. Er machte sich daran, die Stufen zu erklimmen, und ließ den Lärm der Party hinter sich.

★

Frost erwachte abrupt aus einem seltsamen Traum. Etwas Hartes und Unbequemes drückte gegen seine Wange. Er legte eine Hand auf sein Gesicht und spürte zu seiner Verblüffung die lackierte Oberfläche einer Maske. Er nahm sie ab und ließ sie zu Boden fallen. Er schien in einem großen Himmelbett zu liegen. Sonnenlicht fiel durch ein bleiverglastes Fenster und warf einen unregelmäßigen Schatten auf den Boden. Er versuchte sich aufzusetzen, aber sein Kopf pochte. Er ließ sich wieder in die Kissen sinken.

Eine vage Erinnerung an den vergangenen Abend kehrte in ihm zurück. Die seltsame Einladung, das große Landhaus, der Maskenball. War das real oder nur Teil eines Traums?

In diesem Moment nahm er eine Gestalt wahr, die neben ihm in dem riesigen Bett lag. Er drehte langsam den Kopf und sah eine Frau, die ihm den Rücken zukehrte. Ihre langen roten Korkenzieherlocken fielen über das Kissen. Das konnte nicht wahr sein, oder doch? Hatte er wirklich die Nacht mit Gina Hartman im Bett verbracht, der umwerfenden Studentin, die er so oft aus der Ferne in seinem Collegezimmer beobachtet hatte? Wie war es dazu gekommen? Das Problem war, dass er sich nicht an eine verdammte Sache erinnern konnte.

Zögernd streckte er die Hand aus und berührte ihre nackte, weiße Schulter. Sie rührte sich nicht. Sie schien nicht einmal zu atmen. Auch er atmete kaum noch.

Er stützte sich auf einen Ellbogen und beugte sich vor, um ihr Gesicht näher zu betrachten. Ihre toten Augen starrten ausdruckslos auf die gegenüberliegende Wand, und er wich entsetzt zurück.

Er sprang aus dem Bett, rannte zur Tür und schrie um Hilfe, sein Kopf dröhnte wie ein Amboss. Er hatte keine

Ahnung, was passiert war, aber er war im Bett aufgewacht und neben ihm lag ein totes Mädchen. Die Party war endgültig vorbei.

KAPITEL 2

Der Samstagmorgen im örtlichen Freizeitzentrum war ein Albtraum. Detective Inspector Bridget Hart war schon so lange nicht mehr schwimmen gewesen, dass sie vergessen hatte, wie voll und laut es im Schwimmbad sein konnte. Zum Glück gab es Bereiche für diejenigen, die ihre Bahnen ziehen und dem Chaos im Familienbereich entgehen wollten. Bridget konnte sich auf der mittleren Bahn mit ihrem gleichmäßigen, aber ansonsten wenig beeindruckenden Brustschwimmen gerade so behaupten. Verbissen zählte sie die Bahnen – fünf, zehn, zwanzig, sie war fest entschlossen, dreißig zu schaffen –, während die athletischeren Schwimmer auf der schnellen Bahn an ihr vorbei kraulten, eine Technik, die sie nicht beherrschte.

Ihr Job als DI bei der Thames Valley Police ließ ihr wenig Zeit für regelmäßigen Sport, und sie hatte nicht die Figur zum Laufen. Aber sie war entschlossen, mehr für sich selbst zu tun, und wenn sie ein oder zwei Zentimeter an ihrer Taille verlor, umso besser.

Sie hatte einen guten Grund, ihr Erscheinungsbild verbessern zu wollen. An diesem Abend war sie nämlich mit Jonathan Wright verabredet, dem Besitzer einer Kunstgalerie in der Oxford High Street. Da ihr Job ihnen immer wieder in die Quere kam, war ihre aufkeimende Beziehung kaum abgehoben – um ehrlich zu sein, rollte sie immer noch auf der Startbahn und wartete auf die Freigabe durch die Flugsicherung. Ein kürzlich abgeschlossener Fall war für Jonathan besonders schlimm ausgegangen, aber Gott sei Dank war er jetzt wieder auf den Beinen. Hoffentlich würde das heutige Date ihre Beziehung auf das nächste Level bringen.

Dreißig! Sie hatte ihr Ziel erreicht. Selbst Chloe, ihre Teenager-Tochter, wäre beeindruckt. Bridget hatte sie heute Morgen schlafend im Bett liegen lassen, als sie aus dem Haus gegangen war. Sie nahm an, dass sie immer noch im Bett liegen würde, wenn sie zurückkam. Am flachen Ende des Beckens hielt sie kurz an, um zu Atem zu kommen, und hievte sich dann aus dem Wasser.

Nachdem sie sich geduscht und angezogen hatte, bestellte sie im Café des Freizeitzentrums ein gesundes Frühstück mit Obst, Joghurt und Müsli; die verlockenden gekochten Gerichte, allesamt mit Pommes, ignorierte sie geflissentlich. Sie fand einen freien Tisch in der Ecke, wischte die Krümel ab, die ihr Vorgänger hinterlassen hatte, setzte sich und freute sich darüber, wie viele Kalorien sie durch ihre gesunde Wahl eingespart hatte. Zusammen mit den Kalorien, die sie beim Schwimmen verbrannt hatte, würde sie bestimmt … mindestens ein Pfund leichter sein. Vielleicht sogar zwei. Vielleicht würde sie sogar in das Kleid passen, das sie heute Abend tragen wollte.

Gerade als sie sich eine großzügige Portion Müsli in den Mund geschoben hatte, klingelte ihr Telefon. Sie schaute auf das Display, in der Hoffnung, Jonathans Namen zu sehen, aber es war die Arbeit. Sie hätte wissen müssen, dass das passieren würde. Zumindest hatten sie sie nicht erreichen können, während sie im Wasser war. Sie nahm den Anruf entgegen und hörte zu, wie der diensthabende Sergeant aus dem Polizeirevier in

Kidlington ihr die Situation erklärte.

Eine junge Frau war unter verdächtigen Umständen in einem Haus etwa sechs Meilen westlich von Chipping Norton tot aufgefunden worden. Plötzlich hatte Bridget keinen Appetit mehr. Der Tod einer jungen Frau hatte ihr schon immer eine Gänsehaut bereitet. Die örtliche Polizei aus Banbury war nun vor Ort, aber sie brauchten einen Detective Inspector, der die Leitung übernahm. War sie verfügbar?

„Ich werde so schnell wie möglich da sein", sagte sie zum diensthabenden Sergeant. „Ich organisiere mein Team."

Der Erste, den sie anrief, war Detective Sergeant Jake Derwent. Bridget schätzte die ruhige, bodenständige Art des jungen Sergeants und hatte ihn gern an ihrer Seite, auch wenn er mit seinen 1,95 m ihre zierliche Statur von knapp 1,60 m in den Schatten stellte.

Jakes Telefon klingelte ein paar Mal, und Bridget fragte sich, ob er noch schlief. Sie stellte sich seine kleine Wohnung in der Cowley Road vor, über einem Waschsalon und eingeklemmt zwischen einem indischen Restaurant und einem chinesischen Imbiss. Sie hatte ihn einmal von dort abgeholt, war aber nie drinnen gewesen. Seinem Schreibtisch und den Müllbergen in seinem Auto nach zu urteilen, war es zweifellos eine typisch unordentliche Junggesellenbude.

„Hallo?" Die Stimme am anderen Ende der Leitung war definitiv nicht die von Jake. Sie war nicht einmal männlich. Stattdessen hatte sie den unverwechselbaren walisischen Tonfall von Detective Constable Ffion Hughes.

Sieh an, sieh an, dachte Bridget, das war eine neue Entwicklung. Sie hatte oft über die Beziehung zwischen den beiden nachgedacht. Manchmal war sie freundschaftlich, manchmal knisterte es vor Spannung. Hatten sie endlich zueinander gefunden? Es war zehn Uhr an einem Samstagmorgen, und sie hielt es nicht für sehr wahrscheinlich, dass Ffion aus beruflichen Gründen in

Jakes Wohnung war. Bridget wünschte den beiden alles Gute, aber sie waren, gelinde gesagt, ein ungleiches Paar. Jake war locker und umgänglich. Ffion war temperamentvoll und kratzbürstig. Aber Bridget wusste, dass es nicht leicht war, jemanden kennenzulernen, wenn man einen Job wie ihren hatte, so dass viele Beamte zwangsläufig Beziehungen mit anderen Polizisten eingingen.

Bridget hatte am eigenen Leib erfahren, wie so etwas enden konnte. Ihre eigene Ehe mit einem Kollegen hatte in einer Scheidung geendet. Ben, ihr Ex, war jetzt ein Überflieger bei der Met in London, während Bridgets Karriere in Oxford gerade erst in Gang gekommen war. Das einzig Gute, das aus dieser Beziehung hervorgegangen war, war Chloe. Sie dachte wieder an Ffion und konnte sie sich nicht als den mütterlichen Typ vorstellen.

„Hier ist Bridget Hart", sagte sie und versuchte, jeden Anflug von Überraschung aus ihrer Stimme zu verbannen. Eine Familie mit einem weinenden Kleinkind hatte gerade den Tisch neben ihr in Beschlag genommen. Sie steckte einen Finger in ihr freies Ohr, um den Lärm zu dämpfen, und hoffte, dass Ffion hören konnte, was sie sagte. „Ist Jake da?"

„Er ist gerade unter der Dusche. Soll ich ihm etwas ausrichten?" Ffion klang so geschäftsmäßig wie immer und es machte ihr offensichtlich nichts aus, dass ihre Chefin sie dabei erwischt hatte, wie sie die Nacht mit einem anderen Teammitglied verbrachte. Aber Ffion schien nie etwas aus der Fassung zu bringen.

Bridget kam schnell zu dem Schluss, dass sie Ffions Nüchternheit und Auffassungsgabe bei diesem neuen Fall ebenso gut gebrauchen konnte wie Jakes einfühlsamere Herangehensweise, also erklärte sie der jungen DC die Situation und fragte, ob sie und Jake sie so schnell wie möglich am Tatort treffen konnten.

„Kein Problem." Die Nachricht schien Ffion zu freuen. „Wir hatten sowieso keine anderen Pläne für den Tag."

Bridget fragte sich, wie sie sonst ihr Wochenende

verbracht hätten, wenn es eine willkommene Abwechslung war, in einem Mordfall ermitteln zu müssen, aber sie behielt ihre Gedanken für sich. Sie war froh, dass beide Zeit hatten.

Sie trank einen Schluck Kaffee, der eigentlich noch zu heiß war, um ihn zu trinken, und ließ den Rest ihres Frühstücks unberührt. Dann schnappte sie sich ihre Schwimmsachen und machte sich auf den Weg zum Parkplatz. Hatte sie noch Zeit, nach Hause zu gehen und sich etwas Schickeres anzuziehen? Sie entschied, dass es nicht wichtig war. Es war schließlich Samstag. Die Leute konnten nicht erwarten, dass sie die ganze Zeit einen Anzug trug. Ihr Haar war noch feucht vom Schwimmen, aber es würde im Auto trocknen, bis sie dort ankam. Sie schickte Chloe eine kurze Nachricht, um ihr mitzuteilen, wohin sie wollte, dann gab sie die Adresse, die der Sergeant ihr gegeben hatte, in das Navigationsgerät ein und fuhr los, während aus den Lautsprechern des Autos die beruhigenden Klänge von Puccinis *Madame Butterfly* ertönten.

Bald verließ sie Oxford und folgte der vertrauten Straße, die sie durch ihre Heimatstadt Woodstock führen würde, den Geburtsort von Winston Churchill. Hier war sie aufgewachsen und hier lag auch ihre Schwester begraben, die viel zu früh durch die Hand eines grausamen Mörders gestorben war. Sie schauderte, als sie die Straße zur Kirche St. Mary Magdalene passierte, und konzentrierte sich auf die Strecke, die vor ihr lag.

Ihr kleiner roter Mini war perfekt für die engen Straßen dieser ländlichen Gegend. Sie hatte nie verstanden, warum die englische Mittelschicht so besessen von SUVs war, die so groß waren wie kleine Panzer. Ihre Schwester Vanessa fuhr die beiden kleinen Kinder in einem Range Rover zur Vorschule in Oxford, der problemlos eine Querfeldeinstrecke hätte bewältigen können und viel zu groß war, um vor dem Waitrose-Supermarkt ordentlich zu parken.

Sobald sie Woodstock verlassen hatte, befand sie sich

im Herzen von West Oxfordshire und fuhr an hübschen Dörfern vorbei, deren Steinhäuser im Oktoberlicht gelb leuchteten. Um sie herum erstreckten sich frisch abgeerntete Felder und die Bäume begannen, sich goldbraun zu färben.

Nach fast fünfundvierzig Minuten Fahrt überprüfte sie das Navigationsgerät, um zu sehen, wie weit es noch war. Das Haus lag definitiv abgeschieden und sie fragte sich, wer dort wohnte. Der diensthabende Sergeant war in diesem Punkt etwas vage gewesen, hatte aber etwas von einem Bauunternehmer erwähnt.

Schließlich bog sie von der Hauptstraße ab, vorbei an einem Schild nach Adlestrop, und sofort fiel ihr das Gedicht von Edward Thomas ein, einem Dichter aus der Zeit des Ersten Weltkriegs, das sie in der Schule gelernt hatte. Nach all den Jahrzehnten kamen ihr die Worte unwillkürlich wieder in den Sinn: „Ja, ich erinnere mich an Adlestrop –" Die Zeilen beschworen die verlorene Unschuld der Vorkriegszeit herauf, Mädesüß und trockene Heuhaufen und Amselgesang. Hier draußen, an der Grenze zwischen Oxfordshire und Gloucestershire, schien der Geist jener unschuldigen Tage immer noch nachzuklingen.

Sie erreichte ein schmiedeeisernes Tor, das offen stand, und bog in die Einfahrt ein. Gleich zu ihrer Rechten stand ein uniformierter Polizist vor einem malerischen kleinen Cottage, das aus lokalem Stein erbaut und wie eine Miniaturburg mit Zinnen versehen war. In genau so einem Anwesen hätte Bridget gerne gelebt. Sie hielt an und ließ das Fenster herunter.

„DI Bridget Hart. Ich bin die leitende Ermittlerin."

„Das hier ist nur das Pförtnerhaus", erklärte der junge Polizist. „Das große Haus ist weiter hinten."

„Okay, danke", sagte Bridget, deren Neugier immer größer wurde.

Als das Haupthaus schließlich in Sicht kam, stockte ihr der Atem. Es war ein dreistöckiges Herrenhaus im jakobinischen Stil; ein Wunder, dass es sich noch in

Privatbesitz befand und nicht vom National Trust oder English Heritage übernommen worden war. Das Haus war aus den gleichen rotgoldenen Ziegeln und Steinen gebaut wie das Pförtnerhaus, mit passenden Zinnen an den Giebeln und Dächern. Die bleiverglasten Fenster waren mit gelbem Stein eingefasst. Zu beiden Seiten der Kiesauffahrt, die in einem weiten Bogen vor dem Haupteingang endete, befanden sich makellos gepflegte Rasenflächen.

Mehrere Streifenwagen und ein Krankenwagen parkten auf der Einfahrt vor dem Haus. Bridget erkannte zwei weitere Autos: Das erste gehörte Dr. Sarah Walker, der Gerichtsmedizinerin, mit der sie oft bei Mordfällen zusammenarbeitete, und das zweite Vikram Vijayaraghavan – Vik für seine Freunde und Kollegen –, der die Spurensicherung leitete. Jakes knallorangener Subaru war noch nicht da, ebenso wenig wie Ffions neongrüne Kawasaki. Bridget nahm an, dass Ffion ohnehin mit Jake kommen würde, sobald sie das Schokoladenpapier vom Beifahrersitz entfernt hatte. An einer Seite des Hauses parkten eine Reihe anderer Autos – ein Porsche, einige BMWs und ein oder zwei Mercedes. Es sah nach einer ordentlichen Versammlung aus.

Am Fuße einer kurzen Steintreppe wurde sie von einem uniformierten Beamten mittleren Alters empfangen, der sich als PC Keith Herrington vorstellte, stationiert in Banbury. Er wirkte auf Bridget wie einer dieser kompetenten und zuverlässigen Polizisten, die nie den Ehrgeiz hatten, die Uniform abzulegen und zur Kripo zu wechseln, die gerne auf Streife gingen, die lokale Gemeinde kannten und die ersten Anzeichen von Ärger im Keim erstickten. Leider verfügte die moderne Polizei nicht über die Mittel für derartige präventive Maßnahmen.

„DI Hart?", fragte er. „Folgen Sie mir bitte, wir haben Sie erwartet."

★

PC Herrington führte Bridget in einen langen, schmalen Flur mit Holzfußboden und einer kunstvoll verzierten Treppe, die in die oberen Stockwerke führte. Dahinter öffneten sich Flügeltüren zu einem größeren Raum.

„Bevor wir weitergehen", sagte Bridget, „könnten Sie mich über ein paar Details aufklären? Wer wohnt hier? Wem gehören all diese Autos? Und wissen wir, wer das Opfer ist?"

„Das Haus gehört Mr. Nick Damon", sagte PC Herrington. „Er ist ein Immobilienentwickler und Baulöwe."

„Er hat offensichtlich eine Menge Geld verdient", kommentierte Bridget und betrachtete die goldgerahmten Bilder an den Wänden. Ein ausgestopfter Hirschkopf blickte sie mit glasigen Augen an.

„Er ist nicht gerade knapp bei Kasse", sagte Herrington und nickte. „Er beschäftigt eine Menge Leute hier in der Gegend. Und er hat Freunde in hohen Positionen, wenn Sie wissen, was ich meine."

„Wie zum Beispiel?"

„Nun, zum Beispiel der örtliche Parlamentsabgeordnete. Er war scheinbar gestern Abend hier, aber er ist heute Morgen abgereist, bevor wir angekommen sind."

„Und was genau ist gestern Abend passiert?"

„Eine Art Party. Eine vornehme Veranstaltung. Nicht die Art von Feier, zu der normale Leute wie ich eingeladen werden. Man muss sich nur die Autos draußen ansehen, um zu verstehen, was für Leute an so einen Ort kommen."

Bridget musste zugeben, dass ihr geliebter Mini nicht in derselben Liga spielte wie die anderen Autos, die in der Einfahrt standen.

„Der Rest der Gäste ist also noch da?", fragte sie.

„Sie haben übernachtet. Anwälte, Geschäftsleute, ein Richter vom High Court und" – Herrington hob die Augenbrauen – „eine Gruppe von Escort-Damen einer Londoner Agentur. Ein lokales Team nimmt gerade ihre Aussagen auf. Aber Sie werden nicht lange suchen müssen, um den Mann zu finden, der für den Mord verantwortlich ist. Dr. Nathan Frost vom Wadham College wurde mit dem armen, toten Mädchen neben sich im Bett gefunden. Er behauptet, sich nicht erinnern zu können, was passiert ist, aber es ist sonnenklar. Der Bastard hat sie erwürgt, wenn Sie mir den Ausdruck verzeihen, Ma'am. Fall abgeschlossen."

„Ein Akademiker?", sagte Bridget, überrascht, dass jemand von der Universität auf der Party war. „Was hat ein Akademiker aus Oxford mit all diesen Geschäftsleuten zu tun?"

Herrington zuckte mit den Schultern, als hätte er sich darüber keine Gedanken gemacht. Vielleicht war das der Grund, warum er nie den Sprung aus der Uniform geschafft hatte.

„Wo ist Dr. Frost jetzt?"

Herrington blähte stolz die Brust, offensichtlich sehr zufrieden mit sich selbst. „Er ist bereits auf dem Weg nach Kidlington. Wenn Sie zurückkommen, können Sie ihn befragen."

„Er wurde verhaftet?", sagte Bridget und fragte sich, wer genau diese Untersuchung leiten sollte.

Herrington schien von der Frage irritiert zu sein. „Natürlich. Was hätten wir denn sonst mit ihm machen sollen?"

Eine junge Frau mit langer blonder Mähne trat aus einem der Zimmer am Ende des Flurs. Sie sah blass und erschöpft aus, aber als sie Bridget sah, setzte sie mit der routinierten Haltung eines Profis umgehend ein fröhliches Lächeln auf.

Ihre Stimme war genauso sonnig wie ihr Strahlen. „Guten Morgen. Ich bin Brittany Grainger, Mr. Damons Assistentin. Ich war es, die heute Morgen die Polizei gerufen hat." Ihre Stimme hatte einen nördlichen Klang und erinnerte Bridget an die kurzen Vokale im Yorkshire-Akzent ihres Sergeants.

„DI Bridget Hart", sagte sie und nahm die ausgestreckte Hand der jungen Frau. „PC Herrington hat mich gerade über ein paar Hintergrunddetails informiert. Waren Sie gestern Abend hier, Miss Grainger?" Ihr war aufgefallen, dass die Assistentin keinen Ehering trug.

„Nennen Sie mich bitte Brittany", sagte sie, „und ja, ich war gestern Abend hier. Ich habe mich um die organisatorischen Details der Party gekümmert."

„Zum Beispiel?"

„Ich habe das Catering gebucht und die Mädchen organisiert, die als Kellnerinnen gearbeitet haben ..." Ihre Stimme wurde leiser. „Es war eine der Kellnerinnen, die gestorben ist. Sie war Studentin an der Universität."

„Wie hieß sie?"

„Gina Hartman."

„Auf welchem College war sie?"

„Wadham, glaube ich."

„Und Dr. Frost ist auch vom Wadham?" Bridget wusste nicht viel über das Wadham College, nur dass es ein traditionelles Oxford-College in der Parks Road nördlich des Stadtzentrums war.

„Das hat er uns gesagt", sagte PC Herrington.

„Und die anderen Kellnerinnen?", fragte Bridget.

„Es waren drei, alle vom Wadham College", sagte Brittany.

„Wo sind die anderen beiden jetzt?"

„Sie sind gestern Abend nach der Party zurück zum College gefahren."

„Und sie haben sich keine Sorgen gemacht, dass Gina nicht bei ihnen war?"

Brittany zuckte mit den Schultern. „Ich weiß nicht. Gina kam etwas später als die anderen beiden, also dachten sie vielleicht, sie würde auch getrennt gehen."

„Ich brauche ihre vollen Namen", sagte Bridget. „Wenn mein Sergeant eintrifft, können Sie ihm alle Einzelheiten mitteilen. Er müsste bald hier sein." So wie Jake den Subaru fuhr, würde er für die Strecke über die Landstraßen nicht lange brauchen. „Können Sie mir eine vollständige Gästeliste geben?"

„Kein Problem", sagte Brittany, die froh war, etwas zu

tun zu haben. „Aber darf ich Sie bitten, diskret zu sein? Die Gäste von Mr. Damon legen großen Wert auf ihre Privatsphäre."

„Das verstehe ich, aber ich kann keine Garantien geben. Wir müssen jeden befragen, der gestern Abend hier war. Wenn Sie mir also die Liste besorgen könnten, wäre das sehr hilfreich."

„Ich werde mich sofort darum kümmern", sagte Brittany, „und darf ich Ihnen einen Kaffee bringen?"

Bridget dachte sehnsüchtig an den Kaffee und das Frühstück, das sie im Freizeitzentrum hatte stehen lassen, aber dafür würde später noch genug Zeit sein. Im Moment hatte sie eine Aufgabe zu erledigen. „Vielleicht später", sagte sie.

Brittany verschwand in einem der Zimmer im Erdgeschoss und Bridget wandte sich wieder an PC Herrington, der geduldig an ihrer Seite wartete. „Vielleicht könnten Sie mich jetzt zu dem toten Mädchen bringen?"

„Aber natürlich, Ma'am. Hier entlang."

Er ging die Treppe hinauf, Bridget folgte ihm und machte sich darauf gefasst, was sie vorfinden würde.

Sie zog einen Schutzanzug an, bevor sie das Schlafzimmer betrat, und war dankbar, dass sie sich nicht die Mühe gemacht hatte, ihre samstägliche Freizeitkleidung auszuziehen. So war es viel einfacher, in den Overall zu schlüpfen.

Vik, der Leiter des SOCO-Teams, empfing sie an der Tür. Seine Kollegen waren damit beschäftigt, nach Fingerabdrücken zu suchen und den Tatort zu fotografieren. Dr. Sarah Walker, die Gerichtsmedizinerin, untersuchte gerade die Leiche des Mädchens auf dem Bett.

„Morgen, Vik. Wie läuft's?"

„Nicht schlecht, aber warum müssen diese Morde immer an meinem freien Tag passieren?", sagte er und senkte seine Gesichtsmaske, um mit ihr zu sprechen. „Das muss eine wilde Feier gewesen sein. Zu so etwas werde ich nie eingeladen."

„Ich auch nicht", sagte Bridget, obwohl sie nicht glaubte, dass sie zu so einer Party eingeladen werden wollte. Was auch immer hier letzte Nacht passiert war, es hatte für Gina ein tragisches Ende genommen.

„Aber", sagte Vik, „mit diesen Gesichtsmasken wären wir ganz gut zurechtgekommen."

Bridget sah ihn verständnislos an. „Was soll das heißen?"

„Wussten Sie das nicht? Es war ein Maskenball."

„Ein Maskenball?"

PC Herrington nickte bestätigend. „Wer weiß schon, was diese Leute in ihren großen Häusern so treiben, nicht wahr?"

Bridget ging die geringschätzige Art des Constables langsam auf die Nerven und fragte sich, ob es noch mehr Informationen gab, die er ihr vorenthalten hatte. Sie würde einfach selbst gründlich recherchieren müssen.

„Zumindest ist es ein schönes, sauberes Haus", sagte Vik, „so dass wir gute, klare Fingerabdrücke nehmen und Haarproben ohne Kreuzkontamination sammeln konnten. Sobald wir fertig sind, schicken wir alles in die Forensik."

„Ausgezeichnet."

„Und wir haben auch ihr Handy gefunden. Es ist verpackt und bereit, ins Labor geschickt zu werden."

„Gute Arbeit."

Heutzutage war das Mobiltelefon des Opfers oft eines der wichtigsten Beweismittel bei den Ermittlungen, und Bridget war froh, dass es so schnell gefunden worden war. Wie immer war Vik ein absoluter Profi, und sie wusste, dass sie sich auf ihn und sein Team verlassen konnte.

Sie schaute hinüber zu Ginas schlankem Körper, der auf dem Bett lag. Sie trug ein kurzes, schwarzes Kleid. Selbst nach ihrem Tod konnte Bridget erkennen, dass sie eine wahre Schönheit gewesen sein musste, deren auffälligstes Merkmal ihre roten Korkenzieherlocken waren. Jetzt starrten ihre Augen glasig aus den Höhlen. Ihre Haut war totenblass geworden und ihre Lippen hatten einen bläulichen Schimmer.

Bridget bereitete sich innerlich auf das Schlimmste vor. Der Tod einer jungen Frau ging ihr immer tiefer unter die Haut als andere Todesfälle. Sie konnte nichts dagegen tun. Ihre Schwester Abigail war im Alter von sechzehn Jahren entführt und ermordet worden, und da sie selbst eine fünfzehnjährige Tochter hatte, war die Vorstellung, dass Chloe etwas Ähnliches zustoßen könnte, ihr schlimmster Albtraum.

Dr. Sarah Walker richtete sich auf, als Bridget sich näherte. „Ah, Bridget."

Bridget schenkte der Gerichtsmedizinerin ein schwaches Lächeln. Lange Zeit hatte Sarah sich geweigert, sie mit ihrem Vornamen anzusprechen. Die Ärztin war eine sehr zurückhaltende Person, die sich in Förmlichkeiten flüchtete. Bridget beschloss, dieses kleine Zeichen der Annäherung als Erfolg zu werten.

„Erste Gedanken?", fragte sie.

„Sie wurde höchstwahrscheinlich erwürgt", sagte Dr. Walker. „Sehen Sie, hier sind die Blutergüsse an ihrem Hals zu erkennen." Sie zeigte auf die dunkelroten Flecken am schmalen Hals des Opfers. „Sie war ein schlankes Mädchen. Es hätte nicht viel gebraucht, um sie körperlich zu überwältigen."

„Gibt es weitere Anzeichen von Gewalt?"

„Einige weitere Prellungen an Armen, Beinen und im Gesicht."

„Wie sieht es mit Anzeichen für kürzliche sexuelle Aktivität aus?"

„Ich habe Abstriche gemacht, aber es gibt keine offensichtlichen Anzeichen für eine Vergewaltigung."

„Nun, das ist zumindest etwas. Wie schnell können Sie die Abstriche analysieren lassen?", fragte Bridget, die sich bewusst war, dass die ersten vierundzwanzig Stunden bei Mordermittlungen entscheidend für das Sammeln von Beweisen waren.

„Ich werde es im Schnellverfahren im Labor untersuchen lassen", sagte Dr. Walker. „Bis morgen früh sollte ich etwas für Sie haben."

„Das ist großartig. Und der Todeszeitpunkt?"

„Nun, die Leichenstarre ist voll ausgeprägt, das heißt, sie ist seit mindestens sechs Stunden tot."

Bridget warf einen Blick auf ihre Uhr. Es war jetzt halb zwölf, der Todeszeitpunkt konnte also auf die Nachtstunden eingegrenzt werden. Sie würde die Obduktion abwarten müssen, um den Zeitpunkt genauer zu bestimmen.

„Danke."

Sie wandte sich ab, als das Team sich anschickte, Ginas Leiche für den Transport in die Gerichtsmedizin in einen Sack zu packen. Bridget ließ Sarah und die anderen ihre Arbeit machen, verließ den Raum und zog ihre Schutzkleidung aus.

PC Herrington wartete am oberen Treppenabsatz auf sie.

„Ich würde jetzt gerne den Eigentümer des Hauses sehen", sagte Bridget zu ihm.

★

Bridget fand Nick Damon in seinem Arbeitszimmer im Erdgeschoss, einem mit Eichenholz getäfelten Raum mit Blick auf den hinteren Rasen und den Garten. Der Raum war aufwändig im Stil vergangener Zeiten eingerichtet, mit antiken Möbeln und Regalen voller ledergebundener Bücher. Bridget fragte sich, ob der Besitzer sie jemals gelesen hatte oder ob sie nur zur Schau gestellt wurden. Sie vermutete Letzteres.

Damon, ein großer, kräftiger Mann mit schwarzem Haar und gutem Aussehen, telefonierte gerade, als sie eintrat, und bedeutete ihr, sich zu setzen, während er sein Gespräch beendete. Er schien nicht im Geringsten von den Ereignissen beunruhigt zu sein. Bridget hatte den Eindruck, dass er mit einem Kunden über ein Geschäft verhandelte, und sie fragte sich, was für ein Mann sein Leben ruhig weiterführen konnte, wenn gerade eine Frau in seinem Haus ermordet worden war, auf einer Party, die er ausgerichtet hatte. Sie bemerkte den feinen Schnitt seines Anzugs, das gestärkte weiße Hemd, das er am Kragen offen trug, und die großen Diamant-Manschettenknöpfe an seinen Ärmeln.

Eine zweite Person war ebenfalls im Raum und stand am Fenster hinter Damons Schreibtisch. Ein älterer Mann, tadellos gekleidet in marineblauem Anzug mit Krawatte, betrachtete Bridgets Jeans und ihr legeres Hemd mit herablassender Miene, und sie wünschte, sie hätte sich doch noch etwas Schickeres angezogen.

Damon beendete schließlich das Gespräch und warf ihr einen fragenden Blick zu.

„Ich bin Detective Inspector Bridget Hart", sagte Bridget, fest entschlossen, ihre Autorität in diesem Raum zu demonstrieren, der vor männlicher Macht und Privilegien nur so strotzte.

„Natürlich, Inspector", sagte Damon und erhob sich von seinem Stuhl, um ihr mit festem Griff die Hand zu schütteln, wobei er den Blick auf eine schwere goldene Uhr an seinem Handgelenk freigab. „Nick Damon. Und das" – er deutete auf den anderen Mann im Raum – „ist mein Anwalt, Mr. Powers."

Bridget runzelte die Stirn und fragte sich, warum Damon es für nötig gehalten hatte, seinen Anwalt zu rufen. Es war nicht üblich, dass Zeugen sich um einen Rechtsbeistand kümmerten, noch bevor die Polizei eintraf.

Mr. Powers nickte Bridget zu, blieb aber distanziert am Fenster stehen und sagte nichts, sein Gesicht war ausdruckslos. Bridget fühlte sich unwillkürlich an eine Echse erinnert.

„Hat Ihnen meine Assistentin alle Unterstützung gegeben, die Sie brauchen?", erkundigte sich Damon. „Wenn wir Ihnen irgendwie helfen können, sagen Sie einfach Bescheid."

Nick Damons Verhalten war für Bridgets Geschmack ein wenig zu glatt. Wo blieb die Sorge um das ermordete Mädchen? Und was genau hatte sein Anwalt hier zu suchen?

„Vielleicht können Sie mir mit ein paar Hintergrundinformationen helfen, Mr. Damon. Was genau machen Sie beruflich?"

Damon grinste breit. „Man könnte sagen, ich erwecke die Träume der Menschen zum Leben." Er wedelte mit den Fingern durch die Luft, als würde er sie alle mit Feenstaub bestäuben.

„Wie bitte?" Das war nicht die Art von Antwort, die Bridget erwartet hatte.

„Ich bin Bauunternehmer von Beruf", erklärt Damon. „Ich baue die Häuser, von denen die Menschen träumen. Luxus für wenige, Erschwinglichkeit für die Massen. Natürlich erledigen meine Firmen auch profanere Arbeiten – Lagerhallen, Büros, Infrastruktur – wofür auch immer ein Kunde bereit ist zu zahlen. Aber meine wahre Leidenschaft gilt dem Hausbau. Das Haus eines Engländers ist seine Festung, nicht wahr?" Er breitete die Hände aus, um auf den Raum hinzuweisen, in dem sie saßen. „Dieses Haus ist mein ganzer Stolz. Als ich es kaufte, war es eine verwahrloste Ruine. Löcher im Dach, der Putz bröckelte von den Wänden. Und jetzt sehen Sie es sich an. Ich habe es wieder zum Leben erweckt."

„Und Sie veranstalten hier Partys?"

„Jeder sehnt sich nach ein wenig Magie und Aufregung in seinem Leben, nicht wahr, Inspector? Das Leben der meisten Menschen ist so langweilig, so eintönig. So sinnlos. Ich versuche, ein wenig Freude zu verbreiten."

„Ihre Party hat in Gina Hartmans Leben nicht viel Freude verbreitet", sagte Bridget. „Wie gut kannten Sie sie?"

Damons Lächeln ließ nicht nach. „So gut wie gar nicht. Brittany kümmert sich um das Personal. Warum fragen Sie sie nicht?"

„Ich würde gerne wissen, was Sie mit ihr zu tun hatten. Haben Sie überhaupt mit ihr gesprochen?"

„Vielleicht ein paar Worte. Nur um sie im Haus willkommen zu heißen."

„Haben Sie sie auf der Party gesehen?"

„Ich versuche, mich auf meine Gäste zu konzentrieren, nicht auf das Servicepersonal."

„Ich verstehe. Wussten Sie, dass sie nach oben gegangen war?"

„Nein. Ich war den ganzen Abend unten im großen Saal. Aber die Leute konnten sich frei im Haus bewegen und die Schlafzimmer benutzen, wenn Sie verstehen, was ich meine."

Bridget erinnerte sich, dass PC Herrington erwähnt hatte, dass Escorts auf der Party waren. „Sind Sie verheiratet, Mr. Damon? Oder haben Sie eine Freundin?"

Damon zwinkerte ihr zu. „Nein, ich bin derzeit zu haben. Und bitte nennen Sie mich Nick."

Bridget ignorierte den anzüglichen Gesichtsausdruck. „Können Sie mir sagen, warum Dr. Nathan Frost auf der Party war?"

„Er war ein geladener Gast. Ich muss sagen, dass ich normalerweise keine so angesehenen Akademiker bei diesen kleinen Zusammenkünften habe. Dieser gebildete Doktor verlieh dem Ganzen einen Hauch von Würde."

Bridget runzelte die Stirn. Warum Frost zu der Party eingeladen worden war, war ihr immer noch ein Rätsel. „Ist er also ein Freund?", fragte sie weiter. „Oder eine Art Geschäftspartner?"

„Sagen wir, ein Bekannter, und zwar erst seit Kurzem. Ich habe ihn letztes Wochenende zum ersten Mal getroffen."

„Wirklich? Und trotzdem haben Sie ihn zu Ihrer Party eingeladen."

„Warum nicht? Verbreite die Magie, sage ich immer."

Bridget hatte langsam genug von der Magie und den Träumen von Nick Damon. „Wie oft veranstalten Sie diese Partys, Mr. Damon?"

„Ich gebe sie regelmäßig, so ein- oder zweimal im Monat." Mit ernster Miene beugte er sich vor. „Wissen Sie, wenn man das Privileg hat, in einem so schönen Haus wie dem meinen zu leben, dann ist es meiner Meinung nach wirklich eine Pflicht, es mit so vielen Menschen wie möglich zu teilen."

„Solange sie Mercedes oder BMW fahren?", fragte Bridget. Jetzt klang sie schon wie PC Herrington. Sie durfte sich von Damon nicht provozieren lassen.

Er grinste wieder. „Manchmal fahren sie Aston Martins oder Bentleys, aber ich suche die Autos meiner Gäste nicht für sie aus, Inspector. Jedenfalls werden Sie feststellen, dass Dr. Frost mit dem Taxi gekommen ist."

Bridget war immer noch verwundert über die Anwesenheit des Oxford-Akademikers auf der Party, aber sie vermutete, dass Damon keine weiteren Informationen preisgeben würde.

„Wir werden alle Ihre Gäste befragen", sagte sie, „und ich werde jeden, der auf der Party war, bitten, Fingerabdrücke und eine DNA-Probe abzugeben, damit wir sie aus unseren Ermittlungen ausschließen können. Wenn ich mit Ihnen beginnen dürfte, Mr. Damon ..."

Mr. Powers, der Anwalt, ergriff zum ersten Mal das Wort und unterbrach sie, bevor sie ihren Satz beenden konnte. „Eigentlich ist mein Mandant nicht verpflichtet, Fingerabdrücke oder eine DNA-Probe abzugeben, es sei denn, Sie haben einen begründeten Verdacht, dass er eine Straftat begangen hat, also muss ich Ihre Bitte ablehnen."

„Vielleicht", antwortete Bridget, „darf ich Sie daran erinnern, dass hier letzte Nacht eine junge Frau getötet wurde. Welche Träume Gina Hartman auch immer hatte, sie wurden letzte Nacht zerstört, meinen Sie nicht auch, Mr. Damon?"

Nick Damon hob die Hände. „Es tut mir sehr leid, Inspector. Ich würde Ihnen gerne helfen, aber ich tue immer, was mein Anwalt mir sagt. Mr. Powers sagt nicht viel, und wenn er es tut, muss ich mich daran halten."

Na schön, dachte Bridget und kniff die Augen zusammen, wenn die uns Ärger machen wollen, dann müssen wir eben hart durchgreifen.

„Gut. Wie ich schon sagte, wird mein Team von allen Anwesenden, einschließlich des Personals und der Gäste, Zeugenaussagen aufnehmen. Wir haben bereits eine

Verhaftung vorgenommen, und es wäre wirklich in Ihrem eigenen Interesse, wenn Sie uns bei unseren Ermittlungen so gut wie möglich unterstützten. Wenn", fügte sie hinzu, „Sie nicht wollen, dass wir länger als unbedingt nötig hierbleiben. Und wenn Sie möchten, dass wir Ihre Gäste mit Diskretion behandeln."

Damon zeigte erneut die Zähne, sein Lächeln wirkte dabei noch raubtierhafter als zuvor. „Ich verstehe genau, was Sie sagen, Inspector, und ich werde Ihnen auf jede erdenkliche Weise helfen. Aber wenn Mr. Powers sagt, keine DNA oder Fingerabdrücke, dann ist das eben so."

Hinter ihm stand der Anwalt ohne eine Miene zu verziehen und starrte sie mit seinen dunklen Augen an.

KAPITEL 3

W„illst du nicht etwas mehr Gas geben?", fragte Ffion, als Jake seinen orange-metallic-farbenen Subaru gemächlich durch die Landschaft von Oxfordshire steuerte. „Mein Vater fährt schneller als du."

Jake grinste. Natürlich hatte sie recht. Normalerweise fuhr er am Tempolimit – oder manchmal auch darüber. Aber er genoss die Zeit mit ihr und sah keinen Grund, früher als nötig am Ziel anzukommen. Er und Ffion arbeiteten sehr viel und hatten nicht viel Zeit füreinander. Heute sollte ihr freier Tag sein, und er fragte sich, warum sie so bereitwillig zugestimmt hatte, zu einem Tatort zu fahren. Die Sonne schien und es war herrliches Oktoberwetter – der perfekte Tag für eine Fahrt durchs Land. Es wäre schön gewesen, zu Mittag in einem Pub einzukehren und dann einen gemütlichen Spaziergang zu machen, bevor sie nach Oxford zurückkehrten. Woodstock schien ein nettes Städtchen für einen Besuch und die Leute erzählten ihm immer, wie schön die Cotswolds seien.

Aber dann dachte er an seine Chefin, Bridget Hart, und fühlte sich sofort schuldig. Natürlich mussten sie so schnell wie möglich ankommen. Er trat aufs Gaspedal und spürte, wie der Turbolader des Wagens ansprang und den Subaru mit neuem Schwung vorwärts trieb.

„Das ist schon besser", sagte Ffion und ihr Gesicht hellte sich auf.

Jake grinste noch breiter. Ffion war eine echte Geschwindigkeitsfanatikerin und besaß eine Kawasaki Ninja H2, gegen die sein Auto wie ein Spielzeug aussah. Er konnte immer noch nicht glauben, dass sie zugestimmt hatte, mit ihm auszugehen.

Als er sie das erste Mal getroffen hatte, war Ffions Verhalten so stachelig gewesen wie ihr Pixie-Haarschnitt, und sie hatte alle seine Versuche, höflich zu sein, abgewehrt. Aber er hatte gemerkt, dass es nicht nur ihm so ging. Als Ryan Hooper, einer der anderen Detective Sergeants in Kidlington, sie um ein Date gebeten hatte, hatte sie ihm walisisches Feuer in den Nacken geblasen. Nachdem Jake sie besser kennengelernt hatte, hatte sie ihm anvertraut, dass sie sich Männern gegenüber eher defensiv verhielt, weil die meisten Männer nicht damit umgehen konnten, dass sie bisexuell war. Jake mochte sie umso mehr für ihre Ehrlichkeit, eine Eigenschaft, die seiner vorherigen Freundin leider gefehlt hatte.

Er und Ffion waren ein paar Mal ausgegangen, und Jake hatte sie mit zu sich nach Hause genommen, nachdem er seine Wohnung gründlich dekontaminiert und alle alten Bierdosen, Pizzakartons und Takeaway-Verpackungen weggeworfen hatte. Ffion war pingelig, wenn es um Hygiene ging, und verabscheute Unordnung, was in Jakes Haushalt der Normalzustand war. Sie teilte auch nicht seinen Musikgeschmack, aber damit konnte Jake leben. Er fand, sie passten gut zusammen. Und der Sex war großartig.

„Ich glaube, wir sind fast da", sagte Ffion und studierte die Karte auf ihrem Handy.

„Hier? Wir sind mitten im Nirgendwo."

„Ja, sieht ganz danach aus", sagte Ffion und deutete auf zwei schmiedeeiserne Tore, die unvermittelt am

Straßenrand auftauchten.

Jake trat auf die Bremse, schaltete geschickt drei Gänge herunter und lenkte den Wagen in die Einfahrt. Er kam neben einem Polizeiauto zum Stehen, das vor dem Tor geparkt war, aber der uniformierte Beamte daneben winkte sie weiter.

„Sieht nach einem großen Anwesen aus", sagte Jake, als er die lange Kiesauffahrt entlangfuhr, die von akkurat geschnittenen Hecken gesäumt war. „Das Gelände ist riesig."

„Vergiss nicht, den Hut zu ziehen, wenn du den Besitzer triffst", sagte Ffion. „Und sprich nicht, es sei denn, du wirst angesprochen."

Er konnte das gutmütige Lachen in ihrem melodischen walisischen Akzent hören. Ja, sie machte sich zwar immer noch gern bei jeder Gelegenheit über ihn lustig, aber in den wenigen Wochen, die sie zusammen waren, war sie definitiv sanftmütiger geworden.

„Wow", sagte er, als sie das Haus erreichten.

„Ja, wow", stimmte Ffion zu, und selbst sie schien von der Größe und Pracht des Gebäudes beeindruckt zu sein.

Jake parkte seinen Wagen hinter Bridgets rotem Mini und sprang heraus. Vor dem Haus herrschte reges Treiben, mehrere Polizeiwagen und andere Fahrzeuge parkten davor und daneben. Uniformierte Polizisten liefen umher und eine Leiche wurde in einen Krankenwagen geladen.

Ffion gesellte sich zu ihm und betrachtete die geschäftige Szenerie. „Also gut, an die Arbeit." Sie gab ihm einen Kuss und ging dann vor ihm in Richtung Haus.

„Ja, klar." Bei der Arbeit hielten er und Ffion ihre Beziehung streng professionell, aber es war nicht leicht, diese langen Beine in hautengen Jeans zu sehen. *Konzentriere dich auf die Arbeit, Kumpel,* ermahnte Jake sich. Er folgte ihr ins Gebäude, auf der Suche nach Bridget.

Ein uniformierter Constable stand direkt in der Eingangshalle und instruierte zwei weitere Beamte. Er drehte sich um und begrüßte Jake und Ffion, als sie eintraten. „Ich bin PC Keith Herrington aus Banbury. Sie müssen das Team von DI Hart sein."

„Das stimmt", sagte Jake und reichte dem Constable die Hand. „Vielleicht können Sie uns sagen, wo sie ist."

„Sie spricht gerade mit dem Eigentümer des Hauses, einem gewissen Mr. Nick Damon. Dann wird sie vermutlich so schnell wie möglich nach Kidlington zurückkehren wollen. Wir haben bereits eine Verhaftung vorgenommen."

„Wirklich?", sagte Jake und hob eine Augenbraue. „Das ging ja schnell."

Herrington betrachtete ihn misstrauisch. „Nur weil wir hier auf dem Land sind, heißt das nicht, dass wir langsamer arbeiten als Sie in Oxford."

„Nein", sagte Jake. „Das wollte ich nicht andeuten."

Er dachte über den Namen nach, den Herrington erwähnt hatte. Nick Damon. Er kam ihm bekannt vor, aber er konnte ihn nicht zuordnen. Er wollte gerade fragen, was Mr. Damon beruflich machte, als Ffion das Wort ergriff.

„Also, wer ist das Opfer?", fragte sie und nickte in Richtung des Krankenwagens draußen.

Jake zuckte zusammen und fragte sich, ob er sich jemals an Ffions brutale Gefühlskälte gewöhnen würde. Auch wenn sie ihm gegenüber weicher geworden war, hatte sie immer noch ein Talent dafür, andere unnötig zu verletzen.

Herrington kniff die Augen zusammen. „Das Mordopfer ist ein Mädchen namens Gina Hartman, eine Studentin am Wadham College."

„Und wer, glauben Sie, hat sie getötet?", fragte Ffion.

„Dr. Nathan Frost", sagte Herrington. „Ein Tutor in Wadham."

„Das ist ein weiter Weg von Oxford. Was haben eine Studentin und ein Akademiker hier zu suchen?"

„Eine Art Party."

„Warum glauben Sie, dass er es war?", fragte Ffion, wobei ihr Tonfall verriet, dass sie wenig Vertrauen in die

Identifizierung des Täters durch den Constable hatte.

„Sie wurde tot in seinem Bett aufgefunden", sagte Herrington und verzog den Mund in offensichtlicher Missbilligung. „So etwas erwartet man in dieser Gegend nicht."

Solches Verhalten wurde eigentlich in keinem Teil des Landes erwartet, dachte Jake. Er wollte gerade eingreifen, um Ffion davon abzuhalten, den örtlichen Polizisten noch mehr zu verärgern, als er hörte, wie sein Name vom anderen Ende des Flurs gerufen wurde.

„Jake! O mein Gott, du *bist* es!"

Bei dem Geräusch drehte er sich um. Diese Stimme würde er überall wiedererkennen. Bitte, Gott, dachte er, das kann nicht sein. Aber sie war es.

„Brittany. Was machst du denn hier?"

Er spürte, wie ihm die Röte den Hals hinaufkroch und seine Wangen vor Hitze glühten. Jeden Moment würden seine Ohrenspitzen in Flammen stehen.

Brittany Grainger, das Mädchen, das einst sein Herz gestohlen und es ihm Jahre später in zwei Hälften geteilt zurückgegeben hatte. Oder besser gesagt, in eine Million Teile zerschmettert.

Er hatte sie an der Universität Bradford kennengelernt und war mit ihr im zweiten Studienjahr ausgegangen. Er hatte Kriminologie studiert, während sie einen Abschluss in Betriebswirtschaft anstrebte. Er schloss sein Studium als Erster ab und begann in Leeds zu arbeiten. Brittany beendete ihr Studium ein Jahr später und zog in den Süden, um als Assistentin des Geschäftsführers eines Bauunternehmens zu arbeiten. Anfangs kehrte sie an den meisten Wochenenden in den Norden zurück, um bei ihm zu sein, doch mit der Zeit wurden ihre Besuche immer seltener. Um sie nicht zu verlieren, bewarb er sich um eine Versetzung nach Oxford und wurde der Thames Valley Police in Kidlington, einem Vorort von Oxford, zugeteilt. Eine Zeit lang glaubte er, sie könnten die Vertrautheit wiederherstellen, die während ihres Trennungsjahres verloren gegangen war, aber der Schaden war bereits angerichtet. Kurz nach dem Umzug in den Süden fand er heraus, dass sie ihn die ganze Zeit über betrogen und sich mit einem Arbeitskollegen getroffen hatte. Die Beziehung endete in Tränen und Bitterkeit.

Das war vor sechs Monaten, im April, und er dachte, er wäre endlich über sie hinweg. Jetzt, wo er ihre Stimme wieder hörte, wusste er, dass er sich nur etwas vorgemacht hatte.

Sie kam auf ihn zu, zögerte einen Moment und küsste ihn dann auf die Wange, die sich noch stärker rötlich verfärbte. „Es ist so schön, dich wiederzusehen, Jake."

Ffion beobachtete den Wortwechsel wie ein Adler. „Ich nehme an, ihr beide kennt euch?", sagte sie, ohne jede Spur von Zuneigung in der Stimme.

Jake wusste nicht, wohin er sich wenden sollte. Ffion, deren grünen Augen nie etwas entging, schaute von ihm zu Brittany und wieder zurück, während Brittany strahlend zu ihm aufblickte und Ffion ignorierte, als hätte sie nie etwas gesagt.

„Nun, ähm, es ist schon lange her", sagte Jake. „Wir, äh ..."

Jetzt wusste er, woher er den Namen Nick Damon kannte. Er war Brittanys Chef. Er war der Mann, wegen dem sie Yorkshire verlassen hatte, um für ihn zu arbeiten. In gewisser Weise war Nick Damon dafür verantwortlich, dass ihre Beziehung in die Brüche gegangen war.

„Das ist noch gar nicht so lange her", sagte Brittany und legte ihm eine Hand auf den Arm. „Bei dir klingt es, als wäre es eine Ewigkeit her. Jake und ich hatten eine ganze Weile etwas miteinander."

„Ich verstehe", sagte Ffion, ihre Miene finster wie ein Gewitter. „Jetzt haben wir zu tun." Sie blickte Brittany an. „Wie heißen Sie und was ist Ihre Aufgabe hier?"

Jake wünschte sich, die Erde würde sich auftun und ihn verschlingen, während er zuhörte, wie Brittany fröhlich erklärte, dass sie als Assistentin von Mr. Damon, dem Besitzer des Hauses, arbeitete. An der Art, wie Ffion die Augen zusammenkniff und den Kopf zur Seite legte, konnte er erkennen, dass sie Brittany taxierte und ihr nicht gefiel, was sie sah.

Kein Wunder. Brittany war umwerfend schön – eine ebenbürtige Konkurrentin für Ffion. Jake hatte vergessen – oder versucht zu leugnen – wie hübsch sie wirklich war.

Brittany ließ sich von Ffions prüfendem Blick nicht beirren. Voller Charme und Selbstvertrauen strahlte sie eine Wärme aus, die Ffion nie aufbringen würde, und er erkannte schuldbewusst, dass sie immer noch einen starken Einfluss auf ihn ausübte.

Er war erleichtert, als das Gespräch – oder Verhör – durch die Ankunft von DI Bridget Hart unterbrochen wurde, die vermutlich gerade ihr Gespräch mit Nick Damon beendet hatte. Ihr Gesichtsausdruck war grimmig und Jake vermutete, dass sie vom Hausbesitzer nicht wie erhofft die volle Kooperation erhalten hatte. Als sie Jake und Ffion im Flur sah, kam sie zu ihnen herüber.

„Gut, dass Sie beide hier sind", sagte Bridget. „Hat PC Herrington Sie über die Situation aufgeklärt?"

„Wir kennen die wichtigsten Fakten, Ma'am", sagte Jake und hoffte, dass Bridget nicht bemerkte, wie rot er wurde.

„Gut. Ffion, ich möchte, dass Sie mit mir zurück nach Kidlington kommen. Wir müssen Dr. Frost befragen, den Mann, der wegen Mordverdachts verhaftet wurde. Haben Sie die Gästeliste?", fragte sie Brittany.

„Ich habe sie hier", sagte Brittany und hielt ein paar Blätter hoch.

„Ausgezeichnet. Ich möchte, dass Sie sie mit Detective Sergeant Derwent durchgehen."

„Ähm ...", sagte Jake vergeblich.

„Das mache ich gern", sagte Brittany.

„Jake, Sie können im Haus bleiben und mit der Befragung der Gäste beginnen", sagte Bridget. Sie hielt inne, offensichtlich spürte sie die Spannung, die wie eine schwarze Wolke im Flur hing. Sie schaute zwischen Jake, Ffion, Brittany und dem verwirrten PC Herrington hin und her, dann wieder zu Jake. „Ist alles in Ordnung?"

„Ja, Ma'am. Kein Problem", sagte er, wohl wissend, dass er später eine Menge zu erklären haben würde.

„Gut."

„Komm mit, Jake", sagte Brittany, nahm ihn am Arm und führte ihn in Richtung Büro, wobei sie sich scheinbar absichtlich an ihn schmiegte.

Bridget warf ihm einen unergründlichen Blick zu, bevor sie sich auf den Weg zum Ausgang machte.

Ffions Gesichtsausdruck, als sie sich umdrehte, um ihrer Chefin zu folgen, war für ihn viel leichter zu deuten. Sogar PC Herrington schien das zu bemerken.

Frauen, dachte Jake. Warum mussten sie das Leben immer so kompliziert machen?

KAPITEL 4

Auf der Rückfahrt nach Kidlington bemerkte Bridget, dass Ffion noch schweigsamer war als sonst. Sie gab ihre anfänglichen Smalltalk-Versuche schnell auf und erzählte stattdessen, was sie bisher über den Fall herausgefunden hatte.

„Der Mann, den wir befragen werden, der neben dem toten Mädchen aufgewacht ist, ist ein Akademiker namens Dr. Nathan Frost. Er ist vom Wadham College."

„Ja", sagte Ffion schroff. „Das weiß ich schon."

„Schauen Sie mal, was Sie über ihn finden können. Ich möchte, dass wir eine Vorstellung davon haben, mit wem wir es zu tun haben."

„Okay." Ffions Telefon war schnell zur Hand und sie begann, in Windeseile mit den Daumen auf der virtuellen Tastatur herumzutippen. Das erinnerte Bridget daran, wie Chloe sich immer darüber beschwerte, wie langsam Bridget ihre Nachrichten tippte, weil sie nur den Zeigefinger benutzte.

„Gefunden", sagte Ffion. „Dr. Nathan Frost von der Fakultät für Sprachwissenschaften. Unterrichtet deutsche Literatur. Er ist Spezialist für die *Sturm und Drang*-Zeit des achtzehnten Jahrhunderts. Das war eine romantische Bewegung in der deutschen Literatur, Kunst und Musik, die sich durch extreme Emotionen auszeichnete und eine Reaktion auf den Rationalismus der Aufklärung darstellte. Beispiele aus der Literatur sind *Die Leiden des jungen Werthers* von Johann Wolfgang von Goethe, eine Novelle über hoffnungslose Liebe und Selbstmord, und sein Epos *Faust.*"

„Hoffnungslose Liebe und Selbstmord? Das klingt nicht gerade ermutigend. Und war Faust nicht der Mann, der seine Seele an den Teufel verkauft hat?"

„Genau", sagte Ffion.

Solche Hintergrundinformationen waren immer nützlich, bevor man einen Verdächtigen befragte. Manchmal konnten sie erklären, wie ihr Verstand funktionierte, besonders bei Akademikern, die dazu neigten, sich in ihrem Fachgebiet zu verlieren. Nach dem, was Ffion gerade ausgegraben hatte, schien Frost nicht gerade der ausgeglichenste Mensch zu sein.

Bei ihrer Ankunft in Kidlington teilte ihnen der diensthabende Sergeant mit, dass Frost im Verhörraum zwei warte.

„Geben Sie mir eine Viertelstunde", sagte Bridget zu Ffion.

Sie ging zu ihrem Schreibtisch und rief die Website des Abgeordneten auf, der auf der Party gewesen, aber gegangen war, bevor die Polizei ihn befragen konnte. Hugh Avery-Blanchard, der konservative Abgeordnete für Witney, hatte bei den letzten Wahlen seinen sicheren Tory-Sitz behalten und stammte aus einer alteingesessenen lokalen Familie. Sein Name war in der Öffentlichkeit nicht sehr bekannt, aber das würde sich schlagartig ändern, wenn die Zeitungen erfuhren, dass er an einem Maskenball teilgenommen hatte, bei dem eine junge Frau ermordet worden war.

Auf der Website von Mr. Avery-Blanchard war das Foto eines großen Mannes mit rötlichen Wangen zu sehen, der eine Tweedjacke und ein Baumwollhemd trug. Er strahlte so selbstzufrieden in die Kamera, als hätte er gerade einen Fasan mit der Schrotflinte erlegt. Bridget wählte die Nummer seines Wahlkreisbüros und wurde fast sofort von einer ziemlich übereifrigen und hochnäsig klingenden Frau begrüßt.

„Das Wahlkreisbüro von Mr. Avery-Blanchard. Wie kann ich Ihnen behilflich sein?"

„Hier ist Detective Inspector Hart von der Thames Valley Police. Wäre es möglich, mit Mr. Avery-Blanchard zu sprechen?"

Es gab eine lange Pause, bevor Bridget eine Antwort erhielt.

„Mr. Avery-Blanchard empfängt Wähler freitags zwischen vier und fünf Uhr und jeden zweiten Samstag zwischen zehn und elf Uhr. Möchten Sie einen Termin vereinbaren?"

Bridget hatte eine Vision von einem weiblichen Drachen in Twinset und Perlen, der den Terminkalender ihres Arbeitgebers wie die Kronjuwelen hütete.

„Ich bin keine Wählerin", erklärte sie, obwohl sie den starken Verdacht hatte, dass der Telefondrache das bereits wusste. „Ich bin Polizeibeamtin und muss Mr. Avery-Blanchard in einer dringenden Angelegenheit sprechen."

„Darf ich fragen, worum es geht?"

„Das ist vertraulich."

„Verstehe", sagte der Drache in einem Tonfall, der andeutete, dass Bridget sich absichtlich unkooperativ verhielt. „In diesem Fall werde ich selbst mit Mr. Avery-Blanchard sprechen und ihn bitten, Sie zurückzurufen. Wie lautet Ihre Nummer?"

Bridget erkannte, dass dies wahrscheinlich das Maximum an Kooperation war, das sie erzielen konnte. Nachdem sie noch einmal betont hatte, wie dringend ihr Anruf war, hinterließ sie ihre Nummer und eilte dann zum Automaten. Dort inspizierte sie das Angebot skeptisch und entschied sich für das, was ihr am wenigsten schlimm erschien: eine Packung Salz-Essig-Chips, ein Käsesandwich und eine Diät-Cola. Nach dem

Schwimmen am frühen Morgen hatte sie einen Bärenhunger und bedauerte, dass sie sich keine fünf Minuten Zeit genommen hatte, um ihr gesundes Frühstück im Freizeitzentrum zu beenden. So viel zum Thema Sport und ein paar Pfunde verlieren. Das Gewicht, das sie beim Schwimmen verloren hatte, würde sie sich mit diesem hastigen Snack wahrscheinlich wieder zurückholen. Die Chancen, heute Abend in ihr Kleid zu passen, sanken rapide.

Sie riss die Chipstüte an ihrem Schreibtisch auf und stopfte sich gerade eine Handvoll in den Mund, als Detective Chief Superintendent Grayson hereinkam. Fast hätte sie ihn nicht erkannt, denn er trug einen pastellfarbenen Golfpullover mit Diamantenmuster und eine beigefarbene Stoffhose. Er sah aus, als wäre er gerade vom Golfplatz gekommen.

Er ging zu ihrem Schreibtisch und musterte sie, während sie die Chips mampfte. „Verdammt ärgerlich, dass das alles an einem Samstagmorgen passiert", brummte er. „Ich war gerade dabei zu gewinnen. Also, was haben Sie bisher herausgefunden?"

Grayson war eindeutig nicht gut gelaunt. Allerdings, überlegte Bridget, war er das fast nie. Sie schluckte die Chips hinunter und trank einen schnellen Schluck Diät-Cola, um sie hinunterzuspülen, bevor sie sprach.

„Der Name des Opfers ist Gina Hartman, eine Studentin am Wadham College, aber wir müssen noch die nächsten Angehörigen benachrichtigen, um ihre Identität festzustellen. Sie wurde im Schlafzimmer eines Hauses gefunden, das dem örtlichen Bauunternehmer Nick Damon gehört. Am gestrigen Abend fand dort eine Party statt – ein Maskenball – und Gina arbeitete als Kellnerin."

„Ich habe schon von Damon gehört", sagte Grayson. „Er ist Mitglied in meinem Club, aber ich habe ihn noch nie Golf spielen sehen. Er ist kein gewöhnlicher Bauunternehmer, eher ein Immobilienmagnat. Er hat Bauverträge mit Colleges und der Universität. Kennt alle wichtigen Leute. Verkehrt mit den hohen Tieren der Stadt.

Ich nehme an, es waren viele wichtige Leute auf dieser Party."

„Mag sein, aber ehrlich gesagt klingt das alles etwas zwielichtig, Sir. Es waren offenbar professionelle Escorts anwesend."

Grayson tippte sich an die Nase. „Das überrascht mich nicht. Diese Leute treiben alles Mögliche hinter verschlossenen Türen. Ich vermute, die Masken dienen dazu, die Identität der Leute zu verschleiern."

Bridget fragte sich, ob Grayson jemals zu solchen Partys eingeladen worden war, da er so viel darüber zu wissen schien. Aber es war schwer vorstellbar und sie hielt es für besser, nicht zu fragen.

„Mr. Damons Assistentin hat uns eine Gästeliste besorgt. Mein Team ist gerade im Haus, um die Gäste zu befragen, aber der Abgeordnete für Witney war schon weg, bevor wir ankamen."

„Hugh Avery-Blanchard?", sagte Grayson und zog die Augenbrauen zusammen.

„Sieht ganz so aus."

„Das könnte die Sache verkomplizieren. Avery-Blanchard wird nicht wollen, dass sein Name durch den Dreck gezogen wird. Genauso wenig wie die anderen Gäste. Halten Sie solche Details auf jeden Fall aus der Presse heraus. Ich muss Sie sicher nicht daran erinnern, was passierte, als die Presse im Sommer von dem Mord in Christ Church erfuhr."

„Nein, das habe ich nicht vergessen, Sir", sagte Bridget und zuckte bei der Erinnerung zusammen, obwohl es weder ihre Schuld noch die ihres Teams gewesen war, dass die Medien Wind von der Geschichte bekommen hatten. In einem College-Umfeld war es fast unmöglich, eine solche Geschichte unter Verschluss zu halten, und sie erwartete, dass dies auch diesmal so sein würde.

„Was ist mit dem Kerl, den Sie zum Verhör hier haben?", fragte Grayson. „Ein Akademiker, wie ich höre. Was ist seine Verbindung zu Damon?"

„Ich weiß es nicht", räumte Bridget ein. „Im Moment

kann ich mir nicht vorstellen, was ein Dozent für deutsche Literatur auf einer Party wie dieser zu suchen hat. Auf den ersten Blick passt er nicht in das Profil der Gäste, die Sie beschrieben haben, wenn der Zweck dieser Partys das Networking ist, obwohl es fraglich ist, wie viel Networking man in einer Maske betreiben kann."

„Hmm", murmelte Grayson. Er schaute auf seine Uhr, offensichtlich darauf bedacht, zum Golfplatz zurückzukehren. „Nun, ich will Sie nicht länger aufhalten, DI Hart. Halten Sie mich wie immer auf dem Laufenden. Und gehen Sie mit Bedacht vor."

„Das werde ich, Sir."

Grayson war bereits auf dem Weg zur Tür.

Sie überprüfte die Uhrzeit auf ihrem Handy. Ihre Viertelstunde war um und sie hatte noch nicht einmal die Chips aufgegessen, geschweige denn mit dem Sandwich angefangen. Ffion wartete auf sie, ihre walisische Drachentasse in der Hand, aus der der Dampf eines ihrer Kräutertees aufstieg. Seufzend stopfte Bridget die Reste ihres Mittagessens in eine Schublade ihres Schreibtisches und nahm einen letzten Schluck Cola. Es war Zeit anzufangen.

★

Dr. Nathan Frost saß am Tisch im Verhörraum, den Kopf in die Hände gestützt. Der zerzauste Mann in den Fünfzigern trug sein graues Haar lang, die Spitzen kräuselten sich über dem Kragen seines Smokings. Seine schwarze Fliege hing lose um seinen Hals, sein weißes Hemd war zerknittert und hatte am dritten Knopf einen Weinfleck. Elend blickte er auf, als Bridget eintrat. Seine Augen waren geschwollen, vermutlich vom vielen Alkohol am Vorabend, und seine Haut hatte einen Gelbstich, der durch das Neonlicht im Verhörraum nicht besser wurde. Jemand hatte ihm eine Tasse Tee in einem Einwegplastikbecher gebracht, aber er hatte nur die Hälfte davon getrunken. Bridget bat den Beamten, der Frost bewachte, den Becher mitzunehmen.

„Dr. Frost, ich bin Detective Inspector Bridget Hart und das ist meine Kollegin Detective Constable Ffion Hughes."

Frost würdigte sie kaum eines Blickes, als sie ihm gegenüber Platz nahmen. Er wirkte völlig niedergeschlagen und Bridget fragte sich, ob er mit ein wenig Zuspruch doch ein Geständnis ablegen würde. Sie beschloss, das Verhör zügig fortzusetzen und nachdem die Formalitäten erledigt waren und sie festgestellt hatte, dass er keinen Anwalt wollte, fragte sie ihn, wie er auf die Party gekommen war.

„Das ist eine sehr gute Frage, Inspector, über die ich auch schon gründlich nachgedacht habe."

Er war offensichtlich ein hochintelligenter und redegewandter Mann, und Bridget wartete darauf, dass er fortfuhr.

„Während ich hier saß", fuhr Frost fort, „bin ich die Umstände durchgegangen, die mich dorthin geführt haben. Wissen Sie, ich habe geglaubt, dass es das Ergebnis einer zufälligen Begegnung war, aber jetzt habe ich meine Zweifel."

„Fahren Sie fort."

Frost erzählte, wie er beim Sonntagsbrunch im Bear Inn in Oxford mit Nick Damon buchstäblich zusammengeprallt war, wie er deshalb seinen Drink verschüttet und Damon dann darauf bestanden hatte, ihm einen neuen zu spendieren.

„Er war außergewöhnlich charmant und charismatisch", sagte Frost. „Ich konnte nicht anders, als mich von ihm angezogen zu fühlen. Ich führe ein ziemlich zurückgezogenes Leben, meistens innerhalb der Mauern meines Colleges. Ich bin nicht verheiratet und unterhalte mich eigentlich nur mit Akademikern und Studenten. In einem Pub mit einem Fremden ins Gespräch zu kommen, ist etwas, das mir nur selten passiert. Und er war erstaunlich unterhaltsam und sehr bewandert in allen möglichen Themen. Ich schäme mich, zugeben zu müssen, dass ich vorher nie auf die Idee gekommen war, dass ein Mann aus dem Baugewerbe so viel zu sagen haben könnte, dass es sich lohnt, ihm zuzuhören."

Der Akademiker saß nun aufrechter, schürzte die Lippen und sah Bridget in die Augen. „Ich muss sagen, er hat mich sehr beeindruckt. Er hatte eine starke Anziehungskraft. Man könnte sagen, er hat mich in eine Art Bann gezogen."

„Sie hatten Nick Damon also noch nie getroffen, bevor Sie ihm vor einer Woche im Pub begegneten, und aufgrund dieser zufälligen Begegnung hat er Sie zu seiner Party eingeladen?", fragte Bridget. Es klang etwas weit hergeholt, aber sie war bereit, Frost erst einmal anzuhören. Verdächtige zu vernehmen war normalerweise wie der Versuch, Blut aus einem Stein zu quetschen, und sie war froh, dass er wenigstens freiwillig sprach. Er schien sogar ungewöhnlich begierig darauf zu sein, seine Theorien darzulegen.

„Ja, das dachte ich, zumindest am Anfang. Aber schon damals kam mir der Gedanke, dass dies keine zufällige Begegnung gewesen sein könnte. In der Tat kam mir der Gedanke, dass ich einen faustischen Pakt mit dem Teufel einging, und ich gebe zu, dass mich die Idee damals eher erregt hat."

„Es tut mir leid", sagte Bridget. „Ein faustischer Pakt? Was meinen Sie damit?"

„Nun, vielleicht nicht wörtlich", sagte Frost. „Es ist eine literarische Metapher, aber eine, die mir ziemlich passend vorkommt. Sehen Sie, in Goethes *Faust* erscheint der Dämon Mephistopheles dem Doktor Faust in menschlicher Gestalt und bietet ihm an, den Nervenkitzel des echten Lebens zu erleben. Als desillusionierter Gelehrter ergreift Faust die Gelegenheit, aber natürlich muss er einen hohen Preis dafür zahlen. Und genau wie Faust habe ich so viel Zeit in Büchern verbracht, dass ich oft das Gefühl habe, das Leben sei an mir vorbeigezogen. Das Angebot schien mir verlockend."

„Verstehe", sagte Bridget, die an der Glaubwürdigkeit des Zeugen, der ihr gegenübersaß, zu zweifeln begann.

„Sie haben also geglaubt, dass Mr. Damon Sie zu der Party eingeladen hat, um den ‚Nervenkitzel des echten Lebens‘ zu erleben, und dass Sie dafür einen bestimmten Preis zahlen mussten."

„Genau", sagte Frost. „Es kam mir ungewöhnlich vor, aber das war genau mein Eindruck."

„Und welche Art von Bezahlung, glauben Sie, hätte verlangt werden können?", fragte Bridget, um ihn bei Laune zu halten, in der Hoffnung auf konkretere Informationen.

„Nun, Mr. Damon – Nick, wie er mich bat, ihn zu nennen – vertraute mir an, dass er Inhaber einer Baufirma sei. Ich nahm das als Zeichen dafür, was er von mir wollte. Das College steht nämlich kurz davor, ein großes Bauprojekt auszuschreiben, und ich nahm an, dass Mr. Damon versuchte, meine Stimme als Mitglied des Leitungsgremiums des Colleges zu kaufen. Ich bin kein weltgewandter Mann, wie ich schon sagte, aber ich nehme an, dass so etwas passiert."

„Hat Mr. Damon Ihre Stimme zur Bedingung für Ihre Teilnahme an der Party gemacht?"

„Überhaupt nicht, so plump war er nicht. Von einer Bezahlung war nie die Rede. Er hat nicht einmal das Bauprojekt des Colleges erwähnt. Aber Sie können sich vorstellen, dass mich seine Großzügigkeit beeinflusst haben könnte, vielleicht sogar unbewusst."

„Und Sie waren bereit, für die Firma von Mr. Damon zu stimmen?"

„Für mich macht es keinen Unterschied, welcher Bauunternehmer den Zuschlag bekommt. Ich wäre gerne bereit gewesen, ihn zu unterstützen, wenn ich im Gegenzug eine Einladung in seine Welt bekommen hätte."

Bridget lehnte sich in ihrem Stuhl zurück und fragte sich, was sie von dem Akademiker und seiner bizarren Theorie halten sollte. Er schien völlig aufrichtig in seinem Glauben zu sein. Sie warf einen Blick zu Ffion, die mit den Schultern zuckte. „Halten Sie das alles nicht für ein wenig weit hergeholt?", fragte sie Dr. Frost.

Daraufhin beugte sich Frost vor und senkte die Stimme. „Nicht so weit hergeholt wie das, was ich jetzt für wahr halte."

Bridget hob eine Augenbraue. „Und das wäre?"

„Nach dem, was passiert ist, glaube ich jetzt, dass er mich zu der Party eingeladen hat, um mir den Mord anzuhängen. Er brauchte einen Sündenbock, und ich bin ihm direkt in die Falle gegangen. Ich war ein leichtgläubiger Narr, der auf eine offensichtliche Täuschung hereingefallen ist. Genau wie Faust habe ich einen hohen Preis für meine Torheit bezahlt. Alles, was ich wollte, war ein harmloser Spaß, und das endete in einer Tragödie, nicht zuletzt für dieses arme Mädchen."

„Sie behaupten also, dass Nick Damon Gina Hartman ermordet hat?"

„Das habe ich so nicht gesagt", sagte Frost. „Ich habe keine Beweise dafür. Aber ich glaube, dass der Mord vorsätzlich begangen wurde und dass er das Verbrechen zumindest ermöglicht hat, auch wenn er sich nicht selbst die Hände schmutzig gemacht hat. Dafür ist er zu schlau."

„Hmm", sagte Bridget. Obwohl sie Mr. Nick Damon nicht mochte und weder ihm noch seinem zwielichtigen Anwalt, Mr. Powers, traute, tat sich Dr. Nathan Frost mit seinen ausgeklügelten und unwahrscheinlichen Theorien keinen Gefallen. Die Geschworenen würden sie höchstwahrscheinlich als das Geschwätz eines Geistes interpretieren, der die Welt durch das verzerrte Prisma literarischer Ideen wahrnahm. Sie war entschlossen, das Gespräch weg von Literatur und Theorie und hin zur konkreten Welt der Fakten zu lenken.

„Gehen wir ein Stück zurück, ja? Sie haben erzählt, wie Sie auf die Party gekommen sind, aber was ist mit der Frau, die gestorben ist? Gina Hartman. Kannten Sie sie? Sie war eine Studentin an Ihrem College, glaube ich."

Frosts Gesicht verzog sich reuevoll. „Das arme, arme Mädchen. Ich kannte sie nicht wirklich, ich meine, ich hatte bis gestern Abend nie mit ihr gesprochen, aber ja, ich wusste, wer sie war. Ich hatte sie im College gesehen ..."

Seine Stimme versagte. „Man konnte sie kaum übersehen", fügte er flüsternd hinzu.

Bridget erinnerte sich an den starken Eindruck, den der Anblick von Ginas Leiche auf sie gemacht hatte, die selbst im Tod noch sehr schön war. Das prachtvolle rote Haar, die engelsgleichen Gesichtszüge. Es war verständlich, dass ein Junggeselle wie Frost eine Art Fixierung auf das Mädchen entwickelt hatte und ihr vielleicht sogar auf die Party gefolgt war. Vielleicht war die ganze Geschichte, dass Damon ihn eingeladen hatte, nur eine Finte oder sogar ein Hirngespinst. Es klang wie eine Geschichte, die er sich ausgedacht hatte, um sein Verhalten zu rechtfertigen.

„Sie haben also gestern Abend mit ihr gesprochen?"

„Habe ich das gesagt?", fragte er.

„Sie haben gerade gesagt, Sie hätten vor gestern Abend noch nie mit ihr gesprochen, was darauf hindeutet, dass Sie sich auf der Party mit ihr unterhalten haben."

„Ah, nun, das wäre etwas übertrieben. Es war kein Gespräch im eigentlichen Sinne. Ich selbst habe nichts zu ihr gesagt."

„Aber sie hat mit Ihnen gesprochen?"

„Sie hat mich gewarnt, die Party zu verlassen. Zuerst hatte ich keine Ahnung, dass sie mich überhaupt erkannt hatte, aber dann kam sie auf mich zu und sagte, es wäre besser zu gehen. Aber wie ein Narr bin ich geblieben."

Bridget runzelte die Stirn, unsicher, ob sie Frost ein Wort glauben konnte. „Was genau hat sie zu Ihnen gesagt?"

Er legte die Stirn konzentriert in Falten. „Ich glaube, sie hat gesagt: *Es ist keine gute Idee, hier zu bleiben Es wäre besser zu gehen.*"

„Warum sollte sie Ihnen raten zu gehen?"

Er breitete die Hände in einer verzweifelten Geste aus. „Ich weiß es wirklich nicht. Vielleicht hat sie geahnt, was passieren würde. Aber wenn das der Fall war, hätte sie diejenige sein müssen, die geht."

„Hat sie noch etwas gesagt?"

„Nein, ich habe sie nie wieder gesehen. Nicht, bis ..."

Er senkte betrübt den Kopf.

Bridget gab ihm eine Minute, um seine Fassung wiederzugewinnen. „Man hat Sie am Morgen nach der Party mit dem Opfer im Bett gefunden."

„Nein, so ist es nicht gewesen. Ich bin aufgewacht und habe sie bei mir im Bett gefunden. Dann habe ich Alarm geschlagen."

„Können Sie mir sagen, wie Sie überhaupt mit ihr im Bett gelandet sind?"

„Es tut mir leid, aber ich habe absolut keine Ahnung."

„Sie wissen es nicht?"

„Ich erinnere mich nicht."

Bridget warf ihm einen strengen Blick zu. „Verzeihen Sie, Dr. Frost, aber das scheint mir etwas zu einfach zu sein. Es fällt mir schwer zu glauben, dass Sie sich nicht daran erinnern können, mit einer so attraktiven jungen Frau ins Bett gegangen zu sein. Hatten Sie Sex mit ihr?"

Frost zuckte angesichts der Direktheit ihrer Frage zusammen und wandte den Blick ab. „Ich wünschte, ich könnte das beantworten, Inspector. Ich wünschte, ich wüsste es. Ich habe mir die gleiche Frage immer wieder gestellt."

„Hätten Sie gerne Sex mit ihr gehabt?"

Er rieb sich die Augen mit Zeigefinger und Daumen der rechten Hand. „Es wäre töricht, das zu leugnen. Gina war die Frau meiner Träume, aber ich hätte mich ihr nie aufgedrängt, falls Sie das andeuten wollen. Ich wünschte nur, ich könnte mich daran erinnern, was passiert ist, DI Hart, das tue ich wirklich."

Bridget war nicht bereit, die Sache auf sich beruhen zu lassen. Sie hatte auf ein Geständnis gehofft oder zumindest auf eine Erklärung, was passiert war, aber alles, was sie bekam, war Verschleierung. „Haben Sie eine Erklärung für diese seltsame Gedächtnislücke? Hatten Sie schon einmal einen Gedächtnisverlust?"

„Nein. Noch nie."

„Wie viel haben Sie getrunken?"

Frost blickte reumütig drein. „Auf der Party floss

Champagner in Strömen, und ich habe vielleicht ein paar Gläser getrunken, vielleicht auch mehr als sonst, aber das erklärt nicht meine totale Amnesie. Die einzige Erklärung, die ich Ihnen geben kann, ist, dass ich unter Drogen gesetzt wurde. Ja, so muss es gewesen sein." Frost war eindeutig von dieser neuesten Theorie angetan. „Jemand muss mir eine Art Schlaftrunk verabreicht haben. Genau wie bei Faust."

Bridget verlor langsam die Geduld mit dem Mann. „Ein Schlaftrunk", wiederholte sie und versuchte nicht, die Skepsis in ihrer Stimme zu verbergen.

„Ja, ja, oder was auch immer das moderne Äquivalent ist", sagte Frost eilig. „Solche Drogen gibt es doch, oder? Ich werde mich gerne einem Blut- oder Urintest unterziehen, um zu beweisen, dass ich recht habe."

„In Ordnung", sagte Bridget. „Wir werden einen Test veranlassen. Wir werden auch Ihre Fingerabdrücke und eine DNA-Probe nehmen. Aber ich muss Ihnen sagen, dass wir Sie wegen Mordes anklagen werden, wenn keine neuen Beweise auftauchen."

KAPITEL 5

Jake wünschte, er hätte mit Bridget zurück nach Kidlington fahren können, um den Hauptverdächtigen zu befragen, anstatt im Haus bleiben und sich mit seiner Ex-Freundin auseinandersetzen zu müssen. Dieser Blick, den Ffion ihm beim Gehen zugeworfen hatte! Er wusste, dass er sich, so schlecht er sich jetzt auch fühlen mochte, noch schlechter fühlen würde, sobald Ffion ihm ihre Meinung gesagt hatte. Und dabei würde sie sich zweifellos nicht zurückhalten.

Während der Rest des Teams damit begann, Aussagen und DNA-Proben von den Partygästen zu nehmen, die über Nacht geblieben waren, bat Brittany ihn in ihr Büro im Erdgeschoss. Der freundliche holzgetäfelte Raum gab den Blick frei auf einen Rosengarten auf der Rückseite des Hauses. Jake fielen sofort Brittanys persönliche Akzente auf: eine Reihe von Zimmerpflanzen in bunt bemalten Töpfen auf der Fensterbank, eine Sammlung von Seidenschals an einer Garderobe und das unverkennbare Aroma des Parfüms, das sie immer trug. Der leicht berauschende Duft weckte plötzlich Erinnerungen an ihre gemeinsame Zeit als Paar. Jake war in sie vernarrt gewesen.

Aber der Geruch weckte auch schmerzhafte Erinnerungen an ihren Verrat. Sie hatte ihn betrogen und ihn am Boden zerstört zurückgelassen. Er versuchte, diese Gedanken zu verdrängen und sich auf die anstehende Aufgabe zu konzentrieren. Er war beruflich hier, um in einem Mordfall zu ermitteln. Zwischen ihm und Brittany lief nichts mehr. Außerdem war er sehr glücklich mit Ffion.

„Möchtest du einen Kaffee?", fragte Brittany und schaltete die Hightech-Kaffeemaschine ein, die in einer Ecke des Raumes stand.

„Ähm ..." Jake hütete sich davor, zu viel Gastfreundschaft von seiner Ex-Freundin anzunehmen, da er befürchtete, ihr unbeabsichtigte Signale zu senden, die sie ermutigen könnten, noch mehr mit ihm zu flirten, als sie es ohnehin schon tat. Aber ein Schuss Koffein würde ihm helfen, sich zu konzentrieren. „Ja, bitte", sagte er.

Sie lächelte ihn nachsichtig an. „Mit Milch und zwei Stück Zucker?"

Sie hatte offensichtlich nicht vergessen, wie er ihn mochte. „Bitte", sagte er mit neutraler Stimme.

Während Brittany mit der Maschine beschäftigt war, sah sich Jake weiter im Büro um. Auf einem Mahagonischreibtisch stand ein hochmoderner Apple Mac mit einem Delphin-Bildschirmschoner. Dahinter waren Aktenordner fein säuberlich in einem Regal sortiert. Brittany war schon immer effizient und gut organisiert gewesen. Er hätte wetten können, dass sie eine erstklassige Assistentin war.

Dass Nick Damon ihr Chef war, hätte ihm sofort einleuchten müssen, als er den Namen hörte. Er hatte gewusst, dass sie für den Besitzer einer Baufirma arbeitete, und sie hatte oft von dem großen Haus in Oxfordshire und den Firmenevents erzählt, die sie im Rahmen ihrer Arbeit organisierte, aber er hatte versucht, die Details aus seinem Gedächtnis zu streichen. Das Letzte, was er in den Tagen und Wochen nach der Trennung wollte, war darüber nachzudenken, was passiert war und wie leicht er sich hatte täuschen lassen. Brittany hatte ihren Job geliebt, und die langen, unsozialen Arbeitszeiten hatten es ihr ermöglicht, eine Affäre mit einem Arbeitskollegen zu haben. Als er sie jetzt in ihrem beruflichen Umfeld sah, wurde ihm alles viel klarer. Er begann sich zu fragen, wer der andere Mann war und ob sie noch zusammen waren. Sie hatte ihm nicht einmal seinen Namen genannt. Er hatte nie danach gefragt.

„Hier, bitte sehr", sagte sie und reichte ihm den Kaffee. „So wie du ihn magst."

Sie stand sehr nahe bei ihm, als sie ihm die Tasse reichte. Zu nahe für eine professionelle Begegnung zwischen einer Zeugin und einem ermittelnden Polizeibeamten. Ihre Hand berührte seine für den Bruchteil einer Sekunde und sie schenkte ihm ein warmes Lächeln, als sie ihm in die Augen sah. Jake spürte, wie seine Ohrenspitzen wieder zu kribbeln begannen. Er zog die Hand schnell zurück und verschüttete dabei ein paar Tropfen Kaffee auf die Untertasse.

„Wir sollten besser anfangen", sagte er. „Sollen wir uns setzen?"

„Hier drüben ist es gemütlich", sagte Brittany und deutete auf zwei braune Wildledersessel, die dicht beieinander am Fenster standen.

Jake hätte es vorgezogen, sie auf der anderen Seite des Tisches zu befragen, um etwas Abstand zwischen sie zu bringen – von einer soliden Barriere ganz zu schweigen –, aber sie brachte bereits ihren Kaffee zu den bequemen Sesseln und setzte sich. Er nahm den anderen und stellte seinen Kaffee auf einen Beistelltisch. Brittany schlug ein Bein über das andere, sodass ihr kurzer Rock an den Oberschenkeln hochrutschte.

Jake wandte den Blick ab und schaute aus dem Fenster. Draußen, jenseits des Rosengartens, öffnete ein Mann die Motorhaube eines schwarzen Mercedes S-Klasse. Er war groß, muskulös und hatte kurz geschnittenes Haar. Er beugte sich ins Innere des Wagens, als wollte er den Motor inspizieren.

„Es ist wirklich schön, dich wiederzusehen", sagte

Brittany. „Weißt du, es tut mir so leid, was zwischen uns passiert ist. Ich wollte dich nie verletzen, Jake. Ich denke oft an dich und frage mich, was du so machst."

„Ich mache nur meinen Job", sagte er. „Wenn wir jetzt anfangen könnten –"

„Du siehst sehr gut aus", fuhr Brittany fort. „Heißt das, dass es gerade jemand Besonderen in deinem Leben gibt? Was ist mit der attraktiven jungen Polizistin, mit der du gekommen bist?" Sie beugte sich vor und tätschelte spielerisch seinen Arm.

„DC Ffion Hughes?", sagte Jake und rutschte in seinem Sitz hin und her. „Sie ist … eine Kollegin."

Er hatte definitiv nicht vor, Details über seine Beziehung zu Ffion preiszugeben. „Jetzt muss ich dir wirklich ein paar Fragen zu gestern Abend stellen."

„Natürlich", sagte Brittany. „Schieß los, DS Derwent."

Jake wünschte, sie würde die Sache ernster nehmen. Immerhin war eine junge Frau auf einer Party gestorben, die Brittany mitorganisiert hatte. Aber Brittany war schon immer eine warmherzige und übersprudelnde Persönlichkeit gewesen. Das war eine ihrer liebenswertesten Eigenschaften. Das Problem war nur, dass sie hinter seinem Rücken mit einem anderen Mann warmherzig und übersprudelnd gewesen war.

„Fangen wir mit dem Opfer an", sagte er, zückte Notizbuch und Stift und blätterte zu einer leeren Seite. „Wer war sie und wie kam sie dazu, hier zu arbeiten?"

Brittany wurde bei der Erwähnung des toten Mädchens ernst und für einen Moment traten ihr Tränen in die Augen. Sie nahm ein Taschentuch aus der rosa Schachtel auf dem Tisch, tupfte sich die Augen, putzte sich diskret die Nase und atmete tief durch, um ihre Fassung wiederzuerlangen.

„Gina Hartman. Ich habe sie selbst eingestellt. Gina und die beiden anderen Mädchen, Miranda Gardiner und Poppy Radley, waren Studentinnen am Wadham College. Sie hatten auf eine Instagram-Anzeige geantwortet, in der Kellnerinnen für eine private Party gesucht wurden. Das ist die Art von Nebenjob, die Studenten mögen. Bargeld auf die Hand, verstehst du."

„Haben sie schon mal für dich gearbeitet?"

„Ein paar Mal."

„Und was genau war ihre Aufgabe?"

„Nur Getränke und Canapés servieren."

„Ist das alles?"

„Ja. Worauf willst du hinaus?"

„Ich versuche nur, den vollen Umfang ihrer Aufgaben herauszufinden, da Gina mit einem der Gäste im Bett gefunden wurde."

Brittany lachte ein wenig über seine Anspielung. „Von den Studenten wurde nicht erwartet, dass sie die Gäste auf diese Weise unterhielten. Dafür haben wir Profis engagiert."

„Was?", sagte Jake und seine Ohren wurden wieder heiß. „Du meinst Prostituierte?"

„Das klingt so anzüglich, wenn du es so ausdrückst", sagte Brittany und klopfte ihm wieder sanft auf den Arm. „Es war nichts dergleichen. Diese Frauen – und Männer, möchte ich hinzufügen – sind hochintelligente, professionelle Escorts, die sich mit ihren Kunden über so ziemlich jedes Thema unterhalten können, von Politik über Wirtschaft bis hin zu Kultur."

„Wirklich?", sagte Jake skeptisch. Brittany hatte nie über die Einzelheiten der von ihr organisierten „Corporate Hospitality"-Events gesprochen. Jetzt begann er zu verstehen, warum. Seiner Meinung nach waren diese Escorts in Wirklichkeit nur vornehme Sexarbeiterinnen, aber er beschloss, es vorerst dabei zu belassen.

„Wann sind die drei Kellnerinnen gestern Abend angekommen?"

„Miranda und Poppy kamen zuerst, so gegen sieben, um bei den Vorbereitungen zu helfen. Gina kam später, so gegen neun."

„Sie sind also nicht zusammen gekommen? Obwohl sie vom selben College kamen?"

Brittany zuckte mit den Schultern. „Ich weiß nicht,

warum sie nicht zusammen gekommen sind. Vielleicht hatte Gina ein spätes Tutorium oder so. Miranda und Poppy sind auch zusammen gegangen."

„Um wieviel Uhr?"

„Ich glaube, so gegen ein Uhr nachts."

„Und wie sind sie hergekommen? Hatten sie ein eigenes Auto? Dieser Ort ist ziemlich abgelegen, wenn man aus dem Zentrum von Oxford kommt."

„Tyler hat sie hierher und wieder zurück gefahren."

„Tyler?"

Jetzt war es an Brittany, rot zu werden. „Nicks Fahrer und Mädchen für alles", sagte sie und deutete aus dem Fenster auf den Mann, der am Motor des Mercedes herumhantierte. Trotz der herbstlichen Luft hatte er sich bis auf ein enganliegendes schwarzes T-Shirt ausgezogen, und selbst aus dieser Entfernung konnte Jake sehen, dass seine Arme über und über mit Tattoos bedeckt waren.

Jake runzelte die Stirn, ein unangenehmer Gedanke schoss ihm durch den Kopf. Während er ihn beobachtete, richtete Tyler sich auf, streckte den Oberkörper und blickte zum Fenster. Er sah fit und muskulös aus, aber er war zu weit entfernt, als dass Jake seinen Gesichtsausdruck hätte erkennen können.

„War Tyler während der Party die ganze Zeit hier?", fragte er.

„Ja, er stand an der Tür und hat darauf geachtet, dass alle Gäste das richtige Passwort nannten."

„Passwort?"

„Für die Sicherheit", erklärte Brittany. „Tyler ist auch für Nicks Sicherheit verantwortlich."

„Und was ist mit den Gästen?", fragte Jake. „Wann sind sie angekommen?"

„Ab halb neun. Ich glaube, der letzte Gast kam so gegen zehn. Ich habe nicht auf die Uhr geschaut, deshalb kann ich es nicht genau sagen."

„Und wie viele sind über Nacht geblieben?"

„Die meisten", sagte Brittany. „Ungefähr dreißig. Wie du schon sagtest, wir sind hier etwas abgelegen.

Heutzutage will keiner mehr trinken und fahren."

„Hast du auch übernachtet?", fragte Jake.

Zum zweiten Mal während ihres Gesprächs sah Brittany ein wenig unbehaglich aus. Sie rutschte auf ihrem Sessel hin und her und strich mit den Fingern eine Falte in ihrem Rock glatt. „Nun, ich wohne jetzt hier, Jake."

„Du wohnst in diesem Haus?" Jake starrte sie mit offenem Mund an. Wollte Brittany damit sagen, dass sie mit Nick Damon zusammenlebte? War er der Mann, mit dem sie eine Affäre gehabt hatte?

„Nein", sagte sie hastig. „Ich wohne auf dem Grundstück. Nachdem wir uns getrennt hatten, wusste ich nicht, wohin ich gehen sollte. Nick ist ein sehr großzügiger Arbeitgeber. Er hat mir eine Unterkunft auf dem Gelände zur Verfügung gestellt."

Jake erinnerte sich an das Pförtnerhaus, an dem er auf dem Weg hierher vorbeigefahren war. „Du wohnst im Cottage am Tor?"

„Ja." Die Antwort fiel kurz und bündig aus.

„Und wann bist du letzte Nacht dorthin zurückgekehrt?"

„Erst nach ein Uhr, nachdem der letzte Gast entweder gegangen war oder sich nach oben zurückgezogen hatte."

Es gab etwas, das Brittany ihm über das Cottage verschwieg. Er betrachtete sie misstrauisch, aber sie wich seinem Blick aus. Die Frage, die sich aufdrängte, war die nach ihrer Wohnsituation, aber er wollte die Antwort nicht wissen. Stattdessen beschloss er, eine andere Frage zu stellen.

„Was genau war deine Aufgabe auf der Party?"

„Nun, ich habe alle Vorbereitungen für das Catering getroffen, die Einladungen verschickt und das Personal eingestellt. Ich stand an der Tür, begrüßte die Gäste und kümmerte mich um alle auftretenden Probleme."

„Gab es irgendwelche Probleme?"

„Nein."

„Ist dir an einem der Gäste etwas Ungewöhnliches aufgefallen?"

Sie schüttelte den Kopf. „Nein, ich glaube nicht."

„Was hat Mr. Damon im Laufe des Abends gemacht?"

„Nick hat sich mit seinen Gästen unterhalten. Er achtet immer darauf, dass er mit jedem spricht, aber er ist auch gut darin, sich zurückzuziehen und den Leuten ihre Privatsphäre zu lassen. Er ist ein großartiger Gastgeber."

„Ich verstehe. Wann ist er zu Bett gegangen?"

„Er ging zur gleichen Zeit nach oben, als ich nach Hause ging."

„Was ist mit Dr. Frost? Hattest du im Laufe des Abends etwas mit ihm zu tun? Ist dir zum Beispiel aufgefallen, mit wem er gesprochen hat?"

„Es ist nicht einfach, wenn alle eine Maske tragen", sagte Brittany. „Das ist ja der Sinn der Sache. Ich kann dir nur sagen, dass er den Namen ‚Faust' als Pseudonym benutzt hat."

„Sein Pseudonym?"

„Jeder nimmt für den Abend eine neue Identität an. Das ist Nicks Idee. Er sagt, es befreit die Leute, sie können sich öffnen und Spaß haben."

„Ich verstehe. Warum wurde Dr. Frost zu der Party eingeladen?"

„Ich weiß es nicht. Nick gibt mir eine Liste mit Namen und ich verschicke die Einladungen."

„Hast du die Gästeliste für mich?"

„Klar, die ist hier."

Sie stand auf, ging zum Schreibtisch und beugte sich über ihn, sodass ihr kecker Hintern in Jakes Richtung zeigte. Er senkte den Blick und studierte seine Notizen.

„Hier, bitte." Lächelnd reichte sie ihm das Blatt Papier. „Gibt es noch etwas, was ich für dich tun kann?"

„Ja. Könntest du mir das Außengelände zeigen? Ich würde gerne überprüfen, ob es eine Möglichkeit gibt, dass sich jemand Zutritt verschafft hat, ohne eingeladen worden zu sein."

„Natürlich", sagte Brittany und strahlte ihn an. „Es wäre mir ein Vergnügen. Folge mir."

Jake versuchte, eine professionelle Distanz zu ihr zu

halten, als sie um das Haus gingen, aber Brittany hatte die Angewohnheit, ihn ständig zu streifen. Er hoffte, dass keiner der anderen Detectives, die drinnen die Aussagen der Gäste aufnahmen, es bemerken würde. Er untersuchte die vielen Fenster und Türen des Hauses und rüttelte an einigen, um zu sehen, ob sie sich öffnen ließen, aber sie schienen alle ziemlich sicher zu sein. Es gab keine Anzeichen für ein gewaltsames Eindringen.

„Habt ihr eine Alarmanlage?"

„Natürlich", sagte Brittany.

Sie bogen um die Ecke des Hauses, wo eine Reihe teuer aussehender Autos an der Kiesauffahrt parkten, und stießen auf den Mann, der an dem Mercedes gearbeitet hatte. Tyler. Er schloss die Motorhaube, als Jake und Brittany sich näherten, und wischte sich mit einem Lappen das Öl von den Fingern. Der Mann schien eine gewisse Aggressivität und kaum unterdrückte Feindseligkeit auszustrahlen.

Er ging auf Brittany zu und legte einen Arm um ihre Taille. „Hey, Süße, alles in Ordnung? Die Polizei belästigt dich doch nicht etwa, oder?"

Jake verspürte ein Gefühl, das einem heftigen Schlag in die Magengrube glich. Tyler musste der Mann sein, für den Brittany ihn verlassen hatte, der Mann, den sie bei der Arbeit kennengelernt hatte. Obwohl er es geahnt hatte, war er von der Heftigkeit und Plötzlichkeit seiner emotionalen Reaktion überrascht. Er musste sich zurückhalten, um Tyler nicht einen Schlag ins Gesicht zu verpassen.

Brittany schien peinlich berührt vom Verhalten ihres Freundes. „Hey", sagte sie und zog sich von ihm zurück. „Du schmierst Öl auf meinen Mantel."

Tyler verzog das Gesicht und warf Jake einen abfälligen Blick zu.

Jake kniff die Augen zusammen und fragte sich, ob Tyler wusste, dass er Brittanys Ex-Freund war. Aber natürlich wusste er es. Die aggressive Art, die Tyler ihm gegenüber an den Tag legte, und die Art, wie er versucht hatte, seinen Besitzanspruch auf sie zu demonstrieren, zeigten deutlich, dass er sie für sich beanspruchte.

Jake musste sich daran erinnern, dass er und Brittany kein Paar mehr waren und dass sie Tyler ihm vorgezogen hatte. Warum sie diese Wahl getroffen hatte, war ihm allerdings völlig unklar. Tyler war ein gutaussehender Kerl, mit einem durchtrainierten Oberkörper und filmreifen Gesichtszügen, wenn man den Bad-Boy-Look mochte. Aber er war eindeutig ein Schurke. Jake hatte schon öfter mit Typen wie Tyler zu tun gehabt und kannte sie gut. Er konnte nicht anders, als sich zu fragen, ob er schon einmal versucht hatte, Brittany zu schlagen. Wenn ja ...

Brittany hatte sich ein paar Schritte von ihrem neuen Freund entfernt und sich zwischen die beiden Männer gestellt. „Tyler, das ist Detective Sergeant Derwent. Er hilft bei den Ermittlungen im Mordfall von letzter Nacht."

Tyler brummte etwas als Antwort.

„Jake, hast du irgendwelche Fragen an Tyler?", erkundigte sich Brittany.

Eine ganze Menge, dachte Jake. Und an Brittany auch. Aber er würde seine Fragen auf die berufliche Ebene beschränken.

„Wie ich von Miss Grainger erfahren habe, sind Sie der Fahrer von Mr. Damon und kümmern sich auch um Sicherheitsfragen", sagte er.

„Ja", stimmte Tyler zu, sein Tonfall war mürrisch und wenig hilfsbereit.

„Sie haben die Kellnerinnen gestern Abend hierhergefahren und zwei von ihnen wieder zurück in ihr College gebracht."

„Ja", Tyler schaffte es, eine überraschende Menge Aggression in das einsilbige Wort zu legen.

„Können Sie mir sagen, warum sie nicht zusammen gekommen sind?", fragte Jake. „Und warum haben Sie Gina nicht zurück zum College gebracht?"

Tyler schob seine schmutzigen Hände in die Taschen seiner alten Jeans. „Ich tue hier nur, was man mir sagt. Alles klar?"

„Gab es einen Grund, warum Sie Gina separat abgeholt haben?", fragte Jake weiter.

„Nicht, dass ich wüsste."

„Und haben Sie sich nicht gewundert, warum sie am Ende des Abends nicht nach Oxford zurückgekehrt ist?"

„Nein."

„Haben Sie sie gefragt, warum sie geblieben ist?"

„Ich habe sie nicht gesehen."

Tyler reckte sein Kinn in Jakes Richtung, als wollte er ihn auffordern, sich eine Frage auszudenken, die ihm nützliche Informationen liefern könnte.

„Nur noch eine letzte Frage, Mr. ..."

„Dixon. Mein Name ist Tyler Dixon."

„Mr. Dixon, wohin sind Sie gegangen, nachdem Sie die beiden anderen Kellnerinnen in Oxford abgesetzt hatten?"

„Ich bin hierher zurückgekommen."

„Und was dann?"

„Ich bin über Nacht geblieben." Tyler grinste. „Wo sollte ich denn sonst hingehen? Ich wohne doch hier, oder?"

„Wo genau?", fragte Jake, obwohl er sicher war, die Antwort schon zu kennen.

„Im Pförtnerhaus. Mit Brittany."

KAPITEL 6

Da Frost vorerst wieder in der Zelle saß, beschloss Bridget, als Nächstes mit Ginas Freundinnen im College zu sprechen. Jake und die anderen Detectives waren noch im Haus, also würde sie Ffion mitnehmen müssen. Die junge DC hatte am Telefon noch ganz normal geklungen, aber jetzt war sie definitiv in einer merkwürdigen Stimmung. Bridget fragte sich, ob zwischen ihr und Jake etwas vorgefallen war. Aber solange Ffion sich professionell verhielt, hielt Bridget es nicht für angebracht, sich einzumischen. Sie nahm sich fünf Minuten, um die Chips und das Käsesandwich aufzuessen, die sie in ihrer Schreibtischschublade versteckt hatte, dann machten sie sich auf den Weg ins Zentrum von Oxford.

Wadham lag relativ ruhig an der Parks Road, gleich neben dem King's Arms. Es war kein College, das viel Aufmerksamkeit auf sich zog, obwohl Bridget sich daran erinnerte, dass vor ein paar Jahren bei Bauarbeiten in der Nähe eines Tores, das zum Back Quad führt, zwei Skelette ausgegraben worden waren. Trotz einer reißerischen Schlagzeile in einer Studentenzeitung über eine „von Kugeln durchsiebte Leiche" hatte sich der Fund eher als ein Fall für die Archäologen, denn für die Polizei herausgestellt. Die Skelette stammten vermutlich aus dem Mittelalter. Es war eine Erinnerung an die lange und komplizierte Geschichte Oxfords. Aber es zeigte Bridget auch, dass es manchmal unmöglich war, den Opfern Gerechtigkeit widerfahren zu lassen, und das war ein deprimierender Gedanke.

Bridget hatte vor ihrer Abreise aus Kidlington telefonisch einen Gesprächstermin mit dem Direktor des Colleges, Lord Bancroft, einem Kronanwalt und jetzt Life Peer im House of Lords, vereinbart. Eine kurze Recherche auf Wikipedia ergab, dass Lord Bancroft, Commander of the British Empire, eine bemerkenswerte Karriere als Strafverteidiger gemacht hatte, bevor er Direktor von Wadham wurde.

Sie und Ffion meldeten sich in der Pförtnerloge an, wo das Personal gerade die Tagespost sortierte. Studenten gingen ein und aus, kontrollierten ihre Postfächer, versammelten sich am Schwarzen Brett und schmiedeten Pläne für den Abend, ohne zu ahnen, dass einer ihrer Kommilitonen ermordet worden war.

Es war der Beginn eines neuen Studienjahres und es lag eine spürbare Aufregung in der Luft. Bridget erinnerte sich nur zu gut an ihre ersten Wochen am Merton College vor zwanzig Jahren – den Nervenkitzel, in eine Welt jahrhundertealter Lehren einzutauchen, umgeben von verträumten Turmspitzen und abgeschiedenen Innenhöfen und Kreuzgängen, gepaart mit dem Wirbelwind neuer Freundschaften und geselliger Zusammenkünfte, angeheizt durch reichlichen Alkoholkonsum.

Wenn die Nachricht von Gina Hartmans Tod die Runde machte, würde der Traum von Oxford für ihre Freunde und Kommilitonen zerplatzen und eine Narbe hinterlassen, die vielleicht nie ganz verheilen würde.

Der Portier begleitete Bridget und Ffion zur Unterkunft des Direktors, wo sie von der Haushälterin, einer Frau mittleren Alters, die sich als Mrs. Watkins vorstellte, an der Tür empfangen wurden.

„Der Direktor erwartet Sie", sagte Mrs. Watkins und führte sie in ein mit Bücherregalen vollgestelltes Zimmer mit Blick auf einen gepflegten Garten. Der Raum roch muffig und beruhigend nach Alter. An der Wand tickte gemächlich eine antike Standuhr, die den gleichmäßigen Lauf der Zeit schlug, wie sie es seit Jahrhunderten getan hatte.

Lord Bancroft erhob sich von seinem Schreibtisch und kam auf sie zu, um sie zu begrüßen. Bridget schätzte ihn auf Anfang siebzig. Er hatte ein rundes Gesicht und weißes Haar. Groß, breitschultrig und mit aufrechter Haltung beugte er sich vor, um Bridget die Hand zu schütteln.

„DI Hart, DC Hughes, bitte setzen Sie sich."

Er deutete auf ein Ledersofa und Stühle, die um einen niedrigen Tisch gruppiert waren, auf dem Exemplare von *The Times*, *The Telegraph* und *The Economist* lagen. „Darf ich Ihnen eine Tasse Tee oder Kaffee anbieten?"

„Nein, danke", sagte Bridget und setzte sich mit Ffion auf das Sofa.

Lord Bancroft nahm auf dem Lehnstuhl gegenüber Platz. „Was kann ich für Sie tun? Sie erwähnten am Telefon, es ginge um eine Angelegenheit, in die einer der Studenten des Colleges verwickelt ist. Ich hoffe, sie sind nicht in Schwierigkeiten?"

Er sprach mit einer tiefen, selbstbewussten Stimme, die in öffentlichen Reden geübt war. Sein Tempo war bedächtig, seine Worte sorgfältig gewählt.

Bridget hatte in ihrer Zeit als Detective Inspector mit einigen College-Leitern zu tun gehabt – der Dekan von Christ Church kam ihr in den Sinn, ebenso wie der Direktor des Merton College, dem sie erst kürzlich begegnet war –, aber keiner von ihnen war ihr so unmittelbar sympathisch gewesen wie Lord Bancroft, dem das Wohl seiner Studenten wirklich am Herzen zu liegen schien und der gern helfen wollte. Sie spürte nichts von der Arroganz oder dem Egoismus, die sie bei den anderen College-Leitern, denen sie begegnet war, erlebt hatte.

Stattdessen strahlte er eine ruhige Würde aus.

„Es tut mir sehr leid, Ihnen mitteilen zu müssen", sagte sie, „dass eine Ihrer Studentinnen heute Morgen tot in einem Haus in West Oxfordshire aufgefunden wurde. Ihr Name war Gina Hartman."

„Großer Gott", sagte Bancroft. „Haben Sie eine Ahnung, was passiert ist?"

„Die Einzelheiten sind derzeit noch unklar", sagte Bridget, „aber wir gehen von Mord aus."

„Wie schrecklich", sagte Bancroft sichtlich bestürzt. „Das arme Mädchen. Was können Sie mir zu diesem Zeitpunkt sagen?"

„Nun", sagte Bridget, „ich kann Ihnen sagen, dass Miss Hartman vom Eigentümer des Hauses als Kellnerin für eine private Feier angestellt war. Zwei ihrer Freundinnen arbeiteten ebenfalls auf der Party."

„Waren ihre Freundinnen auch Studentinnen am College? Ist ihnen etwas zugestoßen?"

„Ja, Miranda Gardiner und Poppy Radley sind beide Studentinnen hier, aber wir haben keinen Grund zur Annahme, dass ihnen etwas zugestoßen ist. Ich würde gerne mit ihnen sprechen, wenn es Ihnen nichts ausmacht."

„Natürlich, natürlich." Lord Bancroft stützte seinen großen Kopf mit einer Hand. Er schien sich seine nächsten Worte sorgfältig zu überlegen. „Das ist alles sehr tragisch und muss mit Bedacht angegangen werden. Die Studenten werden Unterstützung brauchen, um mit so etwas fertig zu werden. Wenn es irgendwie möglich ist, möchte ich das aus den Medien heraushalten, bis ich Gelegenheit hatte, eine offizielle Mitteilung an die Studenten und Mitarbeiter zu machen."

„Ich denke, das wäre eine sinnvolle Vorgehensweise", stimmte Bridget zu.

Lord Bancrofts Sorge um das Wohlergehen seiner Studenten und nicht um den Ruf des Colleges ließ Bridget den Mann immer mehr mögen. Umso schwerer fiel es ihr, ihm die nächste Nachricht zu überbringen.

„Es gibt noch etwas, das Sie wissen sollten. Wir sprechen gerade mit einem Verdächtigen im Mordfall Miss Hartman. Es tut mir leid, Ihnen mitteilen zu müssen, dass es sich dabei um einen Ihrer Tutoren handelt, Dr. Nathan Frost."

„Frost?" Bancroft schien von dieser Neuigkeit zutiefst schockiert zu sein. Er umklammerte fest die Armlehnen. „War Dr. Frost auch auf dieser Party?"

„Ja, das war er."

„Ich muss sagen, das überrascht mich. Soweit ich weiß, hat Dr. Frost außerhalb des Colleges kein soziales Leben. Er ist eigentlich ein Einsiedler, der sich der deutschen Literatur verschrieben hat. Was um alles in der Welt hat er dort gemacht?"

„Wir sind da im Moment noch unvoreingenommen", sagte Bridget und erinnerte sich an Frosts verschiedene Verschwörungstheorien. „Ich muss zugeben, es ist etwas rätselhaft."

„Hmm", sagte Bancroft. Er starrte ein oder zwei Augenblicke lang gedankenverloren in den Kamin. Dann sammelte er sich und wandte sich wieder Bridget zu, mit einer forschen, geschäftsmäßigen Art, die er sich zweifellos in seinen Jahren als Anwalt angeeignet hatte. „Was ist mit den Eltern von Miss Hartman? Wurden sie schon informiert?"

Bridget wandte sich an Ffion. „Gibt es etwas Neues?"

Wie immer hatte Ffion die Fakten parat. „Sie wohnen in Manchester und die dortigen Beamten haben heute Morgen mit ihnen gesprochen. Sie werden sie nach Oxford bringen."

„Bitte versichern Sie ihnen, dass das College sie in einer unserer Gästesuiten unterbringen wird", sagte Bancroft. „Natürlich so lange wie nötig."

Bridget lächelte dankend. „Vielen Dank. Das ist sehr nett."

„Das ist das Mindeste, was wir unter diesen Umständen tun können. Also, was kann ich noch für Sie tun? Möchten Sie mit Ginas Freundinnen sprechen?"

„Wir würden auch gerne mit jedem sprechen, der Gina gut kannte."

Bancroft nickte. „Ihr Tutor vielleicht, Dr. Ashley. Ich bringe Sie jetzt zu ihm."

★

Während Ffion sich auf die Suche nach Ginas Freundinnen Miranda und Poppy machte, begleitete Bridget den Direktor zu Dr. Ashleys Zimmer auf der anderen Seite des Hofes.

Lord Bancroft klopfte energisch an die Tür und wartete, bis ein gutaussehender junger Mann mit welligem braunem Haar und blauen Augen öffnete. Er schien Bridget zu jung für einen Tutor zu sein – vielleicht Ende zwanzig, höchstens Anfang dreißig. Wäre sie ihm auf dem Hof begegnet, hätte sie ihn für einen Studenten gehalten. Aber was wusste sie schon? Chloe zufolge war sie schon weit im mittleren Alter und hatte es schon hinter sich, was auch immer „es" genau war.

Dr. Ashley trug ein legeres, am Hals offenes Hemd und dazu enganliegende dunkle Jeans. Als der Direktor den Grund ihres Besuchs erklärte, wurde er blass und sein Mund stand offen.

Mit einer schwachen Geste wies er in den Raum. „Bitte, kommen Sie herein."

Der Direktor verabschiedete sich und Bridget dankte ihm noch einmal.

Dr. Ashley entfernte einen Stapel Bücher von einem Sofa, auf dem wahrscheinlich seine Studenten während ihrer Tutorien saßen. „Nehmen Sie Platz und entschuldigen Sie bitte die Unordnung. Ich war gerade dabei, einen Stapel Aufsätze zu korrigieren." Er setzte sich ihnen gegenüber und stützte die Ellbogen auf die Knie. „Gina tot. Oh, mein Gott! Ich kann es nicht fassen. Wann ist das passiert?"

„Irgendwann letzte Nacht."

„Haben Sie eine Ahnung, wer es getan hat?"

„Wir sprechen gerade mit einem Verdächtigen, aber mehr kann ich nicht sagen."

„Richtig, natürlich nicht. Also, wie kann ich Ihnen helfen?"

Der junge Tutor schien am Boden zerstört zu sein, als er von Ginas Tod erfuhr, und war nur zu gern bereit, zu helfen. Bridget war erneut beeindruckt von der fürsorglichen Gemeinschaft, die es in Wadham zu geben schien.

„Vielleicht könnten Sie mir zunächst etwas über Gina erzählen", sagte sie. „Wie war sie als Mensch?"

Dr. Ashley lehnte sich zurück und blickte aus dem Fenster, als wolle er sich seine tote Studentin ins Gedächtnis rufen. „Gina war sehr intelligent, sehr sympathisch. Aufgeschlossen, aber nicht aufdringlich, und sie hatte viele Freunde. Ich glaube, sie kam aus relativ bescheidenen Verhältnissen. Ich erinnere mich, dass sie bei ihrem Vorstellungsgespräch einen sehr guten Eindruck hinterließ und auch während ihres Studiums gute Leistungen erbrachte. Nächsten Sommer stand ihre Abschlussprüfung an, und ich denke, sie hätte mit ziemlicher Sicherheit einen erstklassigen Abschluss gemacht." Er schüttelte den Kopf und sah Bridget wieder an. Seine Augen glänzten. „Was für eine tragische Verschwendung eines jungen Lebens."

„Sie unterrichten Psychologie, wie ich höre", erkundigte sich Bridget.

„Psychologie, das stimmt." Dr. Ashley zog ein Taschentuch aus der Tasche und putzte sich die Nase. Er brauchte einen Moment, um sich zu sammeln, bevor er fortfuhr. „Die Erforschung der Psyche und des menschlichen Verhaltens. Natürlich ist heutzutage jeder ein Hobby-Psychologe, aber das Fach umfasst weit mehr als nur Freuds Theorien über Sexualität. Gina interessierte sich besonders für das menschliche Verhalten und soziale Interaktionen zwischen Menschen. Ich glaube, sie hätte gerne weiter geforscht, vielleicht hier oder anderswo."

„Was ist mit einem Freund?"

Der Tutor lächelte schwach. „Gina war ein wunderschönes Mädchen. Ich kann mir vorstellen, dass viele Jungs gerne mit ihr zusammen gewesen wären. Aber sie hat nie jemand Bestimmten erwähnt. Vielleicht wissen ihre Freunde mehr."

„Wussten Sie, dass sie und zwei ihrer Freundinnen nebenbei als Kellnerinnen auf privaten Hauspartys gearbeitet haben?"

Dr. Ashley nickte behutsam. „Ja, sie hat so etwas erwähnt. Ich hatte meine Zweifel an der Eignung eines solchen Jobs, aber sie versicherte mir, dass sie auf sich selbst aufpassen könne. Sie hat mir sogar gesagt, dass sie es als eine Gelegenheit sah."

„Eine Gelegenheit? Wofür?"

„Gina schrieb Artikel für eine der Studentenzeitungen. Ich weiß nicht, wie ernst es ihr damit war, aber sie wollte die Fähigkeiten, die sie in ihrem Studiengang erlernte, in der realen Welt des menschlichen Verhaltens in all seinen komplexen Formen anwenden. Ich glaube, sie sah diese Partys als Chance, einflussreiche Leute zu treffen. Vielleicht hoffte sie, einige der schmutzigen Geheimnisse hinter ihrer öffentlichen Persona aufzudecken."

„Hat sie gesagt, wie sie das anstellen wollte?"

„Nein, aber ich könnte mir vorstellen, dass sie mit ihrem Handy Fotos oder Videos gemacht hat."

Bridget dachte an den Politiker, der auf der Party gewesen, aber am frühen Morgen abgereist war, und fragte sich, ob Gina ihn im Visier gehabt hatte. „Hat sie jemand Bestimmten erwähnt, den sie bloßstellen wollte?"

„Nein. Ich habe nie gefragt."

Es gab noch eine Frage, die Bridget stellen wollte. „Können Sie mir etwas über Dr. Nathan Frost erzählen?"

Dr. Ashley sah verwirrt aus. „Wer? Der Deutsch-Dozent?"

„Ja."

„Ich kenne ihn kaum. Er ist sehr verschlossen."

„Hatte er irgendeine Art von Beziehung zu Gina?"

„Dr. Frost und Gina? Nun, nicht dass ich wüsste."

„Okay, danke", sagte Bridget und stand auf. Sie gab ihm ihre Karte. „Wenn Ihnen noch etwas einfällt, das relevant sein könnte, lassen Sie es mich bitte wissen."

„Das werde ich", sagte Dr. Ashley. Er öffnete ihr die Tür. „Viel Glück, Inspector. Bitte fangen Sie den, der das getan hat. Gina war eine gute Studentin und ein liebenswerter Mensch. Sie hatte es nicht verdient, so zu sterben."

★

Ffion erhielt keine Antwort, als sie an Poppy Radleys Tür klopfte, und machte sich stattdessen auf den Weg zu Miranda Gardiners Zimmer, indem sie der Wegbeschreibung folgte, die der Pförtner ihr gegeben hatte. Sie war froh, dass Bridget beschlossen hatte, Gina Hartmans Tutor selbst zu befragen, und es ihr überlassen hatte, Ginas Freundinnen aufzuspüren und mit ihnen zu sprechen. Sie konnte ein wenig Zeit allein gebrauchen, um darüber nachzudenken, was heute Morgen passiert war.

Obwohl Jake manchmal seine Freundin erwähnt hatte, die er seit seiner Studienzeit kannte und die der Grund dafür gewesen war, dass er überhaupt nach Oxford gekommen war, um dort zu leben und zu arbeiten, hatte er nie den Wunsch gezeigt, über sie zu sprechen, und Ffion war nicht darauf erpicht gewesen, ihn nach Einzelheiten auszufragen. Er hatte ihr nur erzählt, dass er kurz nach seiner Ankunft in Oxford herausgefunden hatte, dass sie ihn betrogen hatte, und dass sie sich daraufhin getrennt hatten. Das war Monate, bevor Ffion ihn überhaupt kennengelernt hatte, und sie hatte nicht damit gerechnet, jemals wieder etwas über diese Ex-Freundin zu hören, geschweige denn, sie zu Gesicht zu bekommen. Und dann auch noch im Rahmen einer Mordermittlung.

Als sie heute Morgen im Haus ankam und feststellen musste, dass die Ex-Freundin ihres neuen Freundes die persönliche Assistentin von Mr. Damon war, war sie ziemlich geschockt gewesen. Fairerweise musste man sagen, dass auch Jake überrascht schien. Nur Brittany selbst hatte die Situation mit einer gewissen Souveränität gemeistert, was sie bei Ffion nicht im Geringsten beliebt gemacht hatte.

Brittany Grainger hatte etwas an sich, das Ffion sofort und instinktiv misstrauisch machte. Ob es nun ihr strahlendes Selbstbewusstsein, ihre unverhohlene Weiblichkeit oder ihre offensichtliche Freude über das Wiedersehen mit Jake war, Ffion musste zugeben, dass sie eine intensive körperliche und emotionale Reaktion verspürt hatte, und der Name dieses Gefühls war Eifersucht. Es war kein angenehmes Gefühl.

Ffion hasste es, keine Kontrolle über eine Situation zu haben. Sie ließ sich nicht leicht auf neue Beziehungen ein und hatte Jake mehrere Monate lang bewusst auf Distanz gehalten, bevor sie sich ihm langsam näherte. Zuerst hatte sie ihm ihre Bisexualität anvertraut. Dann hatte sie ihn ermutigt, um zu sehen, ob er sie für sich gewinnen konnte. Schließlich hatte sie den letzten Widerstand aufgegeben und sich ihm ganz hingegeben. Er war erst der zweite Mann, mit dem sie geschlafen hatte, und sie hoffte, es nicht bereuen zu müssen.

Als sie den Campus überquerte, schweiften ihre Gedanken unweigerlich zu Jakes unkonventionellem Aussehen ab: ein wenig zu groß für ihren Geschmack, mit Armen und Beinen, die ihr unnötig und sinnlos lang erschienen, mit seinen riesigen Füßen, dem drahtigen Haar, das aus seinem Kopf sprießte, und dem Bart, der sich wie ein roter Pelz über sein Gesicht ausbreitete. Sie musste sich ein Lächeln verkneifen. Der Typ war charmant, und sie hatte sich Hals über Kopf in ihn verliebt.

Dann tauchte unversehens das Bild von Brittany Grainger auf: Brittany mit ihren manikürten Fingernägeln, ihrem langen blonden Haar, dem kurzen Rock und den hohen Absätzen. Eine Schlinge schien sich um Ffions Herz zu legen, und eine tiefsitzende Angst ergriff sie. Niemals würde sie zulassen, dass diese hinterhältige Frau ihr Jake wegnahm.

Sie entdeckte Mirandas Treppenhaus und machte sich auf die Suche nach ihrem Zimmer, wobei sie alle Gedanken an Jake und Brittany verdrängte, während sie die steile Treppe hinaufstieg. Sie hatte eine Aufgabe zu erledigen und musste ihre sonst so unerschütterliche Konzentration wiederfinden. Als sie zwei Frauenstimmen in Mirandas Zimmer hörte, klopfte sie laut an die Tür. Die Stimmen verstummten, die Tür öffnete sich und gab den Blick auf ein langhaariges Mädchen in zerrissenen Jeans und einem College-Sweatshirt frei.

„Miranda Gardiner?", erkundigte sich Ffion.

„Ja?" Das Mädchen starrte sie an. „Was ist denn?"

„Ich bin Detective Constable Ffion Hughes von der Thames Valley Police." Sie zeigte ihren Dienstausweis. „Darf ich reinkommen?"

„Ähm, natürlich." Miranda trat einen Schritt zurück, damit Ffion eintreten konnte.

Ein zweites Mädchen war im Zimmer und saß im Schneidersitz auf der Bettkante. Sie trug schwarze Leggings, Stiefel und einen knallgelben Pullover. Sie und Miranda tauschten erstaunte Blicke aus.

„Sind Sie Poppy Radley?", fragte Ffion.

Das Mädchen auf dem Bett nickte. „Ja. Was ist denn los?"

„Können Sie beide bestätigen, dass Sie gestern Abend als Kellnerinnen auf einer Party in einem Haus in West Oxfordshire gearbeitet haben?"

„Ja", antwortete Miranda. „Worum geht es?"

Ffion suchte in den Gesichtern der beiden Mädchen nach Anzeichen dafür, dass sie bereits wussten, was mit Gina geschehen war, aber beide schienen wirklich verblüfft über die Ankunft einer Polizeibeamtin zu sein. Sie milderte ihren Tonfall, um dem, was sie gleich enthüllen würde, die Schärfe zu nehmen.

„Es tut mir sehr leid, Ihnen mitteilen zu müssen, dass die Leiche von Gina Hartman heute Morgen in einem der Schlafzimmer des Hauses gefunden wurde."

„Was?"

„Nein!"

Der Schock der beiden Mädchen schien echt zu sein. Miranda ließ sich neben Poppy aufs Bett fallen, legte den Arm um sie und zog sie an sich.

Tränen schossen Poppy in die Augen. „Oh, mein Gott. Was ist mit ihr passiert?" Ihre Stimme klang schwach und ängstlich.

„Das", sagte Ffion, „versuchen wir herauszufinden. Aber ich kann Ihnen sagen, dass wir den Tod als Mord behandeln."

„O mein Gott", sagte Poppy. „Ich kann es nicht glauben."

Die Tränen, die Poppys Augen füllten, liefen ihr über die Wangen, und Ffion gab ihr einen Moment, um sich zu beruhigen.

„Ich möchte Ihnen beiden ein paar Fragen zu der Party stellen", sagte sie. „Zunächst, können Sie mir sagen, wie lange Sie und Gina schon für Mr. Damon arbeiten?"

„Wir haben letztes Jahr angefangen", sagte Miranda. „Gina entdeckte eine Online-Anzeige für einen Nebenjob, und die Bezahlung war gut, also haben wir entschieden, es zu versuchen. Zuerst waren wir uns nicht sicher, was uns erwarten würde, aber Mr. Damon schien in Ordnung zu sein, und seine Assistentin Brittany war wirklich nett und freundlich, so dass wir beschlossen, dass es sicher genug war, um weiterzumachen."

Poppy nickte zustimmend.

Ffion kniff die Augen zusammen, als sie die blonde Assistentin erwähnte. Es war nicht gerade das, was sie zu hören gehofft hatte, aber die beiden Mädchen schienen es ernst zu meinen mit ihrem Lob für die außergewöhnliche persönliche Assistentin. Sie musste wirklich versuchen, ihr Urteilsvermögen bei dieser Ermittlung nicht von ihrer Eifersucht trüben zu lassen.

Poppy tupfte sich immer noch mit einem Taschentuch die Augen, schien sich aber von ihrem ersten Schock erholt zu haben. „Die Sache war allerdings ein bisschen seltsam.

Alle Gäste trugen Masken. Und der Ort war mitten im Nirgendwo, ein riesiges Haus wie aus einem Film. Und Tyler, der Typ, der uns abgeholt und zurückgebracht hat, war ein ziemlicher Widerling."

„Tyler hat Sie gestern Abend zu der Party gefahren?"

„Ja", sagte Miranda.

„Um wieviel Uhr?"

„So gegen sechs."

„Und wann hat er Sie zurückgebracht?"

„Ich glaube, wir sind gegen ein Uhr nachts losgefahren."

„Nur Sie beide?"

Wieder tauschten die Mädchen Blicke aus. „Ja", sagte Poppy mit schwacher Stimme.

„Warum ist Gina nicht mit zurückgekommen?"

Beide Mädchen sahen auf ihre Hände hinunter. Miranda schaute zuerst auf. „Gina hat immer ihr eigenes Ding gemacht. Sie ist auch allein zu der Party gegangen. Sie sagte, sie müsse noch etwas erledigen, bevor sie das College verlässt, also musste Tyler uns zum Haus fahren und dann den ganzen Weg zurückkommen, um sie abzuholen. Um ehrlich zu sein, fanden wir das ein bisschen unverschämt, aber so war Gina eben. Als es dann Zeit war zu gehen, waren wir nicht allzu überrascht, dass sie nicht mitkam."

„Wann haben Sie Gina das letzte Mal gesehen?"

„Ähm, irgendwann vor Mitternacht?", sagte Poppy. Sie sah zu Miranda, die bestätigend nickte.

„Waren Sie nicht besorgt, sie zurückzulassen?", fragte Ffion. „Hat sie gesagt, was sie vorhatte?"

„Sie sagte, sie würde vielleicht über Nacht bleiben, wenn sie die Chance dazu hätte", sagte Miranda und vermied es, Ffion in die Augen zu sehen.

„Was für eine Chance?" Sie sah von einer zur anderen.

Ein schuldbewusster Ausdruck huschte über Poppys Gesicht. Sie wich Ffions Frage aus und sagte: „Wir hätten sie nie zurücklassen dürfen." Wieder brach sie in Tränen aus und Miranda beugte sich vor, um sie erneut zu trösten.

„Was für eine Chance?", wiederholte Ffion, deren Mitgefühl für die beiden Mädchen langsam erschöpft war.

„Gina hat immer herumgeschnüffelt", sagte Poppy und wischte sich die Augen. „Sie wissen schon, sie hat die Gespräche der Leute belauscht und Fotos gemacht, wenn sie dachte, dass niemand hinsah."

„Warum sollte sie das tun?"

„Sie hielt sich für eine Art Investigativ-Journalistin", sagte Miranda ein wenig spöttisch. „Ich meine, sie schrieb nur für die Studentenzeitung, aber sie sah die Partys als Gelegenheit, undercover zu arbeiten und ihre Nase in das Leben der Gäste zu stecken."

„Das stimmt", stimmte Poppy zu.

Ffion gewann langsam den Eindruck, dass Miranda und Poppy sich zwar sehr nahe standen, Gina aber nicht so ein enges Mitglied des Trios gewesen war.

„Wir haben versucht, es ihr auszureden", sagte Miranda.

„Wir hatten Angst, dass sie erwischt wird", sagte Poppy, „und dass wir alle unseren Job verlieren. Es ist eine wirklich einfache Art, gutes Geld zu verdienen."

„Aber Gina gab sich nicht damit zufrieden, ein bisschen Geld zu verdienen", sagte Miranda. „Sie musste immer einen Schritt weiter gehen."

Die Mädchen verstummten, vielleicht weil sie merkten, dass sie ihrer toten Freundin gegenüber ziemlich nachtragend klangen.

„Ist Gina jemand Bestimmtem gefolgt?", fragte Ffion.

Sie schüttelten gleichzeitig den Kopf.

„Wir haben sie nicht gefragt", erklärte Poppy. „Wir haben ihr gesagt, dass wir nichts darüber wissen wollen."

„Sie hat uns gesagt, dass es ihre Sache ist, was sie tut", sagte Miranda. „Und dass es ihr Problem ist, wenn sie erwischt wird."

„Wir haben ein bisschen darüber gestritten", sagte Poppy. „Wir haben gesagt, wenn sie erwischt wird, ist das auch unser Problem. Wir wollten unsere Arbeit nicht verlieren." Sie begann wieder zu weinen. „Und jetzt hat sie ihr Leben verloren. O mein Gott, ich kann es immer noch nicht fassen."

„Wann war der Streit?"

„Gestern Abend. Da haben wir sie zum letzten Mal gesehen." Poppy brach in erneut in einen Tränenstrom aus.

Ffion wartete einen Moment ungeduldig, während Miranda sie tröstete.

„Hatte Gina einen Freund?"

„Nein", sagte Miranda. „Im ersten Jahr ging sie mit einem der Biologen aus, aber das hielt nicht lange. Gina arbeitete hart. Sie hatte nicht wirklich Zeit für Jungs."

„War die Arbeit als Kellnerin ein regelmäßiger Job?"

„Es war das erste Mal in diesem Jahr", sagte Miranda. „Letztes Jahr haben wir es ein paar Mal gemacht. Mr. Damon schmeißt viele Partys, normalerweise eine alle paar Wochen."

„Was wissen Sie über Mr. Damon?"

„Nicht viel", sagte Miranda. „Er hat uns erzählt, dass er eine Baufirma leitet. Offensichtlich ist er sehr reich."

„Und Ihre Aufgaben bei diesen Partys beschränkten sich auf das Kellnern?"

„Was meinen Sie damit?", fragte Poppy.

„Sie meint", erklärte Miranda und bemühte sich nicht, den Unmut in ihrer Stimme zu verbergen, „ob wir den Gästen sexuelle Gefälligkeiten erweisen mussten."

„Gott, nein", sagte Poppy. „Natürlich nicht. Wofür halten Sie uns?"

„Und doch wurden einige Frauen von einer Escort-Agentur engagiert, um die Gäste zu unterhalten."

„Nun, ja", sagte Miranda. „Das wussten wir natürlich. Aber wir hatten damit nichts zu tun."

Poppy nickte energisch, um ihr beizupflichten. „Mr. Damon war ein guter Arbeitgeber. Er hat uns immer gut behandelt. Und Brittany war auch sehr nett. Sie hat uns gesagt, dass wir uns von den Gästen keine sexuellen Belästigungen gefallen lassen sollen und dass wir ihr Bescheid sagen sollen, wenn einer es versucht."

Ffion ärgerte sich über dieses weitere ungebetene Lob für Brittany, konzentrierte sich aber auf ihre Fragen. „Und hat es einer der Gäste versucht?"

„Nach ein paar Drinks konnten einige von ihnen etwas überfreundlich werden", gab Miranda zu, „aber es war in Ordnung, solange man einfach in Bewegung blieb. Wir haben nicht lange genug stillgestanden, dass sie uns in die Finger kriegen konnten."

„Was ist mit Gina?"

„Was ist mit ihr?", fragte Miranda.

„Hat sie sich je mit einem der Gäste eingelassen?"

Die Mädchen tauschten Blicke aus. „Gina neigte dazu, ihr gutes Aussehen auszunutzen, um zu bekommen, was sie wollte", sagte Miranda. „Ich will nichts Schlechtes über sie sagen, aber sie wusste, wie die Männer sie ansahen, und sie scheute sich nicht, das zu ihrem Vorteil zu nutzen."

„Wie?"

„Nun, wenn sie einen Mann brauchte, um etwas für sie zu tun, oder wenn sie eine Information haben wollte, flirtete sie vielleicht ein bisschen, um das zu bekommen, was sie wollte."

„Aber sie hätte mit keinem von ihnen geschlafen", platzte Poppy heraus. „Ich meine, sie hätte wirklich verzweifelt sein müssen. Es waren alles Männer mittleren Alters."

„Erzählen Sie mir von ihnen. Wissen Sie, wer einer von ihnen war?"

Die Mädchen sahen sich an, als überlegten sie, ob sie etwas verraten sollten oder nicht. Schließlich war es Miranda, die das Wort ergriff.

„Hören Sie, wir dürfen eigentlich nichts über die Gäste wissen. Brittany hat uns strikt angewiesen, ihnen keine persönlichen Fragen zu stellen. Wir sollen nur lächeln und hilfsbereit sein."

„Und sie tragen auch diese Masken", sagte Poppy. „Sie benutzen nicht einmal ihre richtigen Namen."

„Genau", fuhr Miranda fort. „Aber wir sind nicht dumm. Einer von ihnen ist Politiker."

„Und einer ist Richter", sagte Poppy.

„Ich glaube, die anderen sind alle Geschäftskontakte von Mr. Damon."

„Auf der Party gestern Abend war jemand, der Ihnen etwas näher stand", sagte Ffion und beobachtete ihre Gesichter.

„Sie meinen bestimmt Dr. Frost", sagte Poppy.

„Ja, Gina hat ihn gesehen", sagte Miranda. „Wir waren in der Küche, um die Tabletts mit den Canapés zu holen, als sie hereinkam und sagte: ‚Ihr werdet nie erraten, wer hier ist.' Ich dachte, sie würde einen wirklich berühmten Namen nennen, wie einen Schauspieler, aber dann sagte sie: ‚Dr. Frost.' Ich musste sie fragen, wer das ist, und sie sagte, er sei der Deutschdozent hier am College."

„Haben Sie Dr. Frost schon einmal auf einer dieser Partys gesehen?"

Die beiden Mädchen schüttelten den Kopf.

„Was können Sie mir über sein Verhalten auf der Party sagen?"

„Nicht viel", sagte Miranda. „Nachdem Gina es uns erzählt hatte, gingen wir natürlich beide hin, um uns selbst zu überzeugen. Er war es wirklich, er trug eine venezianische Maske. Ich glaube, er hatte ein bisschen zu viel getrunken."

„Und hat Gina ihn noch einmal erwähnt? Oder haben Sie ihn mit ihr gesehen?"

„Nein." Miranda runzelte die Stirn. „Was ist mit Dr. Frost?"

„Er wurde heute Morgen mit Ginas Leiche im Bett gefunden."

„Was? Oh, mein Gott!" Poppy schlug sich erneut die Hände vors Gesicht.

Miranda sah fassungslos aus. „Aber warum –"

„Genau das untersuchen wir", sagte Ffion knapp. „Was wissen Sie über ihn?"

„Nicht viel. Poppy und ich studieren Englisch, und Gina hat natürlich Psychologie studiert, nicht Deutsch. Ich habe ihn zwischen seinem Zimmer und dem Senior

Common Room hin- und herlaufen sehen, und er sitzt beim formellen Abendessen immer am High Table, aber ich habe noch nie mit ihm gesprochen."

„Ich auch nicht", sagte Poppy. „Ich kenne ein paar Leute, die Deutsch studieren, und die haben auch noch nie ein Wort über ihn verloren."

Das wird sich bald ändern, dachte Ffion. Frosts Ruf als Niemand am College würde für immer dahin sein, sobald bekannt wurde, dass er mit einer ermordeten Studentin im Bett gefunden worden war.

Irgendwie konnte sich Ffion den Deutschtutor nicht so recht als Mörder vorstellen. Er mochte ein Spinner und Verschwörungstheoretiker sein, aber in dem Gespräch an diesem Morgen war er erstaunlich direkt und offen gewesen, was nicht der Art von Menschen entsprach, die schuldig waren. Sie vermutete, dass er wahrscheinlich zur falschen Zeit am falschen Ort gewesen war. Vielleicht war es sogar eine absichtliche Falle gewesen, wie er behauptete. Dann müsste der Mörder einer der anderen Partygäste oder vielleicht der Gastgeber selbst gewesen sein. Also der Teufel in Gestalt von Nick Damon.

Sie dankte Miranda und Poppy für ihre Zeit und teilte ihnen mit, dass die Polizei vielleicht noch einmal mit ihnen sprechen müsse. „Lassen Sie es mich wissen, wenn Ihnen noch etwas einfällt", fügte sie hinzu. Dann machte sie sich auf den Weg zurück zur Pförtnerloge, um sich mit Bridget zu treffen.

KAPITEL 7

Nachdem sie sich von Ginas Tutor verabschiedet hatte, ging Bridget zurück zur Pförtnerloge, um auf Ffion zu warten. Der Abgeordnete für Witney hatte ihren Anruf noch nicht erwidert, also so rief sie in der Zwischenzeit ein zweites Mal in seinem Wahlkreisbüro an.

Nach dreimaligem Klingeln meldete sich eine vertraute, hochmütige Frauenstimme. „Das Wahlkreisbüro von Mr. Avery-Blanchard ist über das Wochenende geschlossen. Wenn Sie einen Termin mit Mr. Avery-Blanchard vereinbaren möchten, können Sie dies zu folgenden Zeiten tun …"

Bridget legte auf. Wenn der Abgeordnete nicht zurückrief, musste sie es am nächsten Morgen unter seiner Privatnummer versuchen.

Als Ffion eintraf, tauschten sie ihre Notizen über die Befragungen aus und Bridget bot ihr an, sie mitzunehmen. Es war ein langer Tag gewesen und sie konnten jetzt nicht mehr viel tun. Morgen früh stand die Teambesprechung an und die mühsame Aufgabe, die verschiedenen Zeugenaussagen und forensischen Beweise zusammenzutragen, die sie in den ersten vierundzwanzig

Stunden gesammelt hatten. Sie würden entscheiden müssen, ob sie Frost anklagen oder freilassen sollten. Und Bridget würde sich mit Ginas Eltern treffen und sie in die Gerichtsmedizin bringen müssen, um die Leiche offiziell identifizieren zu lassen. Aber das war alles erst morgen.

Ffion lehnte Bridgets Angebot ab, sie mitzunehmen, und machte sich auf ihren langen Beinen in zügigem Tempo auf den Weg in die Innenstadt. Bridget vermutete, dass sie Pläne für den Abend hatte, wahrscheinlich mit Jake.

Auch Bridget hatte etwas vor. Es war Samstagabend und sie war fest entschlossen, Jonathan, ihr Date für den Abend, nicht wieder sitzen zu lassen. Schon so oft hatte sie ihre Verabredung in letzter Minute absagen müssen oder war aus dringenden beruflichen Gründen weggerufen worden, manchmal sogar während eines Dates. Das sollte ihr heute Abend nicht passieren.

Sie sah auf die Uhr. Fünf Uhr. Genug Zeit, um nach Hause zu fahren, zu duschen – sie fürchtete, dass der Chlorgeruch vom Schwimmbad heute Morgen noch an ihrer Haut haftete und sie wie eine öffentliche Toilette roch – und sich etwas Attraktiveres anzuziehen. Sie stieg in ihren Mini, drehte die Lautstärke von Mozarts *Die Hochzeit des Figaro* hoch und fuhr nach Hause.

Das Dorf Wolvercote im Nordwesten Oxfords war fast in der Stadt aufgegangen, hatte sich aber eine gewisse Eigenständigkeit bewahren können, weil es durch den Oxford-Kanal und die Bahngleise vor dem unaufhaltsamen Vordringen der Stadt geschützt war. Im Süden lag das Gemeindeland von Port Meadow, und im Norden und Westen erstreckte sich meilenweit Ackerland. Bridget und Chloe wohnten in einem winzigen Reihenhaus mit Blick auf den Dorfanger. Es war gerade groß genug für sie beide. Ihre Schwester Vanessa, die mit einem wohlhabenden Geschäftsmann verheiratet war, wohnte in einem großen Einfamilienhaus in der Charlbury Road im grünen Norden Oxfords. Während Vanessa eine kleine Armee von Reinigungskräften, Gärtnern, Malern und

Dekorateuren beschäftigte, um ihr Haus in einem vorzeigbaren Zustand zu halten, gab sich Bridget mit ihren eigenen, etwas nachlässigen Bemühungen zufrieden, das Haus sauber und präsentabel zu halten. In Erwartung des heutigen Rendezvous hatte sie sich jedoch etwas mehr Mühe gegeben, in der Hoffnung, dass Jonathan nachher zu ihr kommen würde. Der Duft von Holzpolitur und Zitronen-Lufterfrischer empfing sie, als sie die Haustür öffnete.

Chloe übernachtete bei einer Freundin, was bedeutete, dass Bridget und Jonathan das Haus für sich allein hatten. Mit ihren fünfzehn Jahren wurde Chloe schnell erwachsen. Sie war jetzt in der elften Klasse und würde im nächsten Sommer ihre GCSE-Prüfungen, die Prüfungen zum mittleren Schulabschuss, ablegen. Bridget hatte versucht, ihr klarzumachen, wie wichtig das kommende Schuljahr war, aber sie fürchtete, dass die Botschaft noch nicht ganz angekommen war.

„Es gibt mehr im Leben als Prüfungen", war Chloes übliche Antwort. Oder: „Es ist noch ewig hin, Mum. Chill mal."

Aber es war nicht nur die Sorge um Chloes Noten, die Bridget umtrieb. Ihre jüngere Schwester Abigail war im selben Alter auf die schiefe Bahn geraten. Einst eine vielversprechende Schülerin, hatte sich Abigail mit den falschen Leuten eingelassen. Sie war immer später nach Hause gekommen und hatte sich den Bitten ihrer Eltern widersetzt, zu einer vernünftigen Zeit heim zu kommen. Und dann wurde Abigail im Alter von sechzehn Jahren erwürgt in Wytham Woods aufgefunden, ihr Mörder wurde nie gefasst. Dieses tragische Ereignis war der Schlüsselmoment in Bridgets Leben und hatte ihre komfortable bürgerliche Existenz bis ins Mark erschüttert. Er hatte sie dazu gebracht, zur Polizei zu gehen, um zu versuchen, etwas in der Welt zu verändern. Während Vanessa sich mit ihren farblich abgestimmten Heimtextilien von der Außenwelt abschottete, strebte Bridget nach Gerechtigkeit für diejenigen, die sie selbst nicht erlangen konnten. Kein Wunder, dass sie überempfindlich auf Chloes Verhalten reagierte.

Sie rief Chloe auf ihrem Handy an und erfuhr zu ihrer Beruhigung, dass sie bei Olivia zu Hause war und sie eine Pizza nach Hause liefern lassen und dann einen Film sehen wollten.

„Gehst du zu deinem Date, Mum?", fragte Chloe.

„Ich mache mich gerade fertig."

„Vermassle es diesmal nicht", sagte Chloe seufzend. „Du weißt, was immer passiert. Du musst wegen der Arbeit absagen oder früher gehen. Du steckst doch nicht etwa mitten in einem Mordfall, oder?"

„Na ja ..."

„Mum!"

„Keine Sorge. Diesmal vergeige ich es nicht", sagte Bridget. „Versprochen."

„Okay, gut. Viel Spaß."

„Dir auch."

Sie beendete das Gespräch. Chloe kannte sie nur zu gut. Sie schaute auf die Uhr und stellte erschrocken fest, dass ihr nur noch eine halbe Stunde blieb, um sich fertig zu machen. Sie sprang unter die Dusche und schrubbte ihren Körper mit einem in Lavendelgel getränkten Netzschwamm, um auch den letzten Rest *Eau de Chlorine* zu entfernen. Dann zog sie ihre beste Unterwäsche und ein, wie sie hoffte, elegantes Kleid an. Es betonte ihre weibliche Figur und Chloe hatte ihr versichert, dass es für ein Date geeignet war. Zu ihrer Erleichterung passte es immer noch. Rasch trug sie eine Schicht Foundation und einen nudefarbenen Lippenstift auf und kämmte ihren Bob, der an den Spitzen noch feucht war, als es an der Tür klingelte. Sie beeilte sich, die Tür zu öffnen.

Es war Jonathan, der einen dunklen Mantel über einer eleganten Hose und einem weinroten Hemd trug. „Du siehst toll aus", sagte er und beugte sich vor, um ihr einen Kuss auf die Lippen zu drücken. „Bist du fertig?"

„Ich bin fertig", sagte Bridget. „Lass uns gehen."

★

Nachdem sie das Wadham College verlassen hatte, beschloss Ffion, lieber zu Fuß zu gehen, als Bridgets Angebot, sie mitzunehmen, anzunehmen. Eigentlich wollte sie heute Morgen joggen gehen, aber stattdessen waren sie zu dem Haus in West Oxfordshire gerufen worden. Jetzt vermisste sie es. Für Ffion war Laufen nicht nur körperliche Ertüchtigung, sondern auch meditative Bewegung. Allein und draußen zu sein, gab ihr den mentalen Freiraum, den sie zum Nachdenken brauchte.

Sie verließ das College in südlicher Richtung, überquerte die Broad Street und kam an der Radcliffe Camera vorbei, dem runden Kuppelbau, der zur Bodleian Library gehörte. Dort bog sie links in die High Street ein und ging in Richtung Magdalen Bridge. Ihre Sachen waren noch in Jakes Wohnung, wo sie die letzte Nacht verbracht hatte.

Sie war jetzt seit einem Monat mit Jake zusammen, und es lief gut. Ffion kannte sich gut genug, um zu wissen, dass sie eine komplizierte Persönlichkeit war und es manchmal schwierig sein konnte, mit ihr auszukommen. Jake hatte sie das eine oder andere Mal zurechtgewiesen, weil sie kurz angebunden war oder nicht genug Rücksicht genommen hatte, aber das hatte sie nicht gestört. Jake hatte eine natürliche Empathie, von der Ffion wusste, dass sie ihr manchmal fehlte, und sie war bereit zu lernen und sich zu ändern. Eine Beziehung war ein ständiges Geben und Nehmen, und zweifellos hatte sie auch bei Jake einige Veränderungen bewirkt. Es gab jetzt weniger Fußball in seinem Leben und weniger Bier. Dafür viel mehr Sex.

Sie ließ die verträumten Turmspitzen der Oxforder Innenstadt hinter sich, flitzte über den Plain-Kreisverkehr, wich den Bussen, Autos und Radfahrern aus, die sich um den Platz drängten, und lief die Cowley Road nach Osten. Hier wandelte sich Oxford von einer Stadt mit mittelalterlichen Plätzen, gotischen Türmen und Bibliotheken aus dem achtzehnten Jahrhundert zu einer multikulturellen, pulsierenden Gemeinschaft mit vielen verschiedenen Restaurants, Bars und kleinen Geschäften. Ffion genoss die alternative Atmosphäre in diesem Teil der Stadt. Jetzt, wo das neue Semester begonnen hatte, herrschte reges Treiben auf den Straßen, denn die Erstsemester zogen abends los, um einige der weniger frequentierten Pubs und Restaurants Oxfords zu erkunden.

Bald stand sie vor dem Waschsalon unter Jakes Einzimmerwohnung. Die Waschmaschinen surrten und verströmten einen warmen, seifigen Geruch. Das indische Restaurant nebenan öffnete gerade für den Abend. Der chinesische Imbiss auf der anderen Straßenseite machte bereits gute Geschäfte mit Leuten, die auf dem Heimweg ihr Abendessen kauften. Ffion kramte in ihrer Tasche nach dem Schlüssel, den Jake ihr gegeben hatte, und schloss die Eingangstür auf. Sie schnappte sich die Tagespost, die auf der Fußmatte gelandet war – hauptsächlich Werbung für Pizzalieferdienste und Taxiunternehmen –, und stieg die schmale Treppe zu seiner Wohnung hinauf.

„Hi! Ich bin's!", rief sie, musste aber enttäuscht feststellen, dass Jake noch nicht zu Hause war. Er konnte doch nicht immer noch bei Brittany im Haus sein. Sie rief sein Handy an, aber der Anruf ging direkt auf die Mailbox. „Hi, wo bist du?", sagte sie und konnte die Irritation in ihrer Stimme nicht verbergen. „Ich bin in deiner Wohnung."

Sie legte die Post auf den Wohnzimmertisch und blickte sich angesichts des allgemeinen Durcheinanders und der Unordnung frustriert um. Sie war sich sicher, dass sie am Abend zuvor aufgeräumt hatte, aber es sah genauso schlimm aus wie immer. Seit sie hier übernachtete, hatte sie ein paar Regeln aufgestellt, und Jake hatte begonnen, sich etwas mehr Mühe zu geben, aber er tolerierte immer noch eine weitaus unordentlichere Umgebung, als sie es je könnte. Eines der ersten Dinge, die sie getan hatte, war, ihm einen Wäschekorb zu kaufen, damit sie den Anblick der schmutzigen Wäsche, die sich in der Ecke des

Schlafzimmers stapelte, nicht länger ertragen musste. Sie bestand darauf, dass sie nach dem Essen abspülten, damit sie am nächsten Morgen nicht mit dem schmutzigen Geschirr konfrontiert wurden. Und sie hatte ihm verboten, die Zahnpastatube im Bad offen zu lassen. Trotzdem war die Wohnung viel zu unordentlich und schmutzig, als dass sie sich entspannen konnte, während sie auf Jakes Rückkehr wartete.

Sie waren heute Morgen weggerufen worden, bevor sie den Abwasch erledigen konnten, also machte sie sich daran, die Frühstückssachen wegzuräumen und das verkrustete Essen von den Tellern zu kratzen. Danach beschloss sie, das Badezimmer in Angriff zu nehmen, und begann, die Oberflächen abzuwischen und alle Spuren von rötlichen Haaren von den Glasablagen und den weißen Wandfliesen zu entfernen.

Die Aufgabe war entspannend, aber während sie ·arbeitete, musste sie immer wieder an die Unterschiede zwischen ihr und Jake denken. Es waren nicht nur ihre unterschiedlichen Ansichten über Hygiene im Haushalt. Ffion achtete sehr auf ihr Äußeres und gab sich jeden Morgen große Mühe, ein stimmiges Outfit auszuwählen. Jake hingegen schien es nichts auszumachen, wenn er keine zwei passenden Socken finden konnte. Sie legte Wert auf eine gesunde Ernährung, während er sich gerne mit Fastfood vollstopfte. Sie lebte und atmete Sport, aber Jakes Vorstellung von körperlicher Betätigung war ein Spaziergang zum Pub. Sie mochten nicht einmal die gleiche Musik. Er hörte Indie-Rock-Bands, während sie auf Techno und Trance stand ...

Was war hier los?

Sie legte Badreiniger und Scheuerschwamm beiseite und realisierte, dass sie sich in einen Rausch gearbeitet hatte. Sie atmete so heftig, dass sie fast schon hyperventilierte. Sie atmete ein paar Mal tief durch, um sich zu beruhigen.

Sie wusste genau, was los war. Es waren nicht die Unterschiede zwischen ihr und Jake, die sie störten. In jeder Beziehung mussten beide Partner Kompromisse eingehen und lernen, miteinander zu leben. Damit das funktionierte, mussten beide Seiten nach Gemeinsamkeiten suchen und durften sich nicht mit ihren Unterschieden aufhalten.

Nein, das Problem war die morgendliche Begegnung mit Brittany Grainger. Die blonde Assistentin war Ffion mehr unter die Haut gegangen, als ihr lieb war.

Aber worüber machte sie sich wirklich Sorgen? Dass Jake sie verlassen und zu seiner Ex-Freundin zurückkehren würde? Das schien ziemlich unwahrscheinlich. Jake war es offensichtlich sehr peinlich gewesen, Brittany im Haus zu begegnen. Und er hatte ihr erzählt, dass die Beziehung schon vor Monaten zu Ende gegangen war. Sie musste ihm vertrauen.

Und doch hatte Brittanys Gesichtsausdruck, als sie Jake zum ersten Mal erblickt hatte, etwas Raubtierhaftes gehabt. Trotz ihres Charmes und ihres warmen Lächelns war Brittany Grainger eine Jägerin, und sie hatte es auf Jake abgesehen. Hatte er die Kraft, ihr zu widerstehen?

Ffion wartete dreißig Sekunden, dann wählte sie erneut seine Nummer. Immer noch die Mailbox.

Sie räumte die Putzsachen weg und kehrte an den Wohnzimmertisch zurück. Sie schnappte sich einen Stift und schrieb eine kurze Notiz auf die Rückseite eines der Taxiprospekte: *Bin bei mir zu Hause. Wir sehen uns morgen.*

Dann verließ sie die Wohnung und ging die Cowley Road zurück zu ihrem Zuhause in Jericho, westlich des Stadtzentrums. Draußen an der frischen Luft, weit weg von der Unordnung und dem Chaos in Jakes Wohnung, konnte sie wieder frei atmen.

★

Bridget genoss den schönen Abend, und er war noch nicht zu Ende. Zuerst waren sie und Jonathan zu Brown's gegangen, um einen Happen zu essen, und Bridget hatte sich für einen Vollkostsalat entschieden, um ihre diätetischen Verfehlungen des Tages wettzumachen, während Jonathan sich für Steak mit Pommes entschied. Anschließend waren sie zu einem Konzert im Holywell Music Room gegangen.

Sie und Jonathan waren vor kurzem in einer *Hamlet*-Aufführung gewesen und hatten geplant, zusammen *La Bohème* zu sehen, aber sie hatte in letzter Minute absagen müssen. Bis zu diesem Abend hatte sie keine Ahnung, welche Art von Musik Jonathan mochte. Es stellte sich heraus, dass er eine Leidenschaft für deutsche Lieder hatte, vor allem für Lieder aus der Romantik. Bei dem Konzert trug ein begabter junger Tenor den Liederzyklus *Dichterliebe* vor: die einfühlsamen Worte des Dichters Heinrich Heine, untermalt von exquisiten Melodien von Robert Schumann. Obwohl Bridget normalerweise die Oper bevorzugte, stimmte sie Jonathan zu, dass es keinen besseren Ausdruck für den bittersüßen Schmerz einer unerwiderten Liebe gab.

Ein unwillkommenes Echo von Dr. Nathan Frosts Stimme hallte kurz in ihrem Kopf wider, als sie den Liedern lauschte und die Übersetzung in ihrem Programmheft verfolgte, aber sie schob die Erinnerung an den deutschen Dozenten entschlossen beiseite. Sie wollte auf keinen Fall zulassen, dass die Arbeit ihre Pläne für den heutigen Abend störte.

„Das war schön", sagte sie zu Jonathan, als sie Hand in Hand zu seinem Auto in der Broad Street zurückgingen. Die Musik hatte die Strapazen und den Stress des Tages vertrieben.

„Ich bin so froh, dass es dir gefallen hat."

Als sie zurück nach Wolvercote fuhren und über die Musik sprachen, begann Bridgets Herz ein wenig schneller zu schlagen, als sie sich ihrem Haus näherten.

„Also", sagte sie, als sie am Dorfanger anhielten. „Willst du auf einen Drink reinkommen? Chloe ist heute Abend bei ihrer Freundin", fügte sie hinzu. „Wir haben also das Haus für uns."

„Das wäre schön."

Mit klopfendem Herzen führte Bridget ihn in die Küche und holte eine Flasche Chardonnay aus dem Kühlschrank. Sie schenkte zwei Gläser ein und verschüttete ein wenig auf dem Küchentisch.

Warum war sie so nervös? Sie fühlte sich wie ein Teenager beim ersten Date. Nun, es war lange her, dass sie mit einem Mann zusammen gewesen war. *Dreizehn Jahre.* Sie konnte nicht glauben, dass es in all der Zeit niemanden gegeben hatte.

Sie reichte Jonathan ein Glas. „Cheers", sagte sie und stieß mit ihrem Glas an seins. Sie trank einen großen Schluck Wein.

Jonathan nippte an seinem Glas und wirkte nachdenklich.

Dann nahm er ihren Wein und stellte beide Gläser ab. Er nahm ihre Hände in seine und zog sie an sich. „Warum heben wir uns den Wein nicht für später auf?", flüsterte er.

Plötzlich war Bridget nicht mehr nervös. Sie wusste, dass es nichts gab, wovor sie sich fürchten musste. Jonathan war ein guter Mann und sie mochte ihn sehr.

„Das Schlafzimmer ist hier entlang", sagte sie und führte ihn zur Treppe.

★

Es war schon spät, als Jake nach Hause kam. Nachdem er mit Brittany und Tyler gesprochen hatte, war er im Haus verweilt, um DS Ryan Hooper und dem Rest des Teams dabei zu helfen, die Aussagen der Gäste aufzunehmen, die über Nacht geblieben waren. Es handelte sich nicht um die Art von Zeugen, die man normalerweise in einem Mordfall antraf, sondern um Firmenchefs, Finanzdirektoren, lokale Regierungsbeamte und sogar einen Richter – ein ziemlich aufgeblasener Mann, der darauf bestand, als ehrenwerter Mr. Justice Neville angesprochen zu werden, obwohl sein Vorname Graham war, wie sich bei genauerem Nachfragen herausstellte. Alle, mit denen er gesprochen hatte, schienen eine sehr hohe Meinung von sich selbst zu haben und waren ein unkooperativer Haufen, so dass die Aufgabe viel länger dauerte als nötig.

Brittany hatte sich geweigert, ihn in Ruhe zu lassen und war den ganzen Tag über immer wieder bei ihm aufgetaucht. Ryan hatte ein paar anzügliche Bemerkungen über sie gemacht und DS Andy Cartwright hatte betont, wie hilfsbereit die Assistentin war, aber Jake wusste, dass sie nur versuchte, seine Aufmerksamkeit zu bekommen.

Vielleicht lief es zwischen ihr und Tyler nicht so gut. Sie war nicht erfreut gewesen, als er seine ölige Hand um sie gelegt hatte, aber Brittany hatte schon immer darauf geachtet, sich von ihrer besten Seite zu zeigen. Er ertappte sich dabei, wie er sich wünschte, sie würden sich bald trennen. Tyler war offensichtlich ein Idiot. Er war nicht gut genug für sie.

Aber warum interessierte ihn das überhaupt noch?

War es möglich, dass ein Teil von ihm sich immer noch danach sehnte, sie wieder in die Arme zu schließen? So sehr er sich auch das Gegenteil einzureden versuchte, er wusste, dass er noch immer nicht frei von ihrem Einfluss war. Je schneller diese Ermittlung abgeschlossen war, desto besser.

„Glaubst du, Frost hat Gina umgebracht?", hatte er Ryan in der nachmittäglichen Teepause gefragt.

Ryan lachte. „Lass mich eine Millisekunde darüber nachdenken. Du meinst den gruseligen alten Kerl, der mit ihrer Leiche im Bett gefunden wurde? Natürlich hat er das, du Spinner!"

Jake hoffte es. Er schaute auf sein Handy, um zu sehen, ob Ffion versucht hatte, ihn zu erreichen, aber hier im Haus hatte er keinen Empfang. Dieser Ort war wirklich meilenweit von allem entfernt.

Als er sich verabschiedete und zurück nach Oxford fuhr, war er am Verhungern. Der Waschsalon war geschlossen und dunkel, aber das indische Restaurant war voll, und ein penetranter Geruch von Gewürzen und Knoblauch wehte auf die Straße. Er überlegte, ob er hineingehen sollte, entschied sich dann aber doch für den

Chinesen nebenan, wo er eine große Portion Kung-Po-Hühnchen in Knoblauch mit süßer Chilisauce, gebratenen Reis mit Ei und als Beilage Krabbencracker bestellte. Das würde ihn bis später bei Kräften halten. Mit etwas Glück war Ffion zurück und sie konnten zusammen etwas Richtiges essen gehen.

Er schloss die Haustür auf und rannte die Treppe hinauf. „Hi! Bist du zu Hause?", rief er, aber die Wohnung war dunkel und still. Er stellte das Essen auf den Tisch und knipste das Licht an.

Halb hoffte er, Ffion im Schneidersitz in der Dunkelheit zu finden, mit Musik auf den Ohren, beim Meditieren oder was für seltsame Dinge sie sonst so tat, wenn er nicht da war, doch es gab keine Spur von ihr. Aber die Wohnung sah ungewöhnlich sauber aus, und auf dem Tisch lag Post, also nahm er an, dass sie da gewesen sein musste.

Er überprüfte sein Telefon und fand zwei Sprachnachrichten. Stirnrunzelnd hörte er sie ab. Dann bemerkte er den handgeschriebenen Zettel auf dem Tisch. Er überlegte, ob er Ffion zurückrufen sollte oder nicht, aber der walisische Drache konnte unmöglich sein, wenn sie schlecht gelaunt war.

Die dunklen Wolken, die an diesem Morgen am Horizont aufgezogen waren, schienen sich zu einem ausgewachsenen Sturm zu verdichten, und er befand sich mittendrin, während die beiden Frauen in seinem Leben um ihn herum Hagel und Donner niederprasseln ließen.

Seufzend packte er das Essen aus und begann, Hühnchen und Reis direkt aus der Verpackung zu löffeln. Ein Mann musste schließlich essen, nicht wahr?

KAPITEL 8

Als Bridget am nächsten Morgen aufwachte, fühlte sie sich glücklich und entspannt. Sie hatte sich auf eine Nacht voller Leidenschaft gefreut und war nicht enttäuscht worden. Aber noch etwas viel Wichtigeres war geschehen. Die letzte Nacht hatte etwas in ihr geheilt, das schon sehr lange kaputt gewesen war, seit ihre Ehe mit Ben gescheitert war, vielleicht sogar noch länger. Vielleicht sogar seit dem Tod ihrer Schwester.

Tief in ihrem Innern hatte sie daran gezweifelt, dass sie jemals wieder in der Lage sein würde, Liebe zu geben oder zu empfangen, aber jetzt wusste sie, dass sie es konnte.

Sie drehte sich um und fand die andere Seite des Bettes leer vor.

„Jonathan?"

Als sie sich aufrichtete, bemerkte sie den Duft aus der Küche, der die Treppe hinaufwehte.

Sie lächelte. Ein Mann, der kochen konnte und sich aus dem Bett schlich, ohne sie zu wecken. Jonathan war wirklich ein Schatz.

Doch dann überkam sie eine neue Sorge. Was würde Jonathan wohl finden, wenn er in ihrem Kühlschrank herumstöberte? Die abgelaufenen Joghurtbecher, den welken Kopfsalat, den verschimmelten Käse. Im hinteren Teil könnte sich sogar noch Schlimmeres verbergen. Sie hatte zwar daran gedacht, die Bettwäsche durch frisch gewaschene Laken zu ersetzen, aber nicht daran, für den nächsten Morgen einzukaufen. So weit dachte sie selten voraus.

Sie stieg aus dem Bett, schlüpfte in ihren Morgenmantel und machte sich auf den Weg nach unten, nachdem sie ihr Aussehen kurz im Badezimmerspiegel überprüft hatte. Ihr Haar stand nicht zu sehr ab, und wenigstens waren ihre Augen hell und strahlend, statt wie sonst am frühen Morgen rot und verquollen.

„Gerade rechtzeitig", sagte Jonathan, als sie die Küche betrat. Er blickte vom Gasherd auf, wo er etwas in einer Pfanne rührte, und lächelte.

„Es riecht wunderbar", sagte Bridget, trat hinter ihn und schlang die Arme um ihn. „Was ist das?", fragte sie neugierig.

„Das ist meine Spezialität – Rührei mit Kräutern."

Irgendwie war es Jonathan gelungen, Gläser mit getrocknetem Oregano und Basilikum aufzutreiben, von denen Bridget nicht einmal wusste, dass sie sie besaß. Sie musste sie in einem Anfall von Enthusiasmus gekauft haben, nachdem sie zu Weihnachten ein italienisches Kochbuch von Vanessa bekommen hatte. Aber das Buch verstaubte im Küchenregal, und die Zutaten waren schon lange nicht mehr da.

„Hast du kontrolliert, ob die Eier noch genießbar sind?", fragte sie besorgt.

Er gluckste. „Ich glaube, wir können es wagen. Aber sie mussten verarbeitet werden. Gut, dass du mich eingeladen hast."

Er löffelte das Rührei auf zwei Teller, gerade als der Toast aus dem Toaster sprang.

Bridget war am Verhungern und langte genüsslich zu. Das Rührei war das Beste, was sie jemals gegessen hatte. Sobald Vanessa Jonathans Kochkünste entdeckte, würde sie vielleicht zum ersten Mal eifersüchtig auf Bridget sein. Sie schwor sich im Stillen: *Ich darf diesen Mann nie verlieren.*

Aber es waren nicht nur seine Fähigkeiten in der Küche – oder im Schlafzimmer –, die Bridgets Herz an diesem Morgen so leicht werden ließen.

Er macht mich glücklich.

Ihr wurde bewusst, wie lange es her war, dass sie dieses tiefe Gefühl der Zufriedenheit empfunden hatte. So lange, dass sie fast vergessen hatte, wie es sich anfühlte.

Könnte sie doch nur den ganzen Tag mit Jonathan verbringen. Es wäre wunderbar, gemeinsam durch Port Meadow zu spazieren, im The Perch zu Mittag zu essen und dann den Abend mit Musik zu genießen. Aber sie wusste, dass dieser gemeinsame Moment mit ihm sehr bald vorbei sein würde. Sie steckte mitten in einer Mordermittlung und musste zur Arbeit. Außerdem musste sie Chloe bei Olivia abholen.

„Ich muss Chloe anrufen", sagte sie zu Jonathan, nachdem sie aufgegessen hatte. „Vanessa erwartet uns bei sich zum Mittagessen, aber offensichtlich schaffe ich es nicht."

„Offensichtlich", sagte er mit einem schiefen Lächeln.

Der traditionelle Sonntagsbraten war so etwas wie ein heiliges Familienritual, ein Talisman gegen die Unberechenbarkeit des Lebens und eine Möglichkeit für Vanessa, der Welt zu beweisen, dass sie alles unter Kontrolle hatte. Insgeheim fragte sich Bridget, ob ihre Schwester nicht zu einem Therapeuten gehen sollte.

Bei einem von Vanessas Sonntagsessen waren sie und Jonathan sich zum ersten Mal begegnet, aber – typisch – Bridget hatte überstürzt gehen müssen, um zur Arbeit zurückzukehren. Offenbar hatte sie die Angewohnheit, die Bemühungen ihrer Schwester um Perfektion unabsichtlich zu untergraben.

Sie wählte Chloes Nummer und wartete, dass ihre Tochter sich meldete. „Wie spät ist es?", fragte sie.

„Neun Uhr."

„Schon? Ich komme zu spät!"

Das Telefon klingelte ewig, bis Chloe abnahm. „Mum?" Chloes Stimme klang rau, als hätte sie eine lange Partynacht hinter sich und wäre nicht zu Hause geblieben, um mit Olivia einen Film anzuschauen.

„Bist du so weit, dass ich dich abholen kann?", fragte Bridget.

„Was, jetzt?", sagte Chloe. „Es ist noch ein bisschen früh."

„Du bist noch nicht aufgestanden?", fragte Bridget bestürzt. „Ich muss dich bei Tante Vanessa absetzen und dann zur Arbeit fahren."

Chloe stöhnte.

Jonathan beugte sich zu ihr. „Ich kann sie abholen", sagte er. „Es macht mir nichts aus."

„Wirklich?"

„Natürlich."

„Danke", sagte Bridget. „Ist es okay, wenn Jonathan dich stattdessen abholt?", fragte sie Chloe.

„Warte, Jonathan ist jetzt bei dir zu Hause?", fragte Chloe, und ihre Frage enthielt eine ganze Reihe von Spekulationen und Andeutungen.

„Ähm, ja."

„Cool", sagte Chloe. „Dann können Jonathan und ich ohne dich zum Lunch gehen. Tante Vanessa hat sicher nichts dagegen. Sie mag Jonathan."

„Das nehme ich an", sagte Bridget, erfreut und verärgert zugleich, dass sie offenbar so leicht zu ersetzen war. „Und würde es dir etwas ausmachen, bei Vanessa zu Mittag zu essen?", fragte sie Jonathan.

„Ob es mir etwas ausmachen würde? Es wäre mir ein Vergnügen!"

Da Jonathan schon ein paar Mal bei Vanessa gewesen war, wusste er natürlich, was ihn erwartete. Zweifellos würde Vanessa viel Aufhebens um ihn machen und es zu einem unvergesslichen Ereignis werden lassen.

„Das wäre dann wohl entschieden", sagte Bridget.

„Cool, Mum. Wir sehen uns später." Chloe beendete das Gespräch.

„Weißt du", sagte Jonathan. „Da du es nicht zum Mittagessen schaffst, komm doch heute Abend zum Dinner zu mir."

Bridget war noch nie bei Jonathan zu Hause gewesen. Sie freute sich sehr über die Einladung, besonders jetzt, wo er seine Kochkünste offenbart hatte. Sie malte sich schon aus, welche Köstlichkeiten er zaubern würde. „Aber was ist mit Chloe?", fragte sie.

„Ich bin sicher, dass sie ein paar Stunden allein zurechtkommt. Sie ist jetzt fünfzehn."

Die Aussicht auf ein Abendessen mit Jonathan war sicher sehr verlockend, vor allem, wenn sie das Sonntagsessen verpassen würde. „Okay, aber ich kann nicht die ganze Nacht bleiben. Ich muss zurück zu Chloe."

„Natürlich. Dann sehen wir uns um sieben?"

★

Bridget wusste nicht, ob sie sich schuldig oder erleichtert fühlen sollte, weil sie die Verantwortung für Chloe auf Jonathan abgewälzt hatte. Keinem der beiden schien es etwas auszumachen, aber irgendwie fühlte sie sich dadurch nur noch schlechter. Egal, wie gut es in ihrem Leben lief, sie schaffte es immer wieder, sich einen Berg Schuld aufzuladen.

Sie erlaubte sich, die Höhepunkte des vergangenen Abends kurz Revue passieren zu lassen, um ihre Stimmung zu heben, und musste sich ein Lächeln verkneifen. Sie musste nach der leidenschaftlichen Nacht regelrecht glühen und fragte sich, ob jemand bei der Arbeit eine Veränderung an ihrem Aussehen bemerken würde.

„Vielen Dank, dass Sie alle an einem Sonntagmorgen zur Arbeit gekommen sind", sagte sie und nahm ihren Platz vor dem Whiteboard im Einsatzraum ein.

Das bunt gemischte Team hatte sich zum Briefing versammelt, aber niemand sah so quietschfidel aus, wie sie sich fühlte. Den müden Gesichtern nach zu urteilen, waren ihre Abende nicht ganz so angenehm gewesen wie ihrer. Ffion saß hinter ihrem Computer, trank einen ihrer Kräutertees und starrte mit steinerner Miene vor sich hin. Jake saß auf der anderen Seite des Raumes und kaute mürrisch auf einem Speckbrötchen herum. DS Ryan Hooper sah aus wie immer nach einem Samstagabend – mit geröteten Augen saß er blinzelnd unter dem grellen Neonlicht des Büros. DS Andy Cartwright rieb sich die Augen und versuchte, sich mit einem Kaffee wieder zum Leben zu erwecken. Nur DC Harry Johns wirkte richtig wach. Sein Haar war noch feucht, als wäre er gerade erst aus der Dusche gekommen. Er saß in der ersten Reihe, ein Notizbuch in der Hand, den Stift zum Schreiben bereit.

„Also gut, fangen wir an", sagte Bridget und versuchte, etwas von ihrer Energie in den Raum zu bringen. Nach dem rätselhaften Verhör mit Dr. Frost am Vortag und den wenig erhellenden Gesprächen mit Ginas Tutor und ihren Freundinnen hoffte sie, dass das Team, das im Haus geblieben war, etwas gefunden hatte, das mehr Licht in den Fall bringen würde.

Sie begann mit einer Zusammenfassung dessen, was sie bisher wussten: Gina Hartman war Psychologiestudentin im dritten Jahr am Wadham College und hatte als Kellnerin auf einer Hausparty des örtlichen Baulöwen Nick Damon gearbeitet. Zwei andere Mädchen aus demselben College hatten an diesem Abend ebenfalls als Kellnerinnen gearbeitet: Miranda Gardiner und Poppy Radley. Gina war gestern Morgen von Dr. Nathan Frost tot aufgefunden worden, als er neben ihr in einem der Schlafzimmer aufgewacht war. So weit, so einfach.

Doch Frost behauptete, sich nicht daran erinnern zu können, wie er mit Gina im Bett gelandet war, geschweige denn, wie sie zu Tode gekommen war. Außerdem hatte er eine äußerst seltsame Theorie über Teufel und Verschwörungen aufgestellt, die wenig mit den Fakten zu tun zu haben schien.

„Die dringlichste Frage ist nun", sagte Bridget, „ob wir genügend Beweise haben, um ihn anzuklagen. Er ist seit fast vierundzwanzig Stunden in Gewahrsam. Der Fall ist noch nicht ganz wasserdicht, aber wenn wir nichts gefunden haben, das seine Schuld in Frage stellt, sollten wir ihn anklagen."

Sie blickte erwartungsvoll zu ihrem Team, von dem die meisten den Vortag damit verbracht hatten, Zeugenaussagen in dem Haus aufzunehmen.

„Wir haben mit allen gesprochen, die dort übernachtet haben", sagte Jake. „Ich habe hier die komplette Gästeliste", fügte er hinzu und reichte ihr ein Blatt Papier.

„Ist das die Liste, die uns Mr. Damons Assistentin gegeben hat?"

„Ähm, ja", sagte Jake und wandte sich rasch seinen Notizen zu. „Niemand konnte uns etwas über Frost sagen. Keiner der Gäste war ihm je zuvor begegnet und sie hatten keine Ahnung, wer er war. Ein paar Leute erinnerten sich an seine Maske, aber er scheint auf der Party keinen großen Eindruck gemacht zu haben."

Bridget überflog die Namen auf der Liste. „Haben Sie mit allen Personen gesprochen, die hier aufgelistet sind?"

„Mit allen außer dem Abgeordneten Hugh Avery-Blanchard."

Bridget nickte. Der Abgeordnete für Witney hatte sich als sehr schwer greifbar erwiesen, und Bridget glaubte nicht, dass es daran lag, dass er mit seinen Wählern beschäftigt war. „Ich habe gestern in seinem Wahlkreisbüro angerufen und eine Nachricht hinterlassen, aber ich werde ihn heute noch einmal anrufen. Ryan, haben Sie etwas hinzuzufügen?"

Der junge Detective Sergeant schüttelte den Kopf, noch immer mit müden Augen. „Nein, das ist alles, Ma'am. Was Jake gesagt hat."

„Ffion? Würden Sie bitte zusammenfassen, was Sie bei Miranda und Poppy erreicht haben?"

„Nun, sie waren schockiert, als sie hörten, was mit Gina passiert war."

„Sie waren nicht beunruhigt darüber, dass sie die Party gestern Abend nicht mit ihnen verlassen hat?"

„Das schien nicht der Fall zu sein. Gina ist auch alleine

zur Party gegangen. Ich hatte den Eindruck, dass sie oft ihr eigenes Ding durchgezogen hat. Die Mädchen sagten, dass Gina die Gelegenheit nutzen wollte, um einige der Gäste auszuspionieren. Sie wussten nicht, an wem sie interessiert war oder warum, aber offenbar schrieb Gina Artikel für die Studentenzeitung. Ich glaube nicht, dass die anderen beiden mit ihrem Vorhaben einverstanden waren. Sie hatten Angst, dass sie Ärger bekommen und sie alle ihre Jobs verlieren könnten. Vielleicht mochten sie Gina auch gar nicht so besonders. Sie haben mir erzählt, dass sie gestern Abend deswegen einen Streit mit ihr hatten."

„Einen Streit?", fragte Bridget. „Könnte es gewalttätig geworden sein?"

Ffion schüttelte den Kopf. „Das glaube ich nicht. Sie waren nicht wütend, nur ein bisschen verärgert. Poppy war sogar sehr verärgert."

„Wie sind sie zu der Party und wieder weggekommen?"

„Ein Typ namens Tyler fuhr sie hin und zurück."

„Ich habe Tyler getroffen", warf Jake ein. „Er ist Mr. Damons Fahrer und Mädchen für alles. Er ist auch für die Sicherheit zuständig."

„Was für einen Eindruck hatten Sie von ihm?", fragte Bridget.

„Um ehrlich zu sein, er ist ein ziemlicher Schurke, Ma'am", sagte Jake, und seine Ohren begannen rosa zu glühen.

„Gewalttätig?"

Er zuckte mit den Schultern. „Ich weiß nicht. Vielleicht."

„Okay", sagte Bridget. „Sonst noch etwas?", fragte sie Ffion.

„Die Mädchen sagten, Mr. Damon war ein guter Arbeitgeber. Und als ich sie nach Frost fragte, sagten sie, sie hätten ihn auf der Party gesehen, wüssten aber eigentlich nichts über ihn. Sie glaubten nicht, dass er Gina kannte."

Bridget nickte. Vieles von dem, was Miranda und Poppy Ffion erzählt hatten, stimmte mit dem überein, was

Dr. Ashley, Ginas Tutor, gesagt hatte. Es gab keinen Grund anzunehmen, dass sie logen.

„Okay, danke", sagte Bridget.

Die verschiedenen Zeugenaussagen hatten sich als frustrierend detailarm erwiesen. Niemandem schien etwas Verdächtiges aufgefallen zu sein. Und der am häufigsten wiederholte Kommentar war, dass niemand etwas über Frost wusste. Der Direktor hatte ihn als Einsiedler beschrieben und fand seine Anwesenheit auf der Party rätselhaft. Dr. Ashley hielt den Deutschdozenten offensichtlich für irrelevant, vielleicht sogar für eine Witzfigur. Selbst Nick Damon behauptete, ihn kaum zu kennen. Es war, als wäre der Mann unsichtbar durchs Leben gegangen.

„Ma'am", sagte Andy, „wir haben heute Morgen die Ergebnisse der Abstriche des Opfers sowie der Blut- und Urinproben von Frost aus dem Labor zurückbekommen."

Gott sei Dank, dachte Bridget. Vielleicht gab es jetzt endlich etwas Handfestes. Sie fragte sich, warum Andy die Ergebnisse nicht schon früher erwähnt hatte. Obwohl sie ihn, um fair zu sein, nicht danach gefragt hatte. Eigeninitiative war noch nie Andys Stärke gewesen.

„Also", sagte er, erhob sich und blätterte den ersten Bericht durch. „Dieser hier stammt von den Tests, die an Dr. Frost durchgeführt wurden. Sie haben Spuren von Rohypnol in seinem Körper gefunden."

„Tatsächlich?"

Rohypnol war ein starkes Beruhigungsmittel, das zur Behandlung schwerer Schlaflosigkeit verschrieben wurde. Es gehörte zu der Art von Medikamenten, die als „Vergewaltigungsdroge" verwendet wurden, da es die Opfer ruhigstellen und handlungsunfähig machen konnte. Es war auch dafür bekannt, Gedächtnisverlust zu verursachen. Wenn Dr. Frost Rohypnol in einem Getränk verabreicht worden war, könnte es sich um den „Schlaftrunk" gehandelt haben, auf den er so anachronistisch Bezug genommen hatte.

„Das wirft ein ganz anderes Licht auf die Dinge. Es

verleiht Frosts Theorie, dass er reingelegt wurde, etwas mehr Gewicht. Wenn das der Fall ist, denke ich, dass wir ihn gehen lassen müssen. Wir haben einfach nicht genug, um ihn wegen Mordes anzuklagen."

Andy las den zweiten Bericht vor. „Da ist noch mehr, Ma'am. Der Abstrich des Opfers bestätigt kürzliche sexuelle Aktivität. Aber das Sperma stimmt nicht mit Frosts DNA überein. Es gibt auch keine Übereinstimmung mit der Datenbank der Kripo."

Bridget nickte langsam. „Dann müssen wir von der Theorie ausgehen, dass jemand anderes auf der Party Sex mit Gina hatte und dass diese Person höchstwahrscheinlich ihr Mörder ist."

Es sah so aus, als hätte Dr. Frost die Wahrheit gesagt, so unwahrscheinlich das auch sein mochte, und als wäre er ein unfreiwilliges Opfer.

„Jake, Ryan, haben Sie es geschafft, DNA-Proben von allen zu bekommen, mit denen Sie gestern gesprochen haben?"

„Ja", sagte Jake. „Einige waren nicht begeistert, aber wir konnten sie davon überzeugen, dass es in ihrem eigenen Interesse ist, zu kooperieren."

„Dann bringen wir sie ins Labor und schauen, ob wir einen Treffer landen."

„Das kann ich machen", bot Andy an.

„Gut. Und dann können Sie, Jake und Harry damit beginnen, alle Zeugenaussagen durchzugehen. Schauen Sie, ob Ihnen in Anbetracht dieser neuesten Informationen etwas auffällt."

„Okay." Andy hielt eine Plastiktüte in die Höhe. „Wir haben auch Ginas Handy aus dem Labor zurückbekommen. Die Forensik hat es auf Fingerabdrücke untersucht, aber die einzigen, die sie finden konnten, waren die von Gina."

„Soll ich mir das Telefon mal ansehen?", fragte Ffion. „Wenn Gina die Leute auf der Party ausspioniert hat, hat sie vielleicht Fotos oder Videos gemacht, die uns etwas verraten."

„Ja, bitte", sagte Bridget. „Überprüfen Sie auch alle Anrufe und Nachrichten. Jake und Ryan, gab es irgendwelche Zeugen, von denen Sie gestern keine vollständige Aussage aufnehmen konnten?"

„Nun", sagte Ryan und ein Lächeln breitete sich auf seinem Gesicht aus, „wir haben kurz mit den Mädchen von der Escort-Agentur gesprochen, aber sie waren nicht sehr auskunftsfreudig. Vielleicht sollten wir es noch einmal versuchen ..."

„In Ordnung", sagte sie. „Warum verabreden Sie sich nicht mit ihnen in London zu einem Gespräch? In der Zwischenzeit muss ich mich mit Ginas Eltern treffen. Sie sind gestern Abend aus Manchester angereist. Außerdem muss ich sehen, ob ich Hugh Avery-Blanchard, den Abgeordneten für Witney, ausfindig machen kann. Ich möchte eine Aussage von ihm, und auch eine DNA-Probe."

„Denken Sie, er wird dazu bereit sein?", fragte Ryan.

„Das sollte er besser", sagte Bridget. „Wenn er glaubt, er sei etwas Besonderes, nur weil er ein Politiker ist, dann hat er noch viel zu lernen."

Es gab natürlich noch eine weitere Person, die noch keine DNA-Probe abgegeben hatte – die sich sogar strikt geweigert hatte, eine abzugeben. Nick Damon, der Mann, den Dr. Frost beschuldigt hatte, ihm den Mord an Gina in die Schuhe geschoben zu haben.

„Aber bevor ich mich auf die Jagd nach dem Abgeordneten mache", sagte sie halb zu sich selbst, „gehe ich zurück zum Haus. Ich habe noch eine Rechnung mit Mr. Nick Damon offen."

★

Bridget war auf dem Weg zurück zu ihrem Schreibtisch, als sie Chief Superintendent Grayson begegnete. „DI Hart, kommen Sie bitte in mein Büro."

Sein Tonfall klang recht freundlich, aber Bridget war auf der Hut. Wenn der Chief Super an einem Sonntag hier war, konnte das nichts Gutes bedeuten.

„Wie weit sind Sie?", fragte er und nahm hinter seinem Schreibtisch Platz.

Bridget fasste den Stand der Dinge zusammen. „Wir lassen Frost also frei, aber wir wissen jetzt, dass Gina kurz vor ihrem Tod Sex hatte, und es ist nur eine Frage der Zeit, bis wir eine DNA-Übereinstimmung finden. Wenn wir herausfinden können, wer mit ihr Sex hatte, haben wir mit ziemlicher Sicherheit unseren Mann."

„Hm", sagte Grayson und sah sie unergründlich an. „Haben Sie schon eine vollständige Gästeliste?"

„Ja, Sir." Sie reichte ihm eine Kopie der Liste, die Jake ihr gegeben hatte.

Grayson studierte sie, sein Gesicht wurde mit jedem Namen länger, seine dichten Augenbrauen hoben sich hin und wieder ein wenig. „Das ist ein Problem", schloss er. „Es ist nicht nur ein Abgeordneter, mit dem Sie es zu tun haben. Einige der Personen auf dieser Liste sind Firmenchefs, Finanzdirektoren, Beamte … Sogar ein Richter ist dabei."

„Niemand steht über dem Gesetz", sagte Bridget.

„Dessen bin ich mir sehr wohl bewusst, DI Hart", fauchte Grayson. „Ich will damit sagen, dass sich die Ermittlungen als weitaus schwieriger erweisen könnten, als Ihnen klar zu sein scheint. Haben alle Personen, die auf der Party anwesend waren, vollumfänglich kooperiert?"

„Nein", gab Bridget zu. „Damon hat sich geweigert, eine DNA-Probe abzugeben, und mit Hugh Avery-Blanchard konnten wir noch nicht sprechen."

„Das überrascht mich nicht." Grayson schob die Liste zurück auf den Schreibtisch. „Niemand auf dieser Liste wird wollen, dass Sie sich in seine Privatangelegenheiten einmischen. Sie werden alles in ihrer Macht Stehende tun, um ihre Privatsphäre zu schützen und ihren Namen aus den Zeitungen herauszuhalten."

„Sie wollen vielleicht nicht helfen", sagte Bridget empört, „aber eine Frau hat ihr Leben verloren. Ist das nicht wichtiger als Eigeninteressen?"

Grayson stieß einen langen Seufzer aus. „DI Hart, falls Sie es noch nicht bemerkt haben, ich versuche, Ihnen zu helfen. Was ich damit sagen will, ist, wenn Sie Probleme haben, einen von ihnen zur Kooperation zu bewegen, kommen Sie zu mir, und ich werde sehen, was ich tun kann."

★

Bridget kehrte in gedrückter Stimmung ins Wadham College zurück. Ginas Eltern waren am Abend zuvor aus Manchester angereist und Lord Bancroft hatte sie, wie versprochen, in einer der Gästesuiten des Colleges untergebracht und in die Obhut von Ginas Tutor Dr. Ashley gegeben.

Dr. Ashley holte Bridget in der Pförtnerloge ab und begleitete sie durch den Innenhof. Das College wirkte unnatürlich ruhig, als wäre es in einen Schleier der Trauer gehüllt. Offensichtlich hatte zwischenzeitlich jeder von Ginas tragischem Tod gehört. Bridget erinnerte sich, dass Dr. Ashley sie als beliebte Studentin beschrieben hatte.

„Ich weiß, es steht mir eigentlich nicht zu, danach zu fragen", sagte Dr. Ashley leise, „aber es gibt Gerüchte über Dr. Frost, den Deutsch-Tutor."

„Was für Gerüchte?", fragte Bridget zurückhaltend.

„Nun, die Leute sagen, dass er gestern Abend auf der Party war und verhaftet wurde."

Es hatte nicht lange gedauert, bis die Nachricht von Frosts Verhaftung durchgesickert war und sich in der College-Gemeinschaft verbreitet hatte. In einer so kleinen Welt war das unvermeidlich. Bridget dachte an Graysons Anweisung, alles unter Verschluss zu halten, aber Grayson hatte sie vor den anderen Gästen auf der Liste gewarnt, nicht vor Frost selbst.

„Dr. Frost hat uns bei den Ermittlungen geholfen", sagte Bridget. „Aber er ist derzeit kein Verdächtiger." Sie hätte sagen können, dass *er genauso verdächtig ist wie jeder andere, der auf der Party war*, aber sie schwieg.

„Nun, das freut mich zu hören", sagte Dr. Ashley.

„Wie geht es Ginas Eltern?", fragte Bridget.

„Wie zu erwarten", sagte Dr. Ashley. „Schockiert. Wütend. Sie leugnen natürlich immer noch teilweise. Ich nehme an, Sie kennen den Kübler-Ross-Zyklus der Trauer?"

„Natürlich", sagte Bridget. Die verheerenden Auswirkungen eines plötzlichen und tragischen Todes waren ihr nicht fremd. Es war ein Ereignis, von dem sich Ginas Eltern nie ganz erholen würden, so wie Bridgets Eltern nie über Abigails Tod hinweggekommen waren. Die Begegnung mit trauernden Angehörigen, insbesondere mit Eltern, war für Bridget der schwierigste Teil ihrer Arbeit, dem sie immer mit einem Gefühl der Beklemmung entgegensah, egal wie oft sie es schon getan hatte.

Sie erreichten ein Zimmer im Erdgeschoss und Dr. Ashley klopfte an die Tür. Ein Mann in den frühen Fünfzigern öffnete mit aschfahlem Gesicht. Er sah aus, als hätte er die ganze Nacht kein Auge zugetan. Er nickte stumm und trat zur Seite, um Bridget und den Tutor hereinzulassen.

Auf dem Bett saß eine Frau, vermutlich Ginas Mutter. Sie war blass, dünn und hatte rotes Haar wie Gina, dessen graue Wurzeln am Scheitel und an den Schläfen zu sehen waren. Sie erhob sich langsam, als ob es eine große Anstrengung wäre.

„Mr. und Mrs. Hartman?" Bridget streckte die Hand aus. „Ich bin Detective Inspector Bridget Hart und leite die Ermittlungen in Ginas Todesfall. Ihr Verlust tut mir sehr leid."

Die Eltern schenkten ihr jeweils ein schwaches Lächeln, bevor sie sich wieder auf das Bett sinken ließen, offenbar unsicher, wo sie sich sonst hinsetzen sollten.

„Darf ich jemandem einen Kaffee bringen?", fragte Dr. Ashley.

Mr. und Mrs. Hartman schüttelten beide den Kopf.

„Wir brauchen nichts, danke", sagte Bridget.

„Möchten Sie, dass ich bleibe?", fragte der Tutor.

„Könnte ich bitte kurz mit Mr. und Mrs. Hartman unter vier Augen sprechen?"

„Natürlich", sagte Dr. Ashley und ging zur Tür. „Ich bin in meinem Zimmer, wenn Sie mich brauchen."

Bridget wartete, bis die Tür geschlossen war, bevor sie sprach.

„Ich weiß, dass das für Sie beide ein großer Schock sein muss. Hat sich das College um Sie gekümmert? Wurden Sie umfassend informiert?"

„Ja", sagte Mrs. Hartman mit starkem Manchester-Akzent. „Alle waren sehr freundlich."

„Was können Sie uns sagen, Inspector?", fragte Mr. Hartman. „Über unsere Gina. Was ist mit ihr passiert?"

Bridget überlegte, wie viel sie den trauernden Eltern erzählen sollte. Sie wusste aus Erfahrung, dass es zwar schwer war, die Wahrheit zu sagen, aber es war besser für sie zu hören, was sie wusste. „Wir kennen noch nicht alle Umstände ihres Todes", sagte sie, „aber es sieht so aus, als wäre Gina erwürgt worden."

Mrs. Hartman schrie kurz auf und ihre Hände schlossen sich schützend um ihren Hals.

„Wissen Sie, wer es war?", fragte Mr. Hartman.

„Noch nicht. Aber wir glauben, dass es nicht mehr lange dauern wird, bis wir denjenigen festnehmen können."

Mr. Hartman nickte grimmig.

„Wie viel wussten Sie über Ginas Leben in Oxford?", fragte Bridget. „Hat sie über ihre Freunde gesprochen oder über die Leute, die sie hier kannte?"

Mrs. Hartman antwortete mit heiserer Stimme. „Nicht viel, wirklich. Oxford ist nicht unsere Welt. Aber wir waren so stolz auf Gina, als sie angenommen wurde. Sie war die erste in unserer Familie, die zur Universität ging."

Mr. Hartman stimmte seiner Frau zu. „Sie war ein kluges Mädchen, unsere Gina. Sie wollte etwas Besseres für sich."

Bridget erkannte den Stolz der Menschen aus der

Arbeiterklasse, die ihre Tochter innig geliebt hatten.

„Wann können wir sie sehen?", fragte Mr. Hartman.

„Ich bringe Sie jetzt zu ihrem Leichnam", antwortete Bridget.

KAPITEL 9

Der Besuch in der Leichenhalle war einer der herzzerreißendsten in Bridgets Karriere. Beide Eltern weinten unverhohlen über dem Leichnam ihrer toten Tochter. Besonders Mrs. Hartman wurde von heftigen Schluchzern übermannt und musste von ihrem Mann gestützt werden. Bridget blieb in der Nähe, wandte den Blick ab und fühlte sich angesichts ihres eigenen Glücks irrational schuldig. Welches Recht hatte sie, sich über das Leben zu freuen, wenn Gina das ihre verloren hatte und die Welt ihrer Eltern so völlig zerstört worden war? Als sie sie so verzweifelt sah, war sie entschlossener denn je, herauszufinden, wer ihre Tochter getötet hatte.

Danach fuhr sie sie zurück zum College und übergab sie der fürsorglichen Obhut von Dr. Ashley. Der junge Tutor schien sich alle Mühe zu geben, um sicherzustellen, dass sie alles hatten, was sie brauchten. Aber das, was sie wirklich wollten – das Leben ihrer Tochter –, konnte er ihnen nicht geben.

Da Andy, Jake und Harry die Zeugenaussagen wälzten, Ryan eifrig die Frauen der Escort-Agentur aufspürte und Ffion Ginas Telefon untersuchte, beschloss Bridget, allein zu Nick Damon zu gehen.

Sie war erleichtert, der eisigen Enge der Leichenhalle und ihren unbeholfenen, gestelzten Gesprächsversuchen mit Ginas Eltern entkommen zu können. Wieder auf der Straße, drehte sie die Musik auf und sang zu *Die Hochzeit des Figaro* mit, während sie immer tiefer in die Landschaft von Oxfordshire eintauchte.

Hätte sie nicht an diesem Fall gearbeitet, wäre sie jetzt auf dem Weg zu Vanessas Haus, in freudiger Erwartung des Sonntagsessens. Aber wenigstens konnte sie sich heute auf das Abendessen mit Jonathan freuen. Das machte das Mittagessen bei ihrer Schwester mehr als wett. Sie hoffte nur, dass Jonathan und Chloe sich in ihrer Abwesenheit gut verstanden.

Es war schon später Vormittag, als sie in die Einfahrt des großen Hauses einbog. Ein junger Mann mit kurzgeschorenem Haar und nackten, tätowierten Armen stand neben dem Haus und wusch Nick Damons schwarze Mercedes S-Klasse. Vermutlich handelte es sich um Tyler Dixon, der Gina zu der Party gefahren und später ihre beiden Freundinnen zurück zum Wadham College gebracht hatte. Tyler blickte kurz zu ihr auf, dann widmete er sich wieder seiner Arbeit und klatschte mit einem großen gelben Schwamm Seifenwasser über das Auto. Doch Bridget spürte seine Augen auf ihrem Rücken, als sie die Stufen zur Eingangstür hinaufging.

Sie klingelte und wurde kurz darauf von Brittany Grainger, Mr. Damons Assistentin, begrüßt. „Oh, guten Morgen, Inspector", sagte Brittany, ein wenig überrascht über Bridgets unangekündigtes Erscheinen. „Wir haben Sie heute nicht erwartet."

„Ich würde gerne mit Mr. Damon sprechen, wenn ich darf. Ist er zu Hause?"

Bridget bemerkte, dass die Assistentin zögerte, sie hereinzulassen. Sie wirkte müde und erschöpft. Zweifellos hatte sie gehofft, sich nach dem anstrengenden Tag mit der Polizei ausruhen zu können. Doch sie riss sich schnell wieder zusammen und bat Bridget in den langen Flur. „Ich sage Nick, dass Sie da sind", sagte sie fröhlich. „Macht es Ihnen etwas aus, einen Moment zu warten?"

„Überhaupt nicht."

Sie ließ Bridget am Fuß der Treppe mit dem kunstvoll geschnitzten Geländer stehen. Jetzt, da alle Partygäste, Polizisten und Beamten der Spurensicherung verschwunden waren, kam ihr das Haus riesig und sehr leer vor. Vielleicht war einer der Gründe, warum Nick Damon so rauschende Partys veranstaltete, der, dass er den sonst so höhlenartigen Raum füllen wollte. Das Haus schien absurd groß zu sein, um eine Person zu beherbergen.

Brittanys Absätze hallten auf dem Holzboden wider, als sie zurückkam. „Nick wird Sie jetzt empfangen", sagte sie. „Hier entlang bitte."

Nick Damon hatte sich wieder in seinem Arbeitszimmer verschanzt und Bridget bemerkte die Ähnlichkeit mit dem Zimmer des Direktors in Wadham. Die Eichenvertäfelung an den Wänden, die gut bestückten Bücherregale, der Blick durch die bleiverglasten Fenster in den Garten – all das schien absichtlich arrangiert worden zu sein, um den gleichen Effekt zu erzielen. Anders als der Direktor von Wadham war Nick Damon kein Lord, aber er sehnte sich offensichtlich nach der Würde, die das Haus ausstrahlte. Vielleicht war das der wahre Grund, warum er hier lebte. Indem er sich in einen Mantel der Schicklichkeit hüllte, glaubte er, sich den Weg an die Spitze erkaufen zu können.

Er erhob sich von seinem Stuhl, als Bridget hereinkam, ging auf sie zu und streckte ihr die Hand zur Begrüßung entgegen. „Inspector Hart, welch unerwartetes Vergnügen. Wie kann ich Ihnen diesmal helfen?"

Heute trug er einen schwarzen Rollkragenpullover aus feinstem Kaschmir, die Ärmel ein paar Zentimeter hochgeschoben, sodass seine teure goldene Uhr und die feinen dunklen Haare auf seinen Armen zu sehen waren. Sein Anwalt, Mr. Powers, war ebenfalls anwesend und trug wie zuvor einen dunklen Anzug mit Krawatte. Er stand am Fenster und beobachtete Bridgets Bewegungen wie eine Schlange, die zum Angriff bereit war.

Bridget lief ein eisiger Schauder über den Rücken, als sich sein kalter Blick auf sie richtete. Sie fragte sich, für welche Art von Geschäft sich die beiden Männer wohl an einem Sonntag treffen mussten. Vielleicht arbeitete ein Geschäftsmann wie Nick Damon unermüdlich daran, sein Imperium aufzubauen. Vielleicht war der Anwalt aber auch in der Erwartung zum Haus gekommen, dass Bridget auftauchen und weitere Fragen stellen würde. Vielleicht kam ihr Besuch gar nicht so unerwartet.

Damon bedeutete ihnen, auf einem Paar Chesterfield-Sofas Platz zu nehmen, die neben einem Couchtisch vor dem Kamin standen. Mr. Powers blieb vor dem Fenster stehen, sein Profil hob sich gegen das graue Licht draußen ab, sein Gesicht lag im Halbschatten.

Bridget setzte sich auf den Platz, von dem aus sie die beiden Männer am besten im Auge behalten konnte. „Ich würde Ihnen gerne noch ein paar Fragen über die Party stellen."

„Natürlich", sagte Damon. „Dann werde ich Mr. Powers bitten, bei uns zu bleiben."

„Wenn Sie meinen, dass Sie einen Anwalt brauchen", sagte Bridget.

Daraufhin lächelte Mr. Powers, auch wenn seine Gesichtszüge dabei nicht sanfter wurden. „Jeder braucht einen Anwalt, DI Hart, aber nicht jeder ist sich dessen bewusst."

Damon breitete die Hände aus. „Mr. Powers hat recht. Er kann manchmal unglaublich langweilig sein, aber er hat nie Unrecht."

Er setzte sich ihr gegenüber, schlug ein Bein über das andere und legte einen Arm auf die Sofalehne, wobei er sich vielleicht etwas zu sehr bemühte, entspannt zu wirken.

Es klopfte an der Tür, und Brittany kam mit einem Silbertablett mit Tassen und Untertassen, einer Kaffeekanne, einem Kännchen Sahne und einem Teller Shortbread zurück. Bridget wartete, während sie mit der

Kaffeekanne hantierte, allen Kaffee einschenkte und Bridget ein Shortbread anbot. Obwohl sie zweifellos versucht war, lehnte Bridget ab, weil sie mit der Befragung fortfahren wollte.

„Mr. Damon", sagte sie, nachdem Brittany gegangen war, „ich würde gerne wissen, ob Sie eine Ahnung haben, wer Gina Hartman ermordet haben könnte."

Nick Damon hob erstaunt eine Augenbraue. „Die Antwort darauf kennen Sie doch sicher schon? Der Mann, den Sie gestern verhaftet haben. Frost. Er war derjenige, der mit Ginas Leiche im Bett gefunden wurde. Ich bezweifle, dass es den Geschworenen schwerfallen wird, ihn schuldig zu sprechen. Was meinen Sie, Mr. Powers?"

Aber Mr. Powers sagte nichts.

„Es sind neue Beweise aufgetaucht", sagte Bridget, „und wir weiten unsere Ermittlungen auf weitere Verdächtige aus."

„Auf wen zum Beispiel?"

„Das habe ich Sie gerade gefragt", sagte Bridget.

„Ah, ich verstehe. Sie suchen nach Vorschlägen." Damon legte die Hand ans Kinn, als wäre er tief in Gedanken versunken. „Nein, tut mir leid", sagte er nach einem Moment. „Ich kann Ihnen wirklich nicht weiterhelfen. Alle meine Gäste sind hoch angesehene Stützen der Gesellschaft."

„Und doch hat einer von ihnen einen Mord begangen."

Daraufhin ergriff Mr. Powers das Wort. „Nein, Inspector", sagte er bestimmt. „Das ist reine Spekulation."

„Wirklich?", sagte Bridget. „Wie erklären Sie sich dann die Tatsache, dass Gina Hartman in diesem Haus tot aufgefunden wurde?"

„Es ist nicht meine Aufgabe, das zu erklären", sagte Powers. „Und es ist auch nicht die Aufgabe meines Mandanten. Wenn das also der Grund für Ihren Besuch ist, schlage ich vor, dass Sie dieses Gespräch beenden."

„Ich denke nicht", sagte Bridget. „Ich habe noch viele Fragen. Zuerst möchte ich wissen, warum Mr. Damon Dr. Frost zu der Party eingeladen hat. Er war der einzige

Akademiker auf einer Gästeliste, auf der Geschäftsleute, Beamte und sogar ein Parlamentsabgeordneter standen – alles einflussreiche Leute. Was hatte Frost hier zu suchen?"

„Wie ich schon sagte", sagte Damon, „ich habe ihn in einem Pub in Oxford kennengelernt. Er schien mir ein interessanter Mensch zu sein, also lud ich ihn zu meiner Party ein. Jetzt wünschte ich, ich hätte es nicht getan. Ich glaube nicht, dass es einer weiteren Erklärung bedarf."

„Ich würde vorschlagen, dass es in Ihrem Interesse ist, so viele Erklärungen wie möglich abzugeben", sagte Bridget. „Andernfalls sehe ich mich gezwungen, alle Ihre Gäste erneut zu befragen."

Damon seufzte, und Bridget bemerkte eine, wenn auch geringfügige, Veränderung in seiner entspannten Haltung. „Nun gut. Ich gebe zu, ich umgebe mich gern mit Leuten, die mir eines Tages bei meinen Geschäften nützlich sein könnten. Das wird Sie sicher nicht überraschen."

„Und wie könnte Ihnen ein Dozent aus Oxford von Nutzen sein?"

„Die Colleges schreiben ständig Bauprojekte aus. Da ist es gut, wenn man dort Freunde hat. Sie wissen schon, jemanden, der die Entscheidung zu meinen Gunsten beeinflussen könnte."

„Das klingt für mich sehr nach Bestechung."

„Überhaupt nicht", sagte Damon und klang zum ersten Mal während der Befragung verärgert. „Kein Geld hat den Besitzer gewechselt. Es wurden keine unangemessenen Forderungen gestellt. Ich gebe einfach Partys, und meine Gäste haben eine gute Zeit. Wenn das dazu führt, dass sie meinen Geschäftsinteressen wohlgesonnen sind, dann ist es gut. Und wenn nicht, nehme ich es ihnen nicht übel."

Damons Schilderung seiner wahren Beweggründe für die ausschweifenden Partys stimmte mit dem überein, was Frost bei seiner polizeilichen Vernehmung angedeutet hatte. Aus dem Augenwinkel nahm Bridget eine Bewegung am Fenster wahr, als der Anwalt seine Position veränderte. Er war im Begriff, sich wieder einzumischen. Bridget fuhr entschlossen fort.

„Warum die Masken?", fragte sie. „Warum die falschen Namen?"

„Nur ein bisschen Spaß", sagte Damon. „Jeder verkleidet sich gerne mal. Und Menschen sind eher bereit, sich zu öffnen, wenn ihre Identität verborgen ist. Es hilft Introvertierten, mit anderen ins Gespräch zu kommen. Das ist eine faszinierende psychologische Erkenntnis, oder?"

„Es macht es auch leichter, einen Mord zu begehen, wenn man seine Identität verbirgt", sagte Bridget. „Mr. Damon, ich muss Sie fragen, was genau Sie am Freitagabend gemacht haben, außer Gastgeber der Party zu sein."

„Sie beschuldigen mich des Mordes?"

„Ich bitte Sie, Rechenschaft darüber abzulegen, was Sie getan haben."

Damon sah Mr. Powers an, der zustimmend nickte. „Nun, ich war natürlich die ganze Zeit hier. Ich habe mich den ganzen Abend unter meine Gäste gemischt und mich vergewissert, dass alle ihren Spaß hatten. Ich muss gegen zwei Uhr morgens ins Bett gegangen sein, nachdem alle Gäste nach oben gegangen waren und ich das Personal nach Hause geschickt hatte."

„Sind Sie früher am Abend mal nach oben gegangen?"
„Nein."

„Wann haben Sie Dr. Frost zum letzten Mal gesehen?"
„Ich kann mich wirklich nicht erinnern."

„Und Gina?"

„Nun, ich vermute, es war so gegen Mitternacht. Ich erinnere mich wieder, dass sie nicht da war, als die anderen beiden Mädchen gehen wollten. Es gab Diskussionen darüber, wo sie geblieben war, aber ihre Freundinnen schienen zu glauben, dass sie beschlossen hatte, über Nacht zu bleiben. Wenn sie sich Sorgen um ihr Wohlergehen gemacht hätten, wäre ich der Sache nachgegangen."

„Und ist Ihnen im Laufe des Abends ein

ungewöhnliches Verhalten unter den Gästen aufgefallen?"

„Überhaupt nicht. Alle haben sich gut amüsiert."

„Dr. Frost offensichtlich nicht. Wir haben Beweise dafür, dass er unter Drogen gesetzt wurde. Wissen Sie etwas über den Gebrauch von Rohypnol auf der Party?"

„Drogen? Ich nehme selbst keine", sagte Damon, „aber ich kann nicht garantieren, dass nicht jemand etwas auf die Party mitgebracht hat. Das befürworte ich zwar nicht, aber ich kann nicht dafür verantwortlich gemacht werden, was meine Gäste tun."

„Und was ist mit Gina?"

„Was ist mit ihr?"

„Wie war Ihre Beziehung zu ihr?"

„Ich hatte keine *Beziehung* zu ihr", sagte Damon. „Ich habe kaum mit dem Servicepersonal gesprochen. Sie wurden von meiner Assistentin eingestellt."

Die Fragen über die Party perlten an Nick Damon ab wie Wasser von einem Entenrücken. Bridget beschloss, einen anderen Kurs einzuschlagen.

„Wussten Sie, dass Gina und Frost auf demselben College waren und sich vom Sehen kannten?"

„Nein. Ich wusste nicht, auf welches College Gina ging."

„Wussten Sie, dass Gina ihn laut Frost auf der Party erkannte und ihn aufforderte, zu gehen?"

„Ihn aufforderte? Warum denn? Was dachte sie, was ihm widerfahren könnte?"

„In Anbetracht dessen, was tatsächlich passiert ist, ist das eine sehr interessante Frage, nicht wahr?"

Nick Damon presste die Lippen zusammen und war einen Moment lang um eine Antwort verlegen.

„Ich verstehe nicht, was das mit der Sache zu tun haben soll", sagte Mr. Powers, trat vom Fenster zurück und stellte sich wie ein Schutzengel hinter Damon. „Mein Mandant hat keine Kenntnis von privaten Gesprächen, die zwischen Dritten stattgefunden haben mögen oder auch nicht. Haben Sie noch weitere Fragen, die ihn direkt betreffen, oder sind wir hier fertig?"

Bridget wandte sich wieder an Nick Damon. „Ich werde Sie noch einmal fragen, ob Sie bereit sind, eine DNA-Probe abzugeben, damit wir Sie aus unseren Ermittlungen ausschließen können."

Sie erwartete eine weitere Ablehnung, aber zu ihrer Überraschung erhob der Anwalt diesmal keine Einwände, und Damon selbst stimmte zu.

„Danke", sagte sie, als sie den Abstrich gemacht hatte. „Das wird uns sehr helfen."

„Das hoffe ich sehr, Inspector", sagte Damon. „Und ich vertraue darauf, dass Sie nun in der Lage sein werden, dieser tragischen Angelegenheit mit möglichst wenig Aufsehen und öffentlicher Aufmerksamkeit auf den Grund zu gehen. Sie müssen verstehen, dass es meinem Geschäft und den Angelegenheiten meiner Freunde sehr schaden könnte, wenn sich daraus ein Skandal entwickelt."

„Glauben Sie mir, ich will genauso wenig öffentliche Aufmerksamkeit wie Sie."

„Gut. Dann sind wir uns ja einig." Er streckte ihr die Hand entgegen.

Bridget behielt ihre Hand jedoch bei sich. „Nein. Ich fürchte, ich kann Ihnen keine Versprechungen machen. Dies ist eine Mordermittlung. Ihre geschäftlichen Interessen müssen wohl zurückstehen."

KAPITEL 10

Ffion stand in der Küche in Kidlington und machte sich eine Tasse Süßholzwurzeltee mit einer Scheibe frischer Zitrone, als Jake mit nervösem Blick hereinkam. „Hi", sagte er.

„Hi."

„Tut mir leid, dass ich dich gestern Abend verpasst habe. Ich habe die Nachricht gelesen, die du mir hinterlassen hast."

„Ich habe auf dich gewartet", sagte Ffion. „Aber du hast auf keine meiner Sprachnachrichten geantwortet, also bin ich nach Hause gegangen."

„Tut mir leid. Ich hatte im Haus keinen Empfang. Und es hat ewig gedauert, bis ich und die Jungs fertig waren."

Ffion nickte. Wenn sie darüber nachdachte, wurde ihr klar, dass sie wohl voreilig die falschen Schlüsse über Jake und Brittany gezogen hatte. Ihre Fantasie hatte sie übermannt.

Aber sie konnte das Thema nicht ganz fallen lassen. „Das war also deine Ex-Freundin?"

„Brittany, ja."

„Und du wusstest nicht, dass sie dort arbeitet?"

„Das hatte ich vergessen."

Vergessen. War das wirklich etwas, das man vergessen konnte?

Er schien zu merken, dass seine Erklärung nicht wirklich überzeugend war. „Ich meine, ich wusste, dass Brittany für Nick Damon arbeitet, aber ich war noch nie in dem Haus. Und es ist schon so lange her."

„Sechs Monate."

„Genau."

Das kam Ffion nicht sehr lange vor. Sie wusste, dass Jakes Ex-Freundin jahrelang Teil seines Lebens gewesen war, lange bevor Ffion auf der Bildfläche erschienen war. Und sie konnte Brittanys Anziehungskraft leicht nachvollziehen, mit ihrem ansprechenden Aussehen und ihrer unbekümmerten Art.

„Brittany hat dich nicht vergessen. Sie schien sich zu freuen, dich zu sehen."

„Ja, nun. Ich habe mich nicht gefreut, sie zu sehen. Hör zu", sagte er und nahm ihre Hände in seine, „du weißt, dass zwischen mir und Brittany nichts mehr läuft, oder? Das ist vorbei. Es war schon vorbei, bevor ich dich kennengelernt habe. Du bist jetzt meine Freundin und daran wird sich nichts ändern."

Sie ließ sich von ihm einen sanften Kuss auf die Stirn geben und wandte sich dann ab. „Ich muss wieder an die Arbeit", sagte sie ihm. „Ich muss mir Ginas Telefon ansehen."

„Aber zwischen uns ist alles in Ordnung?", beharrte er und hielt ihre Hände fest.

„Klar, alles in Ordnung."

Sie trug ihre Tasse zurück an ihren Schreibtisch und machte sich an die Arbeit. Je schneller dieser Fall abgeschlossen war, desto schneller würde Brittany Grainger für immer aus ihrem Leben verschwinden. Dann konnten sie und Jake wieder dorthin zurückkehren, wo sie sich zuvor befunden hatten. Mit diesem Gedanken nahm sie Ginas Handy aus der Tüte und machte sich auf die Suche nach Hinweisen, die zum Mörder führen könnten.

Als erstes überprüfte sie Ginas Adressbuch. Dort gab es keine Überraschungen, nur Freunde, Familie und – natürlich – die allgegenwärtige Brittany Grainger sowie die Nummer des Fahrers, Tyler Dixon. Es gab keinen Eintrag für Dr. Nathan Frost, was die Behauptung des Tutors zu bestätigen schien, dass er vor der Party nie mit Gina gesprochen hatte.

Sie arbeitete sich durch die Nachrichten und Anrufe, die Gina in den Tagen und Wochen vor ihrem Tod getätigt hatte, und verglich sie mit den Aufzeichnungen der Telefongesellschaft. Auch hier gab es nichts Ungewöhnliches oder Verdächtiges. Die einzigen relevanten Einträge waren eine Reihe von Nachrichten mit Tyler, in denen sie vereinbart hatten, dass er sie getrennt von Miranda und Poppy abholen sollte. Aber das wusste Ffion bereits.

Stattdessen sah sie sich die verschiedenen Fotos und Videos an, die Gina gemacht hatte. Davon gab es jede Menge. Viele Selfies, aber auch Fotos von Miranda, Poppy und anderen, vermutlich alles Studenten, den Aufnahmeorten nach zu urteilen. An Freunden schien es Gina nicht zu mangeln. Keiner der Männer auf den Fotos schien ihr Freund zu sein, und keines der Fotos war für die Ermittlungen von Bedeutung.

Der erste wirklich interessante Fund war ein Video, das am späten Freitagnachmittag aufgenommen wurde, kurz nachdem Miranda und Poppy mit Tyler zu der Party gefahren waren. Nach dem Bücherregal im Hintergrund und den Kunstpostern an der Wand zu urteilen, vermutete Ffion, dass Gina es in ihrem Zimmer im College gefilmt hatte. Die selbstbewusste und temperamentvolle junge Frau sprach direkt in die Kamera, die leicht wackelte, weil sie sie mit ausgestrecktem Arm hielt.

Okay, ich bin bereit, zu gehen und mein Kellner-Ding durchzuziehen. Ich bin sehr aufgeregt, denn Tyler hat mir erzählt, dass heute Abend ein paar wichtige Leute da sein werden. Er hat heimlich einen Blick auf die Gästeliste geworfen, als Brittany nicht im Zimmer war. Die Gäste sollen natürlich alle anonym bleiben, aber der örtliche Abgeordnete wird unter ihnen sein, was wirklich scheinheilig ist, wenn man bedenkt, wie sehr er den Stellenwert der Familie betont. Ich frage mich, ob seine Frau weiß, dass er dort sein wird.

Es schien seltsam, dass Gina die ganze Zeit nur in ihrem Zimmer verbracht hatte, um sich für die Party fertig zu machen und Videos aufzunehmen. Sie war nicht in einem Tutorium gewesen oder hatte einen Aufsatz fertig geschrieben, bevor sie gegangen war. Es schien keinen triftigen Grund dafür zu geben, dass Tyler zum College zurückkehren und sie getrennt von den anderen beiden Mädchen mitnehmen musste. Ein zweites Video, das eine halbe Stunde später aufgenommen wurde, zeigte Gina in ihrer Kellnerinnen-Uniform, einem kurzen schwarzen Kleid, vor der Pforte des Colleges. Ihre wilden Korkenzieherlocken hatte sie zu einer formellen Hochsteckfrisur frisiert. Sie schien sehr aufgeregt zu sein wegen des bevorstehenden Abends.

Ich warte gerade darauf, dass Tyler kommt und mich abholt. Miranda und Poppy sind vor über einer Stunde losgefahren, also müsste er jeden Moment hier sein. Ich bin sehr gespannt, was ich heute Abend enthüllen kann. Das könnte mein großer Durchbruch werden. Wünscht mir Glück!

Das Video endete mit einem Lächeln und einem Augenzwinkern. Es war schwer zu glauben, dass das Mädchen, das so voller Leben und Energie gewesen war, nun in der Kühlkammer der Leichenhalle lag.

Das war das letzte Video auf dem Handy, aber Gina hatte auf der Party auch eine Tonaufnahme gemacht. Die Datei war fast zehn Stunden lang. Ffion setzte ihre Kopfhörer auf und lehnte sich zurück, um sie in doppelter Geschwindigkeit anzuhören – eine Fähigkeit, die sie sich beim Hören von Podcasts während dem Joggen angeeignet hatte. Wenn man seinen Geist darauf trainierte, sich zu entspannen und alle anderen Gedanken auszublenden, konnte man Informationen viel schneller aufnehmen.

Die Aufnahme begann kurz bevor Gina das Haus betrat und erst von Brittany und dann von Nick Damon selbst begrüßt wurde. Danach war ein Großteil der Aufnahme undeutlich und bedeutungslos, bestehend aus Hintergrundmusik, Gelächter und unverständlichem Geplapper. Die meiste Zeit war Ginas Stimme am deutlichsten zu hören.

Noch ein Glas Champagner, Sir?

Sind Sie mit dem Teller fertig?

Die Toilette befindet sich am Ende des Flurs auf der rechten Seite.

Ich hole Ihnen noch eins.

Es musste eine anstrengende Arbeit gewesen sein, aber Gina unterhielt die Gäste mit einer hellen, fröhlichen Stimme, die nie müde zu werden schien. Ffion konnte sich vorstellen, wie sie mit ihrer sympathischen Art und ihrem markanten Aussehen alle Männer verzaubert hatte. Mit ihrem feuerroten Haar hatte sie sicher viele Blicke auf sich gezogen.

Ffion drückte auf die Pausentaste und ließ in normaler Geschwindigkeit einen Gesprächsausschnitt zwischen einer jungen Frau mit osteuropäischem Akzent und einem älteren, etwas aufgeblasenen Mann laufen. Nur die dröhnende Stimme des Mannes war deutlich zu verstehen.

Natürlich reite ich gerne. Magst du Pferde? Wie bitte, meine Liebe, du bist noch nie geritten? Vielleicht zeige ich dir mal meine Ställe. Schießen ist auch eine meiner Leidenschaften. Es ist eine Schande, dass die Fuchsjagd verboten wurde. Eine verdammte Schande. Das ist die Schuld dieser verdammten Städter. Was wissen die schon vom echten Landleben, hm?

Ffion fragte sich, ob das der schwer greifbare Abgeordnete war, den Bridget aufzuspüren versuchte. Es klang, als würde er sich amüsieren. Sie notierte seine Worte und hörte mit doppelter Geschwindigkeit weiter. Es gab noch Stunden Material, das sie sich anhören musste.

Manchmal kehrte Gina in die Küche zurück, um mehr Getränke oder Speisen zu holen. Abseits der Hauptparty war es ruhiger und Ffion konnte die abgehackten Gespräche zwischen den drei Kellnerinnen deutlicher hören.

Hast du den Typen mit der Narrenmaske gesehen? (Ffion erkannte Mirandas Stimme.) *Was für ein Idiot! Der fasst mir ständig an den Hintern.*

Die denken, sie können sich alles erlauben, als ob niemand wüsste, wer sie hinter ihrer Maske sind.

Du solltest dich bei Brittany beschweren, die sollen sich nur mit den Escorts vergnügen.

Brittany ist das egal, Hauptsache, die Gäste sind zufrieden. (Ffion horchte interessiert auf.)

Dieser Pestdoktor ist unheimlich. Der starrt mich jedes Mal an, wenn ich vorbeigehe.

Ihr werdet nie erraten, wer hier ist. (Das war eindeutig Ginas Stimme.)

Wer denn? Jemand Berühmtes?

Dr. Frost.

Wer?

Du weißt schon, der Deutschdozent am College.

Ach, der. (Desinteressiert.) *Was macht der denn hier?*

Auf der Aufnahme waren zügige Schritte zu hören und dann vernahm Ffion Brittanys Stimme, die gereizt und herrisch klang.

Kommen Sie schon, beeilen Sie sich. Was machen Sie denn alle hier? Es sollte immer nur einer in der Küche sein. Sie müssen die Gäste mit Essen und Trinken versorgen.

Aha, dachte Ffion mit einer gewissen Genugtuung, die Maske der Assistentin begann zu bröckeln. Sie war nicht ganz so nett, wie sie sich gab.

An der veränderten Geräuschkulisse erkannte Ffion, dass Gina wieder in den Saal zurückgekehrt war. Das Gemurmel der zahlreichen Gespräche wurde lauter, als die

Gäste mehr Alkohol tranken und sich zu entspannen begannen. Eine ganze Weile konnte Ffion nichts von Bedeutung vernehmen, dann drückte sie wieder auf Pause und ließ einen weiteren Abschnitt erneut abspielen.

Gläser klirrten, dann flüsterte Gina einem der Gäste etwas Undeutliches zu. Die Stimme eines Mannes – es war eindeutig Dr. Frost – antwortete: „Wie bitte?" Seine Stimme war gedämpft, als hätte er den Mund voll mit Essen.

„Ich sagte, es ist keine gute Idee, hier zu bleiben", sagte Gina mit Nachdruck. „Es wäre besser zu gehen."

Es kam keine Antwort, und nach einer Minute vermutete Ffion, dass Gina in die Küche zurückgekehrt war. Das Klirren von Gläsern und Besteck, das in die Spülmaschine eingeräumt wurde, übertönte vorübergehend alle anderen Geräusche.

Ffion stoppte die Aufnahme erneut und notierte sich die Zeit, zu der das Gespräch stattgefunden hatte – etwa um halb elf.

Dann hörte sie mit doppelter Geschwindigkeit weiter.

Während der nächsten Stunde wurde die Party immer lauter und die Gespräche immer schwerer zu entschlüsseln. Wenn Gina gehofft hatte, diese Aufnahme als Grundlage für einen Zeitungsartikel verwenden zu können, wäre sie vom Resultat enttäuscht gewesen. Bis jetzt hatte Ffion weniger als eine Seite Notizen gemacht.

Nach ein paar weiteren Abstechern, um Nachschub zu holen, traf sich Gina trotz Brittanys Anweisungen wieder mit Miranda und Poppy in der Küche.

Ich glaube, wenn ich die Gelegenheit habe (sagte Gina), *werde ich hier übernachten.*

Und warum?

Das geht euch nichts an. Und keine Sorge, wenn ich erwischt werde, ist das mein Problem.

Gina, wenn du erwischt wirst, ist das auch unser Problem. Wir wollen unsere Jobs nicht verlieren.

Nun, dann werde ich aufpassen, dass ich nicht erwischt

werde. Aber sucht mich nicht, wenn es Zeit ist zu gehen. Das würde nur Aufmerksamkeit auf mich lenken.

Das war wohl der Streit, den Miranda und Poppy beschrieben hatten. Ffion notierte die Uhrzeit. Es war ungefähr zwanzig Minuten vor Mitternacht.

Die Party ging weiter und wurde immer lauter. Dann musste Gina jemanden in einem Nebenraum getroffen haben, denn die Hintergrundgeräusche wurden merklich leiser. Ffion kehrte zum normalen Tempo zurück und schrieb auf, was sie hören konnte.

„Was machst du denn hier?", fragte Gina.

Sie konnte die Antwort nicht verstehen, aber Ffion nahm an, dass sie wieder mit Dr. Frost sprach.

„Du solltest nicht hier sein!"

Jetzt klang Gina verärgert. Offensichtlich war sie erbost, dass Frost ihre vorherige Warnung, zu gehen, ignoriert hatte. Was auch immer der Deutschdozent erwiderte, ging verloren, aber Gina kehrte rasch in den überfüllten Saal zurück, wo die Gäste, die sich noch nicht nach oben zurückgezogen hatten, jetzt noch mehr Lärm veranstalteten als zuvor. Nach ein paar Minuten musste Gina wieder in die Küche gegangen sein, wo sie von Miss Brittany Bossy-Boots Grainger abgefangen wurde. „Geben Sie mir das Tablett und bringen Sie eine Flasche Champagner und zwei Gläser nach oben zu Apollo. Er ist im Zimmer am Ende des Flurs rechts. Beeilen Sie sich, er wird nicht warten wollen."

Ffion fragte sich, wer von den Gästen so vermessen gewesen war, sich nach dem griechischen Sonnengott zu benennen, während sie Ginas Schritten auf der Holztreppe lauschte. Als Gina den oberen Treppenabsatz erreichte, wurden ihre Schritte von einem Teppich gedämpft. Hier oben, abseits der Party, war es viel ruhiger, und Ffion konnte sich vorstellen, dass Gina froh war, ein paar Minuten zu verschnaufen. Sie war schon seit Stunden auf den Beinen gewesen. Ffion hörte das Klirren von Kristall, als ob Gina den Champagner und die Gläser abstellte, und dann ein Klopfen an einer Tür, vermutlich an der von Apollo.

Plötzlich stieß Gina einen Schrei aus. Er wurde schnell gedämpft, als hätte jemand eine Hand auf ihren Mund gelegt. Geräusche eines Kampfes waren zu hören: undeutliches Grunzen und das Schleifen von Füßen auf dem Teppich. Eine Tür ging auf und zu. War es die, an die Gina gerade geklopft hatte – die Tür von Apollo? Oder eine andere? Es war unmöglich zu sagen. Weitere keuchende Atemzüge. Ein dumpfer Schlag. Ein paar undefinierbare Bewegungen.

Die Aufnahme lief weiter, aber jetzt herrschte Stille.

KAPITEL 11

Bridget hörte mit dem Rest des Teams zu, als Ffion nochmals die wichtigsten Passagen von Ginas Tonaufnahme abspielte. Es war schockierend, den Mord selbst mitanzuhören. Nach einem Vormittag, an dem sie sich mit der Trauer von Ginas hinterbliebenen Eltern befasst hatte, und einem Nachmittag, an dem sie versucht hatte, Nick Damon und seinem Anwalt Informationen zu entlocken, trug diese düstere Erinnerung daran, warum sie alle an einem Sonntag so hart arbeiteten, nicht gerade dazu bei, Bridgets Stimmung zu heben. Mit nichts als einem schalen Kaffee aus dem Automaten als Energiespender schien ihr beschwingter Start in den Tag schon eine Ewigkeit zurückzuliegen.

„Glauben wir, dass dieser Mann, Apollo, Ginas Mörder ist?", fragte sie.

„Es ist möglich", sagte Ffion. „Gina brachte eine Flasche Champagner auf sein Zimmer. Wir hörten, wie sie an seine Tür klopfte, und dann wurde sie angegriffen."

„Wenn wir also herausfinden, wer Apollo war, haben wir unseren Mörder", sagte Ryan.

„Allerdings", sagte Jake, „wurde Ginas Leiche in Frosts

Zimmer gefunden. Und das ist nicht der Raum am Ende des Flurs."

„Ist Gina also ins falsche Zimmer gegangen? Oder wurde sie angegriffen, als sie vor Apollos Tür stand?" Bridget rieb sich die Schläfen mit den Fingern. So viele Fragen. Und jede neue Information schien nur noch mehr davon aufzuwerfen. Sie musste anfangen, ein paar harte Fakten festzunageln. „Wer ist dieser Apollo überhaupt? Warum haben die Leute nicht ihre richtigen Namen benutzt?"

„Das gehörte alles zum Spiel", sagte Jake. „Wie die Masken. Geheime Identitäten."

Bridget hatte die Geduld mit Masken und geheimen Identitäten längst verloren. „Wir müssen herausfinden, welche Pseudonyme alle Gäste benutzt haben. Besonders dieser Apollo. Jake, Sie sprechen gleich morgen früh mit Mr. Damons Assistentin und finden heraus, wer sie alle waren."

„Ähm ... Ja, Ma'am."

Bridget spürte ein gewisses Zögern bei ihm. „Haben Sie ein Problem damit?", fragte sie.

„Nein, Ma'am. Natürlich nicht." Aber seine Ohren glühten verräterisch rosa, und Ffion sah ihn mit sichtlicher Verärgerung an.

Bridget spürte unsichtbare Strömungen in diesem Gespräch, hatte aber keine Lust, sich heute Abend damit zu befassen. „Jetzt will ich erst einmal diesen Abgeordneten Hugh Avery-Blanchard in die Finger bekommen. Es ist höchste Zeit, dass er uns Rede und Antwort steht und eine DNA-Probe abgibt. Wir haben mit allen anderen gesprochen, die auf der Party waren. Er ist mir schon viel zu lange entwischt."

„Es ist Sonntagabend, Ma'am", gab Jake zu bedenken.

„Tja, daran hätte er früher denken sollen", fauchte Bridget gereizt. „Ich werde ihn jetzt anrufen."

Sie hatte Mr. Avery-Blanchard eine faire Chance gegeben, sich bei ihr zu melden, aber die Nachricht bei seiner Sekretärin war ohne Resultat geblieben. Es war an der Zeit, ihn auf seiner Privatnummer anzurufen. Sie suchte seine Handynummer in der Polizeidatenbank und wählte sie. Das Telefon klingelte dreimal, bevor sich eine herrische Stimme meldete.

„Avery-Blanchard hier. Mit wem spreche ich?"

„Guten Abend, Mr. Avery-Blanchard. Hier ist DI Bridget Hart von der Thames Valley Police."

Der Abgeordnete explodierte vor Wut. „Verdammte Scheiße! Sind Sie die Frau, die Cynthia erwähnt hat? Sie können mich nicht einfach auf meinem Privatanschluss anrufen."

Bridget hielt das Telefon vom Ohr weg, bis der Ausbruch vorbei war. „Sie haben meine Nachricht von gestern nicht beantwortet", sagte sie ruhig.

„Ich rufe zurück, wann ich will, verdammt!", brüllte Avery-Blanchard. Er hielt inne, um Luft zu holen. „Ich war sehr beschäftigt. Glauben Sie etwa, ich hätte nichts Besseres zu tun, nur weil heute Sonntag ist? Meine Zeit wird viel mehr in Anspruch genommen, als sich die meisten Leute vorstellen können."

Bridget hielt es für besser, nicht zu erwähnen, dass Polizeibeamte oft auch am Wochenende arbeiten mussten, so wie sie es gerade tat.

„Sir, ich ermittle in einem Mordfall und muss dringend mit Ihnen über eine Party sprechen, die Sie am Freitagabend im Haus von Mr. Nick Damon besucht haben. Wären Sie bereit, aufs Revier zu kommen und eine Aussage zu machen?"

„Sind Sie verrückt?", rief Avery-Blanchard. „Was ist, wenn mich jemand sieht?"

„Kann ich Sie dann zu Hause sprechen?"

„Ganz sicher nicht!" Er spie förmlich in den Hörer.

„Wo wäre es dann passend?"

Der Abgeordnete atmete schwer wie ein Mann, der kurz vor einem Herzinfarkt stand. „Hören Sie, wenn Sie mich unbedingt sehen wollen, werde ich Cynthia bitten, das Wahlkreisbüro aufzuschließen. Sie können mich dort treffen."

„Heute Abend?"

„Wenn es sein muss."

„Das weiß ich sehr zu schätzen, Sir."

„Treffen Sie mich dort in einer halben Stunde. Und rufen Sie mich nicht mehr unter dieser Nummer an."

Die Leitung war tot.

Bridget sah zu Jake auf, der sie amüsiert musterte. „Jake, ich glaube, ich nehme Sie mit, wenn es Ihnen nichts ausmacht."

„Das klingt vernünftig, Ma'am. Nur für den Fall, dass er Ihnen Ärger macht."

„Was ist mit dem Rest von uns?", fragte Ryan.

„Es ist zu spät, um heute Abend noch etwas zu erreichen", sagte Bridget. „Ich schlage vor, Sie gehen nach Hause und ruhen sich etwas aus. Ich brauche Sie morgen in aller Frühe."

★

Das Wahlkreisbüro von Hugh Avery-Blanchard lag in der Stadt Witney, etwa eine halbe Autostunde von Kidlington entfernt. Zu dieser Zeit, an einem Sonntagabend, gab es kaum Verkehr und Bridget kam in ihrem Mini gut voran.

„Also, was wissen wir über diesen Hugh Avery-Blanchard?", fragte Jake, während sie über die dunklen Landstraßen rasten und seine langen Beine im engen Innenraum des Minis doppelt gefaltet waren. Nächstes Mal sollte Bridget wirklich vorschlagen, dass sie seinen Wagen nahmen.

„Abgesehen davon, dass er sehr jähzornig ist und Angst vor schlechter Publicity hat?", fragte sie.

„Und dass er einen völlig lächerlichen Namen hat."

Bridget gluckste. Die Vorfahren von Hugh Avery-Blanchard hatten seit der normannischen Eroberung Land in Oxfordshire besessen, und die Familie konnte ihre Abstammung offenbar bis ins Jahr 1066 zurückverfolgen. In der Feudalzeit hatten Bridgets Vorfahren wahrscheinlich als Leibeigene auf dem Anwesen seiner

Vorfahren gearbeitet. Und Leute wie Hugh Avery-Blanchard vergaßen das nie.

„Warum stellen Sie nicht ein paar Nachforschungen an?", schlug sie vor.

„Gute Idee." Jake zog sein Handy aus der Hosentasche. Er tippte zwar nicht ganz so schnell wie Ffion, aber immer noch deutlich geschickter als Bridget.

„Da haben wir's. Er ist fünfundvierzig Jahre alt, verheiratet, hat zwei Kinder und besuchte eine kleine Privatschule. Seit der letzten Wahl ist er Parlamentsabgeordneter für Witney und derzeit parlamentarischer Unterstaatssekretär im Ministerium für Wohnen, Kommunen und lokale Selbstverwaltung. Das sagt uns nicht sehr viel."

„Oh, ich weiß nicht", sagte Bridget. „Soweit ich weiß, ist ein parlamentarischer Unterstaatssekretär so ziemlich die niedrigste Stufe eines Regierungsministers, aber so, wie er redet, könnte man meinen, er wäre der nächste in der Reihe der Premierminister, was darauf schließen lässt, dass er sich für überaus wichtig hält. Sonst noch etwas?"

Jake scrollte ein wenig. „Er scheint ein typischer Abgeordneter vom Land zu sein, mit klaren Ansichten über Familienwerte und einem Interesse an Feldsportarten. Es scheint ihm Spaß zu machen, Tiere zu töten und anderen Leuten zu sagen, was sie tun sollen. Aber das hier ist interessant. Er scheint in ein umstrittenes Bauprojekt verwickelt zu sein, das in einem der umliegenden Dörfer geplant ist."

„Inwiefern umstritten?"

Jake las noch eine Weile weiter. „Es ist das Übliche. Anwohner, die versuchen, ein Wohnbauprojekt mit Ein- und Zweizimmerwohnungen und günstigen Drei-Zimmer-Häusern zu verhindern, weil sie glauben, dass es den Grüngürtel zerstört und den Wert ihrer eigenen Immobilien mindert."

Bridget wusste, dass Jake Schwierigkeiten hatte, eine Wohnung zu finden, und hatte wenig Verständnis für die Leute, die neue Bauprojekte blockierten. Tatsächlich dauerte es nicht lange, bis sie durch das betreffende Dorf fuhren. Ein großes Transparent zwischen zwei Bäumen forderte in handgemalten roten Lettern: „Rettet unser Dorf. Rettet unseren Grüngürtel." Bridget fragte sich, wie weit die Mittelschicht dieser ruhigen Ecke des ländlichen Englands gehen würde. Würden sie sich vor die Bulldozer legen? Irgendwie bezweifelte sie das.

Ein Gedanke kam ihr in den Sinn. „Steht da, wer der Bauunternehmer ist?"

Jake scrollte noch ein Stück weiter. „Damon Developments. Moment mal, Damon Developments ist eine der Firmen, die Nick Damon gehören."

„Warum überrascht mich das nicht?", sagte Bridget.

Bald erreichten sie die Witney High Street mit ihren Gebäuden aus dem achtzehnten Jahrhundert, in denen eine Reihe kleiner, unabhängiger Einzelhändler untergebracht waren, darunter eine Metzgerei, ein Friseursalon, zahlreiche Immobilienmakler, familiengeführte Restaurants und ein exklusives Einrichtungsgeschäft. Bridget ergatterte einen Parkplatz zwischen zwei übergroßen Geländewagen und sie und Jake gingen den kurzen Weg zum Wahlkreisbüro zu Fuß.

Die Tür des georgianischen Gebäudes wurde von einer Frau geöffnet, die sich als Mrs. Cynthia Duckworth vorstellte. An ihrer überheblichen Stimme erkannte Bridget sie sofort als den Telefondrachen, mit dem sie am Vortag gesprochen hatte. Sie war älter, als Bridget sie sich vorgestellt hatte, wahrscheinlich Mitte sechzig, aber Bridget hatte sich nicht geirrt, was die Perlen auf Cynthias üppigem Busen anging, der fest in einer karierten Jacke mit großen Messingknöpfen steckte. Sie war einige Zentimeter größer als Bridget und hielt sich sehr aufrecht.

„Mr. Avery-Blanchard ist ein vielbeschäftigter Mann", sagte sie statt einer Begrüßung. „Sie haben Glück, dass er sich Zeit für Sie genommen hat."

Bridget ärgerte sich über die Andeutung, dass eine Mordermittlung weniger wichtig war als das, was ein parlamentarischer Unterstaatssekretär an einem

Wochenende zu tun pflegte, aber sie behielt es für sich. Es war ganz offensichtlich, dass diese Frau, deren Stimme immer dann einen Hauch von Zuneigung verriet, wenn sie seinen Namen erwähnte, den Zugang zu dem Abgeordneten streng kontrollierte.

Cynthia klopfte energisch an eine getäfelte Tür und öffnete sie, ohne eine Antwort abzuwarten. „Die Polizei möchte Sie sprechen, Sir."

„Danke, Cynthia", sagte Avery-Blanchard unwirsch.

„Soll ich Tee oder Kaffee bringen?", fragte Cynthia.

„Nein. Ich glaube nicht, dass diese Besprechung sehr lange dauern wird. Ich muss nach Hause, um mich auf die kommende Woche vorzubereiten. Ich werde morgen zu einer wichtigen Debatte ins Unterhaus zurückkehren", fügte er hinzu, als hätte Bridget keine Ahnung, wie ein Politiker seine Arbeitswoche verbrachte.

„Sehr gut, Sir", sagte Cynthia, zog sich zurück und schloss die Tür hinter sich. Bridget fragte sich, ob sie zu den Menschen gehörte, die hinter geschlossenen Türen lauschten.

„Also, worum geht es?", fragte Avery-Blanchard hinter seinem Schreibtisch. Er war ein großer, kräftiger Mann mit schütterem Haar. Obwohl er erst Mitte vierzig war, sah er wesentlich älter aus. Sein schlaffes Gesicht war ungesund weinrot, seine Nase von einem Spinnennetz geplatzter Äderchen durchzogen. Seine buschigen Augenbrauen hoben und senkten sich, während er sprach.

Er sah nicht so aus, als würde er Bridget einen Sitzplatz anbieten, aber das machte ihr nichts aus. Es kam nicht oft vor, dass sie bei der Befragung von Zeugen auf diese herabschauen konnte. Sie stellte sich vor den Schreibtisch, Jake neben sich.

„Ich habe gehört", begann sie, „dass Sie am Freitagabend eine Party im Haus von Mr. Nick Damon besucht haben."

Avery-Blanchards Augenbrauen zogen sich sofort empört zusammen. „Und welche Beweise haben Sie für diese Behauptung?"

Bridget hatte nicht mit einer direkten Anfechtung der scheinbar unstrittigen Eröffnungserklärung gerechnet. „Ihr Name steht auf der Gästeliste, und mehrere Zeugen haben ausgesagt, Sie dort gesehen zu haben."

„Hmm, nun, ich werde es nicht leugnen", räumte Avery-Blanchard missmutig ein. „Und was ist damit?"

„Auf dieser Party wurde eine Frau ermordet. Ihr Name war Gina Hartman."

„Nie von ihr gehört", erklärte Avery-Blanchard. „Was wollen Sie damit andeuten?"

„Ich will gar nichts andeuten", sagte Bridget sachlich. „Ich befrage Sie lediglich als potenziellen Zeugen."

„Als Zeugen? Nicht als Verdächtigen?"

Das war eine merkwürdige Antwort, und Bridget wollte sagen, *nicht zu diesem Zeitpunkt*, aber sie wusste, dass sie diesen kratzbürstigen Mann nicht gegen sich aufbringen durfte. „Als Zeugen", wiederholte sie. „Wir befragen alle Gäste der Party."

„Ich verstehe." Ihre Zusicherung schien die Laune des Politikers ein wenig zu heben. „Was wollen Sie wissen?"

„Vielleicht können Sie mir sagen, weshalb Sie überhaupt auf der Party waren? In welcher Verbindung stehen Sie zu Mr. Damon?"

Avery-Blanchards Augenbrauen schnellten wieder in Angriffsposition. „Was geht das die Polizei an? Mr. Damon ist einer meiner Wähler und ein wichtiger Arbeitgeber in dieser Gegend. Er ist genau die Art von Mann, mit dem ich zu tun haben sollte, finden Sie nicht?"

„Ich verstehe. Sie haben also keine persönliche Beziehung zu Mr. Damon?"

„Ich habe zu vielen Menschen eine persönliche Beziehung. Wie ich Ihnen bereits sagte, ist er einer meiner Wähler."

„Waren Sie schon einmal auf einer seiner Partys?"

„Ist das eine relevante Frage?"

„Das weiß ich im Moment nicht, Sir."

„Nun, dann belassen wir es vorerst dabei, ja?"

Bridget beschloss, sich auf die konkreten Fakten zu

konzentrieren, die sie herausfinden wollte. „Wir haben gehört, dass die Gäste dieser Party an diesem Abend ein Pseudonym verwendet haben. Welches haben Sie benutzt?"

„Das scheint mir nicht im Geringsten relevant zu sein. Ich verweigere die Antwort."

„Können Sie dann wenigstens bestätigen, dass Sie in dem Haus übernachtet haben?"

Avery-Blanchard schien zu überlegen, ob er leugnen oder die Antwort verweigern konnte. Schließlich sagte er: „Ja. Ich habe in einem der Gästezimmer übernachtet und bin dann gleich früh morgens abgereist. Ich musste arbeiten."

„Waren Sie die ganze Nacht allein in Ihrem Zimmer?"

Die roten Flecken auf Avery-Blanchards Wangen wurden noch leuchtender. „Wenn Sie oder sonst jemand behauptet, ich sei nicht allein gewesen, verspreche ich, Sie wegen Verleumdung zu verklagen. Wofür halten Sie mich?"

Es klopfte und Cynthia trat ein. „Ist alles in Ordnung, Sir?"

"Ja, danke, Cynthia. Detective Inspector –"

„Hart", ergänzte Bridget.

„Inspector Hart ist gerade im Begriff zu gehen."

„Ich bin noch nicht fertig", sagte Bridget. „Wenn Sie also die Tür schließen könnten, wenn Sie gehen, Mrs. Duckworth ..."

Cynthia zog sich zurück und machte widerstrebend die Tür hinter sich zu.

„Wir werden nicht mehr von Ihrer kostbaren Zeit in Anspruch nehmen als unbedingt nötig", sagte Bridget. „Nun zur eigentlichen Angelegenheit. Die Frau, die am Samstagmorgen tot aufgefunden wurde, war eine Studentin aus Oxford namens Gina Hartman. Sie arbeitete als Kellnerin auf der Party. Sie hatte sehr auffälliges lockiges rotes Haar. Erinnern Sie sich, sie gesehen zu haben?"

Jake holte ein Foto der ermordeten Studentin hervor

und legte es auf Mr. Avery-Blanchards Schreibtisch.

Beiläufig betrachtete er das Foto. „Hübsches Mädchen. Ja, ich glaube, ich erinnere mich an sie."

„Haben Sie zu irgendeinem Zeitpunkt mit ihr gesprochen?"

„Natürlich nicht. Sie war nur eine Kellnerin."

„Hat sie mit Ihnen gesprochen?"

„Nein."

„Gegen Mitternacht wurde Gina gebeten, Champagner und Gläser nach oben in eines der Schlafzimmer zu bringen. Haben Sie sie da gesehen?"

„Nein, ich habe es Ihnen schon gesagt. Ich war die ganze Nacht allein. Warum hätte ich mir Champagner und Gläser auf mein Zimmer bringen lassen sollen, wenn ich allein war?"

„Wann sind Sie zu Bett gegangen?"

„Ich erinnere mich nicht." Avery-Blanchard schien im Begriff, aufzustehen und ihnen die Tür zu zeigen. „Haben Sie noch weitere Fragen, oder kann ich nach Hause zu meiner Frau gehen?"

„Noch nicht ganz", sagte Bridget und hob eine Hand, um ihm zuvorzukommen. „Ich möchte Sie fragen, ob Sie bereit wären, eine DNA-Probe abzugeben, damit wir Sie aus unseren Ermittlungen ausschließen können."

„Eine DNA-Probe?" Die Abgeordnete tat so, als hätte sie ihn gebeten, eines seiner lebenswichtigen Organe zu spenden. „Es ist mein gutes Recht, das abzulehnen, und das tue ich auch. Es tut mir wirklich leid, dass eine der Kellnerinnen gestorben ist, aber ich kann Ihnen versichern, dass ich mit ihrem Tod absolut nichts zu tun hatte. Ich muss jetzt wirklich darauf bestehen, dieses Gespräch zu beenden."

„Bevor wir das tun", sagte Jake höflich, „habe ich eine Frage, wenn es Ihnen nichts ausmacht."

„Was denn?"

Auch Bridget war neugierig, was ihr Sergeant fragen würde.

„Weiß Ihre Frau, dass Sie auf einem Maskenball

waren, wo professionelle Escorts für die Unterhaltung der Gäste bezahlt wurden?"

Da platzte Avery-Blanchard der Kragen. „Das ist eine Unverschämtheit. Wie können Sie es wagen, meine Frau da hineinzuziehen! Sie haben kein Recht, solche Anschuldigungen zu erheben, und wenn auch nur ein Wort über meine Anwesenheit auf dieser Party nach außen dringt, werde ich Sie beide wegen Verleumdung verklagen. Und jetzt verschwinden Sie aus meinem Büro!" Er stand abrupt auf.

„Nun, danke für Ihre Hilfe", sagte Bridget.

Avery-Blanchard stand hinter seinem Schreibtisch und schäumte vor Wut. Er antwortete nicht.

Auf dem Weg nach draußen gingen sie an der Sekretärin vorbei und Bridget fragte sich, wie viel von dem Gespräch sie mitbekommen hatte. Das meiste, schätzte sie.

„Und ich danke *Ihnen* für Ihre Hilfe", sagte Bridget.

Frau Cynthia Duckworth, die ihnen über ihre Lesebrille nachschaute, schaffte es, eine beträchtliche Portion aufrechter Empörung auszustrahlen, als sie gingen.

„Das war interessant, nicht wahr?", sagte Bridget zu Jake, als sie auf die High Street traten. „Mr. Avery-Blanchard scheint vor irgendetwas große Angst zu haben, und ich glaube nicht, dass es nur seine Frau ist."

KAPITEL 12

D r. Nathan Frost war normalerweise kein religiöser Mensch, aber nach dem Schock, den er kürzlich erlitten hatte, verspürte er das Bedürfnis nach Trost und Beistand. Das abendliche Gebet in der College-Kapelle hatte etwas Beruhigendes, sei es wegen der Orgelmusik, dem vertrauten Ritual oder einfach der angenehmen Symmetrie der gotischen Architektur des Gebäudes.

Er nahm ganz hinten in der Kapelle Platz, in der Hoffnung, nicht aufzufallen, aber die Holzbänke, die sich über das Schachbrettmuster des Kirchenschiffs hinweg gegenüberstanden, füllten sich bald mit Studenten und Mitarbeitern, so dass sich alle dicht an dicht drängen mussten. Es schien, als würde Ginas tragischer Tod die College-Gemeinschaft noch enger zusammenrücken lassen. Doch Frost, der mitten in dieses schreckliche Drama geraten war, hatte sich noch nie so sehr als Außenseiter gefühlt.

Miranda und Poppy, die beiden anderen Mädchen, die auf der Party als Kellnerinnen gearbeitet hatten, betraten die Kapelle Arm in Arm und sahen so niedergeschlagen aus, als hätte das Schicksal ihrer Freundin so leicht auch ihr eigenes sein können. Und vielleicht hätte es das auch, denn Frost wusste immer noch nicht, warum Gina Hartman zu Tode gekommen war. Die Studenten strömten herbei, um die beiden Freundinnen zu umarmen und ihnen ihr Beileid auszusprechen, und Frost wandte sich beschämt ab.

Lizzie und Lucy, die Deutschstudentinnen, die er am Freitagabend unterrichtet hatte, nur wenige Stunden, bevor seine Welt auf so katastrophale Weise aus den Fugen geraten war, warfen ihm einen unbeholfenen Blick zu, bevor sie weiter den Gang entlanggingen. Er konnte es ihnen kaum verübeln, dass sie ihm aus dem Weg gehen wollten. Was war das Thema des Aufsatzes, den er ihnen aufgegeben hatte? *Ist Faust durch seinen Pakt mit dem Teufel für seinen eigenen Untergang verantwortlich?* Welch schreckliche Ironie.

Dr. Slater, der Tutor für Klassische Philologie, saß mit verschränkten Armen auf der Bank gegenüber, den Blick starr auf ihn gerichtet, als wolle er ihn verurteilen. Frost fragte sich, ob er es jemals wieder wagen würde, sich an den High Table zu setzen, oder ob er seine Mahlzeiten fortan in seinem Zimmer einnehmen musste. Alle Augen schienen sich entweder missbilligend auf ihn zu richten oder sich verlegen von ihm abzuwenden.

Der Direktor des Colleges setzte sich auf den für ihn reservierten Platz ganz hinten, mit Blick auf die ganze Länge der Kapelle. Frost warf ihm einen kurzen Blick zu, aber Lord Bancroft verstand es, sich seine Gefühle nicht anmerken zu lassen. Er zeigte keine Reaktion und Frost konnte nicht erahnen, was er dachte.

Der Gottesdienst sollte gerade beginnen, als Dr. Ashley, Ginas Tutor, in letzter Minute in die Kapelle eilte. Als er Frost entdeckte, ging er erstaunlicherweise geradewegs auf ihn zu.

„Stört es Sie, wenn ich mich hier reinquetsche?"

Dr. Ashley schwitzte leicht, als wäre er gerannt. Er fächelte sich mit einer Gottesdienstordnung Luft zu. „Ich habe gerade Ginas Eltern am Bahnhof abgesetzt. Sie wollten so schnell wie möglich nach Hause. Ich kann es ihnen nicht verdenken."

Frost zuckte unbehaglich zusammen. Er hatte keine Ahnung, warum Dr. Ashley mit ihm sprach, wo doch alle glaubten, er habe eine seiner Studentinnen umgebracht, aber wenigstens war ihm die Tortur erspart geblieben, Ginas Eltern zu treffen, ein kleiner Segen.

„Die Polizei hat Sie also freigelassen?", fragte Dr. Ashley.

„Ja." Vermutlich wusste jeder, dass er verhaftet und über Nacht in Gewahrsam gehalten worden war. „Es gab keine Beweise, um mich anzuklagen. Ich war nur zur falschen Zeit am falschen Ort."

„Dann stimmt es also, dass Sie in dem Haus waren, in dem Gina gestorben ist?"

„Ja."

„Und Sie haben ihre Leiche gefunden?"

„Das habe ich."

Dr. Ashley nickte ernst. „Ich hoffe, sie hat nicht gelitten. Sie wissen schon, ganz am Ende."

Frost wusste nicht, was er sagen sollte. Er konnte sich nur zu gut vorstellen, dass Gina schrecklich gelitten haben musste. Das Bild ihres leblosen Körpers würde ihn bis an sein Lebensende verfolgen. Er war erleichtert, als die Kaplanin, eine junge Frau, die bei den Studenten sehr beliebt war, sich erhob, um vor den Altar zu treten und alle zu diesem traurigen Anlass zu begrüßen.

Frost schloss die Augen und hörte kaum eines ihrer Worte. Jetzt wünschte er sich, er wäre nicht gekommen. An diesem Ort gab es keinen Trost. Er hätte zu Hause in Headington bleiben und dem College für ein paar Tage fernbleiben sollen. Er überlegte sogar, ob er ganz weggehen sollte. Aber die Polizei hatte ihm gesagt, er solle in Oxford bleiben. Er fühlte sich leicht fiebrig und fragte sich, ob er sich etwas eingefangen hatte.

Seine Gedanken schweiften, wie so oft, zur deutschen Literatur, in diesem Fall zu Thomas Manns *Tod in*

Venedig, der Novelle, in der die Besessenheit des Schriftstellers Gustav von Aschenbach von einem jungen Polen zur Zerstörung seiner Würde führte und ihn schließlich das Leben kostete. Frosts eigene Würde war nun gründlich zerstört worden. Er war sich nicht sicher, ob er sich jemals davon erholen würde.

★

Nach ihrer Rückkehr aus Witney setzte Bridget Jake bei der Polizeiwache ab, damit er sein Auto abholen konnte. Sie fragte sich, ob er heute Abend zu Ffion gehen würde. Es hatte definitiv Spannungen zwischen den beiden gegeben, als Brittany Graingers Name vorhin gefallen war, und sie fragte sich, was genau los war. Aber es stand ihr nicht zu, danach zu fragen. Die Irrungen und Wirrungen einer jungen Liebe, dachte sie.

Sie wollte sich gerade auf den Weg machen, als ihr plötzlich kalter Schweiß ausbrach. Sie war heute Abend um sieben mit Jonathan in Iffley zum Dinner verabredet gewesen. Schlimmer noch, sie hätte Chloe nach dem Mittagessen bei Vanessa abholen sollen. Aber sie war so damit beschäftigt gewesen, Hugh Avery-Blanchard ausfindig zu machen und zu befragen, dass sie das völlig vergessen hatte.

Sie stellte den Motor ab, holte ihr Handy heraus, das sie auf lautlos gestellt hatte, und scrollte durch die Mitteilungen. O Gott, sie hatte eine Menge verpasster Anrufe und Sprachnachrichten: eine von Jonathan und ein halbes Dutzend von Vanessa. Sie hasste sich gleichermaßen dafür, eine so unfähige Mutter und Liebhaberin zu sein, und hörte zuerst Vanessas Nachrichten ab, wobei sie den unverwechselbaren und immer vorwurfsvoller werdenden Ton ihrer Schwester ertrug.

Bist du da? Ich wünschte, du würdest rangehen, Bridget. Ich muss sagen, ich war sehr enttäuscht, dass du mir nicht selbst gesagt hast, dass du heute nicht zum Mittagessen kommst. Jonathan war so nett, Chloe abzuholen und hierher zu bringen. Ich glaube, du hältst ihn für selbstverständlich. Und vielleicht solltest du dich mehr dafür interessieren, was deine Tochter so treibt.

Bridget fragte sich, was diese letzte bissige Bemerkung zu bedeuten hatte. Vanessa hatte die Angewohnheit, kryptische Kommentare fallen zu lassen, anstatt laut auszusprechen, was ihr durch den Kopf ging. Bridget fragte sich, welchen Aspekt von Chloes Leben sie diesmal vernachlässigt hatte.

Hier ist wieder Vanessa. Wenn du mich anrufen könntest, um mir zu sagen, wann du Chloe abholen kommst, wäre ich dir sehr dankbar. Es wundert mich nicht, dass sie sich in Schwierigkeiten bringt, wenn du so selten da bist. Das Essen mit ihr und Jonathan war übrigens sehr schön. Schade, dass du nicht kommen konntest.

Jetzt begann Bridget, sich das Schlimmste vorzustellen. In was für Schwierigkeiten war Chloe nur geraten? Sie hatten erst heute Morgen miteinander gesprochen und Chloe war gestern Abend bei Olivia gewesen, also hatte Bridget keine Ahnung, worauf Vanessa anspielte. Warum konnte ihre Schwester nicht einfach Klartext reden?

Hallo? Hier ist wieder Vanessa. Jonathan ist jetzt weg und Chloe wartet darauf, abgeholt zu werden. Bist du noch lange weg?

Vanessas knapper Tonfall ließ kaum einen Zweifel daran, dass sie jetzt wütend auf Bridget war. Aber es stand noch eine weitere Nachricht aus.

Bridget, ich nehme an, dass du furchtbar beschäftigt bist mit diesem neuen Fall, an dem du arbeitest, aber wenn du einen Moment Zeit hast, könntest du vielleicht deine Tochter abholen.

Natürlich ist sie herzlich eingeladen, hier zu übernachten. Ich habe eine Ersatzzahnbürste im Bad. Aber sie hat morgen Schule, also muss sie nach Hause, um ihre Schuluniform zu holen. Toby und Florence haben morgen früh Tennistraining …

Es gab noch mehr, aber Bridget hatte die eigentliche Botschaft verstanden. Sie war eine nutzlose Mutter und Vanessa konnte sich viel besser um Chloe kümmern als sie. Das war ein berechtigter Vorwurf. Wahrscheinlich bewahrte ihre Schwester in ihrem Badezimmerschrank Ersatzzahnbürsten für genau solche Situationen auf und hatte nur auf eine Gelegenheit gewartet, ihr überlegenes Organisationstalent unter Beweis zu stellen. Obwohl sie sich über Vanessas Anschuldigung ärgerte, fühlte Bridget sich gebührend zurechtgewiesen.

Jonathans Nachricht war weitaus versöhnlicher, aber das half Bridget nicht, sich als Mensch besser zu fühlen.

Hi, ich hoffe, es geht dir gut. Ich weiß, dass du im Moment viel zu tun hast, also mach dir keine Sorgen, wenn du keine Zeit hast, zu antworten. Ich wollte nur sagen, mach dir keine Gedanken, dass du das Abendessen heute Abend verpasst. Ich kann ein anderes Mal kochen. Pass auf dich auf und bis bald.

O Gott. Sie sank nach vorn und ließ den Kopf auf das Lenkrad sinken. Sie stellte sich den armen Jonathan vor, wie er allein in seiner Küche saß, während das Essen im Ofen vor sich hin schmorte, und sich fragte, was um alles in der Welt mit seiner Verabredung für den Abend passiert war. Vielleicht hatte Vanessa recht und Bridget hatte ihn wirklich nicht verdient. Aber sie hatte Vanessas Kommentare verdient, auch wenn sie immer noch nicht verstand, was Vanessa damit meinte, dass Chloe in Schwierigkeiten steckte.

Obwohl sie Jonathan unbedingt anrufen und sich entschuldigen wollte, wusste sie, dass sich zuerst bei Vanessa melden und nach Chloe sehen musste. So sehr sie sich auch vor den unvermeidlichen Vorwürfen ihrer

Schwester fürchtete, ihre Tochter kam immer an erster Stelle.

Vanessa klang verärgert, als sie den Anruf entgegennahm. „Bridget, endlich. Wo warst du?"

„Vanessa, es tut mir so leid, dass ich deine Anrufe verpasst habe. Ich saß in Witney fest, um einen Zeugen zu befragen. Ich weiß, ich hätte mich bei dir melden sollen, aber ich bin jetzt auf dem Weg."

„Na gut, in Ordnung. Ich sorge dafür, dass Chloe sich fertig macht."

„Danke. Aber was meintest du damit, dass Chloe in Schwierigkeiten steckt?"

„Nun. Vielleicht sollte sie es dir selbst erklären. Ich nehme an, sie hätte es getan, wenn du heute Morgen bei ihr gewesen wärst."

„Vanessa, bitte sag es mir einfach", sagte Bridget zähneknirschend.

„Weißt du, wo sie letzte Nacht war?"

„Ja, natürlich. Sie hat bei ihrer Freundin Olivia übernachtet."

„Und weißt du, was sie vorhatten?"

„Sie hat mir erzählt, dass sie sich eine Pizza holen und dann zu Hause bleiben wollten."

„Nun", sagte Vanessa, „eigentlich sind sie auf eine Party gegangen, auf der Chloe Wodka getrunken hat und bis spät in die Nacht geblieben ist. Ehrlich, Bridget, ich weiß nicht, was für ein Mädchen diese Olivia ist oder was für Eltern sie hat, aber wenn Chloe meine Tochter wäre, würde ich mir zweimal überlegen, ob ich sie noch einmal mit diesem Mädchen ausgehen lassen würde."

„O Gott", sagte Bridget. „Wie geht es Chloe? Ist sie okay?"

„Sie sah ziemlich mitgenommen aus, als sie ankam. Ich glaube, der Wodka ist ihr nicht so gut bekommen. Aber mit ein paar Paracetamol war das schnell vorbei. Es ist nichts passiert."

„Oh, danke, Vanessa, und es tut mir wirklich leid. Sag Chloe, dass ich in einer Viertelstunde bei ihr bin."

Bevor sie losfuhr, rief sie noch Jonathan an.

„Jonathan, es tut mir so leid. Ich war heute unglaublich beschäftigt und habe ganz vergessen, dass ich mit dir verabredet war und ... Was soll ich sagen? Ich bin ein hoffnungsloser Fall."

Zu ihrer Erleichterung klang er nicht wütend. „Bridget, du bist kein hoffnungsloser Fall. Na ja, nicht ganz. Du hast einen schwierigen und wichtigen Job, und ich verstehe das."

„Du bist nicht böse auf mich?"

„Nein. Und wie geht es Chloe? Geht es ihr jetzt gut?"

„Ich glaube schon. Ich hole sie gleich bei Vanessa ab."

„Okay."

„Ich kann heute Abend also nicht zu dir kommen, aber ich lade dich morgen zum Dinner ein, um es wieder gut zu machen."

Bridgets Erfahrung nach ließen sich die meisten Probleme mit einem großen Teller Pasta und einer Flasche Pinot Noir lösen. Und selbst die hartnäckigsten Schwierigkeiten ließen sich mit einer Schokoladen-Panna-Cotta aus der Welt schaffen.

Am anderen Ende der Leitung entstand eine Pause.

„Hör zu, Bridget, es tut mir leid, aber ich kann morgen Abend nicht ..."

Seine Stimme wurde leiser und sie fragte sich, was los war.

„Jonathan?"

„Morgen ist Angelas Todestag, und ich besuche immer ihre Eltern und gehe mit ihnen zum Friedhof."

„Oh." Angela war Jonathans Frau gewesen. Sie war vor drei Jahren an einem Gehirntumor gestorben. Bridget hörte den Schmerz in seiner Stimme und wusste nicht, was sie sagen sollte.

„Vielleicht können wir uns in ein paar Tagen sehen", sagte er.

„Natürlich. Es tut mir leid."

„Ja, bis bald."

Die Leitung war tot.

Bridget saß in der Dunkelheit in ihrem Auto und starrte ausdruckslos an die Mauer vor ihr. Sie hatte heute alle enttäuscht. Ihre Tochter, ihre Schwester und auch Jonathan. Und wofür? War sie Ginas Mörder wirklich einen Schritt näher gekommen? Es kam ihr nicht so vor, als hätte sie große Fortschritte gemacht.

Sie fragte sich, ob sie sich mehr aufgebürdet hatte, als sie bewältigen konnte. Zum ersten Mal seit ihrer Beförderung zur Detective Inspector spürte sie, dass die Last auf ihren Schultern zu schwer wurde. Sie verließ sich auf ihr Team, auf ihre Schwester und auf Jonathan. Sogar auf ihre eigene Tochter.

Hätte sie mehr Zeit mit Chloe verbracht, hätte sie selbst herausgefunden, was sie wirklich vorhatte, anstatt es aus zweiter Hand von Vanessa zu erfahren. Und wenn sie mehr in ihrer Nähe gewesen wäre, hätte Chloe vielleicht erst gar nicht das Bedürfnis gehabt, sie anzulügen oder auszugehen und zu trinken.

Vielleicht war Bridget zu gierig gewesen, wollte alles haben – eine steile Karriere, eine Familie, eine neue Beziehung. Vielleicht hatte sie sich mit ihrem Streben nach all diesen Dingen zu viel zugemutet. Aber wenn dem so war, was war sie dann bereit aufzugeben? Ihre Familie sicher nicht. Und auch ihre Karriere wollte sie auf keinen Fall aufgeben, nachdem sie so lange und hart dafür gekämpft hatte, dorthin zu kommen, wo sie jetzt war. Aber dann blieb nur noch Jonathan.

Wie Vanessa gesagt hatte, hatte sie ihn für selbstverständlich gehalten. Und sie wusste, dass sie ihn an diesem Abend schwer enttäuscht hatte. Sie hatte nicht nur das Abendessen verpasst, sondern auch die Gelegenheit, mit ihm über die Vergangenheit zu sprechen und vielleicht ein neues Kapitel in seinem Leben aufzuschlagen, ein Kapitel, das er mit ihr teilen konnte. All das schien nun in Gefahr.

Es war offensichtlich, dass er sich Angela immer noch sehr verbunden fühlte, besonders am Jahrestag ihres Todes. Wie sollte er auch nicht? Nach dem, was er Bridget erzählt hatte, hatten er und Angela eine perfekte Beziehung geführt, bis ihr Leben auf grausame Weise verkürzt worden war. Sie hatte ihn beim Aufbau seiner Galerie unterstützt und war mit ihm nach London gereist, wenn er zu Auktionen fuhr, um Bilder zu kaufen und zu verkaufen. Irgendwie war sich Bridget sicher, dass Angela ein Abendessen mit Jonathan nie vergessen hätte. Vielleicht machte sie sich etwas vor, wenn sie glaubte, Angela jemals in Jonathans Leben ersetzen zu können.

Seufzend startete sie den Motor. Aus den Lautsprechern erklangen die berauschenden Melodien von Puccinis *La Bohème,* aber sie schaltete die Musik aus, denn sie war kaum in der Stimmung, sich Erzählungen über unerwiderte Liebe anzuhören. Niedergeschlagen und in aller Stille fuhr sie zum Haus ihrer Schwester im grünen Norden Oxfords.

★

Es war schon spät, als Jake Ffion anrief. Die Fahrt nach Witney zur Befragung von Hugh Avery-Blanchard hatte ewig gedauert, und jetzt war er müde und hungrig. Er fragte sich, ob sie in seiner Wohnung auf ihn wartete oder schon nach Hause gegangen war.

„Hi", sagte sie, als sie seinen Anruf entgegennahm. Ihre Stimme klang kühl, und er spürte, dass das Thema Brittany Grainger noch nicht vom Tisch war. Der Blick, den sie ihm zugeworfen hatte, als Bridget ihn gebeten hatte, Brittany anzurufen, um etwas über die Pseudonyme der Partygäste herauszufinden, war unnötig schroff gewesen. Es war ja nicht so, als hätte er sich freiwillig für diesen Job gemeldet.

„Hi", sagte er und legte so viel Fröhlichkeit wie möglich in seine Stimme. „Die Chefin und ich haben gerade die Befragung des Abgeordneten beendet. Jetzt bin ich auf dem Heimweg. Ich bin am Verhungern. Wie wäre es, wenn ich uns etwas vom Imbiss besorge und wir zu mir gehen?"

„Fastfood? Schon wieder?"

Es war nicht zu überhören, dass sie von seinem Vorschlag nicht begeistert war. Sie hatte ihm bereits zu verstehen gegeben, dass sie seine Vorliebe für schmackhafte Gerichte aus toten Tieren und gesättigten Fettsäuren nicht teilte.

„Ich könnte stattdessen für dich kochen, wenn du willst", bot er an.

„Nein, danke."

Nun, seine Kochkünste waren vielleicht nicht die besten, aber sie hatte noch nie abgelehnt.

„Möchtest du dann für mich kochen?", schlug er vor.

Er war sogar bereit, einen Teller Falafel und Bohnensprossen zu essen, wenn es sein musste, um Ffion glücklich zu machen. Auf dem Weg zu ihr konnte er leicht einen Happen essen, um nicht zu verhungern.

„Heute Abend nicht. Vielleicht ein anderes Mal."

Ihre kategorische Ablehnung gab ihm das Gefühl, zurückgewiesen, fast verstoßen zu werden.

Ich habe nichts falsch gemacht, wollte er ihr sagen.

„Na gut, dann eben nicht. Wir sehen uns morgen bei der Arbeit."

Auf dem Rückweg über die Cowley Road hielt er an und bestellte in der örtlichen Imbissbude eine extragroße Portion Schellfisch mit Pommes, großzügig mit Salz und Essig übergossen. Unter den gegebenen Umständen empfand er seine Wahl mehr als gerechtfertigt. Fisch sollte doch gesund sein, oder? Auch wenn er in Bierteig getunkt und in Fett gebraten wurde.

Er nahm das Essen mit in seine Wohnung, sah sich ein Fußballspiel im Fernsehen an und öffnete ein Bier. Während er die fettigen Pommes und den panierten Schellfisch verschlang, musste er unweigerlich an ein langes Wochenende in Scarborough denken, das er einst mit Brittany verbracht hatte. Sie war eine Frau, die sich nie über gutes Essen beklagte. Sie hatte einen gesunden Yorkshire-Appetit. Er begann sich zu fragen, was Brittany gerade tat und ob sie auch allein war.

★

Dr. Nathan Frost lag in seinem Bett in seinem kleinen Haus in Headington.

Nachdem er Dr. Ashley in der College-Kapelle begegnet war, hatte er an diesem Abend auf das Abendessen im College verzichtet, weil er die ständigen prüfenden Seitenblicke seiner Kollegen nicht ertragen konnte. Stattdessen war er nach Hause geradelt und hatte ohne große Begeisterung ein Fertiggericht aus dem Gefrierschrank genommen und in die Mikrowelle gestellt.

Er hatte das Essen auf seinem Schoß gegessen und dabei die Nachrichten im Fernsehen verfolgt. Der Krieg im Nahen Osten, die Not der Flüchtlinge, eine Reihe drohender Umweltkatastrophen. Die verschiedenen Krisen, die sich vor seinen Augen abspielten, wurden durch die Gesichter der Opfer, die verzweifelt in das unnachgiebige Auge der Kamera blickten, in den Fokus gerückt. Er wusste, dass er Mitgefühl für die Katastrophen haben sollte, die den Planeten bedrohten, aber seine eigene persönliche Tragödie verzehrte ihn so sehr, dass er alles andere verdrängte. Er kaute sein Essen, einen Bissen nach dem anderen, ohne etwas zu schmecken, bis es weg war.

Jetzt, um halb zwölf, lag er wach und lauschte dem endlosen Verkehrslärm der London Road. Ein Krankenwagen auf dem Weg zum John-Radcliffe-Krankenhaus raste mit heulender Sirene vorbei. Eine Gruppe von Männern, die auf dem Heimweg vom nahe gelegenen Pub waren, torkelte mit lauten, streitlustigen Rufen an seinem Haus vorbei.

Er schloss die Augen und versuchte zu schlafen. Aber er hatte Angst vor dem, was dann passieren würde. Schlafen bedeutete träumen.

Er fühlte sich unweigerlich an die *Traumnovelle* von Arthur Schnitzler erinnert, die in dem Hollywood-Film *Eyes Wide Shut* mit einem berühmten Schauspieler und seiner Frau in den Hauptrollen verfilmt worden war. Wie der Antiheld dieser grotesken Erzählung hatte er sich freiwillig und törichterweise in eine Welt der Dekadenz begeben. Eine gefährliche Welt, in der die normalen Regeln der Gesellschaft nicht mehr galten. Gerade er hätte gewarnt sein müssen. Was hatten ihm all das Lesen und Studieren genutzt, wenn er so offensichtliche Warnungen ignoriert hatte?

Er zwang sich, die Augen zu schließen und auf den Schlaf zu warten.

Einige Zeit später wachte er schweißgebadet auf, die Fetzen eines Traumes hingen ihm noch nach. Verstörende Bilder von maskierten Gestalten, die sich um ihn drängten, ihn anzüglich angrinsten und des Mordes beschuldigten. Die ihm sagten, er müsse für seine Taten büßen.

Aber was hatte er getan?

Wenn er sich nur erinnern könnte.

KAPITEL 13

Nachdem sie Chloe am Vorabend bei Vanessa abgeholt hatte, kam es auf der Heimfahrt nach Wolvercote unweigerlich zum Streit zwischen Mutter und Tochter. Bridgets Frustration nach dem Gespräch mit dem widerspenstigen Avery-Blanchard, Vanessas anschließende Standpauke, ihre Schuldgefühle, weil sie Chloe im Stich gelassen und von der nächtlichen Party erfahren hatte, und schließlich das Missverständnis mit Jonathan, oder was auch immer es gewesen war, hatten sie frustriert und gereizt.

„Warum hast du mir nicht gesagt, dass du auf eine Party gehst?", wollte sie von Chloe wissen.

„Weil ich wusste, dass du total ausflippst!"

„Ich flippe jetzt aus!", protestierte Bridget.

„Das beweist es doch!"

Chloe schien davon überzeugt zu sein, dass der Vorfall mit dem Wodka irgendwie Bridgets Schuld gewesen war. Und jetzt, an diesem Morgen, schien sie entschlossen zu sein, Bridget für ihre nachlässige Erziehung weiter zu bestrafen, indem sie im Bett blieb, bis es für einen Schultag längst zu spät war.

„Du kommst zu spät, und dafür kannst du mir nicht die Schuld geben!", erklärte Bridget. „Du bist fünfzehn Jahre alt und kannst dich selbst aus dem Bett quälen!"

Nachdem sie Chloe endlich unter der Bettdecke hervorgezogen und ihr ungewaschenes Schulsportzeug aus dem Wäschesack geholt hatte – „Mum! Ich werde stinken, wenn ich das anziehe!" – „Du könntest lernen, die Waschmaschine selbst zu bedienen!" – kämpfte sie sich durch die Baustellen auf der Umgehungsstraße von Oxford und schaffte es gerade noch rechtzeitig zum John Radcliffe Krankenhaus.

Der leitende Pathologe des Krankenhauses, Dr. Roy Andrews, hatte versprochen, früh anzufangen, und Bridget wollte ihn nicht enttäuschen, zumal sie diejenige gewesen war, die ihn zu diesem Versprechen gedrängt hatte. Sie stürmte in den Autopsieraum, als er gerade mit der Obduktion beginnen wollte.

„Ah, Bridget, schön, dass Sie da sind. Jetzt, wo der Chor endlich eingetroffen ist, kann das Konzert beginnen. Wie Sie sehen, ist der Solist bereit für seinen Auftritt."

Die Maske, die er über Nase und Mund trug, verbarg einen Teil des normalerweise bedrückten Gesichtsausdrucks des Pathologen, aber seine Augen unter den buschigen Augenbrauen funkelten Bridget an, und sie wusste, dass er es nicht böse meinte, wenn er sie sanft neckte.

Seine Assistentin Julie Pearson, die ein schauriges Arsenal an chirurgischen Instrumenten auf der Arbeitsfläche aus rostfreiem Stahl ausbreitete, drehte sich um und winkte ihr zu.

Bridget war immer wieder beeindruckt von der unermüdlichen Fröhlichkeit der Menschen, die in der Gerichtsmedizin arbeiteten, auch wenn im Fall von Roy Andrews ein eher trockener schottischer Humor vorherrschte. Er war unverheiratet und als Workaholic bekannt, aber seine farbenfrohe Fliegensammlung sorgte immer für gute Laune in der Abteilung. Heute lugte unter seinem Kittel ein Muster aus Musiknoten hervor.

Die Begrüßung durch Roy und Julie und die nüchterne Umgebung der Pathologie halfen Bridget, ihre eigenen Probleme zu relativieren und sich mental auf das vorzubereiten, was kommen würde. Sie hatten vereinbart, dass Ffion sie zur Obduktion begleitete, und sie war froh, dass die junge Detective bereits eingetroffen war. Die natürliche Kaltblütigkeit der walisischen Constable war in Gegenwart von sezierten Leichen ein großer Vorteil. Bridget hatte schon zu viele Sergeants gesehen, die im grellen Licht des Autopsieraums erbleichten, und brauchte jemanden, der beim Anblick eines Messers, das totes Fleisch und Gewebe durchtrennte, nicht zusammenzuckte. Ffion hatte diese Fähigkeit zum ersten Mal bei der Autopsie von Zara Hamilton unter Beweis gestellt, einer Studentin, die im Sommer in Christ Church ermordet aufgefunden worden war, und seitdem war Ffion Bridgets bevorzugte Assistentin bei solchen Gelegenheiten.

Bridget war selbst nicht vor Übelkeit gefeit, wenn sie Roy Andrews beim gnadenlosen Sezieren einer Leiche zusah, aber sie konnte sich meist mit ein paar tiefen Atemzügen stabilisieren. Was sie motivierte, wann immer es möglich war, persönlich an einer Obduktion teilzunehmen, war ihr unbändiger Wille, Zeugin dessen zu werden, was von einem Menschenleben übrig blieb, und aus erster Hand Hinweise auf die Umstände des Mordes zu erhalten. Eine Obduktion bestärkte sie stets in ihrer Entschlossenheit, den Mörder des Opfers zu fassen.

Bridget zog ihre Schutzkleidung an, wohl wissend, dass sie dadurch noch kleiner und runder als sonst wirkte, während Ffion es schaffte, auch in Kittel und Gesichtsmaske verführerisch auszusehen. Sie fröstelte unwillkürlich in der kühlen, klinischen Umgebung, der es an Farbe und Behaglichkeit fehlte. Roy und Julie trafen die letzten Vorbereitungen. Sie fragte sich, was jemanden dazu trieb, seine Arbeitstage in diesem seelenlosen Raum zu verbringen, mit seinen weiß gekachelten, fensterlosen Wänden, dem grellen Neonlicht und den brummenden

Lüftungsschächten, die einem jegliche Energie zu rauben schienen. Und dann waren da noch die Leichen.

In der Mitte des kühlen Raumes lag eine Leiche auf einer Bahre, bedeckt mit einem weißen Tuch.

„Alle bereit?" Der Pathologe bewegte seine Finger, die in einem Paar OP-Handschuhe steckten.

So bereit, wie ich nur sein kann, dachte Bridget. Sie nickte zustimmend.

Ffion wartete ungeduldig, Notizbuch und Stift in der Hand.

Roy tippte auf ein Mikrofon, das über der Leiche von der Decke hing, um zu prüfen, ob es eingeschaltet war, räusperte sich und begann einen Monolog in seinem schallenden schottischen Sprechgesang. Bridget war es gewohnt, dass Roy Andrews aus jeder Autopsie eine Show machte. Nicht zum ersten Mal dachte sie, dass er eine erfolgreiche Bühnenkarriere hätte machen können, wenn er schwermütige Charaktere in Tragödien oder düsteren Komödien gespielt hätte.

„Gerichtsmedizinische Obduktion von Miss Gina Hartman am Montag, den einundzwanzigsten Oktober, durchgeführt von Dr. Roy Andrews in Anwesenheit von Julie Pearson, DI Bridget Hart und DC Ffion Hughes."

Er schob das Laken beiseite und gab den Blick auf Gina frei, die eher einer Wachsfigur als einem Menschen glich. Ihre vollen, roten Locken waren nach hinten gebunden, so dass ihr Gesicht entblößt und schmucklos war.

Mit schnellen, geschickten Bewegungen zogen Roy und Julie Ginas Kleidung aus – das kurze schwarze Kellnerinnenkleid und ihre Unterwäsche – und verpackten sie, um sie der Forensik zu übergeben. Ohne ihre Kleidung wirkte Gina noch jünger und verletzlicher. Bridget atmete ein paar Mal tief durch, als die Bilder ihrer toten Schwester Abigail vor ihrem inneren Auge auftauchten, so wie sie es vorausgesehen hatte. Sie schluckte, als ihre Gedanken unweigerlich zu Chloe wanderten, und sprach ein kurzes, stilles Dankgebet dafür, dass ihre Tochter derzeit sicher in der Schule war.

Roy begann, die Leiche sorgfältig zu untersuchen und sprach in das Mikrofon, während er die Augenfarbe, die Haarfarbe, den Hautzustand und andere Merkmale des Opfers dokumentierte. Julie schnitt eine Probe von Ginas rotem Haar ab und nahm ein paar Nagelproben, um sie ans Labor zu schicken.

„Sie scheint in sehr gutem Zustand zu sein", sagte Roy, „abgesehen natürlich von der Tatsache, dass sie tot ist. Wenden wir uns also der Todesursache zu. Ein flüchtiger Blick auf das Opfer lässt vermuten, dass sie erwürgt wurde. Bitte treten Sie vor, damit Sie sich das genauer ansehen können, und ich werde versuchen, es zu erklären."

Ffion trat ohne zu zögern näher und betrachtete die Leiche mit unverhohlener Neugier. Bridget rückte nur ein paar Zentimeter vor, weil sie das Gefühl hatte, schon mehr als genug zu sehen.

„Wenn wir uns ihren Hals ansehen", sagte Roy, „können wir Spuren von Quetschungen und Abschürfungen erkennen, die von Fingernägeln verursacht wurden." Er deutete auf winzige, geschwungene Abdrücke auf beiden Seiten von Ginas Kehlkopf und auf einige kaum sichtbare Blutergüsse.

„Die sind mir am Samstag nicht aufgefallen", sagte Bridget.

„Keine Sorge, vielleicht waren sie da noch nicht zu sehen", sagte Roy. „Wenn die Haut austrocknet, wird sie durchsichtiger und Spuren wie diese kommen buchstäblich an die Oberfläche. Aber es waren nicht nur die Hände des Mörders, die diese Spuren hinterlassen haben. Die kleinen Einkerbungen wurden mit ziemlicher Sicherheit von Gina selbst verursacht, als sie versuchte, die Hände des Angreifers von ihrer Kehle zu lösen."

Bei dem Bild von Gina, die vergeblich um ihr Leben kämpfte, drehte sich Bridget der Magen um. Sie glaubte nicht, dass sie sich vor dem Tod selbst fürchtete, aber der Gedanke an die Angst und die Qualen, die ein Opfer in seinen letzten Augenblicken auf dieser Erde erleiden musste, verursachte ihr Übelkeit.

„Der Halsbereich", so Roy weiter, „weist Anzeichen von Blutergüssen auf, die durch den Druck der Daumen und Finger des Täters verursacht wurden. Die Daumen üben mehr Druck aus als die Finger, und diese größeren blauen Flecken an der Vorderseite des Halses deuten darauf hin, dass sie ihrem Angreifer Auge in Auge gegenüberstand."

Bridget nickte.

„Der Tod trat mit ziemlicher Sicherheit durch Ersticken ein. Sehen Sie diese punktförmigen Blutungen in der Haut?" Er deutete auf einen Ausschlag aus winzigen Punkten auf Ginas Wangen. „Sie können sie auch hier in der Bindehaut der Augen sehen."

Bridget hatte es bisher vermieden, Ginas Augen zu betrachten, die unverwandt an die Decke starrten, aber jetzt, da der Pathologe ihre Aufmerksamkeit auf sie gelenkt hatte, konnte sie nicht umhin, die winzigen roten Punkte zu bemerken.

„Die nennt man Petechien", sagte Roy, „und sie entstehen durch Einblutungen unter der Haut, die auf einen erhöhten Blutdruck zurückzuführen sind. Für sich genommen sind sie kein Beweis für einen Erstickungstod, aber in Anbetracht der anderen Indizien können wir wohl mit Sicherheit davon ausgehen, dass es so war."

„Ich bin sicher, Sie haben recht", sagte Bridget. Sie hatte noch nie erlebt, dass Roy sich irrte.

„Die innere Untersuchung wird es beweisen, so oder so. Bevor wir jedoch dazu kommen, möchte ich Ihre Aufmerksamkeit auf weitere Blutergüsse an den Armen, Schultern und am Oberkörper des Opfers lenken. Diese sind zwar nicht schwerwiegend, deuten aber stark darauf hin, dass eine Art gewaltsamer Kampf stattgefunden hat, wahrscheinlich vor dem oder während des Strangulierens. Ich denke, man kann davon ausgehen, dass Gina nicht geräuschlos gegangen ist."

„Könnte sie während des Angriffs geschrien oder geweint haben?"

„Es ist möglich. Aber das Muster der Prellungen um

den Mund deutet darauf hin, dass ihr möglicherweise jemand eine Hand auf den Mund gedrückt hat, um sie zum Schweigen zu bringen.

Nun", sagte Roy, „ich nehme an, Sie werden mich nach dem exakten Todeszeitpunkt fragen."

„Sie kennen mich zu gut", sagte Bridget.

„Ich werde mein Bestes tun. Wenn wir von der üblichen Annahme ausgehen, dass eine Leiche durchschnittlich um ein Grad pro Stunde abkühlt, können wir den wahrscheinlichen Todeszeitpunkt rückwärts bestimmen. Als ich Miss Hartmans Leiche am Samstagmittag zum ersten Mal untersuchte, hatte sie eine Temperatur von dreiundzwanzig Grad, was auf einen Todeszeitpunkt von zehn Uhr am Vorabend schließen lässt."

Ffion, die gerade die Todeszeit in ihr Notizbuch eintragen wollte, blickte bei dieser Ankündigung zweifelnd drein.

„Aber gibt es nicht noch andere Faktoren, die wir in Betracht ziehen müssen?", fragte Bridget.

„DI Hart, ich bin erfreut, dass Sie meinem Unterricht aufmerksam gefolgt sind. Ihre Anwesenheit bei diesen Obduktionen war nicht umsonst. Es gibt in der Tat andere Faktoren, die berücksichtigt werden müssen, allen voran" – er tätschelte seinen eigenen fülligen Bauch – „die Menge an Isolierung, die das Opfer umgab. Im Falle von Miss Hartman, die etwas schlanker ist als ich, können wir sicher von einem schnelleren Absinken der Körpertemperatur ausgehen. Daher würde ich die Vermutung wagen, dass sie gegen Mitternacht gestorben ist. Der andere Faktor, der diese Hypothese stützt, ist das Stadium der Totenstarre. Als ich sie am Samstag untersuchte, war sie völlig starr, aber jetzt kann man sehen, dass sich die kleinen Gesichtsmuskeln entspannt haben." Er stupste mit einem behandschuhten Finger sanft an Ginas Wangen.

„Wir rechnen also mit Mitternacht, plus minus, was, eine Stunde?", fragte Bridget.

„In etwa", stimmte Roy zu.

Ffion machte nun eine Notiz in ihr Buch. „Das stimmt mit dem Zeitpunkt des Angriffs überein, den wir auf der Aufnahme gehört haben."

Roy strahlte vor Freude über diese Nachricht. „Dann lassen Sie uns zum zweiten Teil unserer Vorführung übergehen. Die innere Untersuchung."

Bridget trat einen Schritt zurück, als Julie mit ihren unheimlich aussehenden Werkzeugen anrückte. Sie versuchte, sich gedanklich von dem Geschehen zu lösen, während Roy ein Y auf Ginas Oberkörper unterhalb der Wölbung ihrer Brüste zeichnete, sie aufschnitt und die Brustplatte entfernte, um Herz und Lunge freizulegen.

Roy kommentierte ohne Unterbrechung, während er die inneren Organe einzeln herausnahm, untersuchte und dann an Julie weiterreichte, die sie auf die Waage legte, als würde sie an der Fleischtheke bei Waitrose arbeiten.

Erst als er bei Ginas Gebärmutter angelangt war, verstummte er auf eine für ihn untypische Weise.

„Was ist?", fragte Bridget.

„Einen Moment bitte", sagte Roy. Er nahm das Organ mit äußerster Behutsamkeit heraus und reichte es Julie. Mit dem Rücken zu Bridget und Ffion berieten sich die beiden eine gefühlte Ewigkeit. Bridget wollte unbedingt wissen, was sie taten, und gleichzeitig wollte sie es nicht. Ein kaltes Gefühl überkam sie.

Endlich drehte sich Roy zu ihr um, seine Augen waren ungewöhnlich ernst. „Ich fürchte, ich habe schlechte Nachrichten für Sie. Es gibt Hinweise auf eine Plazenta im Uterus des Opfers."

„Sie meinen –"

„Ja", unterbrach sie der Pathologe. „Es sieht so aus, als wäre Gina in einem sehr frühen Stadium einer Schwangerschaft gewesen."

KAPITEL 14

Die Fotos auf der Website von Angel's Escort Agency suggerierten eine glamouröse Kulisse im Londoner West End. Die Realität sah jedoch etwas schmuddeliger aus. Jake hielt seinen Subaru vor einem Wettbüro in einem Gewerbegebiet in Whitechapel an und warf einen Blick auf die dreckig aussehenden Gebäude und Geschäfte, die die Straße säumten.

„Hier soll es sein?", fragte er Ryan.

„Das ist die Adresse, die sie mir gegeben hat."

Ryan hatte am Vortag mehr als eine Stunde mit einer Frau namens Angel telefoniert und versucht, sie davon zu überzeugen, dass es in ihrem Interesse sei, ihm und Jake zu erlauben, ihre Escorts an einem Ort zu befragen, an dem sie sich sicher fühlten. Das war das Ergebnis.

Jake ließ das Auto auf der Straße stehen, in der Hoffnung, dass es bei seiner Rückkehr noch da sein würde, und folgte Ryan eine steile Treppe hinauf in ein beengtes Büro über dem Wettbüro. Dort roch es streng nach Zigarettenrauch, den auch ein Zitronen-Lufterfrischer auf der Schreibtischkante nicht vertreiben konnte. Eine braun gebrannte blonde Frau unbestimmten Alters schaute hinter einem Computerbildschirm hervor.

„Sie müssen Angel sein", sagte Ryan. „DS Ryan Hooper. Wir haben telefoniert. Und das ist DS Jake Derwent."

Angel sah sie mit einer Zigarette in der Hand abschätzig an. „Ich hoffe, es dauert nicht lange. Meine Mädchen haben zu tun. Sie könnten jetzt draußen sein und Geld mit Kunden verdienen."

An einem Montagmorgen?, dachte Jake. Aber er beschloss, Ryan das Reden zu überlassen. Der Mann schien ein gutes Verhältnis zu der Frau zu haben.

„Keine Sorge, Angel. Wir sind so schnell wie möglich wieder weg."

Sie klopfte einen Zentimeter Asche in eine Kaffeetasse. „Sie können das hintere Zimmer benutzen."

Der schäbige Raum, auf den sie deutete, glich eher einer Besenkammer als einem bewohnbaren Zimmer. Jake hustete und wedelte den Qualm der Benson & Hedges weg, der ihm in die Nase stieg. „Meinen Sie, wir könnten ein Fenster öffnen?", fragte er.

„Nein, dann kommen die ganzen Abgase vom Verkehr rein", sagte Angel. „Ich rauche gerne, und wenn Sie das stört, können Sie ja gehen und jemand anderen befragen."

„Es ist illegal, am Arbeitsplatz zu rauchen", erklärte Jake.

„Ich kann hier machen, was ich will", erwiderte Angel. „Das ist mein Büro. Normalerweise bekomme ich keinen Besuch. Wahrscheinlich bin ich dafür nicht einmal versichert."

„Sie sind also versichert, Angel?", fragte Ryan augenzwinkernd.

„Sie sind ganz schön frech, junger Mann. Vergessen Sie nicht, dass ich Ihnen nur aus reiner Gutmütigkeit helfe."

„Und weil ich vorgeschlagen hatte, ein paar Beamte zu schicken, um die Abläufe der Firma zu überprüfen", sagte Ryan.

Angel saugte das letzte Leben aus ihrer Zigarette, drückte sie aus und zündete sich eine neue an. „Seien Sie einfach nett zu meinen Mädchen – und Jungs. Sie sind erstklassig, wissen Sie. Ich beschäftige hier keinen Abschaum. Ich vermittle Damen und Herren von Format für Dinnerpartys und Konversation. Alle anderen Dienstleistungen, die sie anbieten, sind eine rein private Vereinbarung zwischen ihnen und dem Kunden. Ist das klar?"

„Klar", sagte Ryan. „Keine Sorge."

Jake beschloss, Ryan das Reden während der Befragungen zu überlassen. Der geschwätzige Sergeant war in seinem Element, als er den Strom Prachtweiber interviewte, die eine nach der anderen in der Besenkammer ein- und ausgingen, jede mit langem, seidigem Haar, makellosen Gesichtszügen und chirurgisch aufpolierten Körpern, da war sich Jake ziemlich sicher.

Schon bald verlor er den Überblick. Am Vormittag waren Nina, Nikita, Regina, Arianna und Mia in seinem Kopf zu einer unförmigen Masse aus Haaren, Zähnen, Schmollmündern und sinnlichen Augen verschwommen. Aber keine von ihnen hatte sich als sonderlich kooperativ erwiesen.

Die Wahrheit war, dass seine Gedanken trotz der Ablenkung durch die Escorts immer noch ganz bei Ffion waren. Nachdem er die letzte Nacht allein verbracht und über ihre Beziehung nachgedacht hatte, war er entschlossen, seine Sorgen offen anzusprechen. Es war an der Zeit, den schwelenden Streit zwischen ihnen zu beenden und vernünftig darüber zu reden, wo sie standen und was sie beide wollten. Was ihn betraf, hatte sich nichts geändert. Er war seiner Ex-Freundin bei einer Ermittlung begegnet. Aber zwischen ihm und Brittany war nichts mehr. So wie sie ihn behandelt hatte, konnte nie wieder etwas zwischen ihnen sein. Ffion musste das wissen. Und sie musste ihm vertrauen und akzeptieren, dass das, was er ihr sagte, die Wahrheit war. Ohne Vertrauen würde ihre Beziehung niemals halten. Er nickte gedankenverloren und nahm sich vor, sie darauf anzusprechen, wenn er wieder in Oxford war.

„Die Nächste!", rief Ryan. Die Tür öffnete sich und ein gutaussehender junger Mann betrat das hintere Büro. Ryan schien leicht überrascht, stand aber auf und reichte ihm die Hand. „DS Ryan Hooper und DS Jake Derwent. Und Ihr Name ist?"

„Josh. Freut mich sehr, Ryan und Jake." Er schüttelte beiden die Hand und hielt vor allem die von Jake länger als nötig.

„Sie waren also auf der Party am Freitagabend?", begann Ryan.

„Das war ich", sagte Josh. „*Was* für ein Haus! Waren Sie schon mal da?"

„Ähm, ja", sagte Ryan.

„Siebzehntes Jahrhundert", schwärmte Josh. „Jakobinisch. All diese schönen langen Galerien und Sprossenfenster. Davon kann ich gar nicht genug bekommen."

„Natürlich."

„Ja, ich studiere Architektur, wissen Sie. Ich arbeite am Wochenende als Escort, um meine Studiengebühren zu bezahlen."

„Ich verstehe, und waren Sie vorher schon einmal in diesem Haus?"

„Oh, sehr oft. Und immer mit jemand Neuem, mit dem ich den Abend verbringen konnte."

„Haben Sie die Freitagnacht mit jemand Bestimmten verbracht?"

„Natürlich habe ich das. Aber Sie werden nie erraten, wer." Er wartete gespannt.

„Nein", stimmte Ryan zu. „Das werde ich nie erraten. Vielleicht könnten Sie es uns einfach sagen?"

Josh verzog schmollend das Gesicht. „Ein *Richter*!"

„Hat er gesagt, dass er Richter ist?"

„Er hat nicht *aufgehört,* davon zu erzählen", sagte Josh lachend. „Manche Leute geben gerne an, wissen Sie? Ich habe einmal mit einem *sehr* berühmten Schauspieler geschlafen, und er konnte einfach nicht aufhören, die Namen von Leuten zu erwähnen, während ich bei ihm war."

Jake studierte seine Notizen. „Ist dieser Richter zufällig der ehrenwerte Mr. Justice Neville?"

„In der Tat.

„Und Sie haben die ganze Nacht mit dem Richter verbracht?"

„Was meinen Sie?", sagte Josh mit einem schelmischen Lächeln.

„Ich frage, ob Sie mit ihm geschlafen haben."

„Unverschämt!", sagte Josh. „Aber ja, wenn Sie schon fragen, das habe ich. Werden Sie mich fragen, wie es war?"

„Nein", sagte Ryan. „Ich werde Sie fragen, ob Sie die ermordete Frau, Gina Hartman, irgendwann an diesem Abend gesehen haben."

„Sie war eine der Kellnerinnen, richtig? Ich kann nicht behaupten, dass ich sie groß beachtet habe."

„Und haben Sie irgendeinen Tumult gesehen oder gehört? Einen Kampf oder so etwas?"

„Nein."

„Okay, danke für Ihre Zeit, Josh. Können Sie den Nächsten reinschicken?"

„Ist das alles?" Josh ging und sah enttäuscht aus, dass das Gespräch so schnell zu Ende war.

Jake warf einen Blick auf die Namensliste, um sich zu erinnern, wen sie als Nächstes befragen sollten. Es war Erika aus Tschechien, eine schlanke, brünette Frau mit langen Beinen und Augen wie dunkle Seen. Jake war einmal mit seinen Kumpels aus Leeds für ein Saufwochenende nach Prag geflogen. Zwischen ein paar Bierchen hatte er die beeindruckende mittelalterliche Architektur der Prager Innenstadt bewundert, aber die Fahrt vom Flughafen hatte sie durch düstere Vororte mit eintönigen Hochhäusern geführt. Er fragte sich, aus welchem Leben Erika geflohen war, um schließlich in London für eine Escort-Agentur zu arbeiten.

Sie schien eine intelligente junge Frau zu sein, obwohl ihr Englisch sehr gebrochen und mit Akzent war. Wie die anderen Mädchen war sie äußerst zurückhaltend. Ryan versuchte, mit ein paar einfachen Fragen ihr Vertrauen zu gewinnen.

„Also, Erika, wie lange leben Sie schon in England?"

„Ist jetzt fast zwei Jahre."

„Und Sie haben die ganze Zeit als Escort gearbeitet?"

Erika schien nicht antworten zu wollen, vielleicht witterte sie eine Falle.

„Wir sind nicht hier, um Ihnen Ärger zu machen", sagte Jake. „Wir wollen nur wissen, ob Sie uns helfen können, herauszufinden, wer Gina Hartman ermordet hat."

Sie nickte behutsam. „Arbeitet als Escort, ja. Ist gutes Geld."

„Da bin ich mir sicher", sagte Ryan, „für ein hübsches Mädchen wie Sie."

Sie senkte den Blick zu Boden.

„Waren Sie schon einmal auf einer dieser Partys in Oxfordshire?", fragte Ryan.

„Ja. Schon zweimal. Dies ist dritte Mal für mich."

„Und was haben Sie auf der Party am Freitag gemacht?"

„Mit Gästen reden. Tanze ein wenig. Dann geh nach oben."

„Mit wem sind Sie nach oben gegangen, Erika?"

„Ich gehe nach oben mit Mann namens Apollo."

Jake horchte auf. Er wechselte einen Blick mit Ryan, der sich ungeduldig vorbeugte. „Apollo? War das sein Party-Pseudonym?"

Erika runzelte verwirrt die Stirn.

„War das sein richtiger Name?", stellte Jake klar. Ryan unterdrückte ein Kichern.

„Ah. Nein. Ist nicht richtige Name. Gäste benutzen anderen Namen auf der Party … ist ein Alias, ja."

„Wer war er wirklich?", fragte Ryan. „Dieser Kerl, der dachte, er sei ein griechischer Gott?"

Erika schüttelte den Kopf. „Kann nicht sagen. Nennt sich nur Apollo."

„Aber haben Sie ihn erkannt? War er jemand

Berühmtes?"

„Kann nicht sagen", sagte Erika. „Er trägt Maske."

„Aber er muss die Maske im Bett abgenommen haben. Sie haben sein Gesicht gesehen, oder?"

„Ja."

„Kommen Sie schon", sagte Jake aufmunternd. „Ich verspreche Ihnen, dass Sie keinen Ärger bekommen."

Sie schien es sich gut zu überlegen. Sie warf einen Blick über die Schulter zum Empfang, wo Angel saß, eine weitere Zigarette zwischen den Lippen.

„Alles, was Sie uns erzählen, wird streng vertraulich behandelt", sagte Ryan. „Angel wird nichts davon erfahren."

„Okay, dann ist Apollo Abgeordneter."

„Hugh Avery-Blanchard?", erkundigte sich Jake und versuchte vergeblich, sich den rotgesichtigen Abgeordneten auf dem Olymp vorzustellen.

Sie nickte.

„Wann sind Sie mit ihm nach oben gegangen?", fragte Ryan.

Sie zuckte mit den Schultern. „Vielleicht zehn. Vielleicht ein bisschen später."

„Halb elf?"

„Ja."

„Und Sie haben die ganze Nacht mit ihm verbracht?"

„Ja. Als ich am nächsten Morgen wach, er ist schon weg."

„Er war also die ganze Nacht bei Ihnen im Zimmer?"

„Ja."

„Sind Sie sicher? Es ist wichtig, Erika."

„Ja."

Ryan schien von ihrer Antwort enttäuscht zu sein. Jake wusste, was er dachte. Wenn Erika ab halb elf die ganze Nacht bei Avery-Blanchard im Schlafzimmer gewesen war, konnte er Gina unmöglich ermordet haben, die höchstwahrscheinlich gegen Mitternacht erwürgt worden war. Gina war jedenfalls noch sehr lebendig gewesen, als sie kurz vor Mitternacht den Champagner in Avery-

Blanchards Zimmer gebracht hatte.

Ein neuer Gedanke kam Jake in den Sinn. „War Apollo irgendwann einmal allein", fragte er sie, „zum Beispiel, als gegen Mitternacht eine Flasche Champagner auf sein Zimmer gebracht wurde?"

Erika überlegte eine Sekunde. „Wenn der Champagner kommt, bin ich im Bad."

„Sie haben also die Kellnerin nicht gesehen, die ihn aufs Zimmer gebracht hat?"

„Nein. Ich bin im Bad, wie ich sage. Ich höre ein Klopfen an Schlafzimmertür, dann eine Art Geräusch. Als ich fertig im Bad, steht Champagner im Zimmer, bereit zum Trinken. Ich sehe keine Kellnerin."

„Was für ein Geräusch haben Sie gehört?"

„Ich … vielleicht ein Schrei … eine Frau, vielleicht. Ich weiß nicht."

„Und wie hat Apollo gewirkt, nachdem Sie das Bad verlassen haben?"

„Gewirkt? Vielleicht … ein bisschen rot in Wangen."

„Als wäre er in einen Kampf oder eine Schlägerei verwickelt gewesen?"

„Ich weiß nicht."

„Wie lange waren Sie auf der Toilette, Erika?"

„Kleine Weile. Ein paar Minuten."

„Fünf Minuten? Zehn?"

„Vielleicht."

„Ist es also möglich, dass Apollo die Tür öffnete, aus dem Zimmer ging, Gina angriff und dann zurückkam?"

„Ich weiß nicht. Vielleicht. Bitte, keine Fragen mehr jetzt."

„In Ordnung", sagte Ryan. „Erika, Sie haben uns sehr geholfen. Danke, dass Sie sich die Zeit genommen haben, mit uns zu sprechen."

„Ich kann gehen?" Sie stand zögernd auf und verließ dann rasch den Raum, wobei sie einen letzten nervösen Blick mit ihren glühenden dunklen Augen über die Schulter warf.

KAPITEL 15

Bridget verließ die Pathologie in düsterer Stimmung. Die Enthüllung von Ginas Schwangerschaft warf ein völlig neues Licht auf den Fall. Dr. Roy Andrews hatte bestätigt, dass Gina mit ziemlicher Sicherheit gewusst hatte, dass sie schwanger war, obwohl sie sich noch in einem sehr frühen Stadium befand.

Bridget erinnerte sich an ihren eigenen Schock, als sie erfuhr, dass sie mit Chloe schwanger war. Bei der Arbeit hatte sie die beiden blauen Linien auf der Toilette angestarrt. Sie schienen nicht kräftig genug zu sein, um die Existenz eines neuen menschlichen Wesens zu belegen. Es war nicht absichtlich geschehen, im Gegensatz zu den beiden Schwangerschaften ihrer Schwester, die mit der Präzision einer militärischen Operation geplant und durchgeführt worden waren, und Bridget vermutete, dass auch Ginas Schwangerschaft nicht beabsichtigt gewesen war. Ein Kind zu bekommen, hätte eine große Beeinträchtigung ihres Studiums bedeutet, möglicherweise sogar dessen Ende, und sie fragte sich, ob Gina das Baby hatte behalten wollen. Diese Entscheidung musste nun nicht mehr getroffen werden.

Die wichtigste Frage war nun, wer der Vater war. Die Vermutung lag nahe, dass es der Mann war, mit dem Gina am Abend der Party Sex gehabt hatte.

„Sobald wir die DNA-Ergebnisse aus dem Labor haben, sollten wir wissen, mit wem sie geschlafen hat", sagte Bridget zu Ffion, als sie wieder in Kidlington ankamen.

„Obwohl wir noch nicht von *allen* DNA-Proben bekommen haben", sagte Ffion, als könnte sie Bridgets Gedanken lesen.

„Wir brauchen immer noch die vom Abgeordneten", stimmte Bridget zu.

Es war schwer vorstellbar, dass Gina mit dem aufgeblasenen Hugh Avery-Blanchard geschlafen hatte, doch wenn sie auf der Suche nach einer Story gewesen war, die dem Ruf des Abgeordneten schaden würde, wer konnte schon sagen, wie weit sie bereit gewesen wäre zu gehen?

„Haben Sie schon einen Blick auf Ginas Laptop geworfen?", fragte Bridget Ffion.

„Das steht als Nächstes auf meiner Liste."

„Gut. Schauen Sie, was Sie finden können. Vielleicht hat sie Tagebuch geführt oder Notizen für einen Artikel gemacht, den sie geschrieben hat. Vielleicht können wir herausfinden, woran sie für die Studentenzeitung gearbeitet hat."

„Wird gemacht", sagte Ffion. „Was ist mit Ihnen?"

„Das", sagte Bridget düster, „hängt davon ab, was der Chief Super zu sagen hat."

Detective Chief Superintendent Grayson war in seiner Höhle, als Bridget ihn suchte. Er hob neugierig eine Augenbraue, als sie anklopfte und sein gläsernes Büro betrat. „Fortschritte, DI Hart?"

„Gewissermaßen, Sir."

Nachdem sie die neuesten Entwicklungen erläutert hatte, wirkte Grayson noch weniger glücklich als sonst. „Ein schwangeres Mordopfer. Die Presse wird das lieben, wenn es die Runde macht. Was meinen Sie, wer könnte der Vater sein?"

„Wir warten noch auf die Ergebnisse aus dem Labor, Sir. Aber es gibt immer noch einen Gast, der sich geweigert hat, uns eine DNA-Probe zu geben: Hugh Avery-Blanchard."

Bei der Erwähnung des Abgeordneten von Witney wurden die Falten auf Graysons Stirn noch tiefer. „Was gedenken Sie dagegen zu unternehmen?"

„Er wird jetzt in London sein, im Unterhaus. Er muss einer sehr wichtigen Debatte beiwohnen, wie er mir eifrig mitteilte. Mit Ihrer Erlaubnis, Sir, würde ich ihn gerne noch einmal aufsuchen und diesmal darauf bestehen, dass er uns eine DNA-Probe zur Verfügung stellt."

„Ist Ihnen klar, dass Sie nicht befugt sind, eine solche von ihm zu verlangen?"

„Ja, Sir. Es sei denn, ich nehme ihn fest."

Sie erwiderte Graysons starren Blick mit ihrem eigenen unnachgiebigen. Er hatte versprochen, ihr zu helfen, falls sie Schwierigkeiten haben sollte, einen der Partygäste zur Kooperation zu bewegen. Jetzt war es an der Zeit, dieses Versprechen auf die Probe zu stellen.

Grayson nickte. „Also gut. Fahren Sie nach London. Lassen Sie uns diese Untersuchung abschließen, bevor die Details an die Zeitungen durchsickern."

★

Obwohl sie an diesem Morgen gerne mit Bridget an der Obduktion teilgenommen hatte, war Ffion froh, jetzt im Büro bleiben und Ginas Laptop in Ruhe untersuchen zu können. Andy und Harry waren auch im Büro, aber beide waren ruhige Arbeiter, die sie nicht behelligten. Sie war froh, dass Ryan mit seinem bissigen Humor den Tag in London verbrachte, und erleichtert, dass sie Jake jetzt nicht gegenübertreten musste. Sie brauchte Zeit für sich, um ihre Gefühle für ihn zu klären.

Während sie sich eine Tasse Kamillentee machte, dachte sie an den verletzten Blick, den er ihr am Tag zuvor in der Küche zugeworfen hatte, und an das kurze

Telefongespräch, das sie am späten Abend mit ihm geführt hatte.

Sie wusste, dass sie ihn unfair behandelt hatte. Er hatte sich alle Mühe gegeben, sie zu versöhnen, hatte ihr sogar angeboten, für sie zu kochen oder zu ihr nach Hause zu kommen und zu essen, was sie wollte. Und sie hatte ihn zurückgewiesen.

Es war ja nicht so, dass er etwas falsch gemacht hätte. Die Schuld lag eindeutig bei Brittany Grainger und Jake konnte nicht dafür verantwortlich gemacht werden, dass er das Pech gehabt hatte, seiner Ex-Freundin über den Weg zu laufen. Ffion wusste, dass er sich unter unschönen Umständen von Brittany getrennt hatte.

Warum war sie dann so beunruhigt vom unerwarteten Auftauchen von Brittany?

Die Schlussfolgerung, zu der sie kam, machte sie nicht gerade stolz auf sich. Sie behandelte Jake so, weil sie selbst verunsichert war. Sie hatte sich in der Gesellschaft von Männern immer unwohl gefühlt. Ihre Beziehungen zu Frauen schienen ihr immer natürlicher zu sein. Aber sie mochte Jake. Sie wollte bei ihm bleiben. Und sie würde nicht zulassen, dass eine Frau wie Brittany Grainger sich zwischen sie stellte. Wenn es sein musste, würde sie um Jake kämpfen. Sie würde damit anfangen, sich bei ihm zu entschuldigen, wenn er heute Abend aus London zurückkkam. Sie würde es wieder gutmachen und alles essen, worauf er Lust hatte. Sie würde sich nicht einmal über die Unordnung in seinem Badezimmer beschweren.

Glücklich über ihre Entscheidung machte sie sich an Ginas Laptop zu schaffen.

Sie begann damit, Ginas E-Mails durchzusehen. Sie fand nichts besonders Ungewöhnliches oder Aufschlussreiches. Nachdem sie Hunderte von Spam-Mails von „nigerianischen Prinzen" und „technischen Support-Abteilungen" aussortiert und verschiedene Online-Einkäufe, Nachrichten von der Universitätsverwaltung und dergleichen durchgesehen hatte, gab es kaum etwas Bemerkenswertes. Ffion fuhr mit

Ginas Suchverlauf fort.

Das war schon interessanter. Gina hatte Recherchen über Hugh Avery-Blanchard, den Abgeordneten, angestellt, einschließlich seines Abstimmungsverhaltens im Parlament, seiner Verantwortlichkeiten im Ministerium für Wohnen, Kommunen und lokale Selbstverwaltung und seiner Beteiligung an einer lokalen Planungsangelegenheit, die sich als umstritten herausgestellt hatte. Die Nachforschungen erstreckten sich auch auf die verschiedenen Firmen und Geschäftsinteressen von Nick Damon sowie auf den Richter Graham Neville und andere Gäste, die an der Party am Freitag teilgenommen hatten.

Nachdem sie Ginas gesamten Suchverlauf der letzten zwei Monate durchgesehen hatte, füllte Ffion ihre leere Tasse mit mehr Kamillentee und begann, die verschiedenen Dokumente auf dem Laptop durchzugehen. Neben Aufsätzen, Vorlesungsmitschriften und anderen studentischen Arbeiten hatte Gina auch mehrere Artikel für die Studentenzeitung geschrieben. Einige davon waren Musik- und Theaterkritiken, aber ein Ordner war Hugh Avery-Blanchard und insbesondere dem Bauprojekt gewidmet, bei dem sich die Interessen des Abgeordneten und die von Nick Damon überschnitten.

Ffion begann, das aktuellste Dokument zu lesen.

Abgeordneter nimmt Schmiergeld von lokalem Geschäftsmann

Was verbindet den Parlamentsabgeordneten für Witney, Hugh Avery-Blanchard, mit dem millionenschweren Geschäftsmann und Eigentümer mehrerer Baufirmen, Nick Damon?

Es wird erwartet, dass Avery-Blanchard, parlamentarischer Unterstaatssekretär im Ministerium für Wohnen, Kommunen und lokale Selbstverwaltung, sich über die Bedenken der Anwohner hinwegsetzt und die Genehmigung für ein massives Bauprojekt erteilt, das das Dorfleben in West Oxfordshire für immer verändern wird. Die Anwohner bezeichneten das Bauvorhaben als Verschandelung der Landschaft, die nicht den

Bedürfnissen der Gemeinde entspreche.

Diese Zeitung kann nun enthüllen, dass Avery-Blanchard, der verheiratet ist, zwei Kinder hat und sich häufig über den „Verfall der moralischen Werte" ausgelassen hat, heimlich an Maskenbällen im Haus des Bauunternehmers Nick Damon teilgenommen hat, über die von „wilden Orgien" und „Ausschweifungen" berichtet wurde.

Dies entlarvt nicht nur die schamlose Heuchelei von Mr. Avery-Blanchard, sondern deutet auch auf eine starke persönliche Verbindung zwischen zwei mächtigen Männern hin, die auf Bestechung und Korruption im Herzen der Regierung hinweist …

Nach der Lektüre des gesamten Dokuments, einschließlich der verschiedenen Notizen, die Gina für sich selbst gemacht hatte, kam Ffion zu dem Schluss, dass der Artikel noch in Arbeit war und mehr Beweise benötigt wurden, bevor die Behauptungen aufrechterhalten werden konnten. Aber Gina hatte eindeutig die Absicht, mehr herauszufinden, und war vielleicht zu der Party am Freitag gegangen, um handfeste Beweise für ihre Anschuldigungen zu finden. Ihre Tonaufnahme war zweifellos ein Versuch, Avery-Blanchard oder Damon oder beide bei einer belastenden Handlung oder einem Schuldeingeständnis zu erwischen.

Nach dem, was Ffion gesehen und gehört hatte, schien es, dass Gina keine wasserdichten Beweise gefunden hatte, aber sie war offensichtlich ihrer Beute nahe gekommen. Es war durchaus denkbar, dass entweder Damon oder Avery-Blanchard herausgefunden hatten, was sie vorhatte, und beschlossen hatten, etwas zu unternehmen, um sie zu stoppen.

Wenn das der Fall war, war es möglich, dass an Dr. Nathan Frosts Theorie, er sei als Sündenbock für den Mord hereingelegt worden, doch etwas dran war. Ffion klopfte mit dem Bleistift auf die Zähne, ging die verschiedenen Verbindungen in ihrem Kopf durch und überprüfte ihre Hypothese auf Lücken. Sie konnte keine entdecken.

Sie griff nach ihrem Handy und wählte Bridgets Nummer.

★

Dr. Nathan Frost saß unbehaglich in seinem Stuhl und betrachtete die vertraute, aber nun seltsam fremde Umgebung seines Zimmers im College. Alles war noch so wie früher – die Holzstühle mit den etwas abgenutzten Polstern, die durchhängenden Bücherregale, die verblichenen Vorhänge, der ungleichmäßig abgenutzte Teppich, auf dem so viele Füße herumgetrampelt waren – , aber er hatte das Gefühl, alles mit anderen Augen zu sehen.

Draußen war der Innenhof des Colleges unverändert wie seit Jahrhunderten. Aber die goldenen Steingebäude und der gestreifte grüne Rasen konnten nicht darüber hinwegtäuschen, dass etwas Lebendiges ausgelöscht worden war. Dort, wo einst ein breites, glückliches Lächeln, eingerahmt von langem, rotem Haar, hoffnungsvoll in die Zukunft geblickt hatte, herrschte nun eine Leere. Der Geist von Gina Hartman würde in seinem Herzen bleiben, solange er lebte.

„Dr. Frost?"

Er zuckte in seinem Stuhl zusammen, erschrocken über die plötzliche Unterbrechung seiner Selbstbeobachtung durch die Stimme.

„Dr. Frost, geht es Ihnen gut?"

Ihm gegenüber saßen zwei Mädchen. Lizzie und Lucy. Er hatte immer noch keine Ahnung, wer wer war.

„Ja", murmelte er. „Mir geht es gut. Machen Sie weiter."

Die Mädchen tauschten Blicke aus. „Dr. Frost", sagte Lizzie oder Lucy, „wir warten darauf, dass Sie mit dem Tutorium beginnen."

„Ah, ja. Ja, natürlich." Er richtete sich auf und versuchte sich zu erinnern, was von ihm erwartet wurde.

Einfache alltägliche Handlungen schienen ihm im Moment aus irgendeinem unerklärlichen Grund nicht möglich zu sein. „Bitte lesen Sie den Titel Ihres Aufsatzes vor."

Nervös räusperte sich eines der Mädchen und begann von dem Stapel Papier in ihrem Schoß abzulesen. „Ist Faust durch seinen Pakt mit dem Teufel für seinen eigenen Untergang verantwortlich?" Sie hielt inne, sah auf der Suche nach Bestätigung zu ihm auf und begann dann, ihren Aufsatz laut vorzulesen.

Frost zuckte verlegen zusammen, als das Mädchen die Frage beantwortete, die er gestellt hatte. Damals – noch vor wenigen Tagen – hatte er sie für eine gute Frage gehalten, die darauf abzielte, die Essenz von Goethes Werk selbst aus der Feder des unbegabtesten Studenten herauszukitzeln und gleichzeitig den Begabteren Raum zu geben, ihre analytischen Fähigkeiten voll zu entfalten.

Jetzt schien es so banal, so offensichtlich.

Angesichts seiner jüngsten Erfahrungen war ihm die Antwort auf diese Frage mehr als klar. Er fragte sich, wie um alles in der Welt er sie so vielen seiner Studenten über so viele Jahre hatte stellen können. Was hatte er sich dabei gedacht?

Er begann, sich in seinem Stuhl zu winden, als er Lizzie oder Lucy sprechen hörte. Er hob eine Hand. „Stopp!"

Sie sah erschrocken auf.

„Stopp", sagte er sanfter. Er wollte sie nicht beunruhigen. Er wusste, dass er im Geist seines jungen Schützlings schon genug Unruhe gestiftet haben musste.

Die beiden Mädchen sahen ihn erstaunt an.

„Lassen Sie uns über etwas anderes reden", begann er. „Ja …"

In seinem Kopf nahm ein Gedanke Gestalt an, der sich aus der Wolke der Verwirrung löste, die ihn umgab, seit er mit Ginas kaltem Leichnam neben sich aufgewacht war. Er blinzelte, um sich von dem Bild zu befreien und sich zu konzentrieren. Ja, eine weitere Frage tauchte auf – eine, die sich viel dringlicher und zwingender anfühlte.

In der Tat lebenswichtig.

Er beugte sich eifrig vor. „Reden wir lieber darüber. Was hätte Faust anders machen können, um sein Schicksal abzuwenden, oder war sein Untergang unausweichlich, nachdem er Mephistopheles' Angebot angenommen und die verhängnisvollen Ereignisse in Gang gesetzt hatte?"

Die Worte schienen ihm wie von selbst über die Lippen zu kommen. Nach dreißig Jahren, in denen er Jahr für Jahr denselben Aufsatz verfassen ließ, überraschte er sich selbst mit einer für ihn untypischen Neuheit. Nur wenige Tage waren vergangen, und doch war alles anders. Er war nicht mehr der Mann, der er einmal gewesen war. Er konnte es nie wieder sein. War es möglich, dass das, was zunächst wie eine Katastrophe aussah, in Wirklichkeit eine Chance war, sich neu zu erfinden?

„Dr. Frost?"

Den beiden Mädchen schien sein Verhalten peinlich zu sein, aber das war ihm egal. Er wiederholte die Frage und entließ sie dann mit einer Handbewegung. „Na los. Schreiben Sie es auf. Kommen Sie nächste Woche wieder und sagen Sie mir, was Faust hätte tun können, um seinen Untergang zu verhindern."

Sagen Sie mir, was ich noch tun kann, hätte er sagen können. *Sagen Sie mir, wie ich mich retten kann.*

KAPITEL 16

Nachdem Bridget vom Chief Super die Erlaubnis erhalten hatte, nach London zu reisen und Hugh Avery-Blanchard ein zweites Mal zu befragen, fuhr sie direkt zum Bahnhof und schaffte es gerade noch, den Schnellzug von Oxford nach Paddington zu erwischen.

Sobald sie auf ihrem Platz saß, schickte sie Chloe eine kurze Nachricht, dass sie wieder einmal spät nach Hause kommen würde. Chloe antwortete, das sei kein Problem, sie wolle sowieso nach Oxford fahren und mit Freunden Pizza essen. Bridget widerstand dem Drang, ihre Tochter zu ermahnen, sich nicht in Schwierigkeiten zu bringen, und sie wegen der Hausaufgaben zu nerven. Stattdessen sagte sie Chloe, sie solle auf sich aufpassen und dafür sorgen, dass sie um neun zurück sei.

Es kam keine weitere Nachricht. Auch nicht von Jonathan. Aber Bridget hatte das auch nicht wirklich erwartet. Er würde sich heute ganz auf Angela konzentrieren, ihre Eltern in Angelas Heimatstadt Cheltenham besuchen und Blumen an ihrem Grab niederlegen. Bridget überlegte, ob es angebracht wäre, ihm eine mitfühlende oder tröstende Nachricht zu schicken, aber ihr fielen einfach nicht die richtigen Worte ein. Schließlich entschied sie, dass es das Beste war, ihn in Ruhe zu lassen. Sie wollte nicht den Eindruck erwecken, als wolle sie ausgerechnet heute ihren Anspruch auf ihn geltend machen. Zweifellos würde er sich melden, wenn er zurückkam.

Während der Zug durch die malerischen Dörfer Goring und Pangbourne raste, versuchte Bridget, ihre persönlichen Angelegenheiten beiseitezuschieben und darüber nachzudenken, wie sie mit dem Abgeordneten Hugh Avery-Blanchard umgehen sollte.

Bevor sie sich auf den Weg gemacht hatte, hatte sie einen ziemlich mühsamen Anruf bei Cynthia Duckworth im Wahlkreisbüro des Abgeordneten getätigt, die ihr nach einigem Hin und Her schließlich mitteilte, dass Mr. Avery-Blanchard den Nachmittag im Ministerium für Wohnen, Kommunen und lokale Selbstverwaltung in der Marsham Street verbringen würde. Cynthia hatte sich alle Mühe gegeben, zu betonen, wie beschäftigt Mr. Avery-Blanchard war und dass es ihm unmöglich sei, sich so kurzfristig Zeit für sie zu nehmen. Ein Anruf im Ministerium hatte sich jedoch als nützlicher erwiesen, und der für seinen Terminkalender zuständige Mitarbeiter, ein sehr viel zuvorkommenderer Assistent namens Ahmed, hatte eingeräumt, dass der Unterstaatssekretär ein Zeitfenster von dreißig Minuten zwischen fünf und halb sechs habe und dass er, wenn Bridget pünktlich käme, dafür sorgen würde, dass sie ihn sehen könne.

Bridget sah auf die Uhr. Der Zug sollte um vier Uhr sechsunddreißig in Paddington ankommen. Es würde zu lange dauern, mit der notorisch unzuverlässigen Circle Line bis zur Marsham Street im Zentrum Londons zu fahren, also beschloss sie, ein Taxi zu nehmen und die Kosten als Spesen abzurechnen.

Es wäre vielleicht einfacher gewesen, die Met einzuschalten und sie zu bitten, eine DNA-Probe von dem Abgeordneten zu beschaffen, aber Grayson bestand darauf, dass die Einschaltung einer anderen Behörde das Risiko mit sich bringen würde, dass Details des Falls an die Öffentlichkeit gelangten, was er um jeden Preis vermeiden wollte. Außerdem hatte Bridget das letzte Mal, als die Met in einen ihrer Fälle verwickelt worden war, mit ihrem Ex-Mann Ben zusammenarbeiten müssen, eine Erfahrung, die sie dazu veranlasst hatte, künftig alles intern zu halten.

Sie wusste, dass Grayson Kopf und Kragen riskierte, wenn er ihr erlaubte, weiterzumachen. Der Chief Constable würde nicht erfreut sein zu erfahren, was Bridget vorhatte.

„Ich werde so diskret wie möglich sein", hatte Bridget versprochen. „Aber es liegt wirklich an Avery-Blanchard, ob er kooperiert oder nicht. Wenn ich gezwungen bin, ihn zu verhaften, dann ist es mit der Diskretion vorbei."

Aber sie war fest entschlossen, die DNA-Probe zu bekommen, besonders nachdem sie einen Anruf von Jake erhalten hatte, der ihr mitteilte, dass Apollo das Pseudonym war, das Avery-Blanchard auf der Party benutzt hatte, was bedeutete, dass es seine Tür gewesen war, an die Gina geklopft hatte, als sie attackiert wurde. Ein darauffolgender Anruf von Ffion, der bestätigte, dass Gina Nachforschungen wegen möglicher korrupter Geschäfte zwischen dem Abgeordneten und Nick Damon anstellte, machte ihn zum Hauptverdächtigen.

Nach einer kurzen Verspätung vor Slough wegen Bauarbeiten kam der Zug schließlich mit nur fünf Minuten Verspätung in Paddington an. Bridget machte sich auf den Weg zum Taxistand, sprang in das nächstbeste Taxi und gab dem Fahrer die Adresse. Da Londoner Taxifahrer für ihre gesprächige und neugierige Art bekannt waren, besonders wenn es um politische Themen ging, beschäftigte sie sich mit ihrem Telefon, um beiläufige Gespräche darüber zu vermeiden, warum sie zum Ministerium für Wohnen, Kommunen und lokale Selbstverwaltung fuhr, und wurde mit einer weitgehend gesprächsfreien Fahrt belohnt, die nur von gelegentlichen, an andere Fahrer gerichtete, Beschimpfungen aus dem vorderen Teil des Taxis unterbrochen wurde.

Nach einer verschlungenen Fahrt durch London, die am Hyde Park und Green Park vorbeiführte, hielt das Taxi vor einem großen modernen Gebäude. Mit seinen horizontalen Lamellen erinnerte das Gebäude des Ministeriums an ein Parkhaus.

Bridget bezahlte den Fahrer und stieg aus. Sie war bereits fünfzehn Minuten später dran, als sie gehofft hatte. Im Gebäude, das sich das Ministerium mit dem Innenministerium teilte, musste sie geduldig warten, während ihre Tasche wie am Flughafen durch einen Sicherheitsscanner lief. Nachdem sie die Sicherheitskontrolle passiert hatte, ging sie zum Empfang, wo sie gebeten wurde, ein Formular auszufüllen, und ein Schlüsselband erhielt, das sie um den Hals tragen musste.

Sie schaute noch einmal auf die Uhr und sah, dass sich ihr Zeitfenster mit dem Abgeordneten zu schließen drohte. Aber nach all den Anstrengungen wollte sie auf keinen Fall mit leeren Händen nach Oxford zurückkehren.

Ahmed, der am Telefon so hilfsbereit gewesen war, wartete am Empfang auf sie. Jetzt wirkte sein Gesichtsausdruck angesichts ihrer Verspätung weit weniger entgegenkommend. Bridget fragte sich, ob sein Chef ihn dafür getadelt hatte, dass er dem Treffen überhaupt zugestimmt hatte. Der Gedanke, Hugh Avery-Blanchard als Chef zu haben, ließ sie einen Hauch Mitleid mit dem jungen Assistenten empfinden, auch wenn er jetzt entschlossen schien, sie zu vertrösten.

„Ich bin mir nicht sicher, ob der Minister Sie jetzt noch treffen kann", murmelte er, während er sie durch ein Labyrinth von Gängen und Großraumbüros führte. „Vielleicht wäre es besser, an einem anderen Tag wiederzukommen?"

„Nein", sagte Bridget. „Das glaube ich nicht."

Schließlich erreichten sie ein Büro mit einer schlichten Holztür. Ahmed warf einen letzten prüfenden Blick auf seine Uhr, doch unter Bridgets strengem Blick klopfte er recht zögerlich an.

Eine schroffe Stimme sagte: „Herein."

Nervös öffnete Ahmed die Tür. „Detective Inspector Bridget –"

„Ich weiß, wer diese Frau ist", fauchte Avery-Blanchard hinter seinem Schreibtisch. „Ich habe keine Zeit für –"

„Mr. Avery-Blanchard", unterbrach Bridget, „oder soll ich Sie Apollo nennen?"

Der Abgeordnete schloss abrupt den Mund, während Ahmed verwirrt zwischen den beiden hin und her blickte. „Schließen Sie die Tür", befahl Avery-Blanchard und entließ seinen unglücklichen Assistenten mit einer Handbewegung.

„Was machen Sie hier?", fragte er Bridget. „Ich dachte, wir hätten unsere Diskussion gestern Abend beendet."

Bridget nahm sich einen Stuhl, obwohl ihr keiner angeboten worden war, und setzte sich. „Seitdem sind weitere Informationen ans Licht gekommen. Das Pseudonym, das Sie auf Mr. Damons Hausparty benutzt haben, zum Beispiel."

„Ich verstehe. Was ist damit? Haben Sie vor, mich wegen der Annahme einer falschen Identität zu verhaften?"

„Nein, aber ich möchte wissen, ob Ihnen bekannt war, dass Frau Gina Hartman Ihre Beziehung zu Mr. Damon und insbesondere Ihre Beteiligung an einem Bauprojekt in Ihrem Wahlkreis untersucht hat."

Der Abgeordnete sah aus wie ein aufgescheuchtes Reh. „Sie hat was?"

„Sie wussten es nicht?"

„Was gab es da zu wissen?", polterte er. „Ich habe nichts zu verbergen, was meine Geschäfte mit Mr. Damon betrifft."

„Und doch haben Sie mir gestern mit einer Verleumdungsklage gedroht, wenn sich herumspricht, dass Sie auf seiner Party waren."

„Ich … war da vielleicht etwas zu defensiv. Im

Nachhinein betrachtet –"

„Mr. Avery-Blanchard, vorausgesetzt, Sie kooperieren voll und ganz bei den polizeilichen Ermittlungen, gibt es absolut keinen Grund, warum irgendjemand etwas über Ihre privaten Angelegenheiten wissen muss. Auch nicht Ihre Frau."

„Gut, ich –"

„Alles, was ich heute von Ihnen brauche, ist eine Probe Ihrer DNA."

Der Abgeordnete starrte sie finster an. „Und wenn ich mich weigere?"

„Dann bleibt mir nichts anderes übrig, als Sie wegen Mordverdachts zu verhaften."

Die roten Wangen des Abgeordneten glühten vor Empörung. „Das würden Sie nicht wagen!"

Bridget schenkte ihm ein liebliches Lächeln. „Wollen Sie es wirklich darauf ankommen lassen?"

Fünf Minuten später stand sie wieder vor dem Gebäude, den DNA-Abstrich sicher in der Tasche.

„Bahnhof Paddington, bitte", sagte sie zu dem Fahrer eines wartenden Taxis. „So schnell wie möglich." In zwanzig Minuten fuhr ein Schnellzug zurück nach Oxford, und sie hatte vor, ihn zu erwischen.

★

Jake war froh, das verrauchte Büro von Angel's Escort Agency hinter sich lassen und mit Ryan zurück nach Oxford fahren zu können.

„Man weiß, dass die Luftqualität wirklich schlecht war, wenn sogar die Autobahn im Vergleich dazu frisch riecht", bemerkte Ryan. „Trotzdem hat es sich gelohnt, noch einmal einen Blick auf die Mädchen zu werfen, meinst du nicht?"

„Hm", sagte Jake zerstreut.

„Du wünschst dir doch, du könntest eine mit nach Hause nehmen, oder? Oder denkst du gerade an ein anderes Mädchen? Läuft es nicht so gut zwischen dir und

Ffion?"

„Es ist kompliziert", sagte Jake, der überhaupt keine Lust hatte, mit Ryan über sein Liebesleben zu reden.

„Ja, sie kann eine richtige Furie sein, nicht wahr?", sagte Ryan. „Ich beneide dich nicht, Kumpel."

„Danke für deine Feinfühligkeit", sagte Jake. „Ich wusste, dass ich auf deinen wohlüberlegten Rat zählen kann."

„Frag einfach, wenn du noch mehr davon haben willst."

„Das werde ich."

Nachdem er Ryan wieder auf dem Revier abgesetzt hatte, überlegte Jake, was er als Nächstes tun sollte. Er wollte unbedingt von Angesicht zu Angesicht mit Ffion sprechen, aber gleichzeitig keinen weiteren Streit riskieren, indem er unangekündigt bei ihr auftauchte. Stattdessen griff er zum Telefon und rief sie an.

„Hey", sagte sie, und ihre Stimme klang nicht mehr so schroff wie bei ihrem letzten Gespräch. „Wie war London?"

„Es war alles ein bisschen schmierig, wirklich."

„Die Escorts, meinst du?"

Er lachte. „Ryan, hauptsächlich. Wie war dein Tag?"

„Interessant. Ich war mit der Chefin bei der Obduktion und habe dann den Nachmittag damit verbracht, Informationen in Ginas Laptop aufzuspüren."

„Okay", sagte Jake und hoffte, dass sie ihm nichts von der Obduktion erzählen würde. Bei dem Gedanken, Leichen aufzuschneiden, wurde ihm immer mulmig zumute. „Also, was möchtest du heute Abend machen?"

Er war bereit, zu ihr nach Hause zu gehen und einen Teller Linsen zu essen, wenn das bedeutete, dass sie vernünftig und offen miteinander reden konnten. Er wollte ihr noch einmal erklären, dass Brittany ihm nichts bedeutete, und sich von Ffion versichern lassen, dass sie ihm vertraute.

„Wollen wir was essen gehen?", fragte Ffion. „Vielleicht könnten wir etwas zum Mitnehmen holen und bei dir essen."

„Zum Mitnehmen?" Jake traute seinen Ohren nicht. „Ich dachte, du magst das nicht."

„Ich will einfach das, was du willst."

„Okay. Großartig."

„Und dann kann ich dir erzählen, was ich über Gina herausgefunden habe", fügte sie hinzu.

„Und zwar?"

„Dass sie Nachforschungen über Nick Damon und Hugh Avery-Blanchard angestellt hat", sagte Ffion aufgeregt. „Ich glaube, sie war da vielleicht an etwas dran."

„Glaubst du, die beiden haben etwas im Schilde geführt?"

Jake hatte das Bild des unhöflichen, wenig hilfsbereiten Politikers und des aalglatten Geschäftsmanns vor Augen, und es war leicht, sich vorzustellen, dass die beiden in irgendwelche krummen Geschäfte verwickelt waren.

„Gina hat das sicher gedacht", sagte Ffion. „Und außerdem glaube ich, dass Brittany Grainger auch davon gewusst haben könnte."

Jake zuckte zusammen und fragte sich, warum Ffion ausgerechnet Brittany erwähnte, wo doch zwischen ihnen alles wieder in Ordnung zu sein schien.

„Wie kommst du darauf?", fragte er vorsichtig.

Er spürte, wie ihm das Gespräch zu entgleiten drohte. Er wollte über sich und Ffion reden, nicht über Brittany oder die Mordermittlung. Aber Ffion schien nicht in der Lage zu sein, sich zurückzuhalten, als würde die Diskussion selbst sie durch ihre Schwere hinabziehen.

„Nun", sagte sie, „Brittany ist Damons Assistentin, also muss sie alles über seine geschäftlichen Angelegenheiten wissen."

„Nicht unbedingt", sagte er.

„Ich schätze, sie hat gelogen, um ihren Chef zu schützen."

„Was?", sagte Jake mit wachsender Bestürzung. „Warum sagst du das?"

Auch Ffion klang konsterniert. „Warum verteidigst du

Brittany?"

„Warum beschuldigst du sie der Lüge?"

„Ich gehe immer davon aus, dass Menschen lügen."

„Tust du das?", fragte Jake wütend. „Ist es das, was du von mir denkst?"

„Nein, natürlich nicht. Das habe ich nicht gesagt."

„Nun, es hörte sich aber so an."

Es folgte ein langes Schweigen. Als Ffion wieder sprach, klang ihre Stimme kühl. „Ich habe es mir anders überlegt. Ich glaube, ich werde mich heute Abend doch selbst um das Essen kümmern."

„Okay", sagte er. „Vielleicht ist es besser so."

★

Als Bridget endlich zu Hause in Wolvercote ankam, war es schon spät. Aber sie freute sich, dass Chloe wie versprochen zurück war und sogar Hausaufgaben gemacht hatte.

„Es tut mir leid, dass ich dich gestern Abend angeschrien habe", sagte Bridget zu ihr. „Ich habe mir Sorgen gemacht, das ist alles."

Chloe zuckte mit den Schultern. „Dazu gab es keinen Grund."

„Vielleicht nicht, aber so sind Mütter nun mal. Vor allem, wenn sie nicht wissen, was ihre Töchter tun."

„Ich habe nichts Schlimmes getan", sagte Chloe. „Nun, außer, dass ich Wodka getrunken habe, nehme ich an. Ich mochte ihn nicht besonders, falls das hilft."

„Ich möchte einfach lieber im Voraus wissen, was du vorhast, als es hinterher von Tante Vanessa zu erfahren."

„Ich schicke dir ständig Nachrichten", protestierte Chloe.

„Aber du hast mir nicht gesagt, dass du auf eine Party gehst. Hättest du das getan, hätte ich mir nicht so viele Sorgen gemacht."

„Hättest du nicht?"

„Na ja, vielleicht nicht."

„Was du wirklich willst, ist, dass ich mich wie ein Roboter verhalte und genau das tue, was du sagst", sagte Chloe.

„Ich möchte nur wissen, dass du in Sicherheit bist."

„Nun, das war ich. Also hör auf, dir Sorgen zu machen."

Hör auf, dir Sorgen zu machen. Das war leicht gesagt, aber schwer realisierbar. Sorgen waren nichts, was man nach Belieben ein- und ausschalten konnte. Sie waren immer da, im Hintergrund, nagten unerbittlich an einem und würden nie verschwinden. Alles, was Bridget tun konnte, war zu versuchen, damit zu leben.

Auch von Jonathan hatte sie noch nichts gehört. Bridget fragte sich, wie es ihm ergangen war, als er Angelas Eltern besucht hatte, und ob er sie vielleicht später anrufen würde. Vielleicht sollte sie ihn anrufen. Aber sie wollte nicht zu anhänglich erscheinen. Das mochte kein Mann.

Aus einem Impuls heraus wählte sie trotzdem seine Nummer. Sie wollte einfach nur „Hi" sagen und seine Stimme wieder hören. Sie vermisste ihn so sehr. Aber der Anruf ging auf die Mailbox und plötzlich wusste sie nicht, was sie sagen sollte.

„Oh, hi, ich bin's. Ich meine, ich bin es, Bridget. Ich wollte nur wissen, wie es dir heute ergangen ist."

Das war eine dumme Bemerkung. Es klang, als wäre er bei einem Autohändler gewesen oder so.

„Wie auch immer, ich hoffe, es geht dir gut."

Natürlich geht es ihm nicht gut. Er hat gerade einen Tag damit verbracht, das Grab seiner verstorbenen Frau zu besuchen.

„Mir geht es gut."

Das klingt unsensibel.

„Also, ruf mich an, wenn du Zeit hast, und vielleicht können wir … uns treffen oder so." Nach einer Pause fügte sie hinzu: „Tschüss, dann."

O Gott, dachte sie und stützte ihren Kopf in die Hände. Warum war sie nur so schlecht in diesem Beziehungskram?

KAPITEL 17

Als Bridget am Dienstagmorgen zur Arbeit kam, war sie gespannt, ob sich ihre Reise nach London am Vortag gelohnt hatte. Sie hatte die Forensiker gebeten, die DNA-Probe von Hugh Avery-Blanchard über Nacht im Labor zu untersuchen, und vom Ergebnis hing viel ab, zumal der Chief Super keine Mühen gescheut hatte, sie zu unterstützen.

Als sie ankam, lag ein brauner Umschlag auf ihrem Schreibtisch, den sie rasch öffnete und den Brief darin las. Sie war erfreut zu sehen, dass die Ergebnisse des Abgeordneten zusammen mit denen aller anderen Männer, von denen sie Proben genommen hatten, enthalten waren. Aber nachdem sie den Brief zweimal gelesen hatte, begann ihr der Kopf zu schwirren.

„Was gibt's, Ma'am?", fragte Andy Cartwright, der ebenfalls früh dran war.

„Das sind die Ergebnisse des Labors, das die Spermaprobe aus Ginas Körper mit den DNA-Proben der verschiedenen Verdächtigen verglichen hat."

„Welcher von ihnen war es?", fragte Andy.

Bridget hielt den Brief vor sich und konnte es immer

noch nicht ganz glauben. „Keiner von ihnen."

Andy sah verwirrt aus. „Soll das heißen, keiner der Männer auf der Party hat mit Gina geschlafen?"

„Das stimmt", stimmte Bridget zu, und ihr Triumphgefühl, nicht nur Hugh Avery-Blanchard, sondern auch Nick Damon dazu gebracht zu haben, DNA-Proben abzugeben, schlug in Enttäuschung um. „Aber es kommt noch schlimmer. Die DNA-Probe der Plazenta wurde ebenfalls analysiert und sie zeigt, dass der Vater von Ginas Kind nicht derselbe Mann ist, der vor der Party mit ihr Sex hatte. Und was noch schlimmer ist: Keine der Proben, die von den Männern auf der Party abgegeben wurden, stimmt mit der DNA der Plazenta überein."

Andy machte große Augen. „Es gibt also zwei Männer, nach denen wir suchen, und keiner von beiden war auf der Party?"

„Korrekt."

Die Stimmung beim morgendlichen Briefing schlug schnell in Niedergeschlagenheit um, nachdem Bridget ihrem Team die Nachricht überbracht hatte, trotz des Beitrags von Ffion, die erklärte, dass Gina eine mögliche Verbindung zwischen Hugh Avery-Blanchard und Nick Damon im Zusammenhang mit der Baugenehmigung für die geplante Wohnsiedlung untersucht hatte, und trotz des Berichts von Ryan und Jake, dass die Escort-Dame, die die Nacht mit dem Abgeordneten verbracht hatte, bestätigt hatte, dass er das Pseudonym „Apollo" benutzt hatte und dass sie ihm kein lückenloses Alibi geben konnte.

„Damit ich das richtig verstehe", sagte Ryan und kratzte sich am Kopf. „Sie sagen, wir haben immer noch keine Ahnung, mit wem Gina vor der Party geschlafen hat oder wer der Vater ihres Kindes ist?"

„Das stimmt", sagte Bridget. „Und nur um das klarzustellen: Die Person, mit der sie vor der Party geschlafen hat, ist nicht der Vater des Kindes."

Jake wirkte verwirrt. „Und was machen wir jetzt?"

„Wir drehen uns im Kreis", sagte Bridget. „Aber jemand, der Gina nahesteht, muss über ihr Privatleben

Bescheid wissen. Ich schlage vor, wir fangen mit den beiden anderen Kellnerinnen an, Miranda und Poppy. Ffion, Sie und ich gehen zurück zum College und reden noch einmal mit ihnen."

★

Es war mitten am Vormittag, als Bridget und Ffion am Wadham College ankamen. Der Innenhof war fast menschenleer, die meisten Studenten waren in Vorlesungen, Tutorien, wissenschaftlichen Labors oder in einer der vielen College- oder Universitätsbibliotheken.

Da weder Miranda noch Poppy in ihren Zimmern waren, beschloss Bridget, sich an Dr. Ashley zu wenden, den Psychologie-Tutor, der ihr zuvor so hilfreich zur Seite gestanden hatte.

„Sie könnten es in der College-Bibliothek versuchen", sagte Dr. Ashley. „Soll ich Ihnen den Weg zeigen?"

Sie folgten ihm durch einen steinernen Torbogen auf einen offenen Platz mit Blick auf ein modernes, dreistöckiges, sechseckiges Gebäude, das in Bridgets Augen wie eine Betonfestung aussah.

„Das ist die neue Bibliothek", erklärte Dr. Ashley. „Sie hat nicht ganz den Charme der alten Bibliothek, aber sie ist sehr praktisch."

„Ja, da bin ich mir sicher", sagte Bridget, die sich gerne an die alte Bibliothek des Merton College mit ihrer Kassettendecke, dem Mobiliar aus dem sechzehnten Jahrhundert und den Buntglasfenstern erinnerte.

Nachdem Dr. Ashley sie dem Bibliothekar vorgestellt hatte, wünschte er ihnen alles Gute und kehrte in sein Zimmer zurück. Der Bibliothekar gestattete ihnen bereitwillig, sich umzusehen, und Bridget musste zugeben, dass die Bibliothek, wie Dr. Ashley gesagt hatte, innen sehr ansprechend eingerichtet war. Das Gebäude war hell und luftig, mit Reihen von ordentlich angeordneten Regalen und geräumigen Tischen, an denen die Studenten saßen, umgeben von Stapeln von Büchern.

Die Studenten warfen den Detectives im Vorbeigehen flüchtige Blicke zu und widmeten sich dann wieder ihren Studien. Bridget erinnerte sich an ihre eigene Studienzeit, die sie in der Universitätsbibliothek oder im Bodleian verbracht hatte. Abgesehen von der Architektur bestand der Hauptunterschied zwischen damals und heute darin, dass diese Studenten alle Laptops und Tablets benutzten, während Bridget ihre Aufsätze mühsam mit der Hand geschrieben hatte, bis sich ihre Finger verkrampften und sie den Stift nicht mehr halten konnte.

Nachdem sie festgestellt hatten, dass Miranda und Poppy nicht im Erdgeschoss waren, stiegen sie eine kurze Treppe zum Zwischengeschoss hinauf. In diesem eher informellen Raum gab es einen Bereich mit Sitzsäcken, noch etwas, das es zu Bridgets Zeiten nicht gegeben hatte, das sie aber für eine gute Idee hielt.

Miranda und Poppy saßen auf schwarzen Ledersitzsäcken, Bücher auf ihren Knien, vor riesigen Glasfenstern mit Blick auf den Rasen älterer, traditionellerer Collegegebäude. Sie blickten auf, als Bridget und Ffion näherkamen.

„Das ist meine Chefin, Detective Inspector Hart", sagte Ffion mit gedämpfter Stimme. „Können wir mit Ihnen reden? Irgendwo, wo wir uns unter vier Augen unterhalten können?"

Die Mädchen sahen sich an und nickten stumm.

„Mein Zimmer ist am nächsten", sagte Poppy. Sie führte sie nach draußen und zurück in den vorderen Hof. Als sie das Zimmer betrat, richtete sie hastig die Bettdecke und stopfte einen Haufen schmutziger Kleider in eine Plastiktüte, bevor sie sich aufs Bett setzte.

Miranda nahm den Stuhl am Schreibtisch, während Bridget und Ffion stehen blieben.

„Was ist los?", fragte Miranda. „Gibt es Neuigkeiten über Gina?"

Bridget beschloss, Ffion reden zu lassen, da sie die beiden Studentinnen zuvor befragt hatte.

Wie es ihre Art war, verzichtete Ffion auf unnötige

Vorreden. „Wussten Sie, dass Gina schwanger war?", fragte sie sie ohne Umschweife.

„Was?", sagte Miranda. „Auf keinen Fall."

Poppy starrte sie erstaunt mit großen Augen an. „Sie war schwanger, als sie starb?" In einem Auge begann sich eine Träne zu bilden.

„Das stimmt", sagte Ffion.

Aus der Reaktion der Mädchen schloss Bridget, dass die Nachricht für beide völlig überraschend gekommen war.

„Ich kann es nicht glauben", sagte Miranda und schüttelte den Kopf.

„Trotzdem", sagte Ffion. „Die forensischen Beweise sind eindeutig."

„Nun, ich weiß nicht, was ich sagen soll", sagte Miranda nach einem Moment. „Gina hatte nicht einmal einen Freund."

Poppy nickte zustimmend. „Das haben wir Ihnen schon gesagt."

Bridget fragte sich, was die Mädchen wohl sagen würden, wenn sie erführen, dass Gina in letzter Zeit mindestens zwei Sexualpartner gehabt hatte. „Gab es jemanden, mit dem Gina besonders vertraut war?", fragte sie. „Fällt Ihnen ein Mann ein, mit dem sie geschlafen haben könnte, und sei es nur einmal? Vielleicht nach einer Party? Als sie zu viel getrunken hatte?"

„Gina hat nie jemanden erwähnt", sagte Miranda. „Und hier am College fällt mir auch niemand ein, mit dem sie geschlafen haben könnte."

„Was ist mit einem Freund in Manchester? Oder einer Urlaubsromanze im Sommer?"

„Sie hat nichts gesagt", meinte Poppy.

„Aber sie konnte manchmal geheimnisvoll sein", sagte Miranda düster. „Sie hat uns nicht alles erzählt."

„Darf ich eine Frage stellen?", fragte Poppy, als Bridget sich anschickte zu gehen.

„Natürlich."

„Ginas Baby. War es ein Junge oder ein Mädchen?"

Bridget schüttelte den Kopf. „Es tut mir leid. Ich weiß es nicht. Im Bericht des Pathologen steht nichts darüber."

Aus irgendeinem Grund, den sie nicht genau benennen konnte, stimmte ihre Antwort sie noch trauriger.

KAPITEL 18

Nachdem die Ermittlungen in eine Sackgasse geraten waren, hatte Bridget Jake und die anderen Detectives gebeten, die Zeugenaussagen noch einmal durchzugehen, in der Hoffnung, eine neue Spur zu finden. Aber die Aufgabe schien aussichtslos.

„Das ist reine Zeitverschwendung", verkündete Ryan hörbar für alle.

Jake blickte von seinem Schreibtisch auf, wo er den Bericht eines Partygastes, des Inhabers einer auf Baumaterialien spezialisierten Firma, darüber gelesen hatte, wie er den Abend damit verbracht hatte, eine schöne junge Frau zu verführen. Der Mann schien wirklich nicht zu verstehen, dass die betreffende Frau für eine Escort-Agentur arbeitete und dafür bezahlt wurde, von übergewichtigen Männern mittleren Alters wie ihm verführt zu werden.

Ryan fuhr sich mit den Fingern durch die Haare, so dass sie büschelweise abstanden. Die Zeugenaussagen lagen verstreut auf seinem Schreibtisch, als hätte er die Akte auf den Kopf gedreht und sie wahllos fallen lassen. Ffion würde angesichts dieses Durcheinanders einen

Anfall bekommen, dachte Jake.

„Wenn keiner der Männer, mit denen Gina geschlafen hat, auf der Party war, was wollen wir dann hier finden?", stöhnte Ryan. „Wir wissen nicht einmal, wonach wir suchen."

Andy, der mit gesenktem Kopf am Nebentisch saß und in die Aussagen diverser anderer Gäste vertieft war, die vermutlich nichts gesehen und gehört hatten, grunzte nur.

„Vielleicht ist es an der Zeit, noch einen Kaffee zu trinken", schlug Jake vor. Kaffee – oder Bier – war seiner Meinung nach oft die Lösung, wenn alles andere versagte.

„Da kann ich nicht widersprechen", sagte Ryan. „Wo ist DC Harry Johns, wenn man ihn braucht? Harry! Zeit für dich, wieder zu Starbucks zu gehen."

Der junge Constable, den Ryan gern schikanierte, machte ein finsteres Gesicht. „Sie können sich hier am Automaten etwas zu trinken holen, wenn Sie einen wollen", sagte er.

„Man kann nicht von uns erwarten, dass wir dieses Spülwasser trinken."

„Dann können Sie ja selbst zu Starbucks gehen", sagte Harry. Es schien, als hätte der Junior Detective endlich genug davon, wie Ryans Lakai behandelt zu werden.

„Mach schon, Ryan", sagte Andy lächelnd. „Die Bewegung wird dir guttun."

Ryan machte keine Anstalten, sich von seinem Schreibtisch zu erheben. „Komm schon, Harry", lockte er, „ich lade dich heute Abend auf ein Bier in den Pub ein."

„Ich trinke kein Bier."

„Dann wird es Zeit, dass du damit anfängst. Wir werden noch einen Mann aus dir machen", sagte Ryan und verschränkte die Arme hinter dem Kopf. Er drehte seinen Stuhl zu Jake. „Kommst du heute Abend mit, Jake, oder triffst du dich mit Ffion?"

Jake spürte, wie ihm die Röte ins Gesicht stieg. Es war typisch für Ryan, dass er seine Frage in den ganzen Raum posaunte, obwohl er wusste, dass das Thema für Jake gerade ein wunder Punkt war. Andy blickte leicht neugierig von seinem Papierstapel auf.

„Na los, pack aus", sagte Ryan. „Seid ihr noch zusammen?"

Das Telefon auf Jakes Schreibtisch klingelte und er griff nach dem Hörer, als wäre es ein Rettungsanker.

„DS Jake Derwent am Apparat."

Es war der diensthabende Sergeant. „Ich habe eine junge Dame am Empfang, die sagt, sie müsse dringend mit Ihnen über den Fall Gina Hartman sprechen."

Eine junge Frau. Jake überlegte angestrengt, wer das sein könnte. Meinte der Sergeant Erika oder eines der anderen Escort-Girls? Aber die waren bestimmt alle in London.

„Hat sie Ihnen einen Namen genannt?", fragte er und nahm einen Stift in die Hand.

„Miss Brittany Grainger."

Scheiße, dachte Jake. Brittany war der letzte Mensch, den er sehen wollte. Aber wenigstens würde es ihm eine Ausrede geben, um Ryans aufdringlichen Fragen zu entgehen.

„In Ordnung", sagte er zum diensthabenden Sergeant, „sagen Sie ihr, dass ich gleich runterkomme."

Brittany erwartete ihn am Empfang, wo sie unter einer Tafel mit Broschüren über Kriminalitätsprävention und Drogenmissbrauch saß. Sie hatte ihr Haar zu einem französischen Zopf hochgesteckt und trug einen beigen Trenchcoat mit Gürtel in der Taille und einen Seidenschal um den Hals. Sie stand auf, als sie ihn näherkommen sah.

„Brittany."

Sie wirkte aufgelöst. „Oh, Jake, danke, dass du Zeit für mich hast."

„Hättest du mich nicht anrufen können, wenn du mir etwas sagen wolltest?"

„Ich musste dich persönlich sehen." Sie legte eine Hand auf seinen Arm.

Jake war sich bewusst, dass der diensthabende Sergeant hinter seinem Schreibtisch zusah, und drehte sich zur Seite, um sich aus ihrem Griff zu befreien.

„Wir suchen uns einen leeren Verhörraum", sagte er.

„Natürlich", hauchte Brittany.

Als sie sich die Haare aus dem Gesicht strich, bemerkte er, dass sie die silbernen Herzohrringe trug, die er ihr einmal zum Geburtstag geschenkt hatte. Er fragte sich, ob sie ihn damit absichtlich an ihre frühere Beziehung erinnern wollte.

„Wir können hier drinnen reden", sagte er und stieß die Tür zu Verhörraum zwei auf. „Kann ich dir einen Tee bringen? Kaffee?"

„Tee wäre schön", sagte Brittany und lächelte ihn an.

Er holte zwei farblose Tees in Plastikbechern aus dem Automaten im Flur und stellte einen vor sie auf den Tisch. Gut, dass Brittany nicht so wählerisch war wie Ryan, wenn es darum ging, was sie trank.

„Danke", sagte sie und trank einen Schluck. „Das habe ich gebraucht."

„Also, was ist passiert?", fragte Jake. Er setzte sich gegenüber, froh über den massiven Tisch, der sie trennte, und holte Notizbuch und Stift hervor.

Sie faltete die Hände auf dem Tisch und blickte zu Boden. „Ich wusste nicht, ob ich kommen sollte", sagte sie. „Es fällt mir nicht leicht."

„Lass dir Zeit."

Sie holte tief Luft und atmete langsam aus. „Okay, du kennst doch das Pförtnerhäuschen am Eingang zu Nicks Grundstück?"

Jake stellte sich das kleine Cottage neben dem Tor des Anwesens vor – das sie jetzt mit Tyler Dixon teilte – und fragte sich, worauf sie hinauswollte. Wenn sie gekommen war, um über den Stand ihrer Beziehung zu ihrem neuen Freund zu sprechen, musste er sie höflich bitten zu gehen.

„Das, das du mit dem Fahrer von Mr. Damon teilst?"

Brittany warf ihm einen gequälten Blick zu. „Bitte, ich habe dir doch gesagt, dass das nicht leicht für mich ist. Hör dir einfach an, was ich zu sagen habe."

„Okay. Mach weiter."

„Tyler wohnt also im Pförtnerhaus, seit er für Nick

arbeitet. Er muss vor Ort wohnen, damit er immer verfügbar ist, wenn Nick ihn kurzfristig braucht, und damit Tyler sich auch um die Sicherheit kümmern kann. Es ist kein großes Haus, und im Winter ist es ziemlich kalt, aber das ist trotzdem einer der Vorteile des Jobs. Und nachdem wir uns getrennt hatten, konnte ich nirgendwo anders hin, also bin ich zu ihm gezogen."

Sie sah zu ihm auf, suchte in seinen Augen nach Verständnis.

Jake schwieg und wartete darauf, dass sie fortfuhr.

„Jedenfalls", sagte Brittany und strich sich eine goldene Haarsträhne hinters Ohr, „habe ich heute Morgen die Bettwäsche gewechselt und das hier gefunden." Sie griff in ihre Handtasche und zog einen kleinen weißen Umschlag heraus, den sie ihm über den Tisch schob.

„Was ist das?"

„Sieh mal rein."

Jake öffnete den Umschlag. Darin lag ein langer silberner Ohrring in Form eines Blattes. Er berührte ihn nicht.

„Was ist das?", fragte er und konnte nicht umhin, erneut einen Blick auf die silbernen Ohrringe zu werfen, die sie trug.

„Ist das nicht offensichtlich?", sagte Brittany mit schwankender Stimme. „Er gehört nicht mir. Er gehört ihr."

„Ihr?"

„Gina. Sie trug genau solche Ohrringe, als ich das Vorstellungsgespräch mit ihr hatte."

Sie griff in ihre Tasche und zog ein Päckchen Taschentücher heraus. Sie nahm eines und tupfte sich die Tränen aus den Augen. „Die ganze Zeit war ich blind für Tylers Schwächen, aber jetzt weiß ich es. Er hatte hinter meinem Rücken eine Affäre mit Gina."

Ihre Unterlippe begann zu zittern.

Jake saß schweigend da, hin- und hergerissen zwischen dem Wunsch, seine Arme um ihre Schultern zu legen und sie festzuhalten, und dem starken Bedürfnis, den sicheren

Abstand des Tisches zwischen ihnen zu wahren. Jetzt weißt du, wie es sich anfühlt, dachte er und verabscheute sich augenblicklich. Egal, wie grausam Brittany ihn behandelt hatte, er wünschte ihr nichts Böses.

„Es tut mir leid", sagte er.

Jetzt, da Brittany zu weinen begonnen hatte, waren die Schleusen geöffnet. Sie zerknüllte ein durchnässtes Taschentuch und zog ein neues aus der Packung.

„Ich war den ganzen Freitagabend im Haus beschäftigt" – Schluchzer – „um alles für die Party vorzubereiten" – Schluckauf – „und ich habe mich gefragt, warum Tyler nicht alle drei Mädchen gleichzeitig abgeholt hat" – sie hielt inne, um sich die Nase zu putzen – „aber jetzt weiß ich, dass er es getan hat, damit er ... damit er diese kleine Schlampe in unserem Bett vögeln konnte."

Jake schwieg und traute sich nicht, ein Wort zu sagen. Er wusste nicht, was er denken sollte. War er froh, dass Brittany endlich erkannt hatte, dass ihr neuer Freund ein Idiot war? War er glücklich, dass sie beschämt und geläutert zu ihm gekommen war? Oder sollte er sie einem der weiblichen Polizeibeamten übergeben und sich so weit wie möglich von ihren hinterhältigen Intrigen fernhalten?"

Brittany putzte sich erneut die Nase. „Ich bin diejenige, der es wirklich leid tut, Jake. Jetzt verstehe ich, wie sehr du gelitten hast, als ... als ich dich betrogen habe. Du hast allen Grund, mich für das zu hassen, was ich damals getan habe."

Sie griff über den Tisch, aber er zog seine Hand zurück, als hätte er sich verbrannt.

Seine Reaktion schien sie zu ernüchtern. „Was wirst du jetzt tun?", fragte sie.

„Tun?"

Ihm wurde klar, dass sie mit ihm in seiner Rolle als Polizist sprach. Komm wieder zu dir, Kumpel, sagte er sich. Reiß dich zusammen. Was immer er privat von Brittany halten mochte, sie hatte ihm gerade ein neues Beweisstück übergeben, das sich als entscheidend erweisen könnte.

Der silberne Ohrring lag auf dem Tisch zwischen ihnen. Er nahm eine Asservatentüte und steckte ihn hinein, wobei er darauf achtete, ihn nicht mit den Fingern zu berühren.

„Wir schicken ihn zur Untersuchung in die Forensik", sagte er. „Sie werden bestätigen, dass er Gina gehört."

Jetzt begann er, sich über die Konsequenzen Gedanken zu machen. Wenn Gina unmittelbar vor der Party mit Tyler geschlafen hatte, dann war er eindeutig einer der beiden Männer, die sie aufzuspüren versucht hatten. Und wenn Tyler ein Verhältnis mit ihr hatte, konnte er dann auch ihr Mörder sein? Nach dem, was Jake von dem Kerl gesehen hatte, schien das eine reale Möglichkeit zu sein, vor allem, wenn er herausgefunden hatte, dass sie mit dem Kind eines anderen Mannes schwanger war.

Brittany nickte. „Meinst du, das ist wichtig?", fragte sie.

„Nun, es hilft sicherlich, eine wichtige Lücke in unseren Ermittlungen zu schließen."

„Vermutlich."

Jake fragte sich, ob sie eigentlich eine andere Frage gestellt hatte. Wie wichtig war die Enthüllung, dass Tyler sie betrogen hatte, für ihn persönlich? Wenn sie fragte, ob sie vielleicht doch noch eine Chance auf eine Beziehung hatten, dann …

Wieder ließ sie ihre Hand über den Tisch gleiten, und diesmal ergriff er sie und hielt sie fest, mehr aus Freundlichkeit als aus irgendeinem anderen Grund.

Für einen kurzen Moment erinnerte er sich an die guten Zeiten, als sie sich im Restaurant über den Tisch hinweg an den Händen hielten oder gemeinsam lange Spaziergänge in der Natur unternahmen.

„Wenn ich doch nur die Zeit zurückdrehen und mein Leben noch einmal leben könnte", sagte Brittany. „Ich würde es anders machen, Jake, das schwöre ich."

Es klopfte kurz und heftig an der Tür, und sie wurde geöffnet, bevor Jake sich befreien konnte. Ffion stand da und betrachtete die Szene mit ihren grünen Augen, und

Jake stellte sich vor, wie es aussehen musste: der Haufen durchweichter Taschentücher, Brittanys tränenverschmiertes Gesicht, ihre ineinander verschränkten Finger.

„Der diensthabende Sergeant sagte, ich würde dich hier finden", sagte Ffion.

In Jakes Ohren klang es wie eine Anklage. Er ließ ihre Hand los und hielt die Asservatentüte hoch. „Brittany, ich meine Miss Grainger, hat uns gerade ein neues Beweisstück gebracht. Das könnte der Durchbruch sein, auf den wir gewartet haben."

„Tatsächlich? Das ist gut." Es war klar, dass die Tüte nach Ffions Meinung genauso gut Beweise für Jakes Schuld enthalten könnte.

„Es ist nicht so, wie du denkst", sagte er.

„Du hast keine Ahnung, was ich denke", erwiderte Ffion.

Hastig stopfte Brittany die Taschentücher in ihre Tasche. Ihre Tränen waren so plötzlich versiegt, wie sie gekommen waren. „Es tut mir leid. Ich sollte gehen", sagte sie.

„Soll ich Sie hinausbegleiten?", fragte Ffion.

„Das mache ich", sagte Jake. Er wollte die beiden Frauen nicht zusammen lassen. Das konnte explosiv werden. Und er hatte auch keine Lust, sich Ffions Zorn auszusetzen. So ungern er es auch zugab, im Moment war Brittany die Person, mit der er am liebsten zusammen sein wollte. Er klappte sein Notizbuch zu, steckte den Stift weg und stand auf. „Und diesen Ohrring bringe ich zur Forensik", fügte er hinzu. „Dann sollten wir die Chefin auf den neuesten Stand bringen."

KAPITEL 19

Als Bridget mittags nach Kidlington zurückkehrte, um die Ergebnisse des Vormittags mit dem Team zu besprechen, herrschte eine merkwürdige Stimmung im Einsatzraum. Ffions Gesicht war wie versteinert, obwohl sie während der Autofahrt von Wadham völlig normal gewesen war, und Jake wich ihrem Blick ganz offensichtlich aus. Wenn dieses Verhalten anhielt, würde sie ein ernstes Wort mit den beiden reden müssen, obwohl Bridget sich kaum als Expertin für Beziehungsprobleme bezeichnen konnte, zumal sie seit dem Wochenende nicht mehr mit Jonathan gesprochen hatte.

Auch Ryan, Andy und Harry wirkten ziemlich genervt und sie vermutete, dass sie keine Fortschritte zu vermelden hatten. Das Gespräch mit Miranda und Poppy hatte zu nichts geführt, und sie war sich durchaus bewusst, dass Grayson in Kürze die Ergebnisse der DNA-Tests verlangen würde, die sie von allen Partygästen, einschließlich Hugh Avery-Blanchard, erhalten hatte. Wenn er herausfand, dass keiner passte, würde er zweifellos ausrasten.

„Also, was haben Sie für mich?", fragte sie und zwang sich, einen optimistischen Ton anzuschlagen.

Zu ihrer Überraschung hatte Jake große Neuigkeiten. „Ich glaube, ich habe herausgefunden, mit wem Gina kurz vor der Party geschlafen hat."

„Tatsächlich? Mit wem?"

Sie hörte mit wachsender Spannung zu, als Jake ihr vom Besuch von Brittany Grainger berichtete.

„Können wir sicher sein, dass es definitiv Ginas Ohrring war?"

„Ich habe ihn zur Untersuchung ins Labor geschickt", sagte Jake. „Morgen sollten wir Gewissheit haben."

Bridget atmete erleichtert auf. Endlich ein Fortschritt! „Also, wenn Tyler der Mann ist, der vor der Party mit Gina geschlafen hat, müssen wir ihn zum Verhör vorladen. Und wir müssen eine DNA-Probe von ihm nehmen."

Sie betrachtete ihr Team und überlegte, wen sie für die Aufgabe auswählen sollte. Jake und Ffion brauchten eindeutig etwas Zeit für sich, und nach allem, was sie über Tyler Dixon gehört hatte, könnten ein paar Muskeln ganz nützlich sein.

„Jake, Ryan, ich möchte, dass Sie ihn holen."

★

Es klopfte an der Tür und Dr. Nathan Frost atmete tief durch. „Herein", rief er so fröhlich wie irgend möglich.

Die Tür öffnete sich und zwei seiner Studentinnen aus dem letzten Studienjahr traten ein, Bücher und Mappen an die Brust gepresst. Jodie und Gemma – oder Gemma und Jodie? – waren beide im vierten Jahr und hatten ihr drittes Jahr in Deutschland verbracht, um als Fremdsprachenassistentinnen an Schulen zu arbeiten, oder was auch immer Sprachstudenten heutzutage in ihrem Auslandsjahr taten. Sie sahen sich an, als hätten sie gerade eine vertrauliche Unterhaltung geführt. Er konnte sich vorstellen, worüber sie gesprochen hatten.

Der Direktor hatte vorgeschlagen, dass Frost vielleicht

eine Auszeit nehmen sollte – „Warum nicht die Dinge ein wenig abkühlen lassen, hm?" Aber Frost, der keine Ahnung hatte, was er mit sich anfangen sollte, wenn er nicht arbeitete, hatte protestiert, dass er nichts zu verbergen habe und dass seine Abwesenheit vom College die Gerüchteküche nur noch mehr anheizen würde. Außerdem hatte er einen Lehrplan, den er einhalten musste.

„Setzen Sie sich", forderte er die beiden Studentinnen auf, die in seiner Gegenwart ungewohnt zurückhaltend wirkten. Er wusste, was sie über ihn denken mussten. Er war ein Monster. Ein Mörder.

Er tat sein Bestes, um sich normal zu verhalten, aber es war schwierig, wenn die Leute im Hof die Seiten wechselten, um ihm aus dem Weg zu gehen. Im Senior Common Room hatte Dr. Slater, der Tutor für Klassische Philologie, immer wieder verschleierte Anspielungen auf die mörderischen Possen des Kaisers Nero gemacht, so dass Frost nicht mehr dorthin ging, sondern es vorzog, sich in die Sicherheit seiner Räumlichkeiten im College zurückzuziehen. Abends fuhr er mit dem Fahrrad zu seinem Haus in Headington. Er empfing keinen Besuch.

Während Jodie und Gemma ihre Aufsätze herausholten, überprüfte Frost seine Notizen, um sich an die Frage zu erinnern, die er ihnen letzte Woche gestellt hatte. Ach ja. *Diskutieren Sie den Konflikt zwischen Genie und mentaler Gesundheit in den Werken von Thomas Mann.* Keineswegs ein einfaches Thema. Die Frage würde einen Bezug zu vielen von Manns größten Werken erfordern, vor allem aber zu seinem Roman *Doktor Faustus*.

„Wer ist an der Reihe, den Aufsatz vorzulesen?", fragte er.

„Ich", sagte Jodie oder Gemma. Ihm fiel auf, dass das Mädchen ein Exemplar des *Doktor Faustus* zum Tutorium mitgebracht hatte. Ein kluges Mädchen, Jodie – oder Gemma.

„Bitte fahren Sie fort."

Er lehnte den Kopf in seinem Stuhl zurück und schloss

die Augen, um sich besser auf das konzentrieren zu können, was das Mädchen sagte. Er erwartete nicht allzu viel von diesem ersten Aufsatz des neuen Semesters, sondern hoffte nur auf ein oder zwei originelle Einsichten in das Werk eines der größten deutschen Schriftsteller des zwanzigsten Jahrhunderts.

In Manns Neuinterpretation der Faust-Legende ließ sich der fiktive Komponist Adrian Leverkühn auf einen dämonischen Handel ein und erhielt im Tausch gegen den durch Syphilis hervorgerufenen Wahnsinn unvergleichliche schöpferische Fähigkeiten. Er erlangte Ruhm und Ehre, bevor er in einen Zustand der Verwirrung verfiel und seine letzten Jahre als hilfloser Invalide verbrachte.

Der Gedanke ließ Frost vor Angst erschaudern. Es war eine weitere Erinnerung daran, wie tief er gefallen war und wie weit er noch fallen konnte.

Geistige Gesundheit war ein zerbrechliches Gut, das man leicht verlieren konnte. Thomas Mann hatte das verstanden. Während Jodie/Gemma altbekannte Ideen über Gesundheit, Krankheit, Genie, Wahnsinn und den moralischen Verfall Deutschlands in den 1930er-Jahren wiederkäute, fragte er sich, ob er selbst den Verstand verlieren würde.

Seit dem, was er jetzt „den Vorfall" nannte, lag er jede Nacht wach, geplagt von Ängsten, gequält von Zweifeln. Der Schlaf, wenn er ihn denn fand, half ihm nicht, sondern verstärkte nur seine schlimmsten Ängste. Er glaubte nicht, dass er das Mädchen getötet hatte, aber wie konnte er ganz sicher sein? Die Lücken in seinem Gedächtnis waren eine Qual. Er hatte überlegt, Dr. Ashley, den Psychologie-Tutor, zu fragen, ob Hypnose ihm helfen könnte, sein Gedächtnis wiederzuerlangen. Aber Frost konnte es nicht ertragen, mit dem Mann zu sprechen, so groß war seine Verlegenheit.

„... zum Beispiel in *Tod in Venedig*, ...", sagte Jodie/Gemma.

Frost hatte nicht viel von dem mitbekommen, was sie

in den letzten Minuten gesagt hatte. Aber die Erwähnung von Thomas Manns Novelle erinnerte ihn plötzlich an die venezianische Maske, die er auf der Party getragen hatte. Die Polizei hatte sie als Beweismittel beschlagnahmt, und er war froh, dass sie weg war. Jetzt war sie ihm ein Gräuel. Die Masken, die die Gäste getragen hatten, hatten nicht nur ihre Gesichter verborgen, sondern auch ihre Menschlichkeit. Wenn man sich selbst aus den Augen verlor, konnte man jeder werden. Man konnte alles tun. Natürlich hatte er das gewollt, aber jetzt sah er seinen Fehler nur zu deutlich. Wäre er nur nie diesem verdammten Nick Damon begegnet. Hätte er doch nur die Einladung zu dieser verfluchten Party ausgeschlagen.

Es ist keine gute Idee, hier zu bleiben!

Er riss die Augen auf. Hatte Jodie/Gemma das gesagt? Er glaubte es nicht. Das Mädchen pflügte immer noch eifrig durch ihren Aufsatz und kam gerade auf *Der Zauberberg* zu sprechen, Manns Auseinandersetzung mit Liebe und Tod inmitten von Krankheit und Verfall. Aber die Worte waren ihm so deutlich in den Sinn gekommen, als hätte man sie ihm gerade ins Ohr geflüstert.

Es waren Ginas Worte, die sie auf der Party am Freitagabend gesagt hatte. Er konnte ihre liebliche Stimme hören, als wäre sie jetzt hier. Er hatte sich an sie erinnert! Die dunkle Leere seiner Amnesie hatte ihm endlich diese eine kurze Erinnerung geschenkt.

Genau wie er es der Polizei gesagt hatte, hatte sie ihn gewarnt, zu gehen.

Es ist keine gute Idee, hier zu bleiben. Es wäre besser zu gehen.

Er wünschte, er hätte ihren Rat befolgt. Gina hatte gewusst, dass auf der Party Gefahren lauerten, und hatte versucht, ihn zu warnen. Aber wie ein Narr hatte er nicht auf sie gehört.

Du solltest nicht hier sein!

Aber Moment mal, hatte sie damals mit ihm gesprochen? Er hatte das Gefühl, dass sie mit jemand anderem gesprochen hatte. Aber wenn ja, mit wem? Und warum?

Er versuchte, sich zu erinnern, aber der schwarze Abgrund, der seine Erinnerung verschluckt hatte, wollte nicht mehr preisgeben.

★

Jake war erleichtert, der klaustrophobischen Enge des Büros und Ffions mörderischen Blicken zu entkommen. Draußen auf der Landstraße gab er Gas, und selbst Ryan schien von seinem Fahrstil beeindruckt zu sein. Der Streifenwagen, der sie begleitete, konnte kaum mithalten.

„Dieser Subaru kann doch schalten, oder?", sagte Ryan. „Aber können wir die Musik abstellen?"

Nur widerwillig brachte Jake die schweren Gitarrenriffs und das stampfende Schlagzeug der Kaiser Chiefs zum Schweigen. „Ich mochte es", beschwerte er sich.

„Nun, über Geschmack lässt sich nicht streiten."

„Was hörst du denn gerne?", fragte Jake.

„Ich bin eher der Eminem-Typ."

„Wirklich?"

„Ja, ich mag Rap. Wo wir gerade von Meinungsverschiedenheiten sprechen: Glaub mir, ein bisschen Rivalität in einer Beziehung hat noch nie geschadet."

„Ist das so?", sagte Jake skeptisch. Er hatte keinen Zweifel daran, dass Ryan sich auf ihn und Ffion bezog. Ryan war ein Schlitzohr und hatte eindeutig mitbekommen, dass zwischen ihm, Ffion und Brittany etwas vorgefallen war, auch wenn er Ryan gegenüber nie erwähnt hatte, dass Brittany seine Ex-Freundin war, soweit Jake sich erinnern konnte. „Da spricht wohl jemand mit seinem tiefen und scharfsinnigen Wissen darüber, was Frauen wollen, nicht wahr?"

„Das stimmt", sagte Ryan. „Ich meine, wenn Ffion ein bisschen eifersüchtig ist, ist das ein Zeichen dafür, dass sie dich wirklich mag."

„Das nehme ich an", sagte Jake und seine Stimmung

besserte sich bei dem Gedanken.

„Und man kann ihr die Eifersucht kaum verübeln, oder?"

„Was soll das heißen?", fragte Jake empört. Er hatte nichts unversucht gelassen, um Brittanys Annäherungsversuche zu unterbinden, und nur ihre verbissene Hartnäckigkeit und Ffions unpassendes Auftauchen im Verhörraum, während er Brittanys Hand hielt, hatten Ffion einen triftigen Grund gegeben, eifersüchtig zu sein.

„Sei nicht so ein Idiot", sagte Ryan. „Brittany Grainger ist heiß. Kein Wunder, dass Ffion sie immer mit Blicken durchbohrt. Ich sag dir was, wenn du es satt hast, nach Brittanys Pfeife zu tanzen, bitte ich sie vielleicht selbst um ein Date."

„Das würdest du?" Aus irgendeinem unerklärlichen Grund machte die Vorstellung, dass Ryan Brittany zu einem Date einlud, Jake ziemlich wütend. Er schaltete die Kaiser Chiefs wieder ein. „Wenn ich das nächste Mal deinen Rat brauche, werde ich dich fragen", sagte er.

Sie waren gerade auf dem Anwesen von Nick Damon angekommen, als auch die schwarze Mercedes S-Klasse vor dem Tor vorfuhr. Durch die getönten Scheiben des Wagens konnte man nicht erkennen, wer darin saß. Jake wartete, bis sich die elektrischen Tore geräuschlos öffneten, dann folgte er dem Mercedes schnell, bevor sie sich wieder schlossen. Der schwarze Wagen raste die Einfahrt hinauf und kam staubaufwirbelnd vor dem großen Haus zum Stehen.

Drei Personen stiegen aus: Nick Damon, sein Anwalt Mr. Powers und der Fahrer Tyler Dixon.

Damon trug heute einen tadellosen anthrazitfarbenen Anzug mit strahlend weißem Hemd und blauer Krawatte. Mit finsterer Miene ging er auf Jake und Ryan zu. „Was ist denn hier los? Ich mag es nicht, wenn fremde Autos unbefugt auf mein Grundstück fahren."

Der Streifenwagen, der ihnen gefolgt war, hielt hinter dem Subaru, und zwei uniformierte Beamte stiegen aus.

Tyler Dixon und Mr. Powers beobachteten sie aus der Ferne.

„Es tut mir leid, Sir", sagte Jake, „aber wir möchten Ihren Fahrer bitten, mit uns aufs Revier zu kommen, um ein paar Fragen zu beantworten."

„Sie wollen mit Tyler sprechen?", sagte Damon und seine Miene hellte sich auf. „Geht das nicht hier?"

„Auf dem Revier wäre es besser. Ist das ein Problem, Sir?"

„Nein, ich denke nicht, solange Sie ihn nicht zu lange aufhalten." Der Geschäftsmann nickte seinem Fahrer zu. „Hey, Tyler, die Sergeants hier wollen Ihnen ein paar Fragen stellen."

„Worüber?", knurrte Tyler. Er stand breitbeinig in offensiver Haltung, die Hände in die Hüften gestemmt. Ein schlichter Anzug hatte die Jeans und das T-Shirt ersetzt, in denen Jake ihn zuvor gesehen hatte, und eine dunkle Sonnenbrille verdeckte seine Augen. „Mit *ihm* gehe ich nirgendwo hin."

Damon verengte die Augen. Er sprach mit der Autorität eines Mannes, der erwartete, dass man ihm gehorchte. „Ich halte es für das Beste, wenn Sie mit der Polizei kooperieren, nicht wahr, Tyler? Ich werde Mr. Powers bitten, Sie zu begleiten. Ich bin sicher, es wird keine Probleme geben."

Tyler machte einen aufmüpfigen Eindruck, ging aber widerwillig zum Polizeiauto hinüber, während Mr. Powers einen Schritt hinter ihm folgte. Einer der Beamten öffnete die hintere Tür, aber Tyler zögerte immer noch, bevor er einstieg.

„Es gibt nichts zu befürchten", sagte Mr. Powers zu ihm. „Sie haben nichts Falsches getan."

Tylers regungsloses Gesicht starrte Jake an, die Augen hinter der dunklen Brille verborgen. Schließlich gab er einen unverständlichen Laut von sich, den Jake als zähneknirschendes Einverständnis deutete, und stieg in den Wagen.

Zurück im Subaru trat Jake das Gaspedal durch und

das Gefährt raste den Weg zurück, das es gekommen war. Das Polizeiauto folgte dicht auf.

KAPITEL 20

Als Bridget den Verhörraum zwei betrat, war sofort klar, dass Tyler Dixons Stimmung nicht auf ein erfolgreiches Verhör hoffen ließ. Er saß da, den Stuhl zurückgeschoben, nach vorne gebeugt, die Hände flach auf den Tisch gelegt. Sein kräftiger Kiefer bewegte sich beim Kaugummikauen rhythmisch auf und ab. Er hatte sein Jackett ausgezogen, die Krawatte gelockert und die Hemdsärmel hochgekrempelt, sodass seine stark tätowierten und muskulösen Arme zum Vorschein kamen. Er sah aus wie ein in die Enge getriebenes Tier, das bei der kleinsten Provokation zum Angriff überging.

Bridget war froh über Jakes beruhigende Anwesenheit, als sie auf der anderen Seite Platz nahm.

Der Anwalt Mr. Powers saß neben Tyler, stählern und teilnahmslos wie eine Wachsfigur in Nadelstreifenanzug, Hemd und Krawatte. Bridget wusste, dass er sein Bestes geben würde, um jede Art von Fragestellung zu unterbinden, die Tyler in Schwierigkeiten bringen konnte.

Nun, Bridget hatte schon öfter mit sperrigen Anwälten zu tun gehabt. Um Mr. Powers würde sie sich kümmern, wenn die Zeit reif war. Im Moment bestand ihre erste

Herausforderung darin, Tyler dazu zu bringen, sich zu öffnen und zu reden. Sie wusste, dass er sich wahrscheinlich weigern würde, ihre Fragen zu beantworten, wenn sie den nächsten Teil falsch anging.

„Mr. Dixon", begann sie, nachdem die Formalitäten erledigt waren, „vielen Dank, dass Sie sich bereit erklärt haben, mit uns zu sprechen."

Geduldig wartete sie auf Tylers Antwort. Schließlich grunzte er zur Bestätigung.

Punkt für mich, dachte Bridget. Selbst ein Grunzen war besser als eisiges Schweigen oder die gefürchteten Worte „kein Kommentar".

„Sie sind derzeit bei Mr. Nick Damon angestellt. Ist das richtig?"

Tyler kaute schweigend auf seinem Kaugummi herum, als überlege er, ob er die Behauptung plausibel abstreiten konnte. Ein fast unmerkliches Nicken von Mr. Powers veranlasste ihn zu antworten. „Ja."

Bridget verkniff sich ein Lächeln. Jetzt, da Tyler ihre erste Frage beantwortet hatte, wusste sie, dass sie ihn zum Reden bringen konnte, solange sie ihre Worte sorgfältig wählte.

„Wie lange arbeiten Sie schon für Mr. Damon?"

„Ungefähr fünf Jahre, schätze ich."

„Und wie würden Sie Ihre Arbeit genau beschreiben?"

„Hauptsächlich fahren. Nick lässt sich gerne herumkutschieren."

„Sonst noch etwas?"

Tyler zuckte mit den Schultern. „Was auch immer nötig ist. Autopflege. Ich bin geschickt mit meinen Händen, sehen Sie?" Er öffnete und schloss seine großen Fäuste. „Alles, was im Haus repariert werden muss, lässt Nick von mir erledigen."

„Was zum Beispiel?"

„Hauptsächlich Elektrik. Licht, Thermostate. Ich bin auch für die Sicherheit zuständig."

„Sicherheit? Was heißt das?"

Tyler dachte über die Frage nach, offensichtlich auf der

Suche nach einer Falle. „Tore, Alarme, Außenbeleuchtung. Außerdem begleite ich ihn, wenn er ausgeht."

„Ich verstehe. Braucht Mr. Damon oft einen Bodyguard, wenn er sein Haus verlässt?"

„Das hat mein Mandant nicht gesagt", warf Mr. Powers ein.

„Dann könnte er vielleicht selbst erklären, was er damit gemeint hat", sagte Bridget. Sie wandte sich erwartungsvoll an Tyler.

„Nick ist ein wichtiger Mann", sagte Tyler. „Er ist reich. Ein Mann wie er braucht Schutz."

„Schutz vor wem?"

„Niemand Bestimmtes."

Bridget wusste, dass sie die gewonnene Kooperationsbereitschaft wahrscheinlich wieder verlieren würde, wenn sie diese Art der Befragung fortsetzte. „Haben Sie noch andere Aufgaben im Haus? Vielleicht helfen Sie bei den Partys von Mr. Damon?"

„Ja." Tyler schien stolz darauf zu sein. „Wie gesagt, ich bin für die Sicherheit zuständig. Ich stehe an der Tür und vergewissere mich, dass die Leute das richtige Passwort sagen, bevor ich ihnen das Tor öffne."

„Haben Sie am Freitag die ganze Nacht an der Tür gestanden?"

„Bis der letzte Gast kam."

„Wann war das?"

Tyler zuckte mit den Schultern. „Gegen zehn, schätze ich."

„Und was haben Sie dann gemacht?"

„Ich habe mir in der Küche etwas zu essen geholt. Vielleicht habe ich auch noch schnell ein Bier getrunken." Er warf dem Anwalt einen Seitenblick zu. „Nick hat nichts dagegen, wenn ich nur eins trinke. Ich musste erst ein paar Stunden später wieder fahren."

„Sie haben die Kellnerinnen also bei ihrer Arbeit gesehen?"

„Ich habe sie gesehen. Na und?"

„Haben Sie mit ihnen gesprochen?

„Nein." Er schüttelte den Kopf.

„Was ist mit Gina?"

„Ich habe doch gerade gesagt, dass ich mit keiner von ihnen etwas zu tun hatte."

„Und wie haben Sie den Rest des Abends verbracht?"

„Ich bin einfach rumgehangen, bis es Zeit war, die Mädchen zurückzufahren."

„Gibt es jemanden, der das bezeugen kann?"

„Nein."

„Erzählen Sie mir noch einmal, wie Sie die drei Kellnerinnen vom Wadham College abgeholt haben. Zuerst Miranda und Poppy. Wann war das?"

„Etwa um sechs."

„Aber Gina haben Sie da noch nicht abgeholt. Warum nicht?"

„Sie war nicht da. Die anderen haben gesagt, wir sollen ohne sie fahren."

„Hatten Sie erwartet, dass sie dort sein würde?"

„Ich denke schon."

Bridget erinnerte sich daran, was Ffion erzählt hatte, nämlich dass sie auf Ginas Handy einen Nachrichtenaustausch gefunden hatte, in dem vereinbart worden war, dass Tyler sie getrennt von den anderen beiden Mädchen abholen sollte. „Wir wissen zufällig, dass Gina im Voraus vereinbart hat, dass Sie sie später abholen."

„Stimmt", sagte Tyler, ohne eine Sekunde zu zögern. „Das hatte ich ganz vergessen."

„Sie hatten also regelmäßigen telefonischen Kontakt mit Gina?"

„Nicht regelmäßig. Nur wenn wir Vorbereitungen für die Partys treffen mussten."

„Sie haben sie also nur gesehen, wenn Sie sie vom College abgeholt und nach den Partys wieder zurückgebracht haben?"

„Das ist richtig."

„Warum wollte sie am Freitag getrennt abgeholt

werden?"

„Das hat sie nicht gesagt."

„Und Sie haben nicht gefragt? Obwohl Sie für Gina über eine Stunde hin- und herfahren mussten?"

„Ich werde dafür bezahlt, keine Fragen zu stellen." Er zwinkerte Mr. Powers zu. „Nick mag es, wenn seine Mitarbeiter diskret sind."

„Verstehe. Sie tun also immer, was man Ihnen sagt? Sind Sie so eine Art Mann?"

Zorn huschte über seine finstere Stirn. Bridget war klar, dass Tyler Dixon eine extrem kurze Zündschnur hatte und dass ihn die geringste Sache zur Gewalt verleiten konnte.

Energisch kaute er auf seinem Kaugummi herum und versuchte, seine Gefühle unter Kontrolle zu bringen. „Ich tue, was Nick mir sagt."

„Was für ein toller Angestellter Sie doch sind", sagte Bridget sarkastisch. „Sagen Sie, wann haben Sie Gina vom College abgeholt?"

„Das muss so gegen halb acht gewesen sein."

„Und wann sind Sie bei Mr. Damons Haus angekommen?"

Der Kaugummi machte jetzt Überstunden. „Es war kurz nach acht, nehme ich an."

Bridget deutete auf ihre Notizen. „Die beiden anderen Kellnerinnen sagen, dass sie erst um neun am Haus angekommen ist. Das ist eine ganze Stunde, für die es keine Erklärung gibt."

„Sie müssen sich irren."

„Wirklich?"

„Ja."

Bridget holte die Asservatentüte mit dem silbernen Blatt-Ohrring hervor. Das Labor hatte alle Hebel in Bewegung gesetzt, um ihn schnell zu untersuchen. Sie führten noch Tests durch, um zu sehen, ob sie die Hautfragmente, die von dem Ohrring entfernt worden waren, mit denen von Gina vergleichen konnten, aber sie hatten bereits eine Haarsträhne gefunden, die aussah, als ob sie von dem ermordeten Mädchen stammte. Das lange rote Haar war sehr markant, und Bridget hatte keinen Grund daran zu zweifeln, dass Gina den Ohrring getragen hatte. Sie nahm ihn aus der Plastiktüte und legte ihn auf den Tisch.

„Was ist das?", fragte Mr. Powers.

Bridget antwortete nicht. Stattdessen sah sie Tyler direkt in die Augen. „Wissen Sie, was das ist, Tyler?"

Er warf einen kurzen Blick auf den Ohrring und wandte sich dann ab. „Nee. Habe ich noch nie gesehen."

„Schauen Sie genauer hin, Mr. Dixon. Sind Sie sicher, dass Sie ihn noch nie gesehen haben?"

„Nun, es ist ja nicht meiner, oder?", scherzte er.

Niemand lachte.

„Gehörte er Gina Hartman?"

„Woher soll ich das wissen?"

„Nun, lassen Sie mich Ihnen eine andere Frage stellen. Gehört er Ihrer Freundin Brittany Grainger?"

Sein Blick wanderte wieder zu ihr. „Warum fragen Sie das?"

„Gehört er ihr?", hakte sie nach.

„Ich weiß es nicht. Ich schenke solchen Dingen nicht viel Aufmerksamkeit."

„Nun", sagte Bridget und wählte ihre Worte mit Bedacht, „er wurde in Ihrem Bett im Pförtnerhaus gefunden. Und wir haben Beweise, dass er Gina Hartman gehörte. Wie kam er dann in Ihr Bett, Mr. Dixon?"

„Woher zum Teufel soll ich das wissen?"

Während Bridget ihn beobachtete, schien in Tylers Kopf langsam der Groschen zu fallen.

„Hat Brittany Ihnen diesen Ohrring gegeben?", fragte er. „Diese Schlampe!" Er ballte die Hände zu Fäusten. „Sie war es, nicht wahr? Ich werde –"

„Hey, beruhigen Sie sich, Kumpel", sagte Jake und erhob sich halb von seinem Stuhl.

Mr. Powers legte seinem Mandanten eine Hand auf die Schulter und warf ihm einen warnenden Blick zu. Tyler hatte seine Scheu zu sprechen längst abgelegt und redete nun für den Geschmack seines Anwalts viel zu offen.

Mit sichtlichem Widerwillen lehnte sich Tyler in seinem Stuhl zurück und Bridget fuhr mit der Befragung fort.

„Hatten Sie eine Affäre mit Gina?"

„Natürlich nicht", sagte er. Aber sein Blick blieb fest auf den Ohrring gerichtet, als wolle er ausrechnen, wie viel die Polizei bereits wusste. Es war das untrügliche Zeichen eines Mannes, der log, um seine Haut zu retten, und verzweifelt versuchte, sich dabei nicht zu verraten. Bridget beschloss, ihr Glück ein wenig mehr herauszufordern.

„In diesem Fall, Mr. Dixon, haben Sie sicher nichts dagegen, uns eine DNA-Probe zu geben?"

„Warum zum Teufel?"

„Damit wir Sie von unseren Ermittlungen ausschließen können."

„Auf keinen Fall." Er verschränkte die Arme vor der Brust und lehnte sich in seinem Stuhl zurück. „Sie können mich nicht zwingen, das zu tun, oder?", fügte er nervös an Mr. Powers gewandt hinzu.

Der Anwalt kratzte sich am Hinterkopf und war offensichtlich ebenfalls mit seinen eigenen Berechnungen beschäftigt. „Ich denke, es könnte in Ihrem Interesse sein", sagte er langsam und bedächtig zu Tyler wie zu einem Kind, „mit der Polizei zu kooperieren."

„Was zum …?" Tyler wandte sich wütend an den Anwalt. „Das ist ein beschissener Ratschlag. Sollten Sie mich nicht verteidigen? Sehen Sie nicht, was die vorhaben? Sie versuchen, mir die Schuld in die Schuhe zu schieben. Das ist eine verdammte Verschwörung!"

„Ein DNA-Test würde Sie, wie man so schön sagt, von den Ermittlungen ausschließen", sagte Mr. Powers vernünftig.

Tyler schien von dieser Logik nicht überzeugt. „Nein, das mache ich nicht."

Der silberne Ohrring lag immer noch auf dem Tisch, das einzige Beweisstück, das sie gegen ihn in der Hand hatten. Aber Bridget wusste, dass sie kurz davor war, mehr zu finden. Sie glaubte Tyler nicht eine Millisekunde lang, dass er keine Affäre mit Gina hatte. Der Ohrring in seinem Bett, seine Unfähigkeit, Ginas verspätetes Eintreffen auf der Party zu erklären, sein allgemeines Verhalten unter dem Druck des Verhörs ... All das deutete darauf hin, dass er der Mann war, der vor der Party mit Gina geschlafen hatte. Und wenn er später herausgefunden hatte, dass sie das Kind eines anderen Mannes in sich trug ... Es brauchte nicht viel Fantasie, um sich vorzustellen, dass ein Hitzkopf wie Tyler Dixon ausrasten und einen gewalttätigen Angriff verüben würde. Ein DNA-Test würde so oder so zeigen, ob er die Wahrheit gesagt hatte.

„Dann lassen Sie mir keine andere Wahl", sagte Bridget. „Tyler Dixon, ich verhafte Sie wegen des Verdachts des Mordes an Gina Hartman am achtzehnten Oktober."

KAPITEL 21

Es war schon spät, als die Befragung von Tyler Dixon beendet war, aber Jake war so gut gelaunt wie schon lange nicht mehr.

Wir haben ihn fast, dachte er, als er an seinen Schreibtisch zurückkehrte, nachdem er den Verdächtigen dem diensthabenden Beamten übergeben hatte. Nach einer Nacht in der Zelle würde der eingebildete Bastard vielleicht seine Meinung über seine Beziehung zu Gina ändern, vor allem wenn das Ergebnis des DNA-Tests vorlag.

Der Rest des Teams war nach Hause gegangen und der Einsatzraum war dunkel und leer, aber als Jake seine Papiere auf den Schreibtisch legte, ertönte eine Stimme hinter ihm.

„Was schaust du so selbstgefällig?"

Er drehte sich zu Ffion um, die in ihrer grünen Motorradlederkluft in der offenen Tür stand und deren kurzes blondes Haar vom Licht des Korridors angestrahlt wurde.

„Ich dachte, alle wären schon nach Hause", sagte er.

„Ich habe hinten gewartet."

„Auf mich?", fragte er hoffnungsvoll. Er fragte sich, ob sie sich nach ihrem Streit vom Vorabend wieder beruhigt hatte. Wenn ja, könnten sie vielleicht vernünftig miteinander reden und alles wieder in Ordnung bringen. Doch dann erinnerte er sich daran, wie sie ihn heute Morgen im Verhörraum überrascht hatte, als er Brittanys Hand hielt.

„Ich habe gehört, ihr habt Tyler Dixon verhaftet", sagte sie.

„Ja, das stimmt. Das ist ein gutes Ergebnis."

„Ist es das? Oder magst du den Mann nur nicht, weil deine Freundin ihn dir vorgezogen hat? Vielleicht ist es etwas Persönliches."

Jake fühlte sich von ihrem Vorwurf getroffen. „Wenn du damit andeuten willst, dass ich Tyler irgendwie reingelegt habe, nur weil ich ihn nicht leiden kann ..."

„Aber du magst ihn nicht, stimmt's? Du hasst ihn. Du fühlst dich von ihm bedroht."

Sofort schossen Jake eine Menge möglicher Antworten durch den Kopf, aber er schwieg. Wenn Ffion versuchte, ihn zu einem Streit zu provozieren, würde er den Köder nicht schlucken. „Dieser Ohrring hat nicht von selbst den Weg in sein Bett gefunden", sagte er leise.

„Vielleicht nicht, aber ich glaube immer noch, dass du dich weigerst, der Wahrheit ins Auge zu sehen."

„Und die wäre was genau?"

„Dass diese Brittany Grainger wahrscheinlich viel mehr über Nick Damons Aktivitäten weiß, als sie zugibt."

„Ach ja, wirklich? Und wer ist jetzt eifersüchtig?"

Ffion sah ihn gelassen an. „Wenn ich eifersüchtig bin, dann nur, weil du mir einen guten Grund dazu gegeben hast." Sie richtete einen grün lackierten Fingernagel auf ihn. „Das Problem ist, dass du blind für ihre Fehler bist, weil ein Teil von dir immer noch in sie verliebt ist."

„Bin ich nicht!", erklärte er.

Verliebt in Brittany? Natürlich nicht! Nach dem, wie sie ihn behandelt hatte ...

„Und meinst du nicht, du hättest Bridget erklären

müssen, dass du in diesem Fall in einem ernsthaften Interessenkonflikt steckst?"

„Stecke ich nicht!" Oder doch? Sein Kopf begann sich zu drehen.

„Denk einfach darüber nach", sagte Ffion. „Und ruf mich an, wenn du dich entschieden hast, ob du mich willst oder ob du sie noch willst. Denn im Moment scheinst du beides zu wollen." Sie schnappte sich ihre Motorradjacke von der Stuhllehne und verließ den Raum.

Jake blieb, wo er war, und starrte auf den leeren Türrahmen, in dem sie gestanden hatte. Sein Herz raste, sein Atem ging stoßweise. Er wusste, dass er kurz davor war, sie zu verlieren.

Das wollte er nicht. Und doch wusste er, dass ein Körnchen Wahrheit in dem steckte, was sie gesagt hatte. Brittany hatte immer noch eine gewisse Macht über ihn. Sie übte eine physische Anziehungskraft auf ihn aus, und der einzige Weg, sich davon zu befreien, war, sie ein für alle Mal aus seinem Leben zu verbannen.

Er schaltete seinen Computer aus, verstaute den Papierkram in seiner Schreibtischschublade und ging nach draußen, wo er sich damit abfand, eine weitere Nacht allein vor dem Fernseher zu verbringen und Fertiggerichte zu essen.

Er hatte den Parkplatz schon halb überquert, als er hinter sich die Schritte einer Frau hörte.

„Jake, ich bin so froh, dass ich dich noch erwischt habe."

„Brittany, was machst du denn hier?"

Sie zuckte hilflos mit den Schultern. „Ich habe den ganzen Nachmittag in dem Café gegenüber der Polizeiwache gesessen. Ich wusste nicht, wohin ich sonst gehen sollte. Ich konnte schließlich nicht nach Hause, oder? Zwischen mir und Tyler ist es jetzt aus." Sie fing an zu weinen, eine einzelne Träne lief ihr über die Wange.

„Scheiße, ja." Jake hatte nicht wirklich darüber nachgedacht. Er war zu sehr mit Tylers Verhaftung und seinem Streit mit Ffion beschäftigt gewesen.

„Habt ihr Tyler zum Verhör gebracht?"

Er nickte. „Er ist in Gewahrsam."

„Oh, mein Gott." Ihre Stimme brach und sie wischte sich mit dem Handrücken über die Augen.

Jake stand reglos da und zwang sich, sie nicht in die Arme zu nehmen. „Ich verstehe", sagte er. „Das muss sehr schwer für dich sein."

Sie schenkte ihm ein zaghaftes, tränenreiches Lächeln. „Ich wusste, dass du das würdest, Jake. Du warst schon immer ein verständnisvoller Mensch."

„Also, wo willst du denn hin, wenn du nicht zum Pförtnerhaus zurück kannst?", fragte er sie.

„Ich weiß es nicht. Ich habe mir darüber noch keine Gedanken gemacht. Ich werde wohl für ein paar Nächte in ein Hotel gehen, bis ich mich arrangiert habe. Das kostet zwar Geld, aber was soll's –"

„Nein, tu das nicht." Die Worte waren aus seinem Mund, bevor er sich zurückhalten konnte.

Brittany sah ihn mit tränenfeuchten Augen an. Sie wirkte verloren und verletzlich.

„Meine Wohnung ist nicht sehr groß", sagte Jake, „aber es macht mir nichts aus, auf der Couch zu schlafen. Nur bis du wieder auf den Beinen bist."

Er wollte nicht daran denken, was Ffion sagen würde, wenn sie herausfand, was er tat.

Oder Bridget, wenn sie wüsste, dass er eine der wichtigsten Zeuginnen der Ermittlungen beherbergte. Aber Brittany war nicht nur irgendeine Zeugin. Er konnte nicht tatenlos zusehen, wie sie so litt.

„Oh, Jake, ich weiß nicht, was ich sagen soll. Du bist so nett. Aber ich will keinen Ärger machen … Was ist mit der anderen Detective? Ich hatte den Eindruck, dass du und sie …"

„Nur gute Freunde", sagte Jake, obwohl sich die Worte in seinem Mund wie Verrat anfühlten.

Die Wahrheit war, dass er nicht mehr wusste, wo er mit Ffion stand. Aber er wusste, dass Brittany seine Hilfe brauchte.

„Nun, wenn das so ist", sagte sie und ihr Lächeln wurde breiter. „Vielen Dank." Sie küsste ihn zärtlich auf die Wange.

★

Jonathan hatte sich immer noch nicht gemeldet, und Bridget bereute jetzt die verworrene Nachricht, die sie ihm am Abend zuvor auf die Mailbox gesprochen hatte. Im Nachhinein wäre es besser gewesen, ihm etwas Freiraum zu lassen. Es war noch zu früh in ihrer Beziehung, um sicher zu wissen, was jeder von ihnen wollte, aber es schien, dass Jonathan im Moment Abstand von ihr brauchte. Seit zwei Tagen hatte er nichts von sich hören lassen. Vielleicht hatte der Besuch an Angelas Grab in ihm Zweifel geweckt, ob Bridget als Partnerin geeignet war. Vielleicht hatte er die idealisierte Erinnerung an seine Frau mit der krassen Realität von Bridget verglichen, mit all ihren Macken, Sorgen und Schwächen – ganz zu schweigen von ihrem entsetzlichen Zeitmanagement – und war zu dem Schluss gekommen, dass sie nicht die Richtige war. In einem Anfall von düsterem Fatalismus fragte sie sich, ob es nicht besser wäre, wenn sie getrennt wären. Vielleicht war Bridget dazu bestimmt, den Rest ihres Lebens als Single zu verbringen.

Nachdem sie ihr Telefon noch einmal auf verpasste Anrufe oder Nachrichten überprüft hatte, schenkte sie sich ein großes Glas Pinot Noir ein und nahm es mit ins Wohnzimmer. Dort drehte sie die Lautstärke von *Madame Butterfly* auf und begann, sich durch die Reste der geronnenen Bolognese-Soße zu arbeiten, die sie in der Mikrowelle aufgewärmt hatte und mit einer Scheibe Toastbrot aus dem Gefrierschrank aß. Vanessa wäre entsetzt gewesen, aber Vanessa war nicht da, um es zu sehen. Zu Bridgets Freude harmonierte die Kombination aus Wein, Toast und Soße erstaunlich gut.

Chloe war wieder einmal mit Freunden unterwegs, und Bridget hatte weder die Kraft noch den Willen, mit ihr

Kontakt aufzunehmen. Die Angewohnheit, ihre Teenager-Tochter mit einem endlosen Strom elektronischer Nachrichten zu bombardieren, hatte sie allem Anschein nach nur noch weiter von ihr entfernt. Je älter Chloe wurde, desto größer wurde die Kluft zwischen Mutter und Tochter und Bridget wusste nicht, wie sie diese überbrücken sollte. Alles, was sie tat, schien die Kluft zu vertiefen. Sie dachte, dass es vielleicht besser wäre, Chloe ihren Freiraum zu lassen, so wie sie auch Jonathan in Ruhe hätte trauern lassen sollen. Es schien so oft, dass jedes Mal, wenn sie sich in eine heikle Situation einmischte, das Gegenteil von dem eintrat, was sie eigentlich wollte.

Sie trank noch einen großen Schluck Wein und stellte fest, dass ihr Glas fast leer war. Sie goss aus der Flasche nach – sie konnte sie genauso gut gleich austrinken.

Gerade als Puccinis Liebesduett seinen herzzerreißenden Höhepunkt erreichte, klingelte ihr Telefon. Beinahe hätte sie es wegen der anschwellenden Musik nicht gehört, aber sie beugte sich vor, um den Anruf entgegenzunehmen, bevor er auf die Mailbox ging.

„Hallo?"

„Bridget, ich bin's, Jonathan. Wie geht es dir?"

„Jonathan", sagte sie, fast atemlos vor Erleichterung, seine Stimme zu hören. „Warte, lass mich die Musik leiser stellen, damit ich dich hören kann."

Sie stolperte vom Sofa und drehte die Lautstärke herunter. „So ist es besser. Hör zu, es tut mir so leid wegen der Nachricht, die ich gestern hinterlassen habe. Das war dumm von mir. Ich hätte dir Freiraum lassen sollen und ich will nicht, dass du denkst –"

„Bridget, hör auf", unterbrach Jonathan. „Es gibt keinen Grund, sich zu entschuldigen. Ich bin derjenige, dem es leid tut. Ich hätte dich früher anrufen sollen, aber der Verkehr auf der Heimfahrt war schrecklich – es gab einen Unfall auf der A40."

„Oh."

„Aber das ist eigentlich nur eine Ausrede. Ich hätte dich gestern zurückrufen sollen."

„Das war nicht nötig", sagte sie schnell.

„Doch, war es. Ich hätte wirklich auf deinen Anruf antworten sollen. Es ist nur so, dass ich viel nachgedacht habe, seit ich an Angelas Grab war, und –"

„Ja?" Bridget spürte einen harten Kloß im Hals, als ob ihr Herz in Erwartung der Erfüllung ihrer schlimmsten Befürchtungen aus der Brust gesprungen wäre. Wollte Jonathan ihr sagen, dass es vorbei war? Sie überlegte, was sie noch sagen könnte, um ihn umzustimmen, aber ihr fehlten die Worte.

Einen Moment lang herrschte Stille, dann sagte Jonathan: „Und mir wurde klar, wie sehr ich dich vermisst habe."

Ihr Herz sprang an seinen gewohnten Platz zurück und sie spürte, wie es fest und gleichmäßig gegen ihren Brustkorb schlug. „Du hast mich vermisst?"

Er lachte. „Tu nicht so überrascht!"

„Ich habe dich auch vermisst, Jonathan. Mehr als ich sagen kann."

„Wann kann ich dich wiedersehen?"

„Wie wär's mit morgen Abend?"

KAPITEL 22

O Gott, o Gott, o Gott. Was für ein Vollidiot er gewesen war.

Jake stand unter der Dusche und ließ das heiße Wasser auf sich prasseln. Er schäumte sich mit Duschgel ein und versuchte verzweifelt, alle Spuren von Brittanys Parfüm wegzuschrubben. Doch der Duft schien wie eine zweite Haut an ihm zu kleben und weckte unliebsame Erinnerungen an die vergangene Nacht. Er musste auch auf den Laken und Kissenbezügen sein. Er würde das ganze Zeug in den Waschsalon bringen und bei hoher Temperatur waschen müssen. Und dann die Wohnung akribisch nach langen blonden Haaren absuchen, die sie hinterlassen haben könnte. O Gott, o Gott, o Gott.

Wie war es dazu gekommen?

Er wusste ganz genau, wie es dazu gekommen war. Er war schwach und verletzlich gewesen nach dem letzten Streit mit Ffion, und Brittany war aufgebracht gewesen nach der Trennung von Tyler. Sie waren in das indische Restaurant neben seiner Wohnung gegangen – ein weiterer Fehler, denn die Kellner dort kannten ihn alle gut und hatten keinen Hehl aus ihrem Interesse an der neuen Frau in Jakes Leben gemacht, da sie sich zweifellos fragten, was aus der elfenhaften Ffion geworden war. Er fragte sich, ob er sie überreden konnte, darüber zu schweigen. Und dort, bei ein paar Lamm-Biryanis, knoblauchgetränkten Naans und wie vielen Flaschen Cobra-Bier auch immer, hatten sie sich gegenseitig getröstet, in Erinnerungen an vergangene Zeiten geschwelgt und waren dann, fast unvermeidlich, zusammen im Bett gelandet.

Ich konnte es nicht verhindern, sagte er nach dem Duschen zu seinem Spiegelbild, aber der Jake im Spiegel sah ihn streng und skeptisch an.

Die Wahrheit war, dass Brittany so viel entspannter war als Ffion. Wenn er mit ihr zusammen war, schienen die Dinge einfach mühelos zu laufen. In diesem Fall waren sie mühelos im Bett gelandet.

Du hast versprochen, auf der Couch zu schlafen, tadelte ihn sein Spiegelbild.

Ja, aber ...

Was auch immer passiert war, er musste es in Ordnung bringen. Je schneller, desto besser. Schadensbegrenzung war das Beste, worauf er jetzt hoffen konnte. Und er konnte genauso gut sofort damit anfangen.

Brittany hatte noch fest geschlafen, als er sich voller Scham und Selbstverachtung ins Bad geschlichen hatte. Als er ins Schlafzimmer zurückkehrte, war sie aufgestanden und angezogen. Dafür, dass sie die Kleider von gestern trug und noch nicht geduscht hatte, sah sie bemerkenswert frisch und hübsch aus.

„Morgen", trällerte sie. „Gut geschlafen?"

„Ähm, ja. Hör mal, wegen letzter Nacht –"

„Hat doch Spaß gemacht, oder?"

„Nun, ja, aber –"

„Was?" Sie lächelte ihn entspannt an, nichts ahnend von den Sorgen, die ihm durch den Kopf gingen.

„Erstens sollte ich bei Ffion sein ..."

„Ich habe Ffion gestern Abend nicht mit dir im Restaurant gesehen."

„Nein", gab er zu.

„Aber ich erinnere mich, dass du mir erzählt hast, dass ihr nicht zusammenpasst und dass eure Beziehung nicht funktioniert hat."

Jake schauderte bei dem Gedanken, wie viel er Brittany nach ein paar Bieren anvertraut hatte. „Ja, in Ordnung, aber die zweite Sache ist, dass du eine Zeugin in einem Mordfall bist, an dem ich arbeite, und wir sollten wirklich nicht –"

„Entspann dich", sagte sie und küsste ihn auf die Wange. „Du machst dir immer zu viele Sorgen. Ich verspreche, deiner Chefin nichts zu sagen." Sie schenkte ihm ein Lächeln. „Und, was machst du heute Abend?"

„Ich werde wohl länger arbeiten müssen", sagte er hastig.

„Kein Problem. Ich muss auch arbeiten. Aber zuerst gehe ich zurück zum Pförtnerhaus und hole meine Sachen, während du Tyler sicher hinter Schloss und Riegel bringst."

„Deine Sachen?"

„Ja, ich kann sie ja schlecht im Pförtnerhaus lassen, oder? Ist es okay, wenn ich sie erst mal hierher bringe?"

★

Bridget war gut gelaunt, als sie bei der Arbeit ankam. Das Telefonat mit Jonathan am Vorabend hatte sie beruhigt und ihr bewusst gemacht, dass sie alles falsch eingeschätzt hatte. Chloe war um zehn Uhr nach Hause gekommen und direkt ins Bett gegangen, sodass es zur Abwechslung mal keinen Streit zwischen ihnen gegeben hatte. Und ausnahmsweise hatte sie ihre Tochter nicht wecken müssen, damit sie zur Schule ging. Chloe war aufgestanden und aus dem Haus gegangen, noch bevor Bridget ihr Frühstück beendet hatte.

Sie nahm sich einen Kaffee mit an ihren Schreibtisch und freute sich, als sie sah, dass die DNA-Ergebnisse von Tyler Dixon aus dem Labor zurück waren. Alles schien nach Plan zu laufen. Sie öffnete den Umschlag und scannte schnell die Ergebnisse. Bingo! Der Test bewies, dass Tyler Dixon in der Nacht, in der sie starb, tatsächlich mit Gina Hartman geschlafen hatte. Er konnte es leugnen, so viel er wollte, aber die Beweise waren eindeutig. Und wenn Tyler in dieser Sache gelogen hatte …

„Haben Sie einen Moment Zeit, Ma'am?"

Sie sah auf. „Sicher, was gibt es, Andy?"

Der Sergeant stand neben ihrem Schreibtisch und hielt einen Ausdruck in der Hand. „Es geht um den Mann, den wir in Gewahrsam haben, Tyler Dixon."

„Was ist mit ihm?"

„Ich habe eine Hintergrundrecherche gemacht und sein Name ist in der Datenbank aufgetaucht. Vor fünf Jahren wurde er nach einer Schlägerei vor einem Pub in Banbury wegen Körperverletzung nach Abschnitt 47 des Gesetzes über Straftaten gegen Leib und Leben angeklagt."

Diese Neuigkeit weckte Bridgets Interesse. Die Beweise gegen Tyler Dixon häuften sich immer mehr.

„Und kam es zu einem Prozess?"

„Ja …"

„Ich fühle ein ‚aber' kommen."

„Er wurde vor dem Oxford Crown Court angeklagt, aber der Richter hat den Fall abgewiesen."

„Aus welchen Gründen?"

„Unzureichende Beweislage."

„Das klingt seltsam. Normalerweise bringt die Staatsanwaltschaft einen Fall nur dann vor Gericht, wenn sie sich gute Chancen ausrechnet. Warum wurde der Fall vor den Crown Court gebracht? Fälle nach Abschnitt 47 werden normalerweise vor einem Amtsrichter verhandelt."

„In diesem Fall hat der Amtsrichter den Fall wegen der Schwere der Verletzungen an den Crown Court verwiesen. Das Opfer wurde bewusstlos geschlagen und verlor durch den Angriff mehrere Zähne."

Bridget erinnerte sich an den Ausdruck mörderischer Wut, der während des gestrigen Verhörs immer wieder über Tylers Gesicht gehuscht war. Es war leicht vorstellbar, dass er jedem, der das Pech hatte, ihm in die Quere zu kommen, schweren Schaden zufügen würde.

„Also, die Sache ist die ...“, sagte Andy.

„Ja?“

„Ich habe mit dem Sergeant in Banbury gesprochen, der den Fall bearbeitet hat. Er hat mir klar gemacht, dass seine Kommentare streng vertraulich sind, aber er ist der Meinung, dass der Prozess nicht fair war. Er sagt, es gab reichlich Beweise und einige gute Zeugen, aber seiner Meinung nach war der Richter von Anfang an voreingenommen.“

„Das ist eine ziemlich starke Anschuldigung. Wer war der vorsitzende Richter?“

„Graham Neville.“

„Ist das so?“ Der ehrenwerte Mr. Justice Neville, so sein korrekter Titel, war einer der Gäste auf Nick Damons Party gewesen. Das war definitiv eine interessante Wendung der Ereignisse. „Gut gemacht, Andy. Gute Arbeit.“

Der Sergeant kehrte mit zufriedener Miene an seinen Schreibtisch zurück.

Bridget blieb an ihrem Schreibtisch sitzen und verdaute die Neuigkeit. Wenn, wie der Sergeant aus Banbury angedeutet hatte, der vorsitzende Richter den Ausgang des Prozesses manipuliert hatte, lag der Schluss nahe, dass Nick Damon den Richter in der Tasche hatte und ihn bestochen oder anderweitig beeinflusst hatte, um Tyler aus der Patsche zu helfen. Bridget hatte mit eigenen Augen gesehen, welch subtile Macht ein Richter vor Gericht ausüben konnte, indem er Beweise ausschloss oder bestimmte Fragen blockierte. Es hatte den Anschein, als könnte Nick Damons Einfluss über Hugh Avery-Blanchard hinausreichen und alle möglichen mächtigen Männer einschließen.

Sie nahm die Ergebnisse von Tylers DNA-Test mit, um sie Jake zu zeigen. „In Ordnung“, sagte sie, „es ist an der Zeit, dass wir Tyler Dixon noch einmal auf den Zahn fühlen. Diesmal wird er nicht einfach alles abstreiten können."

„Nein. Ich denke nicht."

„Geht es Ihnen gut, Jake?", erkundigte sie sich. Er schien heute Morgen abgelenkt zu sein, und Bridget fragte sich erneut, was zwischen ihm und Ffion vor sich ging. Ihr eigenes Liebesleben mochte wieder auf dem richtigen Weg sein, aber bei Jake schien es völlig aus dem Ruder gelaufen zu sein. Aber was auch immer in seinem Privatleben los war, er musste sich jetzt auf die Arbeit konzentrieren.

„Mir geht es gut", sagte er und stand auf.

Auf dem Weg zum Verhörraum erzählte sie ihm schnell die Geschichte von Tylers Anklage wegen Körperverletzung.

„Ich kann nicht sagen, dass es mich überrascht, dass Tyler in eine Schlägerei verwickelt war", sagte er. „Aber die Sache mit dem unfairen Prozess ist eine ernste Sache … Meinen Sie, wir sollten mit dem Richter sprechen?"

„Das hat keinen Sinn", sagte Bridget. „Er wird nur alles abstreiten. Wir haben nicht mehr als ein Gerücht, auf das wir uns stützen können."

Als sie im Verhörraum ankamen, saß dort schon Tyler Dixon, der nach einer Nacht in der Polizeizelle etwas mitgenommen aussah, aber nicht weniger feindselig war. Er beriet sich unwirsch mit seinem Anwalt, Mr. Powers, aber die beiden Männer verstummten, als Bridget eintrat und Platz nahm.

„Gut, dann fangen wir mal an", sagte sie fröhlich.

Sie nahm Tylers mürrisches Schweigen als Ja und legte die Ergebnisse des DNA-Tests auf den Tisch, sodass er und der Anwalt sie sehen konnten. „Wir haben jetzt also den eindeutigen Beweis, dass Sie am Abend der Party Sex mit Gina Hartman hatten."

„Hatte ich nicht", sagte Tyler und machte sich nicht einmal die Mühe, den Bericht anzusehen. Er beugte sich bedrohlich vor. „Das habe ich Ihnen bereits gesagt."

Mr. Powers legte seinem Mandanten beruhigend eine Hand auf den Arm – eine Geste, die Bridget ziemlich unüberlegt erschien, nachdem sie von Tylers gewalttätigem Verhalten in der Vergangenheit erfahren hatte. „Tyler, DNA-Beweise lügen nicht. Warum geben Sie nicht zu, dass Sie Sex mit ihr hatten? Das heißt nicht, dass Sie sie getötet haben."

Bridget nickte Jake zu, der noch einmal die Asservatentüte mit Ginas Ohrring hervorholte und auf den Tisch legte, um Tyler daran zu erinnern, warum er überhaupt verhaftet worden war.

Tyler warf einen Blick auf den Ohrring, dann sah er erst Mr. Powers und dann Bridget an, als wolle er abwägen, wem er weniger vertraute. „Na gut, dann gebe ich es zu. Ich habe mit ihr geschlafen."

„Gut", sagte Bridget. „Jetzt kommen wir weiter."

„Aber nicht im Pförtnerhaus."

„Was?"

„Da habe ich sie nie hingebracht."

„Wo dann?", fragte Bridget, die von seiner Antwort überrascht war.

„Auf dem Rücksitz des Wagens."

Aus den Augenwinkeln sah Bridget, wie der Anwalt angewidert das Gesicht verzog. Vielleicht war das die erste Gefühlsregung, die sie bei ihm bemerkt hatte.

„Wie hat Ginas Ohrring dann den Weg in Ihr Bett gefunden?", fragte Jake.

„Woher zum Teufel soll ich das wissen? Und warum interessiert Sie das überhaupt? Warum nerven Sie mich ständig damit?"

„Tyler", warnte Mr. Powers. „Wenn Sie eine Frage nicht beantworten wollen, sagen Sie bitte einfach ‚kein Kommentar'."

Tyler lehnte sich mit verschränkten Armen in seinem Stuhl zurück und widersetzte sich seinem Anwalt, indem er schwieg.

„Mal sehen, ob wir der Sache auf den Grund gehen können", sagte Bridget. „Sie geben zu, dass Sie am Tag der Party Sex mit Gina hatten. Wann genau ist das passiert?"

„Nachdem ich sie abgeholt hatte."

„Gegen halb acht?"

„Ja. Ich habe sie zu Nicks Haus gefahren und neben dem Pförtnerhaus geparkt. Wir haben es im Auto getrieben." Er grinste Jake an.

„Und was dann?"

„Gina ist ins Haus gegangen, um mit der Arbeit zu beginnen, und ich habe meinen Posten an der Eingangstür bezogen, um die Gäste einzulassen." Er grinste. „Ich habe es gerade noch rechtzeitig geschafft. Der erste Gast wartete schon am Tor, als ich mich von Gina verabschiedete."

Neben ihm verzog sich Mr. Powers' Gesicht zu einer finsteren Miene.

„Lassen Sie uns weitermachen", sagte Bridget. Sie war sich nicht im Klaren darüber, warum Tyler sich diese ziemlich fantasievolle Geschichte über Sex im Auto ausgedacht hatte, aber es schien im Moment wenig Sinn zu machen, der Sache weiter nachzugehen. „Wann haben Sie erfahren, dass Gina schwanger war?"

Die Frage löste den Schock aus, auf den Bridget gehofft hatte. Vor allem Mr. Powers schien von der Enthüllung verblüfft.

„Was?", sagte Tyler. Er starrte Bridget wütend an. „Sie lügen!"

„Sie sagen also, Sie wussten nicht, dass sie schwanger war?"

„Nein, natürlich nicht, verdammt."

Bridget ignorierte sein Dementi. „Waren Sie eifersüchtig angesichts der Tatsache, dass sie das Kind eines anderen Mannes erwartete? Waren Sie wütend, dass ein anderer mit ihr geschlafen hat?"

„Nein!"

„Hat sie Ihnen an diesem Abend davon erzählt? Haben Sie sie deshalb erwürgt?"

„Das habe ich verdammt noch mal nicht! Ich wusste nicht einmal, dass sie schwanger war!"

Jetzt beugte sich Jake vor, um den Verdächtigen in die Mangel zu nehmen.

„Kumpel, es ist leicht zu verstehen, wie das passieren konnte. Sie und Gina haben eine Weile miteinander geschlafen, ja? Sie dachten, Sie bedeuten ihr etwas. Und da kam diese Nachricht wie ein Schlag ins Gesicht."

Tyler schüttelte den Kopf, zu wütend, um Worte zu finden.

„Sie wollten sie nicht verletzen", fuhr Jake fort. „Sie mussten ihr einfach mitteilen, was Sie fühlten. Aber vielleicht wollte sie nicht zuhören. Sie hat Ihnen gesagt, dass sie Sie nicht liebt. Sie hat gesagt, dass es zwischen Ihnen beiden aus ist."

„Nein. Nichts davon ist passiert. Ich habe nicht gewusst, dass sie schwanger war. Ich habe sie nicht einmal wiedergesehen, nachdem wir Sex hatten."

„Das glauben wir aber", sagte Jake. „Also erzählen Sie uns, was passiert ist. Hatten Sie Streit mit ihr? Sie wollten nicht, dass es so weit kommt. Sie haben einfach die Kontrolle verloren."

„Denn", so Bridget, die den Faden aufnahm, „wir wissen, dass Sie eine gewalttätige Vergangenheit haben. Vor fünf Jahren wurden Sie nach einer Schlägerei vor einem Pub in Banbury wegen Körperverletzung angeklagt. Ein schwerwiegender Angriff. Das Opfer wurde schwer verletzt."

„Mein Mandant wurde von dieser Anklage freigesprochen", sagte Mr. Powers schnell.

Aber Tyler hörte seinem Anwalt nicht mehr zu. „Ich habe sie nicht getötet! Wie oft muss ich es noch sagen?" Er schlug mit den Fäusten auf den Tisch, sodass der Ohrring in der Plastiktüte hin und her sprang.

„Beruhigen Sie sich", sagte Powers. „Sie versucht nur, Sie zu reizen. Ignorieren Sie es."

Aber Tyler war wirklich sehr verärgert. Verzweifelt sah er sich um, als suchte er einen Fluchtweg. „Ich habe sie nicht umgebracht!", schrie er wieder. „Überprüfen Sie ihr Telefon. Gina hat die ganze Nacht aufgenommen. Hören Sie sich die Aufnahme an. Sie wird beweisen, dass ich es nicht war!"

„Gina hat ... was?", fragte Mr. Powers. Für einen Moment geriet das professionelle Auftreten des Anwalts ins Wanken, bevor er sich wieder besann. „Das ist unmöglich. Tyler, es war Ihre Aufgabe, die Handys der Mädchen sicher zu verwahren, während sie bei der Arbeit waren."

„Ja, nun", spottete Tyler. „Aber ich habe Ginas Telefon nicht an mich genommen."

„Jegliche Beweise dieser Art", so Mr. Powers weiter, „... falls sie überhaupt existieren ... wären vor Gericht unzulässig. Die Benutzung von Mobiltelefonen durch Mitarbeiter, die auf der Party anwesend waren, war gemäß ihren Beschäftigungsbedingungen eindeutig verboten."

„Wirklich?", sagte Bridget. „Haben sie Verträge unterschrieben, in denen steht, dass keine Tonaufnahmen gemacht werden dürfen? War ihr Arbeitsvertrag so formell? Hatten sie überhaupt einen Vertrag?"

Der steinernen Miene des Anwalts konnte Bridget entnehmen, dass die Studenten nicht aufgefordert worden waren, einen solchen Vertrag zu unterschreiben. Es schien, als hätte der Anwalt die Interessen seines Mandanten nicht so sorgfältig geschützt, wie er es hätte tun können.

„Fürs Protokoll", sagte Bridget und nutzte die Gelegenheit, „kann ich bestätigen, dass wir im Besitz von Ginas Tonaufnahme von der Party sind und dass sie Beweise für den Angriff auf sie enthält. Aber es tut mir leid, Ihnen mitteilen zu müssen, Tyler, dass diese Aufnahme nichts enthält, was Sie von dem Mord an ihr entlasten würde. Im Gegenteil, sie bestätigt, dass sie attackiert wurde, als sie gegen Mitternacht nach oben ging, und Sie haben uns gegenüber bereits zugegeben, dass Sie zu diesem Zeitpunkt im Haus waren und kein Alibi haben."

Sie hielt inne und beobachtete seine Reaktion. Beinahe verspürte sie einen Anflug von Mitleid, als die letzte Spur Hoffnung sichtlich aus seinem Gesicht wich.

„Tyler Dixon, ich werde mich mit der Staatsanwaltschaft in Verbindung setzen und empfehlen, Sie wegen des Mordes an Gina Hartman anzuklagen. Gibt es noch etwas, was Sie sagen möchten?"

Tyler starrte sie fassungslos an. „Ich habe sie nicht umgebracht."

„Haben Sie verstanden, was ich gerade gesagt habe?", fragte Bridget.

„Ich habe sie nicht umgebracht", wiederholte er.

★

Jake war recht zufrieden mit dem Verlauf des morgendlichen Verhörs und ging in die Küche, um sich eine wohlverdiente Tasse Tee zu holen. Tyler Dixon leugnete zwar immer noch, Gina Hartman ermordet zu haben, aber er wirkte ungefähr so unschuldig wie ein Gangster auf einem Kindergeburtstag. Selbst mit den Beweisen, die sie bereits gesammelt hatten, hatten sie genug, um ihn lebenslang wegzusperren, und die Forensiker waren noch nicht fertig.

Jake pfiff ein Lied vor sich hin, während er darauf wartete, dass das Wasser kochte. Er warf einen Teebeutel in seine Leeds-United-Tasse und fügte zur Sicherheit noch ein paar Löffel Zucker hinzu. Ffion hatte ihn ermahnt, den Zucker zu reduzieren oder besser noch, ihn ganz wegzulassen, aber sie war gerade nicht da. Und was sie nicht wusste, ...

O Gott, dachte er. Brittany.

Ffion wusste nicht, was in der Nacht zuvor geschehen war, und sie durfte es niemals herausfinden. Auch Bridget durfte nie erfahren, dass er mit der Hauptzeugin geschlafen hatte. Wenn sie es wüsste, wäre er wieder in Uniform und würde wahrscheinlich den Rest seiner Karriere damit verbringen, auf Einbrüche auf dem Blackbird Leys Anwesen zu reagieren.

Aber wie sollte er den Schlamassel beseitigen, den er sich selbst eingebrockt hatte? Eines war klar – Brittany konnte auf keinen Fall bei ihm einziehen, wie sie es offensichtlich vorhatte. Das musste er verhindern, bevor die Dinge noch schlimmer wurden, als sie ohnehin schon waren. Wenn er Brittany das nächste Mal sah, würde er ihr sagen, was er beschlossen hatte. Dass er einen großen Fehler gemacht hatte, als er letzte Nacht mit ihr geschlafen hatte, dass es aus war mit ihnen, und dass sie ihre Sachen aus seiner Wohnung in ein Hotel bringen musste. Ja, genau das würde er tun. Und dann könnte er mit Ffion reden und versuchen, sie …

„Du scheinst dich über etwas zu freuen", sagte eine melodische walisische Stimme hinter ihm.

Er zuckte zusammen, sodass das kochende Wasser über ihn spritzte. „Scheiße!"

Ffion verengte ihre Augen wie eine Katze. „Was ist los mit dir? Du bist heute so nervös."

„Tut mir leid, du hast mich nur überrascht, das ist alles."

Er hielt seine Hand unter kaltes Wasser und tupfte sie mit einem Geschirrtuch trocken.

„Also, was gibt's Neues?"

„Neues?" Er starrte sie an und fragte sich, wie viel sie wusste. Hatte sie irgendwie erraten, dass er die Nacht mit Brittany im Bett verbracht hatte?

„Bei Tyler Dixon?"

„Oh, Tyler!", sagte er.

Ffions Augen folgten ihm misstrauisch, als er sich durch die Küche bewegte. „Was dachtest du denn, wovon ich rede?"

„Nein, nichts."

„Und?"

„Tyler … ja. Es hat sich herausgestellt, dass es richtig war, ihn zu verhaften. Die DNA-Ergebnisse haben bewiesen, dass er mit Gina geschlafen hat, und tatsächlich hat er es schließlich zugegeben, auch wenn er auf einer lächerlichen Geschichte beharrt, dass er mit ihr im Auto statt im Bett geschlafen hat."

„Im Auto?", sagte Ffion. „Stilvoll."

„Stimmt", sagte Jake, „er ist ein echter Widerling. Andy hat auch herausgefunden, dass er wegen Körperverletzung vorbestraft ist. Er wurde nach einer

Kneipenschlägerei angeklagt, aber es sieht so aus, als hätte Damon den Richter bestochen, um ihn freizubekommen."

„Netter Kerl, was? Glaubst du, dass er es war?"

„Sicher. Bridget wird ihn wegen Mordes anklagen."

„Wird sie das?"

„Warum, glaubst du nicht, dass er schuldig ist?"

„Vielleicht", sagte Ffion. „Die Schuldigen verraten sich am Ende immer selbst."

Sie sah Jake unverwandt an und er spürte, wie seine Ohren zu brennen begannen. Plötzlich konnte er nur noch daran denken, wie er in der Nacht zuvor mit Brittany im Bett gelegen hatte. Er fragte sich, ob seine Schuld ihm ins Gesicht geschrieben stand, so offensichtlich für Ffion wie es Tyler Dixons Schuld für ihn war. Wie viel wusste Ffion? Und wie viel konnte sie erraten? „Ich –", begann er.

„Du hast mit ihr geschlafen!", warf Ffion ihm vor.

Er fragte sich, wie sie darauf kommen konnte, wo er doch gar nichts gesagt hatte.

„Ich –", versuchte er es noch einmal, aber er wusste, dass dieses eine Wort so gut war wie ein unterschriebenes Geständnis.

„Du Mistkerl!", schrie sie. „Du bist genauso ein Schleimbeutel wie Tyler Dixon. Und ich sag dir was, Brittany Grainger hat euch beide verdient!"

KAPITEL 23

"DI Hart, auf ein Wort, bitte."

Bridget blickte von ihrem Schreibtisch auf und sah die dunkle, unheilvolle Gestalt von Chief Superintendent Alex Grayson, der ihr durch die offene Tür seines gläsernen Büros zuwinkte. Sie legte die Strafanzeige beiseite, die sie gerade vorbereitete, und betrat das Reich des Chief Super in der Erwartung, wegen eines schrecklichen Versäumnisses in den Ermittlungen zurechtgewiesen zu werden. Höchstwahrscheinlich hatte Hugh Avery-Blanchard seine Drohung wahr gemacht, sie wegen Verleumdung zu verklagen.

„Ich wollte gerade zu Ihnen, Sir. Gibt es ein Problem?"

„Setzen Sie sich, DI Hart."

Zu ihrer Überraschung schenkte Grayson ihr ein zaghaftes Lächeln, was eher ungewöhnlich war. Bridget wurde sofort misstrauisch. Irgendwie bevorzugte sie es, wenn Grayson so ruppig war wie sonst.

„Wie ich höre, sind Glückwünsche angebracht", fuhr er fort. „Das war sehr schnelle Arbeit von Ihnen und Ihrem Team."

Ihr wurde klar, dass er bereits über das Ergebnis ihres

letzten Gesprächs mit Tyler Dixon Bescheid wissen musste. Der Chief Super hatte seine Ohren überall.

„Vielen Dank, Sir."

„Sie sind also bereit, den Verdächtigen anzuklagen?"

„Ja, Sir. Zumindest glaube ich das, Sir."

Wie sie vermutet hatte, löste ihre halbgare Antwort Unmut aus. „Sie glauben es?"

„Nun, die Sache ist die, Sir, ich habe noch ein oder zwei unbeantwortete Fragen."

„Zum Beispiel?"

„Zum einen wissen wir nicht, wer der Vater von Ginas ungeborenem Kind ist. Alle DNA-Tests waren negativ."

Graysons Miene verfinsterte sich, als er diese unwillkommene Information verarbeitete. „Ist das relevant? Wenn dieser Fahrer das Mädchen in einem Anfall von Eifersucht getötet hat, ist es doch egal, auf wen er eifersüchtig war."

„Nun, vielleicht. Aber ich will Gewissheit."

Grayson klopfte mit seinem Füllfederhalter auf den Schreibtisch, immer ein Zeichen dafür, dass er frustriert oder ungeduldig war. „Sie sind gründlich, nicht wahr, DI Hart?", sagte er zögernd. „Nun, es ist gut, gründlich zu sein."

„Ja, Sir."

„Gibt es sonst noch etwas, das Sie beunruhigt?"

Bridget wusste, dass ihre nächste Antwort Grayson nur noch weniger geneigt machen würde, sie zu unterstützen, aber ihr Gewissen erlaubte ihr nicht, sich vor dem Thema zu drücken. „Nun, es wird immer deutlicher, dass der eigentliche Zweck dieser Partys, die Nick Damon gibt, darin besteht, Leute in wichtigen Positionen zu beeinflussen, so dass sie sich verpflichtet fühlen, ihm bei seinen Geschäften zu helfen."

„Bestechung?"

„Ich habe keine Beweise dafür, dass tatsächlich Geld den Besitzer wechselt. Aber es werden Gefälligkeiten erbracht. Manchmal sind sie sexueller Natur."

Grayson runzelte verärgert die Stirn. „Von wem reden

wir? Haben Sie Namen?"

„Ja, Sir", antwortete Bridget mit bangem Herzen. Mit jeder Antwort, die sie auf Graysons Fragen gab, hatte sie das Gefühl, mehr Nägel in ihren eigenen Sarg zu schlagen. „Der Abgeordnete Hugh Avery-Blanchard und ein Richter, ein Mr. Justice Neville."

„Graham Neville? Hmm ..."

Der Name schien bei Grayson einen Nerv getroffen zu haben. Bridget fragte sich, ob sich die Wege der beiden Männer schon einmal gekreuzt hatten.

„Ich bin kein Fan von Graham Neville", sagte Grayson. „Was haben Sie gegen ihn in der Hand?"

Bridget erläuterte ihm, dass ein Sergeant in Banbury ihn der Prozessmanipulation beschuldigt hatte.

„Interessant", sagte Grayson. „Haben Sie genug Beweise für eine Verurteilung?"

„Noch nicht, Sir."

Der Chief musterte sie noch ein paar Sekunden, bevor er sie entließ. „In Ordnung, DI Hart. Machen Sie weiter. Sehen Sie, was Sie ausgraben können. Aber denken Sie daran –"

„Ja, Sir. Ich halte Sie auf dem Laufenden."

Bridget überlegte, was sie als Nächstes tun sollte. Sie wusste, dass sie nicht viel Zeit hatte, aber sie wollte unbedingt herausfinden, wer der Vater von Ginas Baby war. Aber nachdem sie alle Partygäste ausgeschlossen hatte, wusste sie nicht, wo sie weitermachen sollte. Vielleicht sollte sie die Gäste in Betracht ziehen, die bei früheren Partys in Damons Haus gewesen waren, und sie testen lassen, aber das konnte eine lange Liste von Verdächtigen ergeben. Wie Grayson sagte, war es vielleicht nicht einmal wichtig.

Die Chance, hieb- und stichfeste Beweise dafür zu finden, dass Nick Damon in Korruption verwickelt war, schien ebenfalls gering. Der Richter und der Abgeordnete würden wohl kaum etwas zugeben, was sie selbst belasten könnte, und Damon selbst oder sein schmieriger Anwalt, Mr. Powers, würden es auch nicht tun. Sie überlegte, ob es sich lohnen würde, Brittany Grainger zum Verhör vorzuladen, um zu sehen, ob sie unter Druck etwas verraten würde. Aber sie wusste, dass sie sich an einen Strohhalm klammerte. Am vernünftigsten war es, einfach Tyler Dixon anzuklagen.

Als sie an ihren Schreibtisch zurückkehrte, entdeckte sie einen verpassten Anruf auf ihrem Handy. Sie kannte die Nummer des Anrufers nicht, aber derjenige hatte eine Sprachnachricht hinterlassen. Bridgets Herz begann zu rasen, als sie die Nachricht abhörte.

DI Hart, hier ist Miranda Gardiner vom Wadham College. Wir haben gestern miteinander gesprochen. Ich war eine der Kellnerinnen auf der Party bei Nick Damon. Ich … Ich glaube, ich habe etwas herausgefunden. Etwas Wichtiges. Ich glaube, ich weiß, wer Gina getötet hat … O Gott, es ist so schrecklich, ich kann den Gedanken nicht ertragen. Bitte rufen Sie mich an, sobald Sie das hören. Ich bleibe in meinem Zimmer im College. Ich habe zu viel Angst, es zu verlassen …

Das Mädchen klang sehr verängstigt. Was hatte sie bloß herausgefunden? Bridget rief sofort zurück, aber nach ein paar Mal Klingeln war die Mailbox dran. Sie versuchte es erneut, aber es passierte dasselbe. Sie überprüfte die Uhrzeit von Mirandas Anruf. Die Studentin hatte vor zehn Minuten angerufen, als Bridget im Büro des Chief Super gewesen war.

Schnell schaute sie sich im Büro um, um zu sehen, wer verfügbar war.

„Ffion, kommen Sie mit. Wir müssen sofort zum Wadham College. Ich habe gerade einen Anruf von Miranda Gardiner bekommen. Sie behauptet zu wissen, wer Gina Hartman getötet hat. Sie klang verängstigt und geht nicht ans Telefon."

Ffion wirkte angespannt, als hätte sie geweint, aber Bridget hatte keine Zeit, sich darüber Gedanken zu machen. Jedenfalls war Ffion im Notfall immer schnell zur Stelle und zog bereits ihre Lederjacke an. Bridget schnappte sich ihre Tasche und gemeinsam eilten sie die Treppe hinunter.

Bridget fuhr so schnell sie konnte die Banbury Road hinunter. Ffion saß schweigend auf dem Beifahrersitz, aber Bridget reichte Ffion ihr Handy und bat sie, es weiter auf Mirandas Nummer zu versuchen. Aber es ging immer noch keiner ran.

Am Eingang des Colleges rief der Portier, dass sie sich anmelden müssten, aber Bridget und Ffion rannten an ihm vorbei in den großen Innenhof.

„Ich weiß, wo Mirandas Zimmer ist", sagte Ffion und sprintete voraus, sodass Bridget Mühe hatte, Schritt zu halten.

Ffion erreichte das Zimmer als Erste und klopfte laut an die Tür. Es kam keine Antwort.

„Miranda", rief Bridget, „hier ist DI Hart. Ich bin mit meiner Kollegin DC Ffion Hughes hier. Ich habe Ihre Nachricht erhalten. Es ist sicher, Sie können aufmachen."

Immer noch keine Antwort. Bridget versuchte, die Tür zu öffnen, aber sie war fest verschlossen.

„Könnte sie irgendwo hingegangen sein?", fragte Ffion.

„In ihrer Nachricht hat sie gesagt, dass sie zu viel Angst hat, ihr Zimmer zu verlassen."

„Also gut", sagte Ffion. „Treten Sie zurück."

„Ich könnte den Generalschlüssel beim Pförtner holen", sagte Bridget.

„Dafür ist keine Zeit, Chefin."

Die walisische Constable trat einen Schritt zurück, drehte sich dann auf dem Absatz und trat mit ihrem langen Bein gegen die Tür. Eine der Holzplatten zersplitterte mit einem Knall.

„Taekwondo?", fragte Bridget. „Jake hat mir erzählt, dass Sie das machen", fügte sie hinzu, als Ffion nickte.

Ffion sagte nichts, sondern griff durch das Loch in der Tür und drehte den Griff von innen. Sie schwang auf.

Auf den ersten Blick schien der Raum leer zu sein, und Bridget kam sich ein wenig töricht vor, weil sie Ffion erlaubt hatte, die Tür aufzubrechen. Jetzt würden sie eine

Beschwerde vom College und eine Rechnung für die Reparatur bekommen. Sie würde wieder in Graysons Büro stehen, und diesmal würde es kein halbes Lächeln oder Glückwünsche geben.

Doch dann bemerkte sie die Schreibtischlampe, die auf dem Boden lag, und spürte ein immer stärkeres Unbehagen. War die Lampe als Waffe benutzt worden, um Miranda anzugreifen oder um sich zu verteidigen? Es gab noch andere beunruhigende Anzeichen. Eine halb ausgetrunkene Kaffeetasse war umgekippt und hatte ihren Inhalt über einen Stapel gedruckter Papiere auf dem Schreibtisch verschüttet. Ein Nachttisch war umgestoßen worden, die Schubladen standen offen.

Was war hier geschehen?

„Sehen Sie." Ffion deutete auf die Tür des Einbauschranks, die einen Spalt geöffnet war.

Aus Angst vor dem, was sie finden könnte, zog Bridget ein Paar Latexhandschuhe an, die sie in ihrer Tasche aufbewahrte, und öffnete vorsichtig die Tür.

In der Ecke des Kleiderschranks, inmitten eines Haufens von Kleidern und Schuhen, lag zusammengesunken Miranda Gardiner. Verdreht lag sie da, den Kopf in einem unbequemen Winkel, die Gesichtsmuskeln schlaff und regungslos. Ihre Augen waren geschlossen, und Bridget wusste sofort, dass sie zu spät gekommen war. Sie kniete nieder und tastete nach dem Puls. Nichts.

„Melden Sie das", sagte sie zu Ffion. „Wir haben einen zweiten Mord."

KAPITEL 24

Während Vik und das SOCO-Team den Tatort nach Beweisen absuchten, saß Bridget dem Direktor von Wadham wieder in seiner Unterkunft gegenüber.

Diesmal sah man Lord Bancroft seine siebzig Jahre deutlich an. Wie unter Schock saß er in seinem Stuhl, die großen Hände auf den Schreibtisch gestützt, als bräuchte er ihre Hilfe, um sich aufrecht zu halten. Wäre sein Haar nicht ohnehin schon schlohweiß gewesen, wäre es durch die Nachricht von diesem zweiten Mord wahrscheinlich noch ein wenig heller geworden, mutmaßte Bridget.

„Sagen Sie mir, Inspector", sagte Lord Bancroft und strich sich mit einer leberfleckigen Hand müde über die Stirn, „warum tötet jemand meine Studenten? Wie soll ich das allen erklären? Was geht hier vor?"

Bridget sah keinen Grund, dem Direktor nicht zu sagen, was sie wusste. „Ich glaube, Mirandas Tod hängt mit Ginas Tod zusammen. Miranda rief mich kurz vor ihrem Tod an und hinterließ eine Nachricht, dass sie glaube, die Identität der Person zu kennen, die Gina ermordet hat. Sie klang verängstigt und sagte, sie würde sich in ihrem Zimmer einschließen."

Und das aus gutem Grund. Als Mirandas Leiche aus dem Schrank geholt wurde, wies sie schwere Blutergüsse an Armen, Gesicht und Hals auf. Offensichtlich hatte es einen heftigen Kampf gegeben, und Dr. Sarah Walker vermutete eine weitere Strangulation. Es sah so aus, als wäre es das Werk desselben Mörders.

„Der Mörder von Gina ist also mit der Absicht zum College gekommen, Miranda zu töten", sagte Lord Bancroft, sichtlich erschüttert über die Vorstellung, dass der Täter den Campus betreten hatte.

„Wir können zu diesem Zeitpunkt nicht genau sagen, was passiert ist."

„Aber Ihre Arbeitshypothese muss doch lauten, dass beide Studentinnen ihren Mörder auf dieser Party kennengelernt haben, auf der sie kellnerten?"

„Das scheint eine vernünftige Annahme zu sein", sagte Bridget.

„Und was ist mit der dritten Studentin, Poppy Radley? Wo ist sie jetzt?"

„Sie befindet sich in der Obhut einer Polizistin", sagte Bridget, die dem Direktor versichern wollte, dass sie sich gut um Poppy kümmerten. „Sie wurde über Mirandas Tod informiert und eine Beamtin wird bei ihr bleiben, um sicherzustellen, dass sie in Sicherheit ist."

„Das ist doch wenigstens etwas. Und was ist mit Mirandas Eltern?"

„Wir werden uns mit ihnen in Verbindung setzen, um ihnen die Nachricht zu überbringen."

Das Gesicht des Direktors war schmerzerfüllt. „Zwei junge Leben ausgelöscht. Zwei Elternpaare in Trauer. Mein Herz ist bei ihnen."

Bridget nickte. Sie wusste, dass der Direktor sein Bestes tun würde, um Mirandas Familie beizustehen, wenn sie nach Oxford kam, um den Leichnam ihrer Tochter zu sehen. Und Bridget nahm sich vor, sie selbst zur Leichenhalle zu begleiten. Das war sie ihnen schuldig.

„Nachdem Sie Dr. Frost entlassen hatten", sagte der

Direktor, „habe ich versucht, ihn zu überreden, eine Auszeit zu nehmen. Die Gemüter waren erhitzt, Gerüchte kursierten und ich war um sein Wohlergehen besorgt. Aber er bestand darauf, sofort wieder zu arbeiten. Er war unnachgiebig. Glauben Sie –"

„Natürlich müssen wir ihn zu Mirandas Tod befragen", sagte Bridget.

„Wenn er etwas damit zu tun hatte, werde ich mir das nie verzeihen", sagte Lord Bancroft.

★

Abgesehen von der Spurensicherung, dem medizinischen Personal und anderen Polizeikräften, die im Front Quad hin und her eilten, war das College zu einer Geisterstadt geworden, da sich Studenten und Dozenten auf der Suche nach Sicherheit und Geborgenheit in ihre Zimmer zurückgezogen hatten.

Bridget fand Dr. Frost allein in seinem Zimmer vor. Der Deutsch-Tutor war offensichtlich über die Ereignisse des Tages informiert und wirkte sichtlich erschüttert. Während Bridget auf dem Sofa Platz nahm, stand Frost am Fenster und blickte auf das Treiben im Hof hinunter.

„Man hat mir gesagt, dass es eine von Ginas Freundinnen war, die gestorben ist", sagte er. „Eine der anderen Kellnerinnen auf der Party."

„Miranda Gardiner", bestätigte Bridget. Sie betrachtete Frosts angespanntes Gesicht. Die dunklen Ringe unter seinen Augen verrieten ihr, dass er nicht gut schlief. Immer wieder strich er sich unbewusst mit einer Hand über die Stirn, als wolle er damit die schrecklichen Geschehnisse vertreiben. Entweder war er zutiefst schockiert oder ein sehr geschickter Schauspieler, und Bridget neigte dazu, Ersteres zu glauben.

„Es tut mir so leid", murmelte er. „So leid. Ich habe das Gefühl, dass das alles irgendwie meine Schuld ist. Wenn ich nur wüsste, was in dieser Nacht wirklich passiert ist …" Er sah zu Bridget. „Dieses andere Mädchen,

Miranda, wurde sie auch erwürgt?"

„Ich fürchte, das kann ich Ihnen jetzt noch nicht sagen."

„Nein, nein. Natürlich nicht. Es war dumm von mir, zu fragen."

„Dr. Frost, ich muss Sie fragen, wo Sie heute Vormittag zwischen elf und zwölf waren."

Miranda hatte die Sprachnachricht kurz nach elf hinterlassen, und es war fast Mittag gewesen, als Bridget und Ffion die Leiche entdeckt hatten.

„Zwischen elf und zwölf? Ähm ... nun, ich war hier in meinem Zimmer."

„Kann das jemand bezeugen?"

Frost schüttelte traurig den Kopf. „Nein. Zu der Zeit hatte ich keine Tutorien. Ich war allein."

„Haben Sie irgendwann Ihr Zimmer verlassen, um zum Beispiel in den Senior Common Room zu gehen?"

„In letzter Zeit vermeide ich es, dorthin zu gehen. Die anderen Tutoren, Sie wissen schon, die ..." Er brach kläglich ab.

„Ich verstehe", sagte Bridget. „Das muss schwer für Sie sein."

„Ja", sagte er. „Ja, das ist es. Sie sind der erste Mensch, der ..." Er hielt wieder inne und runzelte konzentriert die Stirn. „Niemand versteht das. Alle denken, ich hätte es getan. Und jetzt ... dieser zweite Mord ... Ich werde mein Gesicht nicht mehr zeigen können."

„Miranda hat mich kurz vor ihrem Tod angerufen", sagte Bridget. „Sie sagte mir, dass sie die Identität von Ginas Mörder erraten habe. Haben Sie eine Ahnung, wen sie verdächtigt haben könnte? Haben Sie seit der Party überhaupt mit ihr gesprochen?"

„Mit ihr gesprochen?" Frost starrte Bridget entsetzt an. „Du meine Güte, nein. Ich hätte es nicht gewagt, mich ihr zu nähern, nicht nachdem ... Nein, tut mir leid, ich habe keine Ahnung. Es ist ja nicht so, dass ich nicht darüber nachgedacht hätte, wissen Sie. Ich habe sogar tagelang darum gekämpft, mich an etwas zu erinnern, das einen

Hinweis geben könnte."

Bridget hatte das Gefühl, dass Frost noch mehr zu sagen hatte. „Und haben Sie sich an etwas erinnert?"

„Nun, ja, ich habe angefangen, Flashbacks zu haben. Manchmal fallen mir Dinge ein, wenn ich mit meinen Gedanken ganz woanders bin. Meistens sind es bruchstückhafte Bilder. Nichts Eindeutiges."

„Was für Bilder?"

„Ich erinnere mich an etwas, das Gina auf der Party zu mir gesagt hat. *Du solltest nicht hier sein.* Ich habe das Gefühl, sie hat mit jemand anderem gesprochen, aber ich weiß nicht mit wem. Aber ich erinnere mich an einige der Masken, die die Leute trugen. Es gab eine Reihe von Pierrots und einige Katzen. Und ich bin sicher, dass auch ein Narr dabei war. Die Motive stammen vom Karneval in Venedig, wissen Sie. Die meisten sind Jahrhunderte alt. Sie stammen ursprünglich aus der Tradition der *Commedia dell'arte*."

Frost begann, sich mit dem typischen akademischen Enthusiasmus für bizarre historische Fakten und nebensächliche Details zu interessieren. Bridgets eigene Geschichts-Tutorin, Dr. Irene Thomas vom Merton College, war schon immer von den dunklen Seiten des menschlichen Daseins fasziniert gewesen und hatte Bridget kürzlich bei der Arbeit an einem anderen Mordfall eine detaillierte Einführung in jakobinische Rachetragödien gegeben. Bridget vermutete, dass Dr. Frost, wenn sie ihn gewähren ließe, nun anfangen würde, die Bedeutung der verschiedenen Arten venezianischer Masken zu erläutern. So faszinierend das auch sein mochte, sie hatte jetzt keine Zeit dafür.

„Haben Sie sich noch an etwas anderes erinnert?", fragte sie.

„Ich erinnere mich an die Treppe."

„Was ist mit ihr?"

„Sie war aus dunklem Eichenholz geschnitzt. Der Geländerpfosten hatte die Form einer Eichel. Ich erinnere mich, dass ich daneben stand und fasziniert war von der

Kunstfertigkeit, die erforderlich war, um ein so aufwändiges Stück Handwerkskunst herzustellen."

„Sonst noch etwas?", fragte Bridget, die sich zu fragen begann, ob der Mann nur ihre Zeit verschwenden wollte.

„Ich war müde. Ich war schläfrig, nachdem mir jemand das ..."

„Rohypnol", half Bridget.

„ ... ja, das Schlafmittel. Ich weiß noch, dass ich mich hinlegen wollte, also bin ich nach oben gegangen."

Bridget wartete geduldig, aber Frost schien fertig zu sein. „Und was dann?"

„Nichts", sagte er und schüttelte den Kopf. „So sehr ich mich auch bemühe, ich kann mich an nichts mehr erinnern. Nicht, bis ich aufgewacht bin."

Bridget versuchte, sich ihre Frustration nicht anmerken zu lassen. „Versuchen Sie es weiter", sagte sie ihm. „Und rufen Sie mich an, wenn Ihnen noch etwas einfällt. Irgendetwas."

★

Poppy Radley befand sich in ihrem Zimmer und wurde von einer Polizistin betreut. Als Bridget eintraf, saß sie im Schneidersitz auf ihrem Bett, eine Tasse Tee in der Hand, mit einen unbeschreiblich elendigen Gesichtsausdruck. Sie blickte zu Bridget auf und ihre Unterlippe begann zu zittern.

Die Constable beugte sich mit einer Schachtel Taschentücher zu ihr hinunter, und Bridget sah an dem durchnässten Haufen, der bereits im Papierkorb lag, dass Poppy nicht zum ersten Mal in Tränen ausbrach, seit sie von Mirandas Tod erfahren hatte.

Jetzt stieß sie einen Schrei aus und vergrub ihr Gesicht in den Händen. Bridget setzte sich neben sie auf das Bett und wartete, bis das Schluchzen in ein leises Wimmern übergegangen war, bevor sie sprach.

„Poppy, es tut mir so leid, was passiert ist. Aber ich brauche Ihre Hilfe, um Mirandas Mörder zu fassen.

Können Sie mir sagen, ob Sie Miranda heute Morgen irgendwann gesehen haben?"

Poppy schnäuzte sich die Nase, dann nickte sie. „Ich habe sie beim Frühstück gesehen. Wir saßen zusammen."

„Und wann war das?"

„Gegen halb neun."

„Worüber haben Sie gesprochen?"

„Ach, nichts Besonderes. Nur, Sie wissen schon ... das Leben im College. Ich habe ihr gesagt, dass ich mein Zuhause vermisse. Normalerweise tue ich das nicht. Es ist nur, nach dem, was mit Gina passiert ist ..."

„Hat Miranda beim Frühstück etwas über Gina gesagt?"

„Nein, nicht wirklich. Nur dass wir sie beide vermissen. Gina konnte manchmal ein bisschen distanziert sein, aber jetzt ist sie weg ..."

Bridget sprach weiter, bevor Poppy wieder in Tränen ausbrechen konnte. „Haben Sie Miranda nach dem Frühstück noch einmal gesehen?"

„Nein. Ich musste noch etwas für mein Tutorium fertig machen, deshalb bin ich in mein Zimmer zurück."

„Und wann war Ihr Tutorium?", hakte Bridget sanft nach.

„Um zwölf und um eins war es vorbei. Und als ich rauskam, war die Polizei da, und ich hörte, dass Miranda tot war."

Sie begann wieder zu weinen, und Bridget wartete geduldig.

Schließlich sah Poppy Bridget mit tränenverschleierten Augen an. „Aber bevor ich zu meinem Tutorium ging, hatte ich Besuch", sagte sie.

„Wer?"

„Es war dieser unheimliche Typ, Mr. Powers."

Bridget konnte die Überraschung in ihrer Stimme kaum verbergen. „Mr. Damons Anwalt? Er war hier, um Sie zu sehen?"

„Ja. Er ist in mein Zimmer gekommen."

„Um wann war das?"

„Gegen halb elf.“

Um zehn hatte Bridget gerade das Verhör von Tyler Dixon im Beisein von Mr. Powers beendet. Sie schätzte, dass Powers unmittelbar danach direkt zum College gefahren sein musste.

„Was wollte er?“

„Er wirkte ziemlich einschüchternd“, sagte Poppy. „Er sagte, er wisse, dass Gina auf der Party eine Tonaufnahme gemacht habe. Er wollte wissen, was sie sonst noch vorhatte und ob Miranda und ich etwas Ähnliches getan hätten, was wir natürlich nicht getan hatten. Ich sagte ihm, dass ich mit Ginas Aktivitäten nichts zu tun habe und sie nicht einmal gutheiße. Er fragte immer wieder, was Gina herausgefunden habe und ob sie etwas über einen der Gäste in Erfahrung gebracht habe, aber ich sagte, ich wüsste es nicht.“

Bridget hätte sich für ihre Unachtsamkeit in den Hintern treten können. Sie selbst hatte Powers heute Morgen beim Verhör von Tyler von der Tonaufnahme erzählt, weshalb er vermutlich direkt zu Poppy gegangen war. Im Nachhinein war es ein Fehler gewesen, sie zu erwähnen. Aber, überlegte Bridget, es wäre viel besser, wenn der Anwalt, der einen Verdächtigen vertrat, nicht selbst ein Verdächtiger in diesem Fall wäre. Sie hatte langsam genug von Nick Damons verworrenem Beziehungsgeflecht.

„Waren Sie allein, als Mr. Powers kam?“, fragte sie Poppy.

„Ja.“

„Hat er erwähnt, dass er mit Miranda sprechen wollte?“

„Ja, er sagte, er würde als Nächstes mit ihr sprechen.“ Poppy starrte Bridget mit offenem Mund an, als ihr die Bedeutung ihrer Worte bewusst wurde. „Ich habe ihr eine Nachricht geschickt, um sie zu warnen, dass er kommen würde, aber ich habe nicht auf eine Antwort gewartet, weil ich zu meinem Tutorium musste. Und Miranda ist ziemlich gut darin, auf sich selbst aufzupassen. Ich dachte, sie käme besser mit ihm klar als ich. Aber – o mein Gott – denken Sie, er hat sie umgebracht?"

„Ich weiß es nicht, Poppy", sagte Bridget. „Aber ich werde es herausfinden."

KAPITEL 25

Nachdem sie Poppys Zimmer verlassen hatte, verlor Bridget keine Zeit. Schnell rief sie Jake und Ryan zu sich und schickte sie los, um Mr. Powers zu finden und zum Verhör zu bringen. Nach dem, was Poppy ihr erzählt hatte, war Damons Anwalt zu Miranda gegangen, nur wenige Minuten, bevor die ermordete Studentin Bridget angerufen hatte, um ihr zu sagen, dass sie glaube, die Identität von Ginas Mörder zu kennen.

Wäre Bridget nicht weggerufen worden, um dem Chief Super Bericht zu erstatten, hätte sie Mirandas Anruf entgegennehmen können, und alles wäre vielleicht anders ausgegangen. Eines war ihr klar – trotz seines zweifellos durchtriebenen Verhaltens konnte Tyler Dixon Miranda unmöglich ermordet haben, denn er befand sich in Polizeigewahrsam. Sie fuhr zurück nach Kidlington und entließ ihn aus der Zelle. Er stapfte undankbar davon und murmelte etwas von Menschenrechten und unrechtmäßiger Verhaftung.

Bridget hatte gerade noch Zeit, sich ein ungesundes und unappetitliches Mittagessen aus dem Automaten zu holen, bevor Jake und Ryan von ihrer Mission, Mr. Powers zu finden, zurückkehrten. Sie zog fragend eine Augenbraue hoch, während sie ihr schlaffes Käsesandwich verdrückte.

„Wir haben ihn, Ma'am", sagte Jake und wirkte selbstzufrieden. „Er war in Damons Haus, in voller Lebensgröße."

„Wir hatten gehofft, der schleimige Bastard würde versuchen, sich aus dem Staub zu machen", sagte Ryan, „dann hätten wir ihn ein bisschen jagen und zu Boden werfen können. Aber er hat sich bereit erklärt, unserer Bitte nachzukommen", schloss er mit sichtlichem Bedauern.

Bridget schluckte ihren halb zerkauten Bissen Brot und Käse hinunter. „Wo ist er jetzt?"

„Im Verhörraum."

„Okay", sagte sie und trank einen letzten Schluck Diät-Cola, „gehen wir und hören uns an, was er zu sagen hat."

Mr. Powers saß ruhig im Verhörraum zwei in Anwesenheit eines jüngeren Beamten. Er befand sich auf demselben Platz, auf dem wenige Stunden zuvor Tyler Dixon gesessen hatte. Aber es war kein Anwalt an seiner Seite. Er hatte das Angebot eines Rechtsbeistandes abgelehnt, weil er offenbar der Meinung war, sich selbst besser verteidigen zu können als ein angeheuerter Anwalt. Vielleicht hatte er recht.

Bridget nahm ihm gegenüber Platz und musterte ihn eine Minute lang. Wie immer war der Anwalt tadellos gekleidet, diesmal in einen dunklen olivfarbenen Anzug mit passender Weste. Und doch schienen der gestärkte Kragen und die Seidenkrawatte des Mannes eine Leere zu verbergen. Obwohl sie mehrere Stunden in seiner Gegenwart verbracht hatte, hatte Bridget kaum Anhaltspunkte für den wahren Mann hinter der Fassade. Mr. Powers blieb ein Rätsel. Sein Alter war unbestimmt. Seine Persönlichkeit war so unscheinbar, dass sie gar nicht existierte. Er war wie ein Chamäleon, das mit dem Hintergrund verschmolz. Das gelang ihm so gut, dass Bridget ihn bis jetzt nicht einmal als Verdächtigen in

Betracht gezogen hatte.

Aus dunklen, leeren Augen blickte er sie abschätzend an. „Guten Tag, DI Hart", sagte er freundlich. „Vielleicht haben Sie die Güte, mir zu erklären, warum Sie mich noch einmal hergebeten haben. Hat es etwas mit Tyler Dixon zu tun?"

„Nein", sagte Bridget. „Hat es nicht."

„Was dann?"

„Ich habe gehört, dass Sie heute Vormittag ins Wadham College gefahren sind, nachdem das Verhör von Tyler beendet war."

„Das ist richtig."

Bridget war froh, dass er nicht versucht hatte, es abzustreiten. Dieses Verhör würde viel reibungsloser verlaufen, wenn er einfach jeder ihrer Behauptungen zustimmen würde.

„Während Sie dort waren, haben Sie Poppy Radley in ihrem Zimmer besucht."

„Das habe ich."

„Poppy zufolge war Ihr Verhalten ziemlich einschüchternd."

„Ah", sagte Mr. Powers. „Nun, da muss ich Ihnen widersprechen. Ich habe ihr lediglich einige Fragen gestellt, die sie beantwortet hat. Es wurde keine Drohung ausgesprochen, weder direkt noch implizit."

„Was für Fragen haben Sie ihr gestellt?"

Mr. Powers tat so, als wäre er überrascht. „Ich bin sicher, das wissen Sie bereits, DI Hart. Poppy ist ein sehr kluges Mädchen. Zweifellos hat sie Ihnen genau gesagt, was ich gefragt habe."

„Sie haben sie nach Gina gefragt und nach der Aufnahme, die sie auf der Party gemacht hat."

„Das ist richtig. Nachdem Sie mich freundlicherweise auf die Existenz der Aufzeichnung aufmerksam gemacht hatten, musste ich herausfinden, was aufgenommen wurde und ob es noch weitere Aufnahmen gab. Meine Aufgabe ist es, die Interessen meines Mandanten zu schützen, verstehen Sie?"

„Poppy fand Ihr Verhalten bedrohlich", sagte Bridget.

„Es tut mir sehr leid, das zu hören. Bitte richten Sie ihr meine Entschuldigung aus."

„Was haben Sie gemacht, nachdem Sie Poppy verlassen haben?"

„Ich ging zu Miranda Gardiners Zimmer, um ihr die gleichen Fragen zu stellen. Aber ich erhielt keine Antwort, als ich an ihre Tür klopfte."

„Was haben Sie danach gemacht?"

„Ich verließ das College und kehrte zum Haus von Mr. Damon zurück."

„Wie günstig für Sie", sagte Bridget.

Mr. Powers sah sie verwirrt an. „Ganz im Gegenteil, DI Hart. Es war sehr ungünstig. Was für eine merkwürdige Bemerkung von Ihnen."

Bridget beugte sich vor. „Wollen Sie mir sagen, dass Sie keine Ahnung haben, dass Miranda Gardiner heute Vormittag ermordet wurde?"

Für einen Moment verlor Powers seine gewohnte Selbstsicherheit, erholte sich aber sehr schnell wieder. „Ermordet? Davon weiß ich nichts." Er setzte sich kerzengerade auf seinen Stuhl, als wolle er beweisen, dass er nichts zu verbergen hatte. Doch die unter dem Tisch verschränkten Hände ließen das Gegenteil vermuten.

„Ich glaube Ihnen nicht", sagte Bridget. „Ich glaube, Sie waren bei Miranda und sie hat Ihnen etwas erzählt, woraufhin Sie sie umgebracht haben."

„Inspector, nein. Ich kann Ihnen versichern, dass das nicht der Fall war." Auf der pergamentartigen Haut von Mr. Powers hatte sich ein leichter Schweißfilm gebildet.

„Wo waren Sie in der Nacht von Mr. Damons Party?"

„Warum, ich war doch selbst im Haus."

„Ja, das dachte ich mir schon", sagte Bridget. „Sie haben damals keine Aussage bei der Polizei gemacht, oder?"

„Ich kann mich nicht erinnern, gefragt worden zu sein."

Bridget nickte, mehr zu sich selbst. Zweifellos waren

Jake und die anderen Detectives, die an jenem Tag im Haus gewesen waren, von derselben Annahme ausgegangen wie sie – dass Mr. Powers am Morgen nach der Party im Haus aufgetaucht war, um seinen Mandanten zu vertreten. In Wirklichkeit war er die ganze Zeit dort gewesen.

„Sie haben also dort übernachtet?"

„Ich habe ein Zimmer, in dem ich regelmäßig schlafe, wenn ich mit Mr. Damon geschäftlich zu tun habe, also ja, ich habe dort übernachtet. Ich bin gegen halb zwei ins Bett gegangen."

„Allein?"

„Ja. Natürlich."

„Sind Sie zu irgendeinem früheren Zeitpunkt mal nach oben gegangen?"

„Nein."

„Hatten Sie irgendeine Art von Beziehung zu Gina Hartman?"

„Ich glaube nicht, dass ich jemals mit ihr gesprochen habe."

„Was ist mit Dr. Frost?"

„Ich habe auch nicht mit ihm gesprochen."

„Mit wem haben Sie gesprochen?"

„Ich neige dazu, bei solchen Anlässen für mich zu bleiben."

Das überraschte Bridget nicht. „Erinnern Sie sich dann, im Laufe des Abends ein ungewöhnliches Verhalten beobachtet oder irgendetwas bemerkt zu haben, das für unsere Ermittlungen relevant sein könnte?"

„Ich glaube nicht."

„Ich verstehe", sagte Bridget. „Dann haben Sie sicher nichts dagegen, eine DNA-Probe abzugeben, damit wir Sie aus unseren Ermittlungen ausschließen können?"

Sie wartete ab, wie er reagieren würde, und fragte sich, ob es denkbar war, dass dieser Mann der schwer greifbare Vater von Ginas Kind war. Die Vorstellung, dass er mit Gina Hartman geschlafen hatte, war abstoßend. Und doch, wenn alle anderen Kandidaten ausgeschieden waren ...

„Nicht im Geringsten", sagte Mr. Powers.

Er hielt geduldig den Mund offen, während Bridget mit einem Tupfer eine Speichelprobe entnahm.

„Sie werden sicher feststellen, dass sie nicht mit der DNA übereinstimmt, die Sie vielleicht schon am Tatort gefunden haben", sagte er. „Genauso wie ich sicher bin, dass nach der Analyse der forensischen Beweise aus Mirandas Zimmer klar sein wird, dass ich nie einen Fuß in ihr Zimmer gesetzt habe."

„Vielleicht", sagte Bridget, „wenn Sie sehr vorsichtig waren und darauf geachtet haben, keine Fingerabdrücke oder andere Spuren zu hinterlassen. Aber wie können Sie sicher sein, dass wir nicht eines Ihrer Haare in Mirandas Zimmer finden? Oder irgendein anderes Indiz dafür, dass Sie dort waren?"

Mr. Powers lächelte nervös. „Ziemlich sicher", sagte er. „Aber nichts im Leben ist jemals ganz sicher."

KAPITEL 26

Als Bridget an ihren Schreibtisch zurückkehrte, nachdem sie die DNA-Probe von Mr. Powers zur Untersuchung abgeschickt hatte, fand sie zu ihrer Überraschung Jake, Andy und Harry um Ryans Computer versammelt. Das kumpelhafte Gelächter der drei schien eher in einen Pub zu passen als in den Einsatzraum.

„Wow, sieh dir das an", sagte Ryan und deutete auf den Bildschirm. „Die Chefin wird total ausflippen, wenn sie das sieht. Aber eins muss man dem Abgeordneten lassen, wer hätte gedacht, dass er zu so etwas fähig ist ..."

Jake gab Ryan einen Schubs, als Bridget sich näherte. „Warum sollte ich *ausflippen*, wie Sie es so schön ausgedrückt haben?", fragte sie.

„Tut mir leid, Ma'am", sagte Ryan. „Verzeihen Sie meine Ausdrucksweise, aber Sie sollten sich das hier ansehen, auch wenn ich nicht glaube, dass es Ihnen gefallen wird."

„Was ist das?"

„Es ist ein Leck, Ma'am", sagte Jake, während Andy und Harry zu ihren Schreibtischen huschten.

Bridget seufzte. Sie wusste, dass Grayson jedes

Durchsickern von Informationen aus den Ermittlungen kritisch sehen würde.

„Nicht so sehr eine undichte Stelle", sagte Ryan. „Es ist eher so, als wären die Schleusentore geöffnet worden." Er schwenkte den Bildschirm in ihre Richtung.

Bridgets Magen machte einen Purzelbaum aus Angst vor dem, was sie sehen würde. Aber nicht einmal in ihren kühnsten Träumen hatte sie mit so etwas gerechnet. Und *ausflippen* war nicht einmal ansatzweise ausreichend, um Graysons Reaktion, wenn er davon Wind bekam, zu beschreiben.

„WOHNUNGSBAUMINISTER IN SEX-SKANDAL", lautete die Schlagzeile auf der Nachrichten-Website. Ein ziemlich unscharfes Foto von Hugh Avery-Blanchard erschien neben Textspalten, die vor Bridgets Augen verschwammen. Wie benommen starrte sie darauf und versuchte, das Wesentliche zu erfassen. Schlüsselwörter und -sätze sprangen ihr entgegen wie Funken aus einem Lagerfeuer, von denen jeder einzelne einen Mediensturm auslösen konnte: *Abgeordneter für Witney ... private Party im Haus eines umstrittenen Bauunternehmers ... angeheuerte Sexarbeiterinnen ... eklatante Heuchelei ... Korruption im Herzen der Regierung.*

„Der Journalist, der das geschrieben hat, hat kein Blatt vor den Mund genommen", kommentierte Ryan.

„Das ist noch milde ausgedrückt", sagte Bridget.

„Sie hätten das nicht geschrieben, wenn sie keine stichhaltigen Beweise hätten", sagte Jake. „Wissen Sie noch, was Avery-Blanchard zu uns gesagt hat, dass er uns wegen Verleumdung verklagen will?"

„Nun, dafür kann er uns nicht verklagen", sagte Bridget. „Die Zeitung muss es aus einer anderen Quelle erfahren haben."

„Mal sehen", sagte Ryan. Er klickte auf ein Video mit dem Titel „Breaking News", und es erschien ein Clip mit einem gestresst wirkenden Hugh Avery-Blanchard, der aus dem Gebäude des Ministeriums in der Londoner Marsham Street stürmte. Er wehrte eine Horde von

Journalisten ab, die ihm Fragen stellten und Mikrofone entgegenstreckten, und kletterte unbeholfen auf den Rücksitz eines wartenden Autos, das schnell davonfuhr.

„Es gibt neue Details über einen Skandal, in den der Abgeordnete für Witney, Hugh Avery-Blanchard, und eine ausländische Sexarbeiterin verwickelt sind", begann der Sprecher. „Mr. Avery-Blanchard, ein Staatssekretär im Ministerium für Wohnen, Kommunen und lokale Selbstverwaltung, verließ London am frühen Nachmittag nach Bekanntwerden des Skandals, um in seinen Wahlkreis und zu seiner Familie zurückzukehren."

Das Video ging dann zu einer Reihe von Aufnahmen über, die ein großes Landhaus mit Metalltoren am Eingang zeigten. Eine Luftaufnahme zeigte ein weitläufiges Gelände mit Swimmingpool, Tennisplatz und Pferdekoppeln. Das war also das Zuhause von Avery-Blanchard – der Ort, von dem er Bridget so sorgsam ferngehalten hatte.

„Derzeit äußert sich der Abgeordnete nicht zu den Vorwürfen", hieß es in dem Bericht weiter, „aber eine zuverlässige Quelle hat enthüllt, dass er an einer maskierten Sexparty im Haus eines Freundes teilgenommen hat, wo sich der Vorfall ereignete. Das betreffende Haus, das einem wohlhabenden Geschäftsmann gehört, ist derzeit Schauplatz einer laufenden Mordermittlung ..."

„In Ordnung, schalten Sie es aus", sagte Bridget, die genug gehört hatte. „Ich will mir das Foto genauer ansehen."

Das Bild war nicht besonders scharf, aber Bridget erkannte an der opulenten Einrichtung im Hintergrund, dass es sich um eines der Schlafzimmer in Nick Damons Haus handelte. Das Foto war offenbar von einer Position hoch über dem Bett in der Ecke des Zimmers aufgenommen worden. Zwei nackte Gestalten waren teilweise zu sehen – eine konnte gerade noch als der unglückliche Abgeordnete identifiziert werden, die andere war eine Frau mit ausgegrautem Gesicht.

„Das ist Erika", sagte Ryan mit einem Feixen.

„Erika?"

„Eine sehr nette tschechische Dame, die wir bei Angel's Escort Agency vernommen haben."

„Ich verstehe", sagte Bridget. „Und wie ist dieses Foto entstanden? Nicht mit Avery-Blanchards Wissen oder Zustimmung, nehme ich an. Es sieht aus wie ein Bild aus einem Video. Haben wir in Nick Damons Haus nach versteckten Kameras gesucht?"

„In dem Raum, in dem Frost und Gina gefunden wurden, gab es nichts dergleichen", sagte Jake. „Die Jungs von der SOCO hätten eine Kamera entdeckt, wenn es eine gegeben hätte. Aber das ist ein anderes Zimmer. Wir haben nicht jeden Raum durchsucht."

„Ich frage mich, wie die Zeitung das in die Finger bekommen hat", sagte Ryan.

„Sie werden ihre Quelle nicht preisgeben", sagte Bridget. „Das tun Journalisten nie."

„Meinen Sie, Gina könnte sie platziert haben?", fragte Jake.

„Möglich. Wir wissen, dass Tyler ihr geholfen hat. Er hat ihr erlaubt, ihr Telefon während der Party zu behalten, damit sie die Tonaufnahme machen konnte. Ich vermute, dass sie ihn überredet haben könnte, eine versteckte Kamera anzubringen."

„Aber das erklärt immer noch nicht, wie die Zeitung in den Besitz dieser Aufnahme gelangt ist", sagte Ryan, „es sei denn, Tyler hat sie ihnen gegeben."

„Aber warum sollte er das tun?", fragte Jake. „Er hat doch schon genug Ärger. Und er war in Gewahrsam, als die Story öffentlich wurde."

„Mal sehen, was ich herausfinden kann", sagte Bridget. Sie wählte bereits die Nummer des Wahlkreisbüros von Hugh Avery-Blanchard in Witney. Sie glaubte nicht, dass der Abgeordnete für ein Gespräch zur Verfügung stehen würde, aber wenn jemand etwas über die Ereignisse wusste, dann seine Stellvertreterin und Vertraute, Mrs. Cynthia Duckworth.

Bridget erwartete, direkt zum Anrufbeantworter weitergeleitet zu werden, aber zu ihrer Überraschung meldete sich fast sofort eine vertraute, erhabene Stimme.

„Hier ist das Wahlkreisbüro von Mr. Avery-Blanchard. Leider ist Mr. Avery-Blanchard zur Zeit nicht zu sprechen –"

„Hier ist DI Bridget Hart von der Thames Valley Police", unterbrach Bridget sie.

„DI Hart schon wieder." Mrs. Duckworth sprach Bridgets Namen mit so viel Abscheu aus, als würde sie auf einer Zitrone kauen. „Wie kann ich Ihnen helfen?"

„Ich rufe wegen des Fotos oder Videos von Mr. Avery-Blanchard an, das der Presse zugespielt wurde. Ich würde gerne die Quelle der undichten Stelle finden. Ich glaube, es könnte für unsere Mordermittlungen relevant sein."

„Wirklich?", sagte die Sekretärin dem Tonfall einer Schuldirektorin.

„Haben Sie eine Ahnung, wer das Material hat durchsickern lassen?"

„Das habe ich in der Tat."

„Und können Sie mir sagen, wer es war?"

„Ich war es", sagte Cynthia und klang dabei recht zufrieden mit sich selbst.

Bridget war fassungslos. „Ich verstehe nicht."

„Es ist eigentlich ganz einfach. Das Video wurde Mr. Avery-Blanchard per E-Mail geschickt, aber da ich Zugang zu seinen E-Mails habe, habe ich es zuerst gesehen. Ich kann Ihnen sagen, dass ich ziemlich schockiert war. Mr. Avery-Blanchard preist zu Recht immer die Tugenden des Familienlebens. Ich hatte keine Ahnung, dass ich für so einen Heuchler arbeite. Jetzt muss er natürlich zurücktreten", fügte sie nüchtern hinzu. „Das ist nur recht und billig."

„Und darf ich fragen, wer die E-Mail geschickt hat?"

„Sie war anonym, aber es schien sich um eine Art Drohung zu handeln. Die Nachricht in der E-Mail lautete: ‚Tun Sie, was Sie versprochen haben, oder Sie werden sehr bald in den Nachrichten sein.'"

„Danke, Mrs. Duckworth", sagte Bridget. „Sie waren sehr hilfreich."

Bridget beendete das Gespräch. Wer hätte gedacht, dass die Frau, die ihn so vehement verteidigt hatte, dem Abgeordneten in den Rücken fallen würde? Aber vielleicht war es das, was dabei herauskam, wenn man eine prinzipientreue Frau wie Cynthia Duckworth einstellte. Das konnte leicht nach hinten losgehen, wie Hugh Avery-Blanchard gerade erfahren musste.

Sie erzählte dem Team, was sie erfahren hatte.

„Avery-Blanchard hatte also versprochen, etwas zu tun, hatte es sich aber vielleicht anders überlegt", sagte Ryan. „Es war eine Drohung, um sicherzustellen, dass er sein Versprechen hält."

„Wir wissen, dass er kurz davor stand, eine endgültige Entscheidung über das Wohnungsbauprojekt in seinem Wahlkreis zu treffen", fuhr Jake fort. „Vielleicht war er hin- und hergerissen zwischen dem Wunsch, Nick Damon oder seinen Wählern zu gefallen. Das war ein nicht ganz so subtiler Schubs von Damon, um sicherzustellen, dass er die richtige Entscheidung trifft."

„Das klingt sehr plausibel", sagte Bridget. „Drucken Sie eine Kopie des Zeitungsartikels aus", bat sie Ryan. „Ich werde ihn Mr. Powers zeigen und sehen, wie er darauf reagiert."

Sie nahm den Ausdruck mit in den Verhörraum, wo der Anwalt von Nick Damon wartete.

„Haben Sie beschlossen, mich freizulassen?", fragte er.

„Nein", sagte Bridget und legte den Artikel mit dem reißerischen Foto vor Powers auf den Tisch. „Ich bin gekommen, um Ihnen das zu zeigen."

Ausnahmsweise war die Miene des Anwalts leicht zu lesen. Entsetzt starrte er auf den Artikel. „Wo ...? Warum ...? Wie ...?", stotterte er.

„Interessant, dass Sie nicht nach dem ‚Wer' gefragt haben, Mr. Powers", sagte Bridget. „Haben Sie selbst diese E-Mail an Hugh Avery-Blanchard geschickt?"

„Ich –"

„Sie haben ihm das als Drohung geschickt, um sicherzustellen, dass er tut, was Mr. Damon verlangt, nicht wahr? Ich nehme an, Mr. Damon hat Sie dazu gebracht, die ganze Drecksarbeit für ihn zu erledigen, nicht wahr? Ich glaube, ich habe Sie endlich durchschaut, Mr. Powers. Unter diesem teuren Anzug sind Sie einfach nur ein ziemlich fieser Tyrann, nicht wahr?"

Sprachlos starrte er sie an.

Sein Schweigen war die einzige Bestätigung, die Bridget brauchte. Sie ging zurück in den Einsatzraum, um ihr Team zusammenzutrommeln.

„In Ordnung, alle mal herhören. Dieses Video wurde in einem der Schlafzimmer in Nick Damons Haus aufgenommen. Wenn Damon heimlich einen seiner Gäste gefilmt hat, dann ist die Wahrscheinlichkeit groß, dass alle Zimmer im Obergeschoss mit versteckten Kameras ausgestattet waren. Wenn dem so ist, muss eine davon auch in dem Zimmer installiert gewesen sein, in dem Ginas Leiche gefunden wurde, und das bedeutet, dass jemand sie nach dem Mord entfernt hat. Ich will zurück zu Damons Haus und alles auseinandernehmen, bis wir diese Kamera oder irgendeine Aufzeichnung davon finden. Wenn ein Video existiert, werden wir es finden."

KAPITEL 27

Auf der Auffahrt zu Nick Damons Landhaus herrschte geschäftiges Treiben; Polizeiautos und -vans fuhren vor und spuckten Teams von Detectives, uniformierten Beamten und Technikern aus.

Jake beobachtete, wie sie sich an die Arbeit machten. Er war froh, dass sowohl Nick Damon als auch Tyler Dixon außer Haus waren und dass Mr. Powers, der zwielichtige Anwalt, in einer Polizeizelle in Kidlington saß. Nur Brittany war im Haus geblieben und musste hilflos mit ansehen, wie die Polizei das Gebäude nach versteckten Kameras und anderen Aufnahmegeräten durchsuchte und Laptops, Computer und Datenspeichergeräte zur Untersuchung mit aufs Revier nahm.

Bridget hatte Jake mit der Überwachung der Operation beauftragt, aber die verschiedenen Experten wussten genau, wie sie ihren Job zu erledigen hatten, und Jakes Rolle schien hauptsächlich darin zu bestehen, herumzustehen und sich überflüssig zu fühlen. Als Brittany ihm einen Kaffee anbot, lehnte er nicht ab.

„Es ist ja nicht so, dass ich arbeiten könnte", sagte sie. „Deine Kollegen haben mir meinen Computer weggenommen."

„Oh, richtig, das tut mir leid."

„Ich nehme an, es geht um den Abgeordneten", sagte sie und schaltete die Hightech-Kaffeemaschine in ihrem Büro ein.

„Dazu kann ich nichts sagen", sagte Jake und zwinkerte ihr zu, „aber ja."

„Und ihr hofft, in einigen Zimmern versteckte Kameras zu finden?"

„Wenn es welche gibt, werden wir sie finden", sagte er.

„Das würde mich wundern. Nick ist immer sehr darauf bedacht, die Privatsphäre seiner Gäste zu schützen. Das ist einer der Gründe für die Masken. Aber vielleicht hat Gina welche platziert. Ich habe gehört, dass sie die Leute auf der Party ausspioniert hat."

Sie reichte ihm eine Tasse Kaffee, fügte Sahne hinzu und rührte den Kaffee zu einem schönen Strudel um. Ihre Finger berührten seine, als er ihn nahm. „Oh Jake, es ist alles so schrecklich. Erst der Mord, dann der Fund des Ohrrings im Pförtnerhaus und ..." Ihre Finger zitterten, als sie die zweite Tasse Kaffee zubereitete, und eine Träne bildete sich in ihrem Auge. „Tut mir leid", sagte sie und wischte sie weg, „ich komme einfach nicht mehr zur Ruhe."

Jake hasste es, sie weinen zu sehen. Instinktiv wollte er jeden trösten, der in Not war. Er vermutete, dass er unter anderem deshalb zur Polizei gegangen war. Er legte eine Hand auf Brittanys Arm.

„Mach dir keine Sorgen. Das ist völlig verständlich. Jeder an deiner Stelle würde sich genauso fühlen."

„Meinst du?"

„Natürlich."

„Das ist nett, dass du das sagst." Nachdem sie ihren Kaffee zubereitet hatte, setzte sie sich dicht neben ihn und schlug ein langes Bein über das andere.

„Was, ähm, hast du heute Morgen gemacht?", fragte er. „Hast du es geschafft, deine Sachen aus dem Pförtnerhäuschen zu holen?"

„Ja. Und dann war ich in Oxford einkaufen. Ich musste ein paar Sachen kaufen, jetzt, wo ich wieder Single bin." Ihre Augen füllten sich wieder mit Tränen und sie fischte ein Taschentuch aus ihrem Ärmel, um sich die Nase zu putzen. „Oh, schau mich an. Ich kann mich einfach nicht zusammenreißen."

„Keine Sorge", sagte er und griff nach ihrer Hand, um sie zu drücken. „Es ist kein Wunder, dass du so aufgewühlt bist. Du hast eine Reihe unangenehmer Schocks hinter dir."

„Das habe ich. Ich wusste, du würdest es verstehen. Mit dir kann man immer so gut reden, Jake. Du bist so mitfühlend. Übrigens, möchtest du ein paar Kekse zu deinem Kaffee?"

„Oh, äh, ja, das wäre toll, danke."

Sie nahm eine Packung Schokokekse vom Schreibtisch und legte ihm ein halbes Dutzend auf einen Teller. „Das waren doch immer deine Lieblingskekse, oder?"

„Ja", sagte er, nahm eine Handvoll und verschlang den ersten in zwei großen Bissen. „Du kennst mich, ich bin leicht zufriedenzustellen."

Sie betrachtete ihn über den Rand ihrer Tasse hinweg, während sie einen Schluck Kaffee trank. „Ich habe in den vergangenen Tagen viel nachgedacht, Jake. Über dich und mich, meine ich."

„Ja?", sagte er und mümmelte weiter seine Kekse.

„Es tut mir so leid, wie ich dich in der Vergangenheit behandelt habe. Das war unverzeihlich von mir. Aber ich möchte, dass du weißt, dass ich mich geändert habe, wirklich." Sie blinzelte ihn mit ihren tränenverschmierten Augen an. „Und wenn du es jemals wieder versuchen willst –"

Sie ließ die Frage in der Luft hängen, wie einen Faden, der ihn zurück zu dem lockte, was ihm vertraut und sicher war.

Jake dachte darüber nach, was er ihr hatte sagen wollen – dass es zwischen ihnen vorbei war, dass es vor langer Zeit zu Ende gegangen war und dass es unmöglich war, eine Flamme wieder zu entfachen, die so grausam gelöscht worden war –, aber irgendwie wollten ihm die Worte, die er vorbereitet hatte, nicht über die Lippen kommen. Stattdessen tauchte vor seinem inneren Auge ein Bild von Ffion auf, die ihn anbrüllte; es weigerte sich beharrlich, Platz zu machen, damit er seine geplante Rede halten konnte.

„Also", stammelte er, unsicher, was er sagen wollte. „Hast du jetzt, da du aus dem Pförtnerhaus ausgezogen bist, einen Ort, wo du hingehen kannst?"

Sie schüttelte den Kopf und sah ihn mit feuchten Augen hoffnungsvoll an.

Was soll's, dachte er. Es sah so aus, als hätte Ffion ihn endgültig abserviert, und irgendwie glaubte er nicht, dass der walisische Drache ihm so schnell eine zweite Chance geben würde. Im Moment war er bereit, Brittany beim Wort zu nehmen, vor allem, weil sie so aufgebracht war und offensichtlich eine Bleibe brauchte. Er konnte sich gut vorstellen, dass die Sache mit Gina und Tyler sie zum Besseren verändert hatte, und Jake hielt nichts davon, nachtragend zu sein.

„Komm zu mir", sagte er. „Ich weiß, meine Wohnung ist nicht sehr groß, aber es ist besser, als allein in einem Hotel zu wohnen."

„Sie ist perfekt", sagte Brittany, schenkte ihm ein breites Lächeln und schlang die Arme um ihn. „Vielen Dank, Jake."

★

Als Bridget auf dem Heimweg von der Arbeit im Auto die Abendnachrichten hörte, war sie nicht überrascht zu erfahren, dass Hugh Avery-Blanchard, Abgeordneter für Witney, sein Mandat niedergelegt hatte, was zu Nachwahlen führen würde, von denen sich die Oppositionsparteien einen deutlichen Zugewinn erhofften. Der Abgeordnete hatte die übliche Erklärung abgegeben, er wolle mehr Zeit mit seiner Familie verbringen, obwohl

Bridget bezweifelte, dass seine Familie mehr Zeit mit ihm verbringen wollte. Die Frau des Abgeordneten war nicht an seiner Seite erschienen, um ihm ihre Unterstützung anzubieten. Wahrscheinlich telefonierte sie in dieser Minute mit ihren Anwälten.

Als sie zu Hause ankam, war Bridget froh zu sehen, dass Chloe ausnahmsweise zu Hause war und sich sogar etwas zu essen machte. Bridget beobachtete ihre Tochter mit einer gewissen Bewunderung, als sie eine Schüssel mit Bohnen und Salsa-Nachos aus dem Ofen nahm, die in geschmolzenem Käse schwammen, und Sour Cream und Guacamole darüber verteilte.

„Das sieht gut aus", sagte Bridget.

Chloe beäugte sie misstrauisch. „Was soll das denn heißen?"

„Es heißt nur, dass es gut aussieht. Du wirst eine gute Köchin. Viel besser als ich."

„Das heißt nicht viel", sagte Chloe, aber sie grinste, und Bridget wusste, dass ihre kurzzeitige Fehde beendet war. „Also, was machst du heute Abend, Mum?"

„Jonathan hat mich zu sich nach Hause eingeladen."

„Ach ja?" Chloe hob eine Augenbraue.

„Nur zum Abendessen", erwiderte Bridget hastig.

„Es ist kein Problem, wenn du über Nacht bleiben willst. Ich komme schon allein zurecht."

„Ich würde nicht im Traum daran denken, dich allein zu lassen."

Chloe zuckte mit den Schultern. „Wie auch immer." Sie begann an den Nachos zu knabbern und löffelte damit Käse und Soße.

Bridget stand neben der Spüle und musterte die vertrauten Züge ihrer Tochter – ihr dunkles, glänzendes Haar, die bernsteinfarbenen Augen, die blasse, makellose Haut. Sie sehnte sich danach, die Zeit in diesem Moment einzufrieren, um Chloe für immer darin zu bewahren. Aber sie wusste, dass die Zeit für niemanden stehen blieb und dass Chloe unaufhaltsam auf das Erwachsenwerden und die Unabhängigkeit zusteuerte.

„Ich liebe dich", platzte Bridget plötzlich heraus, ohne sich zurückhalten zu können. „Das weißt du doch, oder?"

„Ja, Mum."

Sie spürte, wie ihr die Röte ins Gesicht stieg, fuhr aber trotzdem fort. „Es ist nur so, dass ich es nicht oft sage. Ich bin nicht gut in solchen Dingen."

„Nein, Mum." Chloes dunkle Augen funkelten sie an, und ein Hauch von Belustigung zeichnete sich in den feinen Fältchen auf ihrer Haut ab.

„Nun, da hast du es. Jetzt habe ich es gesagt."

„Okay, Mum", sagte Chloe und leckte die Salsa-Soße von einem langen Finger. „Ich habe verstanden. Aber sag es nicht noch einmal. Es ist mir irgendwie peinlich."

★

Nachdem sie sich schnell umgezogen und vergeblich versucht hatte, ihr Haar in Ordnung zu bringen, machte sich Bridget auf den Weg zu Jonathan. Sein Haus stand in dem Dorf Iffley, das versteckt im südöstlichen Teil von Oxford an der Themse lag, die hier die Stadt verließ. Es war ein charmanter Teil Oxfords und Bridget freute sich darauf, zum ersten Mal einen genauen Blick auf sein Haus zu werfen.

Nach einer zehnminütigen Fahrt über die Umgehungsstraße und die Donnington Bridge erreichte sie Iffley Turn. Sofort wurden die Straßen von Bäumen gesäumt und einsam, und Bridget folgte dem schmalen Weg durch das Dorf in Richtung der Kirche St. Mary the Virgin. Dort, in der Nähe der alten Kirche, stand Jonathans Haus.

Es war aus gelbem und weißem Stein gebaut und hatte ein etwas marode wirkendes Ziegeldach. Die kahlen Zweige einer Kletterrose, die für den Winter zurückgeschnitten worden war, umrahmten die Eingangstür und reichten bis zu den Fenstern im Obergeschoss. Bridget freute sich darauf, sie im Sommer blühen zu sehen und ihren Duft zu riechen.

Auf ihr Klopfen hin öffnete sich die Tür und Jonathan kam in seiner üblichen eleganten Freizeitkleidung aus Chinohose und offenem Hemd heraus. Seine Schildpattbrille schmiegte sich an sein erdbeerblondes Haar, und als er sich zu ihr hinunterbeugte, um sie zu küssen, roch sie den köstlichen Duft von Kräutern, Gewürzen und Knoblauch, der aus der Küche drang.

„Jonathan", sagte sie, „es ist so schön, dich wiederzusehen."

★

Dr. Frost war gerade im Begriff einzuschlafen, während er den vorbeifahrenden Autos auf der London Road lauschte, als ihn eine plötzliche Welle des Schreckens erfasste. Im Nu war er hellwach. Er schlug die Augen auf und sah durch den Spalt in den Vorhängen den unheimlichen Schein der Straßenlaterne hinter seinem Fenster.

Sein Herz pochte heftig in seiner Brust, während er verzweifelt versuchte, das Bild festzuhalten, das ihn aus dem Schlaf gerissen hatte.

Ein Mann. Mit einer Maske. Der ihn anstarrte.

Es war eine weitere Erinnerung an die Party, dessen war er sich sicher. Wieder schloss er die Augen und versuchte, sie wieder ins Bewusstsein zu rufen.

Langsam formte sich das Bild vor seinem geistigen Auge. Der Mann, die Maske, der Raum voller Partygäste. Er konnte die Musik hören, das Stimmengewirr, das Klirren von Gläsern und Tellern.

Der Mann stand abseits der Menge, genau wie Frost selbst. Frost versuchte, sich ein Bild von der Maske zu machen, aber es entglitt ihm immer wieder. Auf jeden Fall war es eine unheimliche Maske. Und obwohl Frost die Augen des Mannes nicht sehen konnte, spürte er seinen Blick, durchdringend und feindselig.

Der Moment schien eine Ewigkeit zu dauern, zeitlos eingefangen in seinem verwirrten Gedächtnis.

Was nun?, dachte Frost. Denk nach! Was passiert als

Nächstes?

Und dann nahm die Szene wieder Fahrt auf, wie ein Film, der weiterläuft, wenn man die Pausetaste loslässt. Der Mann mit der Maske näherte sich ihm unaufhaltsam, bahnte sich seinen Weg durch den vollen Raum, und Frost zitterte vor Angst unter seiner Bettdecke.

Was hatte der Mann als Nächstes getan? Frost kämpfte mit der Szene in seinem Kopf und versuchte, sie zu einem logischen Ende zu zwingen, aber das Erinnerungsfragment weigerte sich hartnäckig zu gehorchen. Nach einem Augenblick löste es sich wieder in Abstraktion auf.

Allein in seinem Schlafzimmer, unter dem dumpfen Schein der Straßenlaterne und dem rhythmischen Rauschen der Autos, lag Frost hellwach und starrte an die Decke. Er wusste, dass er in dieser Nacht nicht mehr schlafen würde.

KAPITEL 28

Ffion wusste, dass sie versuchte, sich mit Arbeit abzulenken. Dieses Verhaltensmuster war ihr sehr vertraut. So hatte sie sich in ihrer Kindheit in Wales immer verhalten, wenn sie sich von ihren Klassenkameraden oder ihrer Familie entfremdet fühlte, was häufig der Fall war. Und obwohl die Konzentration auf die Schule nicht gerade dazu beigetragen hatte, ihre sozialen Fähigkeiten als Teenager zu entwickeln, hatte sie es ihr doch ermöglicht, ihrem kleinen walisischen Kohlebergbaudorf zu entfliehen und nach Oxford zu kommen. Es hatte sie dorthin gebracht, wo sie heute war.

Und wo genau war das?

Sie war wieder allein.

Mit Jake war sie glücklich gewesen, auch wenn die Schwächen der Beziehung von Anfang an offensichtlich gewesen waren. Und wenn Brittany Grainger nicht auf der Bildfläche erschienen wäre, hätten sie es vielleicht geschafft, trotz ihrer vielen Differenzen. Jake war ein netter Kerl, mit dem man viel leichter auskam als mit den meisten Männern, und die körperliche Anziehungskraft, die sie für ihn empfand, ließ sich auch jetzt nicht leugnen.

Aber Ffion wusste, dass sie es niemals mit einer Frau wie Brittany aufnehmen konnte.

So selbstbewusst Ffion nach außen auch wirken mochte, unter der Oberfläche war sie sensibel und verletzlich. Brittany hingegen strahlte ein unbekümmertes Selbstbewusstsein aus, und Ffion hatte immer einen großen Bogen um diese ausgesprochen femininen Typen gemacht, weil sie wusste, dass sie nicht in deren Welt gehörte.

Sie war dankbar, dass sie ihre lästigen Beziehungsprobleme so leicht beiseiteschieben und Trost in ihrer Arbeit finden konnte. Und es gab nichts Spannenderes als die Arbeit, die sie gerade machte.

Bridget, die Ffions IKT-Kenntnisse bestens kannte, hatte sie gebeten, mit dem digitalen Forensik-Team zusammenzuarbeiten, das damit beschäftigt war, die Daten der verschiedenen Geräte, die in Nick Damons Haus beschlagnahmt worden waren, wiederherzustellen und zu analysieren. Während einige ihrer Polizeikollegen die Arbeit mit Computern als langweilig empfanden, schätzte Ffion deren Berechenbarkeit. Computer konnten einen immer noch herausfordern, und die Fortschritte im Bereich der künstlichen Intelligenz und der Überwachungstechnologie waren atemberaubend. Aber das Beste war, dass Computer frei von Emotionen waren, und dafür war Ffion dankbar.

Sie war früh ins Revier gekommen, um etwas Zeit für sich zu haben, und es war erst halb acht. Sie würde mindestens eine halbe Stunde für sich haben, bevor jemand anderes eintraf.

Eifrig hämmerte sie auf ihre Computertastatur ein und gab flink die Befehle ein, mit denen sie das aktuelle Problem lösen konnte – einen Datenstick, den sie in Mr. Powers' Büro gefunden hatten. Der Stick schien leer zu sein, aber Ffion ließ sich davon nicht täuschen. Nach kurzem Tippen sah sie zu ihrer Freude eine Liste mit gelöschten Videodateien auf dem Bildschirm und begann, sich durch diese zu arbeiten, um die verlorenen Daten für die Untersuchung wiederherzustellen. Nachdem sie es sich mit einer Tasse Matcha-Tee gemütlich gemacht hatte, setzte sie ihre Kopfhörer auf, öffnete mit einem Klick die erste der wiederhergestellten Dateien und beobachtete, wie sie abgespielt wurde.

Das Video zeigte ein leeres Schlafzimmer, das von einer einzigen Nachttischlampe schwach beleuchtet wurde. In der Mitte der hinteren Wand befand sich ein Himmelbett, das mit einer Satindecke und verschiedenen Kissen und Polstern bedeckt war. Die Kamera musste an der Decke oder hoch oben an der Wand befestigt sein, und Ffion bezweifelte, dass Gina Hartman in der Lage gewesen wäre, sie selbst dort anzubringen. Es war möglich, dass Tyler Dixon sie für sie angebracht hatte – Ffion vermutete, dass Gina nur mit Tyler geschlafen hatte, um ihn dazu zu bringen, ihr einen Gefallen zu tun –, aber es war viel wahrscheinlicher, dass Nick Damon selbst die versteckten Kameras hatte anbringen lassen, um sich ein zusätzliches Druckmittel gegenüber seinen Gästen zu verschaffen. Während die von ihm organisierten Sexpartys ein wirksames „Zuckerbrot" sein konnten, um seine verschiedenen Bekanntschaften dazu zu bringen, seinen Anweisungen Folge zu leisten, würde ihm die „Peitsche" eines belastenden Videos sicherlich eine nützliche Absicherung bieten, falls dies fehlschlagen sollte.

Das Video lief weiter, aber niemand war im Schlafzimmer und auf dem Bildschirm passierte nichts. Ffion spulte mit doppelter Geschwindigkeit vor, dann mit fünffacher, dann mit zehnfacher Geschwindigkeit. Noch immer passierte nichts. Sie schaute weiter, bis das Video zu Ende war.

Unbeirrt klickte sie auf die zweite Aufnahme und sah sie sich erneut in hoher Geschwindigkeit bis zum Ende an. Immer noch nichts. Dann, in der Mitte des dritten Videos, bemerkte sie eine blitzschnelle Bewegung, spulte zurück und sah sich die Sequenz in normaler Geschwindigkeit an.

Nach einer Minute hörte sie ein Geräusch, die Tür ging auf und ein Mann stolperte in den Raum. Er ging, als wäre er betrunken oder betäubt, stolperte über den Teppich und fiel dann vollständig bekleidet auf das Bett. Der Mann trug eine Vollgesichtsmaske im Bauta-Stil, erkennbar an den schwarzen, cremefarbenen und goldenen Rautenmustern um Augen und Nase. Einen Augenblick später rollte er sich auf die Seite, so dass die Maske verrutschte und einen Teil seines Gesichts entblößte. Es war eindeutig Frost.

Der Deutsch-Tutor schlief schnell ein und begann leise zu schnarchen. Ffion beschleunigte das Video und sah zu, wie Frost den Schlaf der Toten schlief. Fünfzehn Minuten später öffnete sich die Zimmertür ein zweites Mal; Ffion verlangsamte das Video wieder auf Normalgeschwindigkeit und verfolgte, wie eine maskierte Gestalt mit schwarzem Hut rückwärts in den Raum trat und jemanden über den Boden schleifte.

Ffion schaute aufmerksam zu und ignorierte die anderen Polizeibeamten, die nach und nach im Büro eintrafen, sie begrüßten und ihrem morgendlichen Ritual nachgingen, Kaffee zu trinken, ihre Computer hochzufahren und die neuesten Nachrichten oder Sportergebnisse zu diskutieren. Sie blendete alle Bewegungen und Gespräche im Hintergrund aus und konzentrierte sich ganz auf das Geschehen auf dem Bildschirm.

Das musste er sein. Der Moment, in dem Gina Hartman ihr Leben verlor.

Ffion war von Natur aus überhaupt nicht zimperlich. Im Biologieunterricht in der Schule hatte sie immer gern das Skalpell geführt, wenn die anderen Mädchen weinend aus dem Raum gerannt waren. Aber sie hatte noch nie mit angesehen, wie ein Mensch kaltblütig getötet wurde.

Der Mann – oder die Frau – mit dem schwarzen Hut zerrte das sich wehrende Opfer in den Raum und ließ es einige Sekunden auf dem Boden liegen, während er die Tür schloss. Gina – denn die Frau auf dem Boden war nun deutlich an ihrem schwarzen Kellnerinnen-Outfit und den Korkenzieherlocken zu erkennen – wehrte sich und versuchte, sich vom Boden hochzustemmen, doch ihr Angreifer war im Nu wieder auf ihr.

Der maskierte Attentäter stand mit dem Rücken zur Kamera, aber seine Größe und Statur ließen auf einen Mann oder eine große Frau schließen. Wer auch immer es war, er presste seine rechte Hand auf Ginas Mund und schlang seinen linken Arm fest um ihren Hals. Als sie zurück auf den Boden gedrückt wurde, versuchte Gina, den Arm des Täters von ihrem Hals zu lösen, aber sie war nicht stark genug.

Mit dem Rücken zur Kamera schlug der Maskierte auf Ginas Gesicht ein, legte dann beide Hände um ihren schlanken Hals und begann erbarmungslos zuzudrücken. Es dauerte nicht lange, bis die Studentin überwältigt war. Innerhalb einer Minute hörte sie auf, sich zu wehren, ihr Kopf fiel in den Nacken und ihr Körper wurde schlaff wie eine Stoffpuppe.

Oben auf dem Bett schlief Frost, eingehüllt in eine Traumwelt, ohne zu bemerken, dass sich nur wenige Meter von ihm entfernt ein Drama im wirklichen Leben abspielte.

Die maskierte Gestalt erhob sich und drehte sich zur Kamera. Zum ersten Mal war das maskierte Gesicht der Figur deutlich zu sehen. Es war die Maske eines Pestdoktors mit grotesk verzerrten Gesichtszügen und einem spitzen, vogelähnlichen Schnabel anstelle einer Nase. Das Haar des Mörders war unter dem breitkrempigen Hut verborgen, so dass es immer noch unmöglich war, seine Identität zu erraten.

Der Angreifer beugte sich erneut hinunter, um Ginas gebrochenen Körper zu untersuchen. Obwohl es einfacher gewesen wäre, wegzugehen, hob die Gestalt sie stattdessen auf und legte sie auf das Bett neben Frosts schlafende Gestalt, das Gesicht von ihm abgewandt zur Wand. In einer letzten bizarren Geste strich ihr Mörder mit einer schwarz behandschuhten Hand über das Gesicht und wandte sich dann ab, um den Raum zu verlassen.

Zum zweiten Mal blickte die Gestalt direkt in die

Kamera. Die lange, schnabelartige Nase des Pestdoktors schien direkt auf Ffion gerichtet zu sein. Dann verschwand die Gestalt aus dem Bild. Ffion hörte, wie sich die Tür öffnete und wieder schloss, bevor sich eine gespenstische Stille über den Raum legte. Das Video lief weiter, aber es gab nichts mehr zu sehen.

Der Einsatzraum hatte sich gefüllt, während Ffion das Video gesehen hatte, aber falls jemand mit ihr gesprochen hatte, hatte sie es nicht bemerkt. Man hielt sie wahrscheinlich für noch verschlossener als sonst. Aber das war Ffion egal. Sie war gerade Zeugin geworden, wie eine junge Frau ihr Leben verlor.

Sie schaute zu Bridgets Schreibtisch hinüber und sah, dass die Detective Inspector gerade zum Telefon griff. Ffion ging schnell durch das Büro, gerade als Bridget begann, eine Nummer zu wählen.

„Legen Sie das Telefon weg, Chefin", sagte sie. „Das müssen Sie sich ansehen."

★

Obwohl Frost sicher gewesen war, dass er in dieser Nacht nicht mehr schlafen würde, war es ihm irgendwie gelungen, in den grauen Stunden der Morgendämmerung einzunicken. Er war so müde … Er war jetzt immer so müde, weil er seit Tagen kaum geschlafen hatte, gefangen zwischen Schlaflosigkeit und einem Wachdelirium, das so traumhaft intensiv war, dass er nicht mehr zwischen Realität und Fantasie unterscheiden konnte.

Als der Wecker klingelte, um ihn zu wecken, schaltete er ihn aus und fiel wieder in einen unruhigen Schlummer, obwohl jetzt das Tageslicht durch den Spalt in seinen Vorhängen drang und nicht mehr das Halbdunkel der Straßenlaterne. Er hoffte auf einen erholsamen Schlummer, der vielleicht seinen Verstand wiederherstellen würde, aber stattdessen überflutete eine Reihe von alptraumhaften Bildern seinen Schlaf, obwohl er irgendwie wusste, dass es gar keine Träume waren, sondern seine verlorenen Erinnerungen, die endlich zurückkehrten.

Diese Erinnerungen waren zuerst in winzigen Tröpfchen gekommen. Jetzt schienen sie so ungehindert zu fließen wie die Drinks auf Damons Party.

Und jetzt war er wieder dort, starrte erneut auf den Mann mit der furchterregenden Maske auf der anderen Seite des vollen Raumes.

Kalter Schweiß stand ihm auf der Stirn, während er sich vor Aufregung murmelnd in seinem Bett hin und her wälzte.

Jetzt erinnerte er sich an die Maske des Mannes. Es war der Pestdoktor. Ja, natürlich! Das Kostüm des Mannes war scheußlich, mit der langen, vogelartigen Nase und dem breitkrempigen Lederhut.

Aber es war nur eine Maske. Kein Grund, sich zu fürchten.

„Danke", sagte Frost zu dem Pestdoktor. Es schien, als wäre der Mann nicht gekommen, um ihm etwas anzutun, sondern nur, um ihm einen Drink anzubieten. Aber war das nicht die Aufgabe der Kellnerinnen? Egal, Frost wollte die freundliche Geste eines Fremden nicht ausschlagen.

Der Pestdoktor beobachtete ihn, während er den Champagner trank. Aber als Frost sich wieder nach ihm umsah, war er verschwunden. Nun begann Frost, sich schläfrig zu fühlen. So viel Champagner – er war ihm zu Kopf gestiegen. Und so viele Menschen. Er konnte sich nirgends hinsetzen. Alles, was er wollte, war, die Last von seinen Füßen zu nehmen, sich ein wenig auszuruhen und vielleicht die Augen zu schließen. Ein Gedanke kam ihm in den Sinn. Vielleicht könnte er nach oben gehen und sich ein Bett suchen, auf das er sich für eine Weile legen könnte. Nur ein kurzes Nickerchen, bis er sich besser fühlte.

Er ging hinaus auf den Flur, wo der Mann mit der Maske des Pestdoktors mit Gina sprach. Oder besser gesagt, Gina sprach mit ihm.

„Was machst du denn hier?", fragte sie. „Du solltest

nicht hier sein!"

Das war lustig. Frost wollte den Mann verteidigen und sagen, dass er ein netter Kerl war, der ihm einen Drink gebracht hatte. Aber er war zu müde zum Reden. Er griff nach dem kunstvoll geschnitzten Holzgeländer, hielt kurz inne, um die handwerkliche Arbeit zu bewundern, und begann dann, die lange Treppe hinaufzusteigen. Er brauchte eine Ewigkeit, um die Stufen zu erklimmen, jeder Schritt war eine große Anstrengung. Hatte ihm jemand Bleigewichte in die Schuhe gesteckt? Den Lärm von unten konnte er nicht mehr hören. Schließlich stand er vor einer Tür, drehte den Türknauf und wäre fast in den schwach beleuchteten Raum dahinter gestürzt, als die Tür aufschwang. Und da stand das Bett, nach dem er sich so sehr gesehnt hatte. Er stolperte darauf zu, legte sich in seine einladende Umarmung und fiel endlich in den ersehnten traumlosen Schlaf.

★

„Wer um alles in der Welt kann das sein?", fragte Bridget.

Inzwischen hatte das gesamte Team das grausige Video von Ginas Ermordung gesehen, aber niemand konnte sagen, welcher der Gäste die Pestdoktor-Maske getragen hatte. Die unheimlich aussehende Maske mit ihren grotesk verzerrten Gesichtszügen schien eine sehr merkwürdige Wahl für eine Party zu sein.

„Die Maske des Pestdoktors", sagte Ffion, „wurde von einem französischen Arzt im sechzehnten Jahrhundert entworfen, um sich bei späteren Pestwellen vor der Krankheit zu schützen. Sie wird beim *Carnivale* in Venedig getragen."

„Faszinierende Fakten, Ffion", sagte Ryan trocken. „Aber warum sollte man sie auf einer Party tragen?"

„Um seine Identität zu verschleiern. In Kombination mit dem Lederhut ist es unmöglich, etwas von den Gesichtszügen oder dem Haar des Trägers zu sehen."

„Würden Sie sagen, es war ein Mann oder eine Frau?",

fragte Bridget und starrte auf das eingefrorene Bild des maskierten Angreifers auf Ffions Computerbildschirm.

Aber niemand war bereit, eine Vermutung zu wagen.

„Was bringt uns das jetzt?", fragte sie. Es war unglaublich frustrierend, dass sie den Mord selbst auf einem hochauflösenden Video festgehalten hatten, aber den Mörder immer noch nicht identifizieren konnten.

„Nun, das beweist zumindest, dass es nicht Frost war", sagte Andy. „Er ist jetzt aus dem Schneider."

„Stimmt", sagte Bridget, „Dann muss es einer der anderen Gäste gewesen sein, oder Nick Damon selbst oder Tyler Dixon oder Mr. Powers. Wir müssen herausfinden, wer die Maske getragen hat. Ich werde Brittany Grainger anrufen und herausfinden, ob sie etwas weiß."

Bridget ging zurück an ihren Schreibtisch und wählte die Nummer von Damons Assistentin. Der Anruf wurde sofort entgegengenommen.

„Brittany Grainger am Apparat. Wie kann ich Ihnen helfen?"

„DI Hart hier. Können Sie mir sagen, ob Sie eine Liste der Masken und Kostüme haben, die die Gäste auf der Party am Freitag getragen haben?"

„Ähm, nein. Tut mir leid. Aber ich erinnere mich wahrscheinlich an die meisten von ihnen. Ich stand an der Tür und habe alle begrüßt. Gibt es jemanden, der Sie besonders interessiert?"

„Wer trug die Maske des Pestdoktors?"

„Ah", sagte Brittany. „Ich weiß nicht genau, wer das war. Er hat sich nur als der Doktor vorgestellt."

„Der Doktor? Dann sind Sie sicher, dass es ein Mann war?"

„Ich glaube schon."

„Aber er muss doch auf Ihrer Gästeliste stehen", hakte Bridget nach.

„Ähm … nun, ja. Klar."

„Sie klingen nicht ganz sicher. War er definitiv einer der Gäste?"

„Das muss er gewesen sein", sagte Brittany.

„Aber Sie haben ihn nicht erkannt?"

„Na ja, sein Gesicht war hinter der Maske völlig verborgen. Es war schwer zu erkennen, wer es war."

Vielmehr unmöglich, dachte Bridget. „Wie können Sie dann sicher sein, dass es nicht Mr. Damon war? Oder Mr. Powers? Oder Tyler?"

„Sie müssen mir einfach glauben", sagte Brittany.

KAPITEL 29

Ffion hätte nach ihrer Entdeckung am Morgen eigentlich mit sich zufrieden sein müssen. Dank ihr waren sie der Identität des Mörders ein gutes Stück näher gekommen, und Bridget hatte ihre Arbeit gelobt und deutlich gemacht, dass ihr Beitrag geschätzt wurde.

Aber Ffion war nicht glücklich, und das nicht nur, weil sie zufällig gehört hatte, wie Jake Ryan in der Küche gestanden hatte, dass Brittany wieder bei ihm eingezogen war.

Nein, etwas an dem Fall ließ ihr keine Ruhe. Ein störendes loses Ende, das nicht verschwinden wollte. Sie holte sich noch eine Tasse Tee, kehrte an ihren Schreibtisch zurück und öffnete diesmal die Audioaufnahme, die Gina auf der Party gemacht hatte. Sie setzte die Kopfhörer wieder auf, blendete die Hintergrundgeräusche des Einsatzraums aus und hörte sich die Aufnahme noch einmal von vorne an.

Zwei Stunden später hatte sich ihr Verdacht bestätigt. Gegen zehn Uhr dreißig hatte Gina mit Dr. Frost gesprochen und ihm im Flüsterton gesagt: „Es ist keine gute Idee, hier zu bleiben. Es wäre besser zu gehen."

Dann, etwa eine Stunde später, hatte sie dieselbe Warnung wiederholt. „Du solltest nicht hier sein!"

Ffion war davon ausgegangen, dass sie beide Male mit Frost gesprochen hatte. Bestimmt hatte der Mann sie beim ersten Mal nicht ernst genommen. Aber als sie Ginas Stimme noch einmal hörte, fragte sich Ffion, ob sie beim zweiten Mal mit jemand anderem gesprochen hatte.

Die erste Nachricht an Frost war als Warnung gedacht. Doch beim zweiten Mal waren Tonfall und Betonung ganz anders. In Ginas Stimme schwang ein scharfer Vorwurf mit. *Du solltest nicht hier sein!* Die erste Person hatte einen Fehler gemacht, als sie auf die Party kam, und wurde ermahnt zu gehen. Die zweite Person aber war absichtlich dort aufgetaucht, wo sie nicht erwünscht war, und wurde nun zurechtgewiesen. Hätte Gina beide Male mit Frost gesprochen, hätte sie etwas gesagt wie: „Ich habe Ihnen schon einmal gesagt, dass Sie hier nichts zu suchen haben."

Ffions Gedanken rasten. Wenn die Person, die Gina aufgefordert hatte zu gehen, der Pestdoktor gewesen war, dann ging aus dieser Aufnahme eindeutig hervor, dass sie ihren Mörder gekannt hatte und der Meinung war, dass er dort nicht hätte sein sollen. Ein unwillkommener Gast vielleicht, oder jemand, der gar kein Gast war.

★

„Gehen wir es noch einmal durch", sagte Bridget vor dem Whiteboard im Einsatzraum. Das gesamte Team war um sie herum versammelt und versuchte, die Teile des Puzzles zu einem Ganzen zusammenzusetzen.

Die Ergebnisse von Mr. Powers' DNA-Test waren aus dem Labor zurückgekommen, und wie Bridget vermutet hatte, zeigten sie, dass Powers nicht der Vater von Ginas Baby war. Trotzdem war Bridget sicher, dass sie mit Ffions letztem Durchbruch nun alles wussten, was sie brauchten, um den Mörder zu finden. Wenn sie nur die einzelnen Puzzleteile mit unvoreingenommenen Augen betrachteten, würden sie sehen, wie sie sich zu einem Ganzen zusammenfügten.

„Hier ist, was wir wissen", begann sie und zeigte auf das erste Foto am Whiteboard. „Gina Hartman, Psychologiestudentin im letzten Jahr am Wadham College."

Das rote Korkenzieherhaar und das strahlende Lächeln auf dem Foto zeigten eine junge Frau, die gerade dabei war, ihren Weg in der Welt zu machen, ohne zu ahnen, dass ihr Leben auf tragische Weise verkürzt werden sollte.

„Laut ihrem Tutor war Gina eine begabte Studentin, die auf einen erstklassigen Abschluss hinarbeitete."

Eine tragische Verschwendung eines jungen Lebens, hatte Dr. Ashley zu Bridget gesagt, als sie ihn im College besucht hatte, und sie stimmte ihm voll und ganz zu.

„Gina war schwanger, aber wir haben immer noch keine eindeutigen Hinweise auf die Identität des Vaters", fuhr sie fort. „Sie arbeitete als Journalistin für eine Studentenzeitung und nutzte Nick Damons Partys nicht nur, um etwas Geld zu verdienen, sondern auch, um Nachforschungen über Verfehlungen von Damons Gästen anzustellen. Sie machte heimlich Tonaufnahmen während der Party und wir wissen, dass sie versuchte, Beweise für korrupte Machenschaften zwischen Nick Damon und Hugh Avery-Blanchard, dem Abgeordneten für Witney, zu finden."

„Ehemaliger Abgeordneter", warf Ryan ein, was im Raum für Gelächter sorgte.

Bridget deutete auf das Foto von Nick Damon. „Sieht so aus, als hätte Nick Damon diese Partys veranstaltet, um Kontakte zu pflegen und Einfluss auf Leute wie Avery-Blanchard zu gewinnen, die in irgendeiner Weise für Damons Geschäftsinteressen von Nutzen hätten sein können. Er sorgte nicht nur für kostenlose Getränke und Unterhaltung, einschließlich der Dienste einer Londoner Escort-Agentur, sondern scheint auch heimlich Videos von seinen Gästen gemacht zu haben, die diese Dienste in Anspruch nahmen, um sie später erpressen zu können, wenn sie sich weigerten, ihm zu helfen. Zumindest scheint das unserem unglückseligen Ex-Abgeordneten widerfahren zu sein."

Bridget hielt inne, bevor sie auf das Foto von Dr. Nathan Frost zeigte, das kurz nach seiner Verhaftung aufgenommen worden war. Der Mann starrte ihr verängstigt vom Whiteboard entgegen und wirkte völlig fehl am Platz neben den Bildern der mächtigen Männer um ihn herum.

„Dr. Frost scheint – auf den ersten Blick – zu der Party eingeladen worden zu sein, weil er Einfluss auf ein geplantes Bauprojekt am Wadham College hatte. Es handelt sich definitiv um ein großes Projekt, und es ist denkbar, dass Frosts Stimme entscheidend gewesen wäre. Aber Frost ist überzeugt, dass er zu der Party eingeladen wurde, damit man ihm den Mord an Gina anhängen konnte. Zum jetzigen Zeitpunkt können wir diese Möglichkeit nicht ausschließen, zumal das Video, das wir gesehen haben, eindeutig zeigt, dass der Mörder Ginas Leiche absichtlich neben ihn ins Bett gelegt hat, während er schlief."

Dann deutete Bridget auf die Fotos der verschiedenen Gäste, die bei der Party gewesen waren, und lenkte die Aufmerksamkeit besonders auf das runde, rote Gesicht von Hugh Avery-Blanchard. „Avery-Blanchards Name, oder vielmehr das Pseudonym, das er auf der Party verwendet hatte – Apollo – tauchte wieder auf, als wir Ginas Tonaufnahme anhörten. Brittany Grainger, Damons Assistentin, war deutlich zu hören, wie sie Gina kurz vor Mitternacht nach oben schickte, um eine Flasche Champagner in Apollos Zimmer zu bringen. Wir wissen, dass Gina unmittelbar nach dem Klopfen an der Schlafzimmertür angegriffen wurde, und wir haben durch die Befragung der verschiedenen Escorts, die auf der Party gearbeitet hatten, herausgefunden, dass Apollo das Pseudonym von Avery-Blanchard war und dass Erika, die Escort-Dame, die die Nacht mit ihm verbracht hat, ihm kein stichhaltiges Alibi für die Tatzeit geben konnte."

Bridget ging weiter zum Foto von Richter Graham Neville. „Mr. Justice Neville, Richter am High Court, war ebenfalls auf der Party, in Begleitung von …"

„Josh", sagte Ryan.

„Josh, der behauptet, an seinem Verhalten während des Abends nichts Ungewöhnliches bemerkt zu haben."

„Abgesehen von der Kleinigkeit, dass er als Richter auf einer Sexparty war", sagte Ryan mit einem zynischen Lächeln.

„Wir glauben auch", sagte Bridget, „obwohl wir keine stichhaltigen Beweise haben, dass Neville ein Gerichtsverfahren manipuliert hat, um zu verhindern, dass Tyler Dixon, Damons Fahrer, wegen Körperverletzung verurteilt wird."

Bridget atmete tief durch. „Wir wissen immer noch nicht, wer von diesen Männern die Maske des Pestdoktors trug, obwohl Brittany Grainger behauptet, er habe sich als der Doktor vorgestellt. Sie glaubt, dass er ein Gast war, aber wir konnten ihn nicht anhand der Gästeliste identifizieren. Es ist möglich, dass er nicht eingeladen war – obwohl er das Passwort kennen musste, um an der Pforte eingelassen zu werden –, oder es ist möglich, dass Miss Grainger jemanden deckt. Die Frage ist nur, wen?"

Ffion hob eine Hand. „Es muss nicht unbedingt ein Mann gewesen sein, der das Outfit des Pestdoktors trug. Wir können nicht mit Sicherheit sagen, ob es ein Mann oder eine Frau war, die Gina getötet hat."

„Es muss auch kein Gast gewesen sein", sagte Jake. „Es könnte Tyler Dixon gewesen sein. Er hätte ein klares Motiv gehabt, Gina zu töten, wenn er herausgefunden hätte, dass sie mit einem anderen Mann geschlafen hat."

„Was ist mit dem unheimlichen Anwalt, Mr. Powers?", fragte Andy. „Wir wissen, dass er das Video als Drohung an den Abgeordneten geschickt hat. Könnte er versucht haben, Gina von ihren Nachforschungen abzuhalten?"

„Wir wissen, dass er Poppy verhört hat, unmittelbar bevor Miranda erdrosselt wurde", sagte Ryan. „Es würde mich nicht wundern, wenn er die ganze Drecksarbeit für

Damon erledigt hat."

„Schon gut, schon gut", sagte Bridget und versuchte, wieder Ordnung in den Einsatzraum zu bringen. Tatsache war, dass sie viel zu viele Informationen vor sich hatten. Es war schwierig, einen Weg durch all die widersprüchlichen Fakten zu finden. Sie deutete erneut auf das Foto von Nick Damon. Das sonnengebräunte, grinsende Gesicht des Mannes strahlte eine ungeheure Selbstsicherheit aus, für die sie ihm am liebsten die Nase gebrochen hätte.

„Wir dürfen den Mann im Zentrum dieses Geflechts nicht vergessen. Nick Damon, Eigentümer von Damon Developments und etwa einem Dutzend anderer Unternehmen. Wir wissen, dass er Menschen manipuliert, um seine Ziele zu erreichen, aber wir haben nicht den geringsten Beweis gegen ihn. Dafür ist Damon zu gerissen. Er benutzt Männer wie Tyler Dixon und Mr. Powers, um Druck auszuüben und Drohungen auszusprechen, während er selbst im Hintergrund bleibt und sich aus allem heraushält. Er verteilt großzügig Geschenke an seine Freunde und verlangt im Gegenzug Gefälligkeiten. Besteht die Möglichkeit, dass er Gina aus irgendeinem Grund getötet hat?"

„Um sie davon abzuhalten, auf seinen Partys Nachforschungen anzustellen", sagte Jake.

„Und er hätte sich leicht als Pestdoktor verkleiden können, um seine Identität zu verbergen", sagte Ryan.

„Wir haben nur das Wort von Brittany, dass der Pestdoktor zu den Gästen gehörte", sagte Ffion. „Sie könnte einfach gelogen haben, was diesen mysteriösen Doktor angeht. Und wir wissen, dass Brittany Gina nach oben geschickt hat. Sie könnte gewusst haben, dass Damon dort wartete, um sie zu erwürgen."

„Damon hat auch kein Alibi für die Zeit von Mirandas Ermordung", sagte Bridget. „Und wir wissen, dass Mr. Powers zum Zeitpunkt ihres Todes definitiv im College war. Er war sogar bei Poppy, kurz bevor Miranda mich anrief, um mir zu sagen, dass sie herausgefunden hatte, wer Gina getötet hatte."

„Wo war Brittany an diesem Morgen?", fragte Ffion.

„In Oxford einkaufen", sagte Jake und rutschte unbehaglich auf seinem Stuhl hin und her.

„Also könnte jeder von ihnen Miranda getötet haben", sagte Bridget verzweifelt. „Das bringt uns nicht weiter."

Sie musste diesen Fall unbedingt zügig abschließen. Grayson hatte ihr etwas Luft verschafft, aber mit zwei toten Studenten und ohne greifbares Ergebnis würde seine Geduld bald am Ende sein. Und Bridget wusste, dass sie heute Nachmittag zum Wadham College zurückkehren musste, um Mirandas Eltern zu treffen. Sie würde vor ihnen stehen und ihnen sagen müssen, dass sie keine klare Vorstellung davon hatte, wer das Leben ihrer Tochter genommen hatte.

Die Erinnerung an die Begegnung mit Ginas trauernden Eltern im College schoss ihr durch den Kopf, und sie erinnerte sich an deren stille Würde angesichts des tragischen Todes. Sie dachte an die kalte Leichenhalle und an Ginas marmorne Haut und ihre roten Locken, die in lebloser Schönheit erhalten waren. Und sie erinnerte sich daran, wie der Direktor des Colleges und Ginas Tutor alles unternommen hatten, um den Aufenthalt der Eltern angenehm zu gestalten und ihren Besuch zu erleichtern.

Sie dachte wieder an Mirandas Zimmer im Front Quad und an Frosts Zimmer im Obergeschoss, das einen Blick darauf bot. Und jetzt ahnte sie endlich, wer der Vater von Ginas ungeborenem Kind sein könnte.

„Kommen Sie", sagte sie laut. „Ich glaube, ich weiß, wer es war und warum."

KAPITEL 30

Frost schreckte aus dem Schlaf, seine Stirn brannte vor Fieber, sein Magen krampfte sich vor Schmerz zusammen, als würden ihn eiserne Fesseln fest umklammern. Sein Bettzeug war durchgeschwitzt. Doch er schob es beiseite und erhob sich aus dem klammen Bett mit einer Entschlossenheit, wie er sie noch nie zuvor empfunden hatte.

Er hatte sich erinnert!

Endlich war die schwer greifbare Erinnerung wieder da, nach der er so lange gesucht hatte und die ihm sagte, was er wissen musste.

Die Stimme des Pestdoktors, die zu ihm sprach, als er ihm das Glas Champagner reichte.

„Hier, Sie sehen aus, als könnten Sie noch einen Drink vertragen."

So freundliche Worte, doch genau wie die Maske des Mannes dienten sie nur dazu, die heimtückische Viper zu verbergen, die sich dahinter verbarg.

Er kannte diese Stimme! Und jetzt wusste er auch, wer das schreckliche Verbrechen begangen hatte, Gina zu erwürgen, und wer versucht hatte, ihm die Tat in die

M S Morris

Schuhe zu schieben.

Blitzschnell begann er sich anzuziehen, stolperte in seine Hose und zog sein Hemd über, das noch vom Vortag zerknittert war. Er eilte die Treppe hinunter, um seine Schuhe und Fahrradklammern zu holen. Er warf sich einen Mantel über die Schultern und rollte sein Fahrrad von seinem Platz im Flur durch die Haustür. Dann trat er wie wild in die Pedale und raste die Straße hinunter und ignorierte rücksichtslos eine Reihe entgegenkommender Autos, die ihm laut hupend ausweichen mussten, als er abrupt nach rechts abbog.

Er fuhr den langen, steilen Abhang des Headington Hill hinunter, beschleunigte das schwere Metallrad so schnell, wie er sich traute, und spürte, wie der kalte Wind an ihm zerrte, als wollte er ihn zurückhalten. Doch jetzt konnte ihn nichts mehr aufhalten. Wie Nietzsches *Übermensch* – oder Superman für die Ungebildeten – hatte er sein Schicksal gewählt und war im Begriff, es anzunehmen.

Am Fuße des Hügels fuhr plötzlich ein Bus direkt vor ihm auf die Straße, aber er fuhr auf den Bürgersteig und fuchtelte mit den Armen, um einen Fußgänger zu verscheuchen. Dann, mit einem dumpfen Aufprall, war er wieder auf der Straße, überquerte den belebten Kreisverkehr an der Plain und schlängelte sich zwischen Autos und anderen Radfahrern in Richtung Wadham.

Trotz des eisigen Windes, der ihm ins Gesicht peitschte, trotz des brennenden Fiebers, trotz des Hupens wütender Autofahrer fühlte er sich zum ersten Mal, seit er denken konnte, frei und glücklich. Ich bin unbesiegbar, dachte er, als er an der Ampel rechts in die Longwall Street einbog. An der nächsten Kreuzung bog er links in die New College Lane ab und gab auf dem letzten Stück nach Wadham noch einmal Gas.

Am College angekommen, stellte er sein Fahrrad in der Pförtnerloge ab, ignorierte die Beschwerden des Portiers und eilte hinein. Sofort machte er sich auf den Weg zu Dr. Ashleys Zimmer im Front Quad und hämmerte laut mit der Faust gegen die Tür.

„Herein", ertönte eine überraschte Stimme.

Frost öffnete die Tür und stieß sie weit auf. Dort saß seine Beute hinter ihrem Schreibtisch und machte einen täuschend erschrockenen, unschuldigen Eindruck.

„Ich nehme an, Sie dachten, Sie kämen damit durch", sagte Frost. „Sie haben Gina ermordet, mich als Hauptverdächtigen hingestellt und dann Miranda umgebracht, als sie Ihre Stimme hörte und erkannte, dass Sie auf der Party waren."

Das Objekt seines Hasses – seine Nemesis – musterte ihn kalter und berechnender Miene, die genauso abscheulich war wie die Maske, die er in der Mordnacht getragen hatte.

„Dann kommen Sie besser rein", sagte Dr. Ashley schließlich. „Schließen Sie die Tür hinter sich."

KAPITEL 31

Es blieb keine Zeit, auf Verstärkung zu warten. Bridget sprang auf den Beifahrersitz von Jakes Subaru, während Ffion und Ryan sich auf den Rücksitz zwängten.

„Schnallen Sie sich gut an", sagte Jake, legte den Gang ein und gab Vollgas.

Mit quietschenden Reifen fuhr das Auto vom Parkplatz in Kidlington, der Motor heulte auf, der Drehzahlmesser kletterte in den roten Bereich. Es raste die Oxford Road hinunter, so schnell Jake es sicher lenken konnte, bevor es die Umgehungsstraße überquerte und in North Oxford einfuhr.

„Sind Sie sicher, dass er es ist, Ma'am?", fragte Ryan aus dem Fond des Wagens.

„Ein DNA-Test wird es so oder so beweisen", sagte Bridget, „aber wir haben alle anderen Männer ausgeschlossen, die mit der Untersuchung in Verbindung standen. Wenn weder einer der Partygäste noch Damon oder einer seiner Mitarbeiter der Vater von Ginas Kind war, dann war es mit ziemlicher Sicherheit jemand, den sie vom College kannte. Und da Miranda und Poppy darauf bestanden, dass Gina keinen Freund hatte, bleibt nur –"

„Ihr Tutor", ergänzte Ffion. „Das passt auf jeden Fall. Wenn Gina Dr. Ashley von ihrer Schwangerschaft erzählte und er dann herausfand, dass sie mit Tyler Dixon schlief, wäre er vielleicht vor Eifersucht außer sich gewesen."

„Aber warum sie auf der Party töten?", fragte Ryan. „Warum dort?"

„Vielleicht hatte er gar nicht vor, sie zu töten", sagte Bridget. „Vielleicht ist er nur mitgegangen, um sie im Auge zu behalten. Gina hatte ihm schon von den Partys erzählt und vielleicht sogar das Passwort verraten. Nehmen wir an, er hat sich verkleidet und ist ihr zum Haus gefolgt, um auf sie aufzupassen oder sie zu überreden, mit ihm zurückzukommen. Möglicherweise hatte er das Rohypnol dabei, um es ihr zu geben, falls sie sich weigern würde zu kooperieren. Aber stattdessen sah er sie und Tyler beim Sex in Tylers Auto neben dem Pförtnerhaus."

„Genau so, wie Tyler es uns immer erzählt hat", sagte Jake.

„Dann, als die anderen Gäste eintrafen, ging er hinein und dachte sich ein Pseudonym aus, das er Brittany nannte."

„Der Doktor", überlegte Ffion. „In Anspielung auf seine Verkleidung als Pestdoktor und die Tatsache, dass er einen Doktortitel in Psychologie hat."

„Richtig", sagte Bridget. „Und dann entdeckte er zu seiner Überraschung einen seiner Kollegen, Dr. Frost, auf der Party. Er nutzte die Gelegenheit und reichte Frost den Drink mit dem Betäubungsmittel, so dass dieser nach oben ging, um zu schlafen, und dann stellte er Gina auf dem Flur zur Rede."

„Du solltest nicht hier sein", wiederholte Ffion. „Die Worte ergeben jetzt einen perfekten Sinn."

„Er muss gesehen haben, wie Gina mit dem Champagner nach oben ging", fuhr Bridget fort. „Er folgte ihr nach oben und griff sie an. Er schleppte sie in Frosts Zimmer, erwürgte sie und legte ihre Leiche zu ihm ins Bett, denn er wusste, dass Frost keine überzeugende

Erklärung dafür liefern konnte, wie er mit der Leiche einer Studentin seines eigenen Colleges dort gelandet war. Er war der perfekte Sündenbock."

„Nur hatte Dr. Ashley keine Ahnung von der versteckten Kamera, die den ganzen Mord aufgezeichnet hatte", sagte Ryan.

„Richtig. Aber ohne es zu wissen, wurde er von Mr. Powers gerettet, der das Video löschte, um zu vertuschen, dass er und Damon heimlich die Aktivitäten ihrer Gäste aufgenommen hatten. Aber später musste Miranda ihm dann im College begegnet sein und seine Stimme gehört haben. Sie erkannte, dass sie ihn auf der Party hatte sprechen hören und vermutete, dass er Ginas Mörder sein könnte. Wahrscheinlich bemerkte Dr. Ashley sie, folgte ihr in ihr Zimmer und erwürgte sie. Er war die ganze Zeit direkt vor unserer Nase."

Das war so oft der Fall, überlegte Bridget. Die Wahrheit lag auf der Hand, sobald man alle Ablenkungen und falschen Fährten beseitigt hatte.

„Wir sind fast da, Ma'am", unterbrach Jake sie vom Fahrersitz aus.

„Okay", sagte Bridget. „Wir sollten ihn schnell finden und mit möglichst wenig Aufsehen mitnehmen. Ich will nicht noch eine große Szene machen."

★

„Sie haben es also endlich herausgefunden", spottete Dr. Ashley und lehnte sich in seinem Stuhl zurück. „Ich dachte schon, Sie würden sich nie an diese Nacht erinnern."

„Das haben Sie gehofft", sagte Frost. „Aber Sie sind doch Psychologe. Sie müssen doch wissen, zu welchen Wundern das menschliche Gehirn fähig ist."

„Hmm, ja, sogar Ihres, wie es scheint. Wissen Sie, als ich beim Abendgottesdienst neben Ihnen saß, habe ich Sie ganz schön ausgefragt. Ich dachte, wenn ich direkt neben Ihnen sitze und Sie meine Stimme hören und das immer noch keine Erinnerungen weckt, dann bin ich am Ziel."

„Aber das waren Sie nicht, oder?", sagte Frost. „Miranda Gardiner hat Ihre Stimme erkannt und die Wahrheit erraten. Deshalb haben Sie sie umgebracht."

„Ja", sagte Dr. Ashley. „Und deshalb werde ich auch Sie töten müssen."

„Das würden Sie nicht wagen!", sagte Frost entsetzt. „Wie könnten Sie mit einem dritten Mord davonkommen?"

„Bei zweien habe ich es schon geschafft. Ich bin mir ziemlich sicher, dass mir etwas einfallen wird. Wenn Sie mich zum Beispiel angreifen würden. Dann wäre ich gezwungen, mich zu verteidigen, nicht wahr? Ja, vielleicht sind Sie wie ein Geistesgestörter hergekommen und haben mit Gewalt gedroht. Jeder weiß, dass Sie in der letzten Woche nicht ganz bei Sinnen waren. Die meisten glauben, dass Sie Gina umgebracht haben. Und Sie haben kein Alibi für die Zeit, als Miranda erwürgt wurde. Ja, ich glaube nicht, dass es sehr schwer wäre, alle davon zu überzeugen, dass Sie ein psychotischer Mörder sind. Ich schätze, Sie hätten Zugang zu einer Art Waffe haben müssen, oder? Dann könnte ich die Gewalt rechtfertigen, die nötig wäre, um Ihnen das Genick zu brechen."

Dr. Ashleys Blick wanderte durch den Raum. Auch Frost sah sich um und fragte sich, was für ein Instrument ein Oxford-Dozent in seinem Zimmer aufbewahren könnte, das tödliches Potenzial haben könnte.

Beide sahen ihn im selben Augenblick. Ein eiserner Schürhaken, der am Kamin lehnte. Eine schwarze Metallstange, etwa fünfundvierzig Zentimeter lang, mit einer Schlinge an einem Ende und einem fiesen Stachel am anderen.

Dr. Ashley stieß ein animalisches Knurren aus und erhob sich von seinem Stuhl. Der junge Mann war schnell und stark und stürzte sich mit der Verzweiflung eines Mannes, der nichts zu verlieren hatte, auf den Schürhaken.

Aber auch Frost hatte nichts zu verlieren, aber alles zu gewinnen. Nicht nur seine Unschuld zu beweisen und seine Freiheit zu behalten, sondern endlich auch die Chance, seine Seele zu retten.

Noch vor einer Woche war er bereit gewesen, seine Seele an einen Teufel zu verkaufen, an einen Mann, der Menschenleben wie Ware behandelte, die man verschachern konnte. Und wofür? Für eine Nacht auf einer schäbigen Party in einem Landhaus. Wie billig hatte er sich verkauft!

Aber jetzt nicht mehr. Konfrontiert mit seinem eigenen Untergang war er aus der Asche auferstanden, bereit, sich durch Taten zu rehabilitieren und seine eigenen moralischen Regeln nach Belieben aufzustellen. Er würde sich nicht länger in staubigen Bibliotheken verkriechen und die materielle Welt scheuen. Er würde es wagen, sich das zu nehmen, was ihm rechtmäßig zustand, er würde der legendäre *Übermensch* werden und das tun, wozu Nietzsche uns alle aufgefordert hatte – das menschliche Potenzial voll zu entfesseln und die künstlerische Kreativität mit der Rücksichtslosigkeit des Kriegers zu vereinen.

Er schüttelte die letzte Vorsicht ab und stürzte in Richtung Kamin, um den Schürhaken zu packen.

Doch Ashley kam ihm zuvor.

★

Der Subaru kam quietschend vor dem Wadham College zum Stehen, und Bridget hievte sich heraus, wohl wissend, dass sie von Natur aus nicht für solch dynamische Aktivitäten geschaffen war. Sie musste ein Bild für die Götter abgeben – eine Frau mittleren Alters, die etwas zu viel Gewicht mit sich herumschleppte und sich aus einem aufgemotzten Flitzer in grellem Orange quälte.

Ffion und Ryan waren bereits ausgestiegen und eilten ihr voraus zum Eingang des Colleges. Sie hoffte, dass sie sich daran erinnerten, was sie ihnen gesagt hatte: „Verhalten Sie sich unauffällig. Ich will nicht, dass Grayson mir wieder im Nacken sitzt, wenn das College eine Beschwerde einreicht." Sie hatte das Gefühl, dass der

Chief Super ihr den Schaden persönlich in Rechnung stellen würde, wenn sie noch eine Tür einschlugen.

Jake sprang ebenfalls aus dem Auto und kam auf ihre Seite, um ihr zu helfen. Sie winkte ab. „Gehen Sie. Nehmen Sie ihn fest. Ich komme gleich nach."

Als sie das Pförtnerhaus erreichte, war Ffion bereits über den Hof zu Dr. Ashleys Zimmer gesprintet, Ryan dicht hinter ihr. Ffion klopfte an die Tür und schrie. „Polizei! Aufmachen!"

Bridget sah, wie sie die Tür öffnete, und atmete erleichtert auf, dass sie sie diesmal nicht eintreten mussten.

Und dann brach die Hölle los.

★

Dr. Ashley stand mit dem Rücken zum Kamin, die schwarze Eisenstange in der Hand. Der Stachel an der Spitze sah aus der Nähe noch gefährlicher aus, als Frost befürchtet hatte. Ashley schwang sie wie ein Schwert, und ein bösartiges Lächeln huschte über sein Gesicht.

„Also, so ist es passiert", sagte Ashley. „Sie kamen in mein Zimmer, und ehe ich mich versah, prahlten Sie mit Ihren Verbrechen. Sie haben sich damit gebrüstet, Gina getötet zu haben, und gesagt, dass Sie von ihr geträumt haben, seit sie aufs College kam. In Ihrer verdrehten Fantasie haben Sie sich eingeredet, dass die Anziehung auf Gegenseitigkeit beruhte. Dann, als sie sich auf der Party weigerte, mit Ihnen zu schlafen, haben Sie sie erwürgt, und dann haben Sie auch Miranda erwürgt ... Nur weil Sie auf den Geschmack gekommen waren. Als ich versuchte, Sie zur Vernunft zu bringen, und Sie anflehte, sich der Polizei zu stellen, griffen Sie mich an, und ich hatte keine Wahl. Ich musste mich verteidigen."

„Nein", sagte Frost.

„Oh doch", sagte Ashley. „Denn ich habe wirklich keine andere Wahl, oder? Wenn ich Sie am Leben lasse, gehen Sie direkt zur Polizei. Und ich hatte auch keine andere Wahl, als Gina zu töten. Obwohl sie mit meinem

Kind schwanger war, bestand sie darauf, auf diese schmutzigen Partys zu gehen. Sie war sogar bereit, während der Schwangerschaft mit einem anderen Mann zu schlafen. So eine Frau war Gina."

Frost starrte ihn entsetzt an. „Sie haben mit ihr geschlafen? Sie Mistkerl! Eine Studentin, die Ihnen anvertraut war. Sie hatten die Pflicht, sie zu beschützen. Und auch ihr ungeborenes Kind!" Bei diesem Gedanken wurde ihm übel.

„Sie sind schwer von Begriff, nicht wahr? Ich dachte, das hätten Sie längst herausgefunden", sagte Ashley. „Gina wollte mit mir schlafen. Sie war volljährig und hat eine freie Wahl getroffen. Tun Sie nicht so, als wollten Sie nicht auch mit ihr schlafen."

„Was? Wie können Sie es wagen!"

„Belehren Sie mich nicht, Sie Heuchler. Ich habe gesehen, wie Sie sie von Ihrem Fenster aus angehimmelt haben. Vielleicht haben Sie sich eingebildet, Sie wären da oben unsichtbar? Aber jeder konnte sehen, wie Sie Gina lüstern anstarrten und beim Anblick ihres langen roten Haares geiferten."

„Ich –"

Doch Frost konnte es nicht leugnen. In Ashleys Anschuldigung steckte ein Körnchen Wahrheit. Er hatte Gina aus der Ferne beobachtet. Er hatte von ihr geträumt. Er war es sich selbst schuldig, die Wahrheit einzugestehen.

Wie schrieb der Dramatiker Friedrich Dürrenmatt in *Abendstunde im Spätherbst* – Nur in der Liebe und im Mord sind wir noch aufrichtig.

Jetzt war es für ihn an der Zeit, endlich aufrichtig zu sein. Nur die tiefste Wahrheit würde genügen. „Ich habe Gina geliebt", gestand er. „Ich habe sie geliebt, aber nur im reinsten Sinne des Wortes. Sie war wie ein Engel. Sie hat die Welt zu einem besseren Ort gemacht."

„Sie sind ein dreckiger alter Mann, Frost", spottete Ashley. „Und Gina war kein Engel. Mit Ihrer Erklärung von der reinen Liebe würden Sie niemanden überzeugen. Sie wollten sie, genau wie ich. Aber der Unterschied zwischen uns beiden ist, dass Gina auch mich wollte."

„Sie Mörder!", brüllte Frost wütend. „Sie haben sie umgebracht!"

Er stürzte nach vorn, die Fäuste wütend erhoben, doch der eiserne Schürhaken kam ihm entgegen.

Er duckte sich, aber die Metallstange streifte seine Schulter und schleuderte ihn zur Seite. Er drehte sich um und sah, wie Ashley die Waffe hob, bereit, erneut zuzuschlagen.

Dann ertönte ein Schrei von draußen, und eine Sekunde später sprang die Tür weit auf. Eine junge Frau stand da, in einer grünen Lederjacke, die zu ihren Augen passte. „Polizei!", rief sie, und in diesem Moment sah Frost seine Chance.

★

Ffion brauchte nur einen Moment, um die Szene im Raum zu erfassen. Dr. Ashley stand vor dem Kamin, einen alten eisernen Schürhaken in der Rechten, die Waffe hoch erhoben und zum Schlag bereit. Dr. Frost kauerte vor ihm, einen Arm schützend erhoben. In seinen Augen lag ein Ausdruck, den Ffion nicht ganz einordnen konnte – sicherlich Furcht, aber auch eine Art Furchtlosigkeit. Es war ein Paradoxon, aber sie hatte jetzt keine Zeit, es zu entschlüsseln.

„Polizei!", rief sie erneut. „Legen Sie die Waffe nieder!"

Über Dr. Ashleys Gesicht huschte ein Ausdruck fassungsloser Empörung. Er schien hin- und hergerissen zwischen der Bereitschaft, den Schürhaken auf den Boden fallen zu lassen, und dem Wunsch, ihn Frost an den Kopf schleudern.

Ryan erschien im Türrahmen hinter ihr und erfasste die Situation mit einem Blick. „Lassen Sie das Ding sofort fallen, Kumpel!", befahl er.

Einen Moment lang fragte sich Ffion, ob Ashley vielleicht einlenken würde, aber dann sah sie, wie sein

Gesichtsausdruck von Schock zu Hass wechselte, und sie wusste, dass er gleich auf sein Opfer einschlagen würde.

Alles geschah gleichzeitig.

Ohne es zu merken, hatte sich Ffion bereits in eine Verteidigungsposition gebracht und war bereit, es mit Ashley aufzunehmen. Ihr Körper war zur Seite gedreht, um dem Angreifer möglichst wenig verwundbare Angriffsfläche zu bieten. Ihre Füße standen weit auseinander, damit sie das Gleichgewicht halten und schnell reagieren konnte. Und sie hielt ihre Hände vor sich, zum Schlag bereit.

Das stundenlange Taekwondo-Training im Dojang hatte sich ausgezahlt. Als Ashley zum Angriff überging, griff sie blitzschnell mit einer Hand nach seinem Handgelenk und verdrehte es so, dass ihm der Schürhaken aus der Hand fiel. Er krachte auf den Boden und Ashley schrie vor Schmerz auf. Ffion nahm seinen Arm in beide Hände und riss ihn mit einem Schritt zur Seite zu sich, so dass er zu Boden stürzte.

Ryan stürmte in den Raum, bereit, sich dem Kampf anzuschließen, doch aus den Augenwinkeln sah Ffion eine Bewegung.

Frost.

Der Deutsch-Tutor schoss vorwärts, schneller, als man es einem solch fossilen Relikt aus einer vergangenen Ära zugetraut hätte, und nun gehörte der Metallschürhaken ihm. Er richtete sich auf und hielt die Waffe wie eine Trophäe vor sich.

Ashley lag auf dem Rücken und schrie vor Schmerzen, während Ffion sein Handgelenk festhielt, damit er sich nicht bewegte. Sie wusste, sie konnte ihn noch nicht loslassen.

„Dr. Frost", sagte Ryan, „legen Sie die Waffe nieder."

Doch Frost beachtete ihn nicht. Den Schürhaken vor sich ausgestreckt, stürzte er sich auf Ashley und schwang die Eisenstange in einem weiten Bogen.

Ein lautes Krachen ertönte, als das Metall auf Ryans Schädelknochen traf, und der Detective Sergeant kippte mit wild um sich schlagenden Armen nach hinten und ging zu Boden.

Frost verharrte regungslos in der Mitte des Raumes und betrachtete das ungeplante Ergebnis seiner Anstrengungen mit überraschter Miene.

Dann stürmte Jake durch die offene Tür, die Augen vor Verwirrung weit aufgerissen.

„Nimm Frost den Schürhaken ab, bevor er noch jemanden trifft", befahl Ffion. „Dann sieh nach, ob Ryan noch atmet. Um Ashley brauchst du dir keine Sorgen zu machen. Ich habe ihn unter Kontrolle."

KAPITEL 32

„Sind Sie sicher, dass Sie diesmal den richtigen Mann erwischt haben?", fragte Grayson. „Ich muss Sie bestimmt nicht daran erinnern, dass dies bereits die dritte Verhaftung in diesem Fall ist."

„Ja, Sir", sagte Bridget. „Allerdings war es die Polizei von Banbury, die zuerst Frost verhaftet hat, und dann hatten wir einen triftigen Grund, Tyler Dixon festzunehmen."

„Ja, ja", sagte Grayson abweisend, „aber sind Sie sicher, was diesen Psychologie-Dozenten angeht?"

„Wir haben Dr. Ashley jetzt offiziell angeklagt. Der DNA-Test hat bestätigt, dass er der Vater von Ginas Baby war. Und laut Frost hat er ein umfassendes und detailliertes Geständnis abgelegt, sowohl Gina als auch Miranda getötet zu haben, obwohl er sich bisher weigert, uns etwas zu sagen. Sein Anwalt hat ihm davon abgeraten."

„Anwälte", sagte Grayson und sprach das Wort mit aufrichtiger Abscheu aus.

„Außerdem", fuhr Bridget fort, „hatte er nicht so viel Glück, als er Miranda erwürgte. Die SOCO fand seine

Haare auf ihrer Kleidung, und ihre Fingernägel wiesen Haut- und Blutspuren auf, die mit seiner DNA übereinstimmen. Sie scheint sich ziemlich gewehrt zu haben."

Bridget hatte Mirandas Eltern im Wadham College getroffen, und nachdem sie den Mann, der ihre Tochter ermordet hatte, verhaftet und angeklagt hatte, konnte sie ihnen erhobenen Hauptes in die Augen zu blicken. Sie hatte auch Ginas Eltern angerufen und ihnen die Nachricht persönlich überbracht. „Ich wusste, Sie würden dafür sorgen, dass unserer Gina Gerechtigkeit widerfährt", hatte ihre Mutter gesagt und ihr für ihre Arbeit gedankt.

Grayson, der hinter seinem Schreibtisch saß, nickte zufrieden. „Was ist mit DS Hooper? Wird er überleben?"

„Ich glaube schon, Sir." Nach dem Kampf in Wadham waren sowohl Ryan als auch Dr. Frost in die Notaufnahme des John-Radcliffe-Krankenhauses gebracht worden, wo sie wegen leichter Verletzungen behandelt worden waren. „Er sollte morgen wieder arbeiten können."

„Gut", sagte Grayson. „Vielleicht sollte ich ihn für eine Tapferkeitsmedaille vorschlagen."

„Ich bin sicher, das würde er zu schätzen wissen, Sir. Und auch DC Ffion Hughes. Sie hat Dr. Ashley entwaffnet und die Verhaftung im Alleingang durchgeführt."

„Sehr gut. Was ist mit Mr. Powers, Damons Anwalt? Haben wir ihn schon entlassen?"

„Er ist auf Kaution frei. Aber das digitale Forensik-Team hat das belastende Video, das an das Wahlkreisbüro von Hugh Avery-Blanchard geschickt wurde, zu einem E-Mail-Konto zurückverfolgt, das von Powers' Computer aus betrieben wurde, also haben wir ihn wegen Erpressung angeklagt. Er könnte immer noch davonkommen, denn es ist nicht klar, ob er tatsächlich Forderungen gestellt hat. Da er Anwalt ist, ist er wahrscheinlich gut darin, den Wortlaut des Gesetzes nicht zu brechen. Jedenfalls scheint Avery-Blanchard bereit zu sein, gegen ihn auszusagen, und das wird wahrscheinlich für eine Verurteilung ausreichen."

„Gut", sagte Grayson. „Apropos Avery-Blanchard, ich nehme an, Sie haben das Neueste aus Westminster gehört?"

„Ich denke nicht, Sir. Ich war ziemlich beschäftigt ..."

„Der Wohnungsbauminister hat eine Überprüfung der Wohnsiedlung angekündigt, für die Damon Developments den Zuschlag erhalten wollte. Mit anderen Worten, sie haben die ganze Sache auf die lange Bank geschoben. Bei den anstehenden Nachwahlen wird das Projekt auf keinen Fall durchkommen. Und Avery-Blanchard ist durch und durch in Ungnade gefallen. Seine Frau ist ausgezogen. Seine einflussreichen Freunde konnten ihm keine Unterstützung zusichern. Die Staatsanwaltschaft hat eine umfassende Untersuchung seiner Geschäfte eingeleitet, um zu prüfen, ob eine strafrechtliche Verurteilung möglich ist."

„Es gibt also doch noch ein bisschen Gerechtigkeit auf der Welt", sagte Bridget. „Apropos, ich wünschte, wir könnten etwas gegen diesen korrupten Richter Graham Neville unternehmen."

„Ah, lustig, dass Sie das erwähnen, DI Hart", sagte Grayson. „Ich bin Mr. Justice Neville gestern Abend zufällig in meinem Golfclub begegnet. Ich nutzte die Gelegenheit für ein nettes Gespräch mit ihm, in dem ich einige interessante Details erwähnte, die ich in letzter Zeit aufgeschnappt hatte. Am Ende unseres Gesprächs traf er die weise Entscheidung, dass es für ihn an der Zeit sei, sich aus der Justiz zurückzuziehen. Natürlich wird er mit vollen Pensionsbezügen in den Ruhestand gehen, und zweifellos werde ich ihm in Zukunft regelmäßig im Club über den Weg laufen, aber zumindest kann er vom Fairway aus nicht mehr viel Schaden anrichten."

„Vermutlich, Sir."

„Was ist mit Damons Fahrer? Dem Schurken, den Neville freigelassen hat?"

„Tyler Dixons Fingerabdrücke wurden überall auf den versteckten Kameras im Haus gefunden. Offensichtlich hat Damon ihn angewiesen, sie dort zu installieren, aber das können wir nicht beweisen. Nichtsdestotrotz hat Tyler gegen das Gesetz verstoßen, indem er Überwachungskameras an einem Ort installiert hat, an dem man Privatsphäre erwarten würde. Wir hoffen, das als Druckmittel nutzen zu können, um ihn dazu zu bringen, seinen Arbeitgeber zu belasten, aber bisher weigert er sich zu kooperieren."

„Er denkt wahrscheinlich, dass Damon ihm wieder aus der Patsche helfen kann", sagte Grayson. „Ich glaube, er wird feststellen, dass das nicht der Fall ist. Die Zeiten, in denen er Fäden ziehen und Gefallen einfordern konnte, sind vorbei."

„Ja, Sir. Was mit aber am ungerechtesten erscheint, ist, dass Nick Damon selbst völlig ungeschoren davonkommen könnte. Soweit ich das beurteilen kann, hat er nicht wirklich gegen Gesetze verstoßen. Zumindest gibt es nichts, wofür wir überzeugende Beweise finden konnten."

„Leute wie Damon sind zu schlau, um sich so leicht erwischen zu lassen. Aber er hat sich eine blutige Nase geholt. Er hat diesen riesigen Wohnungsauftrag verloren, und wird auch bei der Sanierung des Wadham College nicht zum Zug kommen. Sein Fahrer und sein Anwalt stecken in Schwierigkeiten, und er hat zwei seiner wichtigsten Geschäftspartner verloren – Graham Neville und Hugh Avery-Blanchard. Auch all seine anderen Freunde und Bekannten werden in Deckung gehen. Er wird es in Zukunft viel schwerer haben, Geschäfte zu machen. Und bei ihm zu Hause wird es keine Partys mehr geben."

„Trotzdem, Sir. Der Mann ist ein Verbrecher."

„DI Hart, manchmal muss man Dinge loslassen. Wenn Sie in meinem hohen Alter sind, werden Sie das besser verstehen. Was ich sagen will, ist, dass wir Damon jetzt sehr gut im Blick haben. Wenn er wieder einen Fehler macht, sind wir sofort an ihm dran. Man weiß ja nie, vielleicht muss er sogar anfangen, sich an die Regeln zu halten, und für mich ist das schon ein Sieg."

„Vermutlich, Sir."

Bridget seufzte. Es tat ihr weh, daran zu denken, dass Nick Damon immer noch ein freier Mann war. Aber Grayson hatte recht. Sie musste die Sache auf sich beruhen lassen. Das Wichtigste war, dass sie den Mann gefunden hatte, der Gina Hartman und Miranda Gardiner ermordet hatte. Dr. Ashley saß hinter Gittern, und die forensischen Beweise, die Vik und sein Team gefunden hatten, würden mit Sicherheit zu einer Verurteilung führen.

„Sonst noch etwas, DI Hart?", fragte Grayson.

„Nein, Sir."

„Dann gehen Sie nach Hause. Es ist spät, und Sie haben gute Arbeit geleistet. Sie und Ihr Team."

★

Als Jake zu seiner Wohnung zurückkehrte, wartete Brittany draußen auf einem rosa Koffer, in dem sich vermutlich der Rest ihrer Sachen befand, die sie aus dem Pförtnerhaus geholt hatte.

„Wartest du schon lange?", erkundigte er sich.

„Nicht lange."

Sie schenkte ihm ein warmes Lächeln, doch er erwiderte es nicht.

„Du kommst besser rein", sagte er zu ihr. „Wir müssen reden."

Er trug ihren Koffer die Treppe hinauf, kochte zwei Tassen Tee und brachte sie ins Wohnzimmer.

Brittany saß auf dem Sofa. Sie klopfte auf den freien Platz neben sich, damit er sich zu ihr setzen konnte. Aber jetzt war nicht die Zeit für entspanntes Plaudern.

„Ich denke, ich setze mich hierhin", sagte er und nahm den Stuhl gegenüber.

„Okay. Stimmt etwas nicht, Jake?"

Er überlegte, wo er anfangen sollte. Es stimmte eine Menge nicht, und er hatte viel zu lange gebraucht, um es zu begreifen. Genau wie damals, als sie ihn zum ersten Mal mit Tyler Dixon betrogen hatte, war ihm nur langsam klar geworden, was vor sich ging. Späte Abende im Büro, Arbeit am Wochenende, mysteriöse Nachrichten. Eindeutige Anzeichen, die er aus einer Meile Entfernung hätte bemerken müssen.

Aber er war zu vertrauensselig gewesen. Obwohl er seinen ganzen Arbeitstag damit verbrachte, von Kriminellen belogen zu werden, hatte er Brittany jedes Wort geglaubt. Vielleicht lag es an seinem Job, dass er ihr bedingungslos vertrauen musste. Er konnte nicht zulassen, dass diese düstere Welt des Betrugs und der Verfehlungen in sein Privatleben eindrang.

Aber am Ende hatte er es herausgefunden. Wie Ffion gesagt hatte, verrieten sich Lügner immer irgendwann selbst. Und Brittanys Lügen waren im Begriff, sie ein zweites Mal einzuholen.

„Ich habe nachgedacht", sagte er.

„Worüber?"

„Tyler Dixon."

„Ach, Jake. Ist das das Problem? Ich habe dir doch gesagt, dass es zwischen mir und Tyler aus ist. Es tut mir so leid, dass ich mich je mit ihm eingelassen habe. Ich weiß, dass ich dich verletzt habe, aber jetzt will ich es nur wieder gutmachen. Ich würde alles tun, damit es wieder so wird, wie es war."

„Alles?"

„Alles." Sie sah ihm direkt in die Augen, ihr Blick war offen.

Es wäre für ihn so einfach gewesen, ihr zu vertrauen.

„Würdest du sogar so weit gehen, während einer strafrechtlichen Untersuchung falsche Beweise zu platzieren?", fragte er.

„Was?"

Er betrachtete ihr Gesicht und sah, wie sie schwankte und dann zu rechnen begann. Er hatte diesen Blick schon so oft gesehen, aber meistens in Verhörräumen der Polizei, in den Gesichtern von Verdächtigen, die bei einer Lüge ertappt worden waren und überlegten, wie sie einen Rückzieher machen und sich retten konnten.

„Der Ohrring, den du gefunden hast und der Gina gehörte", sagte er.

„Was ist damit? Der gehörte doch Gina, oder?"

„Ja. DNA-Tests haben es bestätigt."

„Wo ist dann das Problem?"

„Du hast ihn nicht wirklich in deinem Bett gefunden, oder?"

„Wie meinst du das? Wo hätte ich ihn sonst finden sollen? Außerdem, hat Tyler nicht zugegeben, dass er mit Gina geschlafen hat?"

„Hat er, letztendlich. Aber er hat immer behauptet, dass sie Sex in seinem Auto hatten."

Sie verzog das Gesicht. „Typisch Tyler. Ich weiß wirklich nicht, was ich jemals in ihm gesehen habe." Sie beugte sich vor und streckte die Hand nach Jakes aus.

Aber Jake zog seine Hand weg.

„Dr. Ashley hat – als er endlich bereit war, unsere Fragen zu beantworten – bestätigt, dass er Tyler und Gina vor der Party im Auto gesehen hat."

„Nun ... Ich verstehe nicht, warum du das Thema ansprichst", sagte Brittany. „Wen interessiert es, ob sie an diesem Tag Sex im Auto hatten? Der Ohrring könnte irgendwann anders im Bett gelandet sein."

„Nicht, wenn Tyler Gina nie ins Pförtnerhaus mitgenommen hat."

„Nun, dann muss er lügen. Warum solltest du ihm glauben?"

„Weil er keinen Grund hat zu lügen. Und weil Gina keine Ohrringe trug, als sie in die Leichenhalle gebracht wurde. Jemand muss sie entfernt haben." Das hatte er selbst im Bericht des Pathologen nachgelesen. Es war ein kleines Detail, aber manchmal waren die kleinsten Details die wichtigsten.

Er trank einen Schluck Tee. Er war süß und milchig und gab ihm die Kraft fortzufahren.

„Und dann ist da noch die versteckte Kamera in Frosts Schlafzimmer", sagte er.

„Unheimlich, ja. Meinst du, Tyler hat die Kameras

installiert?"

„Wir glauben, dass er es wahrscheinlich war. Schließlich war er für die Sicherheit im Haus verantwortlich."

„Wird er deswegen Ärger bekommen? Ist es illegal, Menschen auf diese Weise auszuspionieren?"

„Ja. Er könnte durchaus in Schwierigkeiten geraten. Und Mr. Powers auch, denn alle Kameras waren mit seinem Computer verbunden."

„Ich habe Mr. Powers noch nie gemocht", sagte Brittany.

„Die Sache ist die", sagte Jake, „wir haben immer noch nicht die Kamera gefunden, die in Frosts Schlafzimmer installiert war. Wir haben Kameras in allen anderen Gästezimmern gefunden und wir haben das Videomaterial aus Frosts Zimmer sichergestellt, also wissen wir, dass dort eine Kamera gewesen sein muss. Aber jemand hat sie entfernt, bevor die Polizei am Samstagmorgen nach der Party im Haus eintraf."

„Ich nehme an, das war wieder Tyler."

„Möglich. Allerdings sind wir uns ziemlich sicher, dass Tyler zu dieser Zeit im Pförtnerhaus war."

„Nun, dann Mr. Powers oder vielleicht sogar Nick selbst? Ich vermute, sie wollten verheimlichen, was sie vorhatten."

Jake studierte sie aufmerksam. Sie war gut, sehr gut. Selbst jetzt, als sie in die Enge getrieben wurde, zeigte sie keine der üblichen Anzeichen einer Lüge. Auf diese Weise hatte sie ihn schon früher täuschen können.

Aber er wollte sich nicht noch einmal von Brittany zum Narren halten lassen.

Er wusste jetzt, woran er erkennen konnte, dass sie log. Es war ganz einfach. Brittany log jedes Mal, wenn sich ihre Lippen bewegten.

„Wer hat an diesem Morgen die 999 gewählt, um einen Todesfall zu melden?", fragte er.

„Nun, ich war es."

„Und wer ging in Frosts Zimmer, bevor die Polizei

eintraf?"

„Nun, ich und …"

„Sonst noch jemand?"

„Nicht, dass ich wüsste. Erst als die Polizei kam."

„Wer hat dann die Kamera entfernt, Brittany?"

„Was sagst du da, Jake?" Tränen stiegen in ihren klaren blauen Augen auf.

„Ich glaube, es war dieselbe Person, die den Ohrring in dein Bett gelegt hat."

Die Tränen flossen ungehindert und zogen dunkle Bahnen, während sie über ihre Wangen kullerten. „Das wirfst du mir vor? Du glaubst, ich lüge dich an?"

„Ja", sagte er und schluckte seinen Schmerz hinunter. „Genau das denke ich. Ich bin mir dessen sogar sicher."

Sie blieb, wo sie war, und weinte immer noch leise. Er vermutete, dass sie versuchte, einen neuen Plan zu schmieden, einen neuen Weg zu finden, der sie noch retten konnte. Aber er wollte nicht zulassen, dass sie ihn noch einmal zum Narren hielt. Er hatte sein Herz bereits vor ihr verschlossen.

„Ich denke, du solltest jetzt gehen, Brittany", sagte er.

„Aber wohin soll ich gehen, Jake? Ich kann nicht zurück ins Pförtnerhaus. Ich kann nicht wieder bei Tyler einziehen – nicht nach allem, was passiert ist."

„Ehrlich gesagt, Brittany, es mag wie ein Klischee klingen, aber es ist mir wirklich egal."

★

Ffion machte sich auf den Weg durch die kalte, dunkle Weite von Port Meadow, eine Taschenlampe an der Stirn befestigt, die einen hellen, schmalen Strahl auf den Boden vor ihr warf. Sie genoss es, im Dunkeln zu laufen, allein und frei. Die wilde Wiese war mit Raureif bedeckt, und ihre Füße machten leise knirschende Geräusche in der stillen Nacht, während sie lief.

Sie hatte keine Skrupel, nachts allein unterwegs zu sein. Ihre Taekwondo-Kenntnisse hatte sie bei Dr. Ashleys

Verhaftung erneut unter Beweis gestellt, und sie wusste, dass sie sich gegen jeden Angreifer verteidigen konnte.

Beim Laufen konnte sie am besten nachdenken und ihre Gefühle verarbeiten. Allein, mit nichts als der gleichmäßigen Bewegung ihres Körpers über die dunkle Weite der Wiese, konnte sie ihre Gedanken sammeln, das Geschehene verarbeiten und einen Weg finden, wieder nach vorne zu blicken.

Ein weiterer Mordfall hatte ein gutes Ende genommen, und sowohl Bridget als auch Chief Superintendent Grayson hatten ihr zur Verhaftung gratuliert. Das war ein Sieg, der sie ein wenig für das entschädigte, was sie verloren hatte.

Jake.

Sie hatte die kurze Zeit, die sie zusammen verbracht hatten, genossen und blickte mit Zuneigung, aber auch mit Bedauern auf ihre Beziehung zurück. Sie wäre kein Mensch, wenn sie nicht einen Groll gegen Brittany Grainger hegen würde und gegen die Art und Weise, wie sie sich wieder in Jakes Leben gedrängt und einen Keil zwischen sie getrieben hatte, der ihre Beziehung in die Brüche gehen ließ.

Es war lange her, dass Ffion einem Mann erlaubt hatte, so tief in ihr Leben einzudringen, und sie wusste, dass es lange dauern würde, bis sie es wieder tun würde. Vielleicht nie wieder. Aber sie wusste, dass sie eines Tages jemanden finden würde, und wenn es kein Mann war, dann eine Frau. Und selbst wenn das nicht der Fall sein sollte, hatte Ffion die mentale Stärke und Ressourcen, um ihr Leben allein zu meistern.

Ihre Füße bewegten sich schnell über den gefrorenen Boden, während sie dem schwarzen, sich schlängelnden Fluss folgte, der lautlos unter dem Sternenhimmel dahinfloss. Sie war bereits auf halbem Weg zur Godstow Abbey und kam gut voran.

In ihrer Gesäßtasche begann ihr Handy zu vibrieren.

Sie ignorierte es, aber nach einer Minute brummte es ein zweites Mal, und sie verlangsamte ihr Tempo, um nachzusehen. Zwei verpasste Anrufe. Der erste von Jake. Der zweite eine Mailbox-Nachricht. Ihr Daumen schwebte über dem Display, bereit, sie abzuhören.

Sie hatte Jakes Gesicht nach der Trennung gesehen und wusste, dass ihn das, was er getan hatte, genauso quälte wie sie. Es war leicht, ihn ebenfalls als Opfer zu sehen. Brittany hatte ihren beträchtlichen Charme – sowohl körperlich als auch verbal – eingesetzt, um ihn für sich zu gewinnen, fast gegen seinen Willen. Und Ffion hatte es ihm wahrscheinlich nicht leichter gemacht, indem sie ihn verlassen und damit gezwungen hatte, sich zu entscheiden. Man könnte sagen, dass sie ihn genau dann in die Arme von Brittany getrieben hatte, als er am verwundbarsten war.

Aber Jake war kein Kind mehr. Er hatte seine Entscheidung bewusst getroffen. Und nun mussten sie beide mit den Konsequenzen leben.

Sie löschte die Nachricht auf der Mailbox, ohne sie abzuhören, scrollte dann zu Jakes Nummer und blockierte sie. Sie steckte das Handy zurück in ihre Tasche und begann wieder zu laufen, beschleunigte ihr Tempo und bewegte ihre langen Beine mechanisch durch die kalte, dunkle Nacht.

Es fühlte sich gut an, wieder allein und frei zu sein.

KAPITEL 33

Es war Sonntagmittag, und so waren sie unweigerlich in Vanessas Haus. Bridget, Jonathan und Chloe, wieder einmal vereint.

In einer Woche konnte viel passieren. Sieben Tage zuvor war Bridget überglücklich gewesen, hatte die neu entdeckte Intimität ihrer Beziehung zu Jonathan genossen und war mit ihrer Tochter im Reinen gewesen. Dann schien sich wie aus dem Nichts eine Barriere zwischen ihr und Jonathan aufzutun, als der Jahrestag von Angelas Tod sie für kurze Zeit trennte und ihre zaghafte Romanze zum Stillstand brachte. Bridget erinnerte sich an den Schmerz, als Jonathan ihr entrissen wurde, als sie nicht wusste, was sie ihm sagen sollte und was er für sie empfand.

Und der Krieg, der zwischen Mutter und Tochter ausgebrochen war, war ebenso erschütternd gewesen. Einen Moment lang hatte sie geglaubt, Chloe für immer zu verlieren. Aber der Frieden war wiederhergestellt, und eine neue Verbindung war entstanden, die auf Vertrauen und Verständnis beruhte. Chloe wurde erwachsen, traf ihre eigenen Entscheidungen und Bridget wusste, dass sie ihr den Raum geben musste, ihren Weg im Leben zu finden und, ja, Fehler zu machen, so wie Bridget es getan hatte.

Bridget hatte viele, viele Fehler gemacht, und mit Chloe schwanger zu werden, war einer davon gewesen. Zumindest war es ihr damals so vorgekommen. Jetzt wusste sie, dass ihre Tochter eines der besten Dinge war, die ihr je passiert waren – vielleicht sogar das Beste –, und dass der Versuch, die Zukunft vorherzusagen, eine unmögliche Aufgabe war.

War das Weisheit? Vielleicht. Oder war es das warme Glühen, das sich nach dem Genuss von Vanessas köstlichem Lammbraten und ein, zwei Gläsern würzigem Shiraz einstellte.

Vanessa stürmte ins Esszimmer, Teller mit Apfel-Crumble und einen Krug mit dampfender, heißer Vanillesoße in der Hand. Die Kinder sprangen aufgeregt auf ihren Plätzen auf und ab, und Bridget war versucht, mitzumachen.

„Wer möchte Nachtisch?", fragte Vanessa und wurde mit einhelliger Zustimmung belohnt.

Nachdem das Essen abgeräumt war, Jonathan und James in der Küche verschwunden waren, um abzuwaschen und Männergespräche zu führen, die Kinder mit Chloe nach oben gegangen waren und eine dritte Flasche Wein geöffnet worden war, kam Bridget zu Vanessa ins Wohnzimmer.

„Ist dein Mordfall nun abgeschlossen?", erkundigte sich Vanessa und wischte ein imaginäres Staubkorn von ihrem Sessel.

„Du tust so, als ob ich selbst Leute umbringen würde", sagte Bridget. Sie wusste, dass Vanessa ihren Beruf immer mit Abscheu betrachten würde, so als hätte Bridget einen Job in einer Kläranlage oder einer Fleischfabrik angenommen und käme direkt von der Arbeit, ohne sich die Hände zu waschen.

„Nein, natürlich nicht", erwiderte Vanessa. „Obwohl", fügte sie schelmisch hinzu, „ich mich manchmal frage, ob dich das auf Ideen bringt."

Bridget gluckste. „Was glaubst du, wen ich umbringen will?"

„Keine Ahnung. Ich kann dir jederzeit eine Liste mit Vorschlägen geben, wenn du möchtest."

„Nein, danke." Bridget fragte sich, wer wohl auf der Abschussliste ihrer Schwester stand. Vielleicht Leute, die Apostrophe falsch benutzten oder Infinitive falsch aufspalteten. Oder faule Köche wie Bridget, die sich von Mikrowellenpizzen ernährten und spät abends Nudeln direkt aus der Pfanne aßen, mit einer Handvoll Käse darüber gestreut. In diesem Fall wäre die Liste sehr lang.

„Hast du mit Chloe gesprochen?", fragte Vanessa. „Über die Party, meine ich?"

„Ja."

„Und?"

„Mit uns ist alles gut."

„Hm. Das hoffe ich." Vanessa nippte an ihrem Wein, und Bridget wusste genau, was sie als Nächstes sagen würde. „In dem Alter fing Abigail an, lange wegzubleiben und auf Partys zu gehen, nicht wahr?"

„Chloe ist kein bisschen wie Abi", sagte Bridget. „Sie ist viel vernünftiger."

„Ja, da bin ich mir sicher", sagte Vanessa. „Weißt du, ich frage mich immer noch, ob sie heute vielleicht noch am Leben wäre, wenn wir etwas anders gemacht hätten."

„Was hätten wir tun können?"

„Ich weiß es nicht. Irgendwas. Irgendetwas. Vielleicht hätte ein winziger Unterschied ihren Kurs geändert."

Bridget schüttelte den Kopf. „Abigail war, wie sie war. Sie hätte gar nicht anders sein können. Und es war nichts, was sie getan hat, was zu ihrem Tod führte. Es war die Schuld von jemand anderem."

„Ja, vermutlich."

„Wie auch immer", sagte Bridget. „Genug über Mord gesprochen. Worüber sollen wir stattdessen reden?"

Vanessa warf ihr einen verschmitzten Blick zu. „Nun, eigentlich wollte ich dich noch über etwas anderes ausfragen."

„Was?"

„Liebe." Vanessa warf einen Blick über die Schulter, um sich zu vergewissern, dass die Männer außer Hörweite waren. „Ich will wissen, was es Neues von Jonathan gibt. Erzähl mir alles."

EIN DUNKEL LEUCHTENDER STERN
(BRIDGET HART #5)

Weihnachten. Geister. Mord.

Es ist kurz vor Weihnachten in Oxford und Detective Inspector Bridget Hart genießt einen seltenen freien Tag auf dem Oxforder Weihnachtsmarkt. Eine Geistertour scheint eine lustige Art, den Abend ausklingen zu lassen. Bis ein brutaler Mord dem Abend ein tragisches Ende setzt.

Hin- und hergerissen zwischen Arbeit und familiären Verpflichtungen über die Feiertage, entdeckt Bridget bald, dass der Geist der vergangenen Weihnacht in die Gegenwart eindringt – mit fatalen Folgen.

Nicht jeder glaubt an die Jahreszeit des Wohlgefallens für alle Menschen, und da ein echter Mörder aus Fleisch und Blut in Oxford sein Unwesen treibt, setzt Bridget alles daran, den Fall rechtzeitig zu lösen, um weitere Morde zu verhindern.

Die Bridget-Hart-Reihe spielt inmitten der verträumten Türme der Universität Oxford und ist ideal für Fans von J M Dalgliesh, Rachel McLean, Angela Marsons und klassischen britischen Krimis.

VIELEN DANK FÜRS LESEN

Wir hoffen, dass dir dieses Buch gefallen hat. Wenn ja, wären wir dir sehr dankbar, wenn du dir einen Moment Zeit nehmen und eine Rezension bei Amazon hinterlassen könntest. Herzlichen Dank.

BÜCHER DER BRIDGET-HART-REIHE:

Todesstreben (Bridget Hart #1)
Morden nach Zahlen (Bridget Hart #2)
Tu nichts Böses (Bridget Hart #3)
In Liebe und Mord (Bridget Hart #4)
Ein dunkel leuchtender Stern (Bridget Hart #5)
Prolog zum Mord (Bridget Hart #6)

ÜBER DIE AUTOREN

M.S. Morris ist das Pseudonym des Autorenduos Margarita und Steve Morris. Beide studierten an der Universität Oxford, wo sie sich 1990 kennenlernten. Zusammen schreiben sie Psychothriller und Kriminalromane. Sie sind verheiratet und leben in Oxfordshire.

www.ingramcontent.com/pod-product-compliance
Lightning Source LLC
Chambersburg PA
CBHW032143190626
46814CB00005BA/1805